ullstein

Das Buch

Auf der Frankfurter Herbstmesse des Jahres 1522 finden die Schriften Martin Luthers reißenden Absatz. Doch es existiert auch die ominöse Gegenschrift eines anonymen Verfassers, die zum offenen Kampf gegen die Reformierten aufruft. Die ohnehin schon angespannte Stimmung zwischen den Anhängern des alten Glaubens und den Reformierten kocht über. Als wenig später Ehefrauen reformierter Priester auf mysteriöse Weise ermordet werden, geht jeder von religiös motivierten Racheakten aus. Denn die Leichen wurden hergerichtet wie die Schmerzensmutter. Die Hurenkönigin, die vor Jahren in einem ähnlichen Fall ermittelte, wird von der Obrigkeit zu Rate gezogen und gerät zwischen die Fronten des Frankfurter »Pfaffenkriegs«. Als sie plötzlich erkennt, dass der Mörder es auch auf sie abgesehen hat, gibt es nur noch einen Ausweg: Sie muss sich ihm ausliefern!

Die Autorin

Ursula Neeb hat Geschichte studiert. Aus der eigentlich geplanten Doktorarbeit entstand später ihr erster Roman *Die Siechenmagd*. Sie arbeitete beim Deutschen Filmmuseum und bei der FAZ. Heute lebt sie als Autorin mit ihren beiden Hunden in Seelenberg im Taunus.

Von Ursula Neeb sind außerdem in unserem Hause erschienen:

Das Geheimnis der Totenmagd
Die Hurenkönigin
Die Hurenkönigin und der Venusorden

Ursula Neeb

Die Rache der Hurenkönigin

Roman

Ullstein

Besuchen Sie uns im Internet:
www.ullstein-taschenbuch.de

MIX
Papier aus verantwortungsvollen Quellen
FSC
www.fsc.org
FSC® C083411

Originalausgabe im Ullstein Taschenbuch
1. Auflage September 2014
2. Auflage 2014

Umschlaggestaltung: ZERO Werbeagentur, München
Titelabbildung: © FinePic®, München (Fond); Susanna Hope, Wright of Derby, Joseph (1734–97)/Private Collection/ The Bridgeman Art Library (Frau)
Satz: Pinkuin Satz und Datentechnik, Berlin
Gesetzt aus der Berthold Garamond
Papier: Holmen Book Cream von Holmen Paper Central Europe, Hamburg GmbH
Druck und Bindearbeiten: CPI books GmbH, Leck
Printed in Germany
ISBN 978-3-548-28603-7

Für meine Mutter, die mir als Kind so wunderbar vorgelesen, und meinen Großvater, der mir spannende, selbst erfundene Geschichten erzählt hat und dadurch die Lust am Fabulieren in mir geweckt hat.

»Lasst den Vater, den Sohn und den Heiligen Geist anbeten,
aber lasst niemanden Maria anbeten.«
(Epiphanius, um 530)

TEIL 1

Mater dolorosa –
die Schmerzensmutter

Prolog

Als sie um die Mittagszeit das Hoftor öffnete und angespannt auf die Gasse hinausspähte, ob jemand aus der Nachbarschaft unterwegs war, der sie ansprechen konnte, stellte sie erleichtert fest, dass das Messegetümmel zuweilen auch von Vorteil war, und mischte sich unbehelligt unter die Besucherströme.

Nachdem sie den belebten Rossmarkt hinter sich gelassen hatte und von der Zeil in die Eschersheimer Gasse eingebogen war, nahm das Gewimmel deutlich ab, und je weiter sie voranschritt, desto ruhiger und menschenleerer wurde es. Erleichtert atmete sie auf. Zum Glück war ihr niemand begegnet, und dass ihr hier, in dieser abgelegenen Gegend, jemand über den Weg laufen würde, war mehr als unwahrscheinlich. In der Region um das Eschenheimer Tor, die auch »zu den Gärten« genannt wurde, herrschten landwirtschaftliche Betriebe mit großen Wirtschaftshöfen, Scheunen und Obstgärten vor.

Tief sog sie die würzige Luft ein, der Geruch von Früchten, Erde und Laub, den sie so mochte. Die Sonne stand hoch, und der wolkenlose Himmel war von strahlendem Blau. Ein Herbsttag von spätsommerlicher Milde. Die junge Frau ließ ihre Blicke über die malerischen Obstwiesen schweifen. In den abgeernteten Bäumen hingen noch vereinzelt Äpfel, Birnen oder Pflaumen – doch zu weit oben in den Kronen, um für sie erreichbar zu sein. Sie musste unversehens grinsen. Als Kind war das für sie kein Hinderungsgrund gewesen. Da war sie in die Bäume geklettert wie ein Gassenjunge und hatte sich in der Krone den Bauch vollgeschlagen. Manchmal war sie dabei erwischt worden, von irgendeinem Bauern, und dann gab es Ärger zu Hause. *Es geziemt sich nicht für eine junge Adelsdame, Äpfel zu stehlen!*

Sie seufzte vernehmlich und hielt sich die Hand auf den gewölbten Leib, in dem sich, wie so oft in letzter Zeit, ihr Kind bewegte. Ein seliges Lächeln breitete sich über ihr hübsches sommersprossiges Gesicht. Sie freute sich unsagbar auf das Kleine – und ihr Mann mindestens genauso. Sie waren jetzt knapp ein halbes Jahr verheiratet – bei der Hochzeit war sie schon guter Hoffnung gewesen, aber das wussten nur die wenigsten. Einmal mehr wurde ihr bewusst, wie verliebt sie immer noch ineinander waren, und sie wünschte sich sehnlichst, dass dieser Zustand niemals enden möge.

Eigentlich könnte sie sehr glücklich sein – wäre da nicht die nagende Sorge um ihren Ehemann. Und deswegen war sie jetzt auch hier und ging zu diesem ominösen Treffen. Sie erinnerte sich noch genau an das, was der sonderbare Mann ihr heute Morgen zugeraunt hatte: »Gegen Euren Gatten ist eine Verschwörung geplant. Mehr kann ich Euch jetzt nicht sagen. Kommt heute Mittag in die alte Zehntscheune hinterm Rahmhof, dann erfahrt Ihr mehr – und zu niemandem ein Wort, habt Ihr kapiert, sonst bin ich dran!«

Daran hatte sie sich widerstrebend gehalten. Obwohl

sie am liebsten zu ihrem Mann ins Kontor gelaufen wäre, um ihm alles zu erzählen. Aber sie konnte ihn ja nicht einfach so bei der Arbeit stören, wo doch Messe war und wichtige Geschäftstermine anstanden.

Erst mal hören, was er ihr zu sagen hatte. Es war sehr anständig von ihm, dass er sie warnen wollte. Wenn unter den Anhängern des alten Glaubens ruchbar werden würde, dass er das getan hatte, würde ihm das nur Ärger einbringen. Bekümmert zog sie die Stirn in Falten. Was für eine Verschwörung konnte das nur sein? Ihr schwante nichts Gutes. Sicherlich hatte es etwas mit dem Glaubenskrieg zu tun, der seit einigen Jahren in Frankfurt wie im ganzen Land entbrannt war und die Menschen in zwei feindliche Lager spaltete: auf der einen Seite die Anhänger des alten Glaubens, die sich verbissen gegen jedwede Neuerung sperrten und fanatisch am Althergebrachten festhielten; auf der anderen die von Tag zu Tag immer größer werdende Schar der Bewunderer Martin Luthers, die begeistert seine Lehren verbreiteten. Wie die meisten Humanisten in der Stadt gehörte auch ihr Mann diesem Lager an.

Wenngleich es für sie selbstverständlich war, ihrem geliebten Gatten und seinen mitunter recht kompromisslosen, radikalen Ansichten uneingeschränkte Loyalität entgegenzubringen, so ging ihr doch sein Übereifer, den er im Dienste der Reformation zuweilen an den Tag legte, ganz schön auf die Nerven. Seit gut einer Woche, seitdem die Herbstmesse angefangen hatte, war er fast jeden Abend außer Haus. Ging zu irgendwelchen Versammlungen und Lesungen, und gestern Abend in der Buchgasse war es dann zu diesem Eklat gekommen. Er war mit dem Dekan der Liebfrauenkirche aneinandergeraten und hatte sich doch tatsächlich dazu hinreißen lassen, dem Geistlichen eine Ohrfeige zu verpassen. Warum musste er denn auch immer so ein Heißsporn sein? Sicher, der Priester war ein schlimmer Hetzprediger und Fanatiker, aber ein solcher Ausrutscher hätte nicht sein müssen. Wahrscheinlich wehte von daher auch der Wind, und die Papisten und Marienanhänger sannen auf Rache gegen ihren Gatten.

Als sich die junge Frau der Scheune näherte, die sich baufällig und windschief am Rande der Stoppelfelder abzeichnete, überkam sie mit einem Mal ein heftiger Schauder. Die Sorge um ihren Gatten wurde so übermächtig, dass ihr Tränen in die Augen traten. – Es hatte doch schon einen Mord gegeben! Mit Grauen musste sie an die junge Frau denken, die Ehefrau eines ehemaligen Kaplans, die so bestialisch ermordet worden war …

Was, wenn ihr Liebster schon jetzt in größter Gefahr schwebte und die Papisten auch ihm nach dem Leben trachteten?

Ihr entrang sich ein gequälter Aufschrei. *Nein, das darf nicht sein! Er ist doch mein Ein und Alles!*

Sie fühlte, wie ihr plötzlich der kalte Schweiß ausbrach, und gleichzeitig spürte sie einen stechenden Schmerz im Unterleib. Bloß keine vorzeitigen Wehen! Das hätte ihr gerade noch gefehlt, so alleine hier draußen auf dem Feld. Doch sie war gar nicht alleine, denn im nächsten Moment nahm sie die Umrisse einer Gestalt vor der Scheune wahr. Das musste er sein. Er wartete bereits auf sie. Als sie näher kam, winkte er ihr zu. Sie erwiderte seinen Gruß. Während sie einander die Hände schüttelten, sah sie, dass er eine Milchkanne bei sich trug. Er bemerkte ihren Blick.

»Ich dachte mir, eine kleine Stärkung werdet Ihr in Eurem Zustand sicher gut gebrauchen können. Vom Hirschgraben bis hierher, das ist schon ein Stück«, sagte er und hielt ihr fürsorglich die Scheunentür auf.

Sie bedankte sich und trat mit wackligen Beinen ein. Im Innern der Scheune herrschte Zwielicht. Durch die Ritzen im Gebälk drangen vereinzelt Sonnenstrahlen. Es roch nach modrigem Stroh. Ihr wurde ganz flau im Magen, und sie blickte sich nach einem Sitzplatz um. Neben dem Mittelbalken standen mehrere alte Fässer. Kurzatmig ließ sie sich auf einem nieder. Er musste bemerkt haben, dass es ihr unwohl war, denn er holte kurzerhand einen Becher aus der Jackentasche, füllte ihn mit Milch und reichte ihn ihr, während sein Blick auf ihren vorgewölbten Bauch fiel.

»Ihr seid ja schon ganz schön rund«, sagte er und lächelte. »Wann ist es denn so weit?«

»Anfang November«, antwortete sie leicht verlegen. Für einen flüchtigen Moment kam es ihr so vor, als sei ihm bewusst geworden, dass sie vorehelichen Geschlechtsverkehr gehabt hatte, und als stünde er im Begriff, sie deswegen zu tadeln.

Doch er presste nur kurz die Lippen zusammen und murmelte: »Das ist ja schön!«

Sie fühlte, dass ihr Mund ganz trocken war, und leerte den Becher in wenigen Zügen. Sogleich fühlte sie sich entspannter. Eine wohlige Wärme breitete sich in ihrer Magengrube aus, so, als ob der Milch Branntwein beigemischt worden wäre. Verstört blickte sie ihn an.

Er lächelte ihr aufmunternd zu und sagte: »Bringen wir es hinter uns.«

Sie nickte träge und bemerkte gleichzeitig mit Befremden, wie ihre Lider schwer wurden. – Nicht nur die Lider, auch der Kopf und die Glieder. Sie fühlte sich plötzlich so müde und schläfrig. Irritiert blinzelte sie zu ihm hinüber. Er hatte sich heruntergebeugt und machte sich an einem Behältnis zu schaffen, das auf dem Boden lag. Sie konnte es nicht genau erkennen, denn sie sah alles nur noch wie durch einen weißen Schleier, der immer dichter wurde.

Er sagte etwas zu ihr, und dann kicherte er. Sie konnte es nicht verstehen, doch es klang irgendwie boshaft.

Sie wollte ihn fragen, was mit ihr los sei, brachte jedoch keinen Ton heraus. Der Kopf sank ihr auf die Brust, und sie hatte nur noch den Wunsch zu schlafen. Tief und fest zu schlafen.

Und dann hatte sie diesen merkwürdigen Traum, aus dem sie nie wieder erwachen sollte. Sah den Racheengel mit dem Schwert in den Händen, der sie mit erbarmungslosen Augen fixierte. Vernahm seine dröhnende Stimme, strafend und schonungslos wie das Jüngste Gericht: »Auch durch deine Seele wird ein Schwert dringen!«

1

Sonntag, 14. Oktober 1522 – Frankfurter Herbstmesse

Ursel Zimmer hatte Schmetterlinge im Bauch, als ginge sie zu einem galanten Rendezvous. Es war das erste Mal, dass sie ihren Geliebten Bernhard von Wanebach zu einem Essen mit seinem Frankfurter Verleger im renommierten Gasthaus »Zum goldenen Hirschen« in der Buchgasse begleiten sollte. Die ganze Zeit über war die Gildemeisterin der städtischen Hurenzunft in der weitläufigen Schankstube des Frauenhauses schon unruhig auf und ab gegangen, wobei sie immer wieder aus dem Fenster spähte, ob Bernhard nicht bald kommen würde, als sie endlich das laute Schlagen des Türklopfers vernahm.

»Das wird er sein!«, rief sie aus und hastete zum Eingangsportal, um ihm zu öffnen.

Während der Geliebte sie zärtlich auf den Mund küsste, haderte die Zimmerin mit ihm, dass er sie so lange hatte warten lassen. »Wo bleibst du denn nur? Zur sechsten Stunde wolltest du hier sein«, murrte sie.

»Tut mir leid, mein Herz, aber durch das Messegewimmel kommt man nur langsam voran. Besonders im Buchhändlerviertel herrscht ein Hochbetrieb, wie ich ihn in all den Jahren noch nie erlebt habe ...«, entschuldigte sich der Gelehrte und musterte die Hurenkönigin, die sich dem Anlass entsprechend in ein elegantes dunkelbraunes Samtgewand gekleidet hatte, mit Wohlgefallen. »Gut schaust du aus, meine Liebe«, sagte er, während sein Blick zu Ursels schwarzen Augen wanderte, die ihn hinter den neuen, oval geformten Augengläsern erwartungsvoll anfunkelten. Er bot ihr zuvorkommend den Arm an. »Komm, lass uns gehen«, forderte er sie gut gelaunt auf.

»Hättet Ihr nicht diese üppige Figur und die frechen roten Haare, die aus Eurer Haube herausragen, Meistersen, dann könnte man Euch glatt für einen Blaustrumpf halten«, spöttelte die Jennischen Marie, die mit drei anderen Huren am Tisch saß und Karten spielte.

Ursel grinste und erwiderte: »Ich tu mein Bestes, Mädel. Aber ich glaube, diesbezüglich kann ich nur den Messefremden etwas vormachen, die Frankfurter wissen alle, wer ich wirklich bin!«

Nachdem sich die Gildemeisterin von den Huren und ihrer Stellvertreterin verabschiedet und ihnen einen geruhsamen Abend an dem einzigen arbeitsfreien Tag der Woche gewünscht hatte, trat sie an Bernhards Seite auf die Alte Mainzer Gasse hinaus. Obwohl es bereits anfing zu dämmern, war die Gasse noch voller Menschen, die sich an den überwiegend mit Büchern und Druckerzeugnissen übersäten Verkaufstischen drängelten, denn in der Alten Mainzer Gasse und der Buchgasse befand sich das traditionelle Frankfurter Buchhändlerviertel. Mit staunenden Blicken streifte Ursel die Bücherstapel sowie die Händler und Besucher aus aller Herren Länder, die sich hier ein Stelldichein gaben.

Die Buchmessen, in den siebziger Jahren des letzten

Jahrhunderts entstanden, waren inzwischen längst zu einem bedeutenden Teil der Frankfurter Herbstmessen geworden. Im Buchhändlerviertel, an dessen Rand auch das Frauenhaus lag, wurden nicht nur Unmengen von Büchern verkauft, sondern auch Nachrichten, Ideen und neue geistige Strömungen diskutiert und weitergegeben. In den letzten Jahren galt dies besonders für die fünfundneunzig Thesen Martin Luthers, die auch das religiöse Leben in der freien Reichsstadt nachhaltig beeinflussten.

Die Frauenhauswirtin, die erst vor wenigen Jahren Lesen und Schreiben gelernt hatte – was ihr schon immer ein Herzenswunsch gewesen war –, liebte es, gemeinsam mit ihrem langjährigen Geliebten, der ein angesehener Gelehrter war, an den Bücherständen entlangzustreifen und sich interessante Neuerscheinungen anzuschauen. Sie mochte die Unruhe, die fremden Sprachen, die vergeistigten Gesichter, die sich um die Büchertische tummelten. Heute jedoch schien es hier regelrecht zu brodeln. Als Ursel und Bernhard in die Buchgasse abbiegen wollten, wo sich die Gastwirtschaft »Zum goldenen Hirschen« befand, war plötzlich kein Durchkommen mehr. Vor einem Verkaufsstand hatte sich eine immer dichter werdende Menschentraube gebildet. Hektisches Stimmengewirr war zu vernehmen, das durchsetzt war von wüsten Flüchen und Beschimpfungen. Am Rande schien es sogar schon die ersten Rangeleien zu geben.

»Was ist denn hier los?«, stieß die Hurenkönigin hervor, die, ebenso wie ihr Begleiter, stehen geblieben war und fassungslos auf die aufgebrachte Meute starrte.

Bernhard runzelte die Stirn und murmelte konsterniert: »Dort ist ein Verkaufsstand, der die Schriften Martin Luthers feilbietet – die sich übrigens verkaufen wie warme Semmeln. Und das scheint einigen Papisten nicht zu passen.« Der Gelehrte wies auf eine Gruppe Geistlicher, die im Gedränge standen und erregt gestikulierten.

»Und was machen wir jetzt? Zur siebten Stunde sind wir doch mit deinem Verleger verabredet …« Ursel blickte Bernhard fragend an.

»Abwarten. Wir haben ja noch eine gute halbe Stunde Zeit. Vielleicht haben sich bis dahin die Gemüter ein wenig beruhigt. Da begeben wir uns jedenfalls nicht hinein«, sagte Bernhard missmutig, als unversehens ein Mann in einem kuttenartigen Gewand an sie herantrat und ihnen ein Flugblatt überreichte.

»Ach, das ist doch der Michel!«, entfuhr es Bernhard bei seinem Anblick erstaunt. »Was machst du denn hier?«

»Ich verteil Schriften«, erklärte der junge Bursche mit den strähnigen blonden Haaren gewichtig und schwenkte einen Papierstapel.

»Soso«, erwiderte Bernhard mit amüsiertem Lächeln. »Was steht denn da drauf?«

Während er den Inhalt überflog, verdüsterte sich seine Miene zunehmend. »›Tod dem Minotaurus im Mönchsgewand und seiner Pfaffenhure‹«, las er halblaut. »›Kampf den reformierten Frevlern, die das heilige Zölibat brechen und die Gottesmutter entthronen‹ … Das ist ja die reinste Hetzschrift!«, wetterte der Gelehrte und musterte den Mann in der braunen Kutte empört. »Und so etwas verteilst du, Michel! – Es wäre schlauer, wenn du dich auf deine Milchlieferung beschränken würdest!«

Der junge Mann, der für den städtischen Rahmhof die Milch ausfuhr, senkte verlegen den Blick. »Aber es ist doch wegen unserer Heiligen Jungfrau«, stieß er hervor. »Wir können doch nicht zulassen, dass die Reformierten sie einfach absetzen!« Das schmale Gesicht des Mannes, das von zahlreichen Pockennarben übersät war, rötete sich vor Aufregung. »Das ist eine schwere Todsünde und darf nicht ungesühnt bleiben!«, ereiferte sich der Milchlieferant aufgebracht. »Unser Herrgott wird sie dafür bestrafen, diese Frevler! – Das sagt auch der Herr Pfarrer …« Er blickte Beistand heischend in das Getümmel.

Bernhard gewahrte unter der Priestergruppe das wutverzerrte Gesicht von Johannes Cochläus, dem Dekan der Liebfrauenkirche, der allgemein als der Rädelsführer der Reformationsgegner bekannt war. »Ach, daher weht der Wind«, bemerkte er finster. »Dann hat der Herr Pfarrer womöglich auch dieses Pamphlet verfasst. Er lässt doch nichts aus, um noch weiter Öl ins Feuer zu gießen, dieser Demagoge …«

Michel, der es sich mit Herrn von Wanebach, der immer ein freundliches Wort für ihn hatte und ihm manches Mal ein Trinkgeld zusteckte, nicht verderben wollte, stierte betreten vor sich hin. »Das dürfen wir nicht zulassen, dass sie die Gottesmutter vom Thron stoßen!«, entfuhr es ihm trotzig.

Ursel, die selbst eine Marienverehrerin war, hatte Mitleid mit dem armen Teufel, der unter schwerer Fallsucht litt. »Das wird auch niemals geschehen, Michel«, sagte sie mit mildem Lächeln. »Die Himmelskönigin wird immer in den Herzen der Menschen sein. Man kann sie nicht einfach absetzen!«

Michel strahlte die Zimmerin an. »Gott schütze Euch, Hurenkönigin«, murmelte er dankbar und entfernte sich.

Bernhard indessen, der den Altgläubigen als gebildeter Humanist kritisch gegenüberstand und den bahnbrechenden Gedanken Martin Luthers durchaus zugeneigt war, runzelte spöttisch die Stirn. »Die Marienverehrung ist zuweilen schon der reinste Götzendienst ... Aber in Gottes Namen, wenn du unbedingt deine Jungfrau Maria brauchst ...«

»Die Menschen brauchen eine gütige Mutter als Fürsprecherin für den gestrengen Herrgott, der uns immerzu mit Strafen und Heimsuchungen plagt«, konterte die Hurenkönigin resolut, die mit ihrem Geliebten deswegen schon manchen Strauß ausgefochten hatte. Obgleich Ursel die Thesen Martin Luthers eingehend studiert hatte und dem Wittenberger in vielerlei Hinsicht recht gab, vor allem was das Zölibat und den Reichtum der Kirche betraf, sperrte sie sich doch nachdrücklich dagegen, die Marien- und Heiligenverehrung abzuschaffen. Ihr Leben lang hatte sie zur Gottesmutter und ihrer Namenspatronin, der heiligen Ursula, gebetet und Maria Magdalena, der Schutzheiligen der Huren, an ihrem Gedenktag eine Kerze gestiftet. Und daran würde sie auch weiterhin festhalten.

Inzwischen hatte sich der Menschenpulk um den Verkaufstisch der Lutherbücher ein wenig gelichtet. Bernhard zerknüllte die Schmähschrift, warf sie abfällig auf den Boden und schlug Ursel vor weiterzugehen. Als sie den Büchertisch passierten, an dem ein reger Verkauf stattfand, trat Bernhard an einen der Händler heran und erkundigte sich bei ihm höflich, ob die Geschäfte gut liefen.

Der Buchhändler lächelte zufrieden. »Das kann man

wohl sagen«, erwiderte er stolz. »Mehrere hundert am Tag gehen über den Ladentisch. Wir werden schon bald nachdrucken müssen.«

In der Buchgasse herrschte ein derartiger Betrieb, dass Ursel und Bernhard nur im Schneckentempo vorankamen. Ursels Blick fiel auf eine Verkaufsschirn, die überladen war mit schweren Folianten, auf deren Einband goldene Lettern prangten. Interessiert trat sie an den Verkaufsstand, um die Bücher genauer in Augenschein zu nehmen. Bedauerlicherweise war der Titel in Latein verfasst, das Ursel nicht lesen konnte. Der Händler fragte sie zuvorkommend, ob er ihr behilflich sein könnte.

»Was heißt das?«, erkundigte sich die Hurenkönigin und wies auf die Goldprägung auf dem Einband.

»Das heißt ›Speculum beatae Mariae‹ – ein Buch der Lobpreisung Mariens«, erwiderte der grauhaarige Mann mit den runden Augengläsern freundlich. »Es ist größtenteils in Latein geschrieben, außer dem Anhang, eine Sammlung der Marienwunder, die der Autor aus dem einfachen Volke zusammengetragen hat. Ich kann Euch gerne eine kleine Passage aus dem Hauptteil übersetzen, meine Dame, wenn Ihr es wünscht?«

»Warum nicht?«, entgegnete die Hurenkönigin freundlich.

Bernhard, der hinter ihr stand, zog ungeduldig die Brauen in die Höhe, während der Buchhändler einen der schweren Folianten aufschlug und einige Seiten weiterblätterte, ehe er anfing, salbungsvoll zu skandieren: »Königin des Himmels, in dem sie inmitten der Engel thront, Königin der Erde, auf der sie beständig ihre Macht offenbart – sie, die sogar über die Dämonen der

Hölle herrscht, ward geschaffen vor Anbeginn der Zeit. Gelobet sei Maria, Muttergottes und Herrscherin der Welt …«

»Schön«, erwiderte Ursel. »Wer hat das geschrieben?«

Der Händler zuckte mit den Schultern. »Das vermag ich nicht zu sagen, meine Dame. Der Verfasser möchte anonym bleiben – und ist selbst mir nicht bekannt …«

»Warum das?«, fragte die Hurenkönigin erstaunt.

»Auch das kann ich Euch nicht beantworten. Er wird seine Gründe haben, die sich dem Leser freilich nicht erschließen.« Er fuhr mit fast zärtlicher Geste über den Buchdeckel. »Es ist ein wunderbares Werk – vor allem für jene, die die Heilige Jungfrau verehren …« Die Augen des Mannes glänzten verklärt.

Ursel, deren Interesse geweckt war, erkundigte sich, was es kosten solle.

Der Preis, den ihr der Händler nannte, war erstaunlich niedrig. »Der Verfasser möchte nichts daran verdienen, er hat die Druck- und Herstellungskosten selbst übernommen. Ihm ist einzig daran gelegen, dass sein Werk eine geneigte Leserschaft findet. Und das scheint mir durchaus der Fall zu sein, denn es verkauft sich außerordentlich gut«, erläuterte der Buchhändler erfreut.

»Würdest du es mir übersetzen?«, erkundigte sich Ursel bei Bernhard. Nachdem dieser zugestimmt hatte, erklärte sie dem Händler: »Ich möchte bitte eines.« Dann entnahm sie ihrer Geldbörse, die sie am Gürtel trug, die entsprechenden Münzen und legte sie auf den Verkaufstisch.

Der Händler verstaute sie in einer Geldkassette und überreichte der Hurenkönigin den Folianten.

Als sich Ursel und Bernhard gerade vom Verkaufstisch abwandten, um ihren Weg fortzusetzen, kamen zwei junge Männer in dunklen Gelehrtentalaren auf sie zu und stellten sich dem Paar in den Weg.

»Durch den Opfertod Christi ist das Erlösungswerk vollkommen und bedarf keiner Ergänzung!«, richtete einer der beiden in vorwurfsvollem Tonfall das Wort an die Hurenkönigin. »Christen brauchen keinerlei Fürsprache und Vermittlung, sei es durch Maria oder andere Heilige. Die Heiligenverehrung ist nichts anderes als Götzendienst«, schnaubte er verächtlich und durchbohrte Ursel förmlich mit seinen Blicken.

»Verschont mich mit Euren Belehrungen, junger Mann! In Glaubensangelegenheiten entscheide ich immer noch selbst«, beschied ihn die Hurenkönigin barsch und wandte sich brüsk zum Weitergehen.

»Aber der Marienkult ist ein einziger Irrglaube!«, ereiferte sich sein Begleiter. »Und dieses Machwerk, das Ihr eben erworben habt, ist die schlimmste Hetzschrift, die mir jemals untergekommen ist. Ihr solltet Euch schämen, es überhaupt in den Händen zu halten!«

Bernhard war entrüstet stehen geblieben. »Jetzt reicht es aber!«, brach es aus ihm heraus. »Man sollte dem Glauben anderer Menschen mit Achtung und Respekt begegnen, die Herren Besserwisser! – Auch wenn er von den eigenen Ansichten abweicht«, schmetterte er erzürnt. »Und jetzt muss ich die Herren mit allem Nachdruck ersuchen, die Dame nicht mehr weiter zu belästigen!«

Die jungen Männer trollten sich unwillig, nicht ohne Bernhard und die Hurenkönigin mit scheelen Blicken zu bedenken.

»So etwas!«, schimpfte Bernhard und schüttelte den Kopf. »Zuerst die wild gewordenen Papisten, und jetzt auch noch diese Eiferer von der Gegenseite ... Was ist denn das für eine Buchmesse! Man könnte ja meinen, man ist im Irrenhaus und nicht unter intelligenten Menschen ...«

Ursel stimmte ihm aufgebracht zu und bedauerte es fast, dass sie den dicken Wälzer gekauft hatte, der in ihrem Arm immer schwerer zu werden schien. Bernhard, dem nicht entging, wie sie sich damit abmühte, bot ihr ritterlich an, das Buch für sie zu tragen, was Ursel gerne in Anspruch nahm. Sie lächelten einander an, hakten sich unter und gingen unverdrossen weiter.

Als sie vor dem Gasthaus »Zum goldenen Hirschen« anlangten, war ihr Ärger längst verraucht. Bernhard hielt Ursel zuvorkommend die Tür auf, und sie traten gemeinsam in die behagliche, hell erleuchtete Gaststube. Staunend bemerkte der Gelehrte, dass an den Tischen des weitläufigen Schankraums ein Großteil der humanistischen Intelligenz des Abendlandes vertreten war. Mit Ehrfurcht konnte er das markante Gesicht des berühmten Erasmus von Rotterdam in der Menge ausmachen, der in Begleitung seines Freundes, Sir Thomas Morus, und seines englischen Verlegers angeregt debattierte. Auch die gebildeten Frankfurter Patrizier Fürstenberger, Holzhausen und Stalburg waren anwesend und entboten Bernhard und der Hurenkönigin höfliche Grüße.

Ursel, die die Herren ausnahmslos als ehemalige Freier kannte, verzog die dezent geschminkten Lippen zu einem huldvollen Lächeln und folgte Bernhard mit graziös gelüfteter Schleppe zu dem Tisch, an dem Bernhards Verleger, Doktor Eckart Heller, sie bereits erwartete.

Formvollendet küsste er der Hurenkönigin die Hand und rückte ihr den Stuhl zurecht. Während er anschließend Bernhard begrüßte, den er als geschätzten Autor schon viele Jahre kannte und auf vertraute Art duzte, fiel sein Blick auf das Buch, das der Gelehrte unter dem Arm trug. »Ach, du hast dir also auch eines von diesen Marienbüchern gekauft«, sagte der Mann mit dem gepflegten grauen Bart und grinste schief. »Nachdem mir zu Ohren gekommen ist, dass es sich fast so gut verkauft wie die Lutherbücher, bin ich neugierig geworden und habe ebenfalls eines erworben …« Er seufzte und musterte Bernhard ernst. »Aber ich muss dich warnen. Es ist das Werk eines Wahnsinnigen …!«

Die Hurenkönigin und Bernhard schauten den Verleger beunruhigt an.

»Inwiefern?«, fragte Ursel angespannt.

»Nun, die Art, wie dieser anonyme Verfasser über die Gottesmutter schreibt … treibt mir einen Schauder über den Rücken!«, erklärte Heller mit brüchiger Stimme. »Er verklärt und verherrlicht sie wie eine Göttin, für die – und das ist das Erschreckende daran – er bereit ist, sein Leben zu geben. Oder sogar zu töten«, sagte er stockend und wies den Kellner an, seine Gäste nach ihren Wünschen zu fragen und ihm nochmals Wein nachzuschenken.

Nachdem Ursel und Bernhard ihre Bestellungen aufgegeben hatten, wandte sich die Hurenkönigin mit beklommener Miene an den Gastgeber und bemerkte: »Das ist ja schrecklich … Wenn ich das gewusst hätte! Denn ich muss zugeben, dass ich, und nicht Bernhard, das Buch erstanden habe. Es klang so schön, was der Buchhändler mir daraus vorgelesen hat. Aber wenn es solch ein Machwerk ist, dann will ich es gar nicht mehr haben …«

»Woher hättet Ihr das auch wissen können, verehrte Zimmerin«, entgegnete Heller beschwichtigend. »Das Gefährliche an dieser Schrift ist, dass sie zum offenen Kampf gegen jene aufruft, die das Sakrileg begehen, die Himmelskönigin zu entthronen.« Der Verleger zog besorgt die Stirn in Falten. »Und es findet unter den Anhängern des alten Glaubens eine breite Leserschaft.«

»Oha – das hat nichts Gutes zu bedeuten!«, bemerkte Bernhard unheilvoll. »Wo die Gemüter in der Stadt seit Luthers Thesen doch ohnehin schon so erhitzt sind. – Das haben wir eben im Buchhändlerviertel am eigenen Leibe erfahren dürfen …« Er berichtete Heller von den unerfreulichen Vorkommnissen bei ihrem Messerundgang.

Als der Weinkellner an den Tisch kam und Ursels und Bernhards Trinkbecher mit einem samtigen Burgunderwein füllte, schlug Heller vor, gemeinsam auf den Abend anzustoßen und sich angenehmeren Themen zuzuwenden.

Der Verleger lächelte verschmitzt, während sein Blick zwischen Bernhard und der Hurenkönigin hin- und herwanderte. »Ich bin sehr gespannt, welchen Vorschlag Ihr mir zu unterbreiten habt, verehrte Gildemeisterin. Bernhard hat mir ja schon angedeutet, dass es sich um eine gemeinsame Publikation handelt …«

Ursel hüstelte. Die sonst so couragierte Hurenkönigin war ein wenig befangen, denn noch nie zuvor hatte sie mit einem Verleger gesprochen. – Sie, die im Vergleich zu Bernhard und seinem Editor ziemlich ungebildet war. Dennoch überwand sie ihre Scheu, indem sie sich darauf besann, was Bernhard ihr in den Momenten des Selbstzweifels immer entgegenhielt: Das Leben hatte sie klug gemacht – und zudem lag ihr das gemeinsame Vorhaben ungemein am Herzen.

»Wie Ihr sicherlich schon vernommen habt, mein lieber Doktor Heller, gehe ich nächstes Jahr in den Ruhestand«, begann sie mit wohlgesetzten Worten und fühlte, wie sie immer souveräner wurde. »Da ich von mir behaupten darf, auf ein erfülltes Leben zurückzublicken, und außer meiner langjährigen Tätigkeit als Frauenhauswirtin auch als Ermittlerin in einer Reihe von Mordfällen tätig war – für die ich seinerzeit von der Stadt Frankfurt sogar geehrt wurde und das Bürgerrecht erhielt –, bin ich zu dem Entschluss gekommen, gemeinsam mit meinem Gefährten Bernhard von Wanebach eine zweiteilige Kriminalchronik zu verfassen …« Ursels dunkle Augen hinter den ovalen Augengläsern leuchteten enthusiastisch.

Eckart Heller, der schon viel von der berühmten Frankfurter Hurenkönigin gehört hatte, war angetan von der auch im reifen Alter noch sehr schönen Frau, ihrer dunklen, rauchigen Stimme, den lebendigen Augen und der Würde, die sie verströmte, und in diesem Moment konnte er Bernhard von Wanebach voll und ganz verstehen. Er hatte sich wegen Ursel Zimmer mit seiner Familie überworfen und von Anfang an stolz und unerschütterlich zu seiner Geliebten gestanden. – Im Grunde genommen beneidete er ihn sogar um diese kluge, warmherzige Frau, und als Geschäftsmann, der er war, witterte er in dem Vorhaben zudem noch ein lukratives Unternehmen.

»Wann könnt Ihr liefern?«, fragte er ganz sachlich. »Bis zur nächsten Herbstmesse sollte es präsentabel sein – zumindest der erste Band ...«

Ursel klatschte vor Freude in die Hände. »Heißt das, Ihr wollt es machen?«, erkundigte sie sich aufgekratzt.

»Genau das heißt es«, erwiderte Heller launig. »Kriminalchroniken sind in den letzten Jahren sehr gefragt. Mein Verlag hat damals den Anfang gemacht, mit der Chronik der Frankfurter Gelehrten Anna Stockarn über den mörderischen Arzt Leonhard Stefenelli, der auch als ›König Tod‹ bekannt wurde ... Das Buch verkaufte sich Anno 1510 wie Zunder und liegt bereits in der zwanzigsten Auflage vor ... Und Euer Buch, da bin ich mir sicher, wird sich mindestens genauso gut verkaufen ... bei Eurer Berühmtheit, liebe Zimmerin, und dem illustren Namen eines Bernhard von Wanebach ...«

»Das wäre schön«, sagte Ursel hoffnungsvoll. »Ich kenne übrigens Anna Stockarn und auch ihr Buch. – Bernhard hat es mir seinerzeit vorgelesen. Es hat mir sehr gut gefallen, und Anna ist eine reizende Person. Sie ist ganz schlicht und bescheiden, obwohl sie einer der reichsten Familien Frankfurts angehört und eine hochgeachtete, vortreffliche Gelehrte ist. Ich bewundere Menschen, die ihre Bescheidenheit beibehalten und nicht hochmütig werden, nur weil das Schicksal sie begünstigt. Das ist echte Größe und leider nur selten anzutreffen.«

»Wie wahr!«, stimmte der Publizist der Hurenkönigin zu.

»Ursel war damals selbst in den Fall Stefenelli involviert«, warf Bernhard ein, der mit Vergnügen beobachtete, wie mühelos es Ursel gelang, den Verleger für sich einzunehmen.

»Tatsächlich. – Das müsst Ihr mir jetzt aber genauer erzählen«, wandte sich Doktor Heller an die Hurenkönigin.

Ursel trank einen Schluck des vortrefflichen Weines. »Eine traurige Geschichte …« Sie seufzte schwermütig. »Eine unserer Hübscherinnen, die junge und bildschöne Hildegard Dey, war eines der Opfer dieses bestialischen Arztes. – Alleine der städtischen Totenwäscherin Katharina Bacher ist es zu verdanken, dass der Mord überhaupt aufgedeckt wurde. Der Untersuchungsrichter und die Polizeibehörde waren nämlich stillschweigend davon ausgegangen, dass Hildegard ertrunken war«, erläuterte die Hurenkönigin grimmig. »Eine ganz vortreffliche Frau, diese Katharina Bacher! Sie wäre ja fast selbst zum Opfer dieses Wahnsinnigen geworden. Und ihren armen Vater, den Totengräber Heinrich Sahl, hat der verhängnisvolle Irrtum des Inquisitors sogar das Leben gekostet … Ich darf gar nicht daran denken, sonst erfasst mich wieder die blanke Wut. – Noch nicht einmal entschuldigt haben sich diese Kuttenträger bei der Hinterbliebenen …« Ursel zischte verächtlich und nahm einen tiefen Zug aus dem Trinkbecher.

Heller nickte ernst. »Das ist mir zu Ohren gekommen. Die heilige Kurie in Rom hat so manche Schandtat begangen«, sagte er und lachte bitter auf. »Deswegen strömen einem Martin Luther inzwischen auch derart die Massen zu. Den Leuten sind doch längst die Augen aufgegangen, und sie sind es leid, weiterhin für dumm gehalten und bis aufs letzte Hemd ausgenommen zu werden, damit die Herren Kleriker sich ein schönes Leben machen können. Es wird höchste Zeit, dass diesem ganzen Muff und Filz endlich der Garaus bereitet wird …« Der Verleger hielt plötzlich inne und entschuldigte sich bei der Hurenkönigin für seinen Eifer.

»Das macht doch nichts«, entgegnete Ursel verständnisvoll. »Solcherlei Ansichten sind mir nicht fremd. Bernhard ist der gleichen Meinung, und ich selbst stehe der Kirche ja schon von Haus aus skeptisch gegenüber – bei meinem Gewerbe, das der Geistlichkeit schon immer ein Dorn im Auge war, auch wenn sie die Dirnensteuer, die der Magistrat an geistliche Stiftungen der Stadt weiterleitet, gerne in Anspruch nimmt.«

Als ein ganzer Trupp Kellner mit dampfenden Platten voller Wildbret, Fasan und Kapaun an den Tisch trat, unterbrachen die Hurenkönigin und der Verleger ihr Gespräch und fingen, ebenso wie Bernhard von Wanebach, genussvoll an zu tafeln.

»Lasst uns auf die Kriminalchronik anstoßen«, schlug der Verleger vor und hob seinen Trinkbecher. »Und nach dem Essen sprechen wir noch etwas eingehender darüber. Ihr müsst entschuldigen, aber nach mehr als zehn Jahren sind mir die Mordfälle nicht mehr so gegenwärtig. – Vorausgesetzt, es ist Euch recht?«, fügte er hinzu, als er den verstörten Gesichtsausdruck der Hurenkönigin bemerkte.

Ursel stieß vernehmlich den Atem aus und wechselte mit Bernhard einen beredten Blick. »Das ist es«, erwiderte sie schließlich. »Auch wenn es mir nicht leichtfällt, darüber zu sprechen. Die grausamen Morde an meinen

Mädchen machen mir immer noch sehr zu schaffen«, gestand sie. »Mit der Kriminalchronik schreibe ich mir gewissermaßen eine Last von der Seele – wenn so etwas überhaupt möglich ist.« Sie ergriff zärtlich die Hand ihres Geliebten. »Und mein schlauer Bernhard hilft mir dabei.«

Heller musterte die Gildemeisterin nachdenklich. »Ich kann gut verstehen, dass Euch das nahegeht – nach allem, was man den Frauen angetan hat. Aber ich denke, dass es Euch guttun wird, darüber zu schreiben«, äußerte der Verleger zuversichtlich. »Obgleich ich selbst nicht der schreibenden Zunft angehöre, sondern nur Verleger bin, habe ich doch in den langen Jahren meiner Tätigkeit immer wieder erfahren, wie heilsam das Schreiben für den einen oder anderen Autor sein kann. Für manche ist es sogar weitaus mehr als das – nämlich die reinste Besessenheit. Die Schreibenden sind schon ein Völkchen für sich.« Er lächelte versonnen. »Ich habe in meiner Laufbahn schon viele große Geschichtenerzähler kennengelernt, und sie lassen mich beim Schreiben allesamt an Kinder denken, die vollkommen in ihr Spiel versunken sind.«

»Was für ein schöner Gedanke«, sagte Bernhard. »Das trifft es voll und ganz. – Auch wenn ich nur wissenschaftliche Abhandlungen schreibe und keine schöne Literatur, so vermag mich das Schreiben doch wundersam zu erfüllen. Wenn ich an meinem Schreibtisch sitze, bin ich oft derart vertieft in meine Gedanken, dass ich gar nicht merke, wie die Zeit vergeht …«

Nachdem der Kellner der kleinen Tischgesellschaft zum Dessert noch den ebenso köstlichen wie kostspieligen Frankfurter Mandelkäse kredenzt hatte, ließ Heller noch einmal die Trinkbecher auffüllen und erkundigte sich bei seinen Gästen, ob alles recht gewesen sei.

Ursel und Bernhard ergingen sich in Komplimenten über die wohlschmeckenden Speisen und bedankten sich bei dem Verleger für die schöne Einladung.

Als Heller die Hurenkönigin aufmunternd anlächelte, holte diese tief Luft und begann, von jenem Sommer anno 1511 zu sprechen, an dem das Unheil seinen Lauf nahm und die Hübscherin Rosi verschwand. Während sie stockend berichtete, wie Rosi am Gedenktag von Maria Magdalena ermordet und schrecklich verstümmelt im Main aufgefunden wurde, konnte es die Gildemeisterin nicht verhindern, dass ihr Tränen über die Wangen strömten. Ihre Schilderung war so lebendig und eindringlich, dass selbst der beherrschte Geschäftsmann Heller ergriffen war. Er hing förmlich an Ursels Lippen.

Während sie schilderte, wie sie dem Mörder langsam auf die Schliche gekommen war, war nicht nur Bernhard, der das Grauen noch einmal zu durchleben schien, sondern auch der Verleger schreckensbleich geworden.

»Kompliment, Gildemeisterin, Ihr seid eine brillante Erzählerin!«, entgegnete Heller voll Bewunderung. »Ihr versteht es, Eure Zuhörer in den Bann zu ziehen – und das wird Euch auch mit Euren Lesern gelingen. Da bin ich mir sicher. Ich kann Euch nur ans Herz legen: Schreibt so, wie Ihr sprecht, dann wird die Kriminalchronik ein großer Erfolg werden!«

Ursel blinzelte irritiert. »Aber ich rede doch nur so, wie ich es immer tue, wenn ich etwas erzähle. Ich überlege mir gar nicht, welche Worte ich wählen soll … Wenn ich über die ermordeten Huren spreche oder die bestialische Freifrau … dann sehe ich alles wieder so deutlich vor mir, als wäre es gerade erst geschehen und nicht vor elf Jahren. Es nimmt mich auch so mit, als wäre es mir eben widerfahren, so sehr bin ich im Geschehen drin …«

Doktor Heller legte der Hurenkönigin, die am ganzen Körper bebte, besänftigend eine Hand auf den Arm. »Genau das ist das große Geheimnis der Erzählkunst, liebe Zimmerin. Es ist das Eintauchen in die Menschen und Ereignisse. Das ist es, was eine lebendige Schilderung ausmacht.« Mit einem Mal blickte sich der Verleger verwundert um. »Großer Gott! Wir sind ja die letzten Gäste«, rief er aus und bemerkte, dass die Kellner bereits die Tische wischten. »Es muss schon sehr spät sein«, murmelte er und bat einen der Ober um die Rechnung. Als dieser erschien, erkundigte er sich nach der Uhrzeit.

»Die Rathausuhr hat gerade zur Mitternacht geschlagen«, antwortete der Mann mit der ledernen Schürze höflich.

Auch Bernhard und Ursel waren entgeistert, als sie das hörten.

Bevor sie sich gemeinsam erhoben, erkundigte sich der Verleger bei der Hurenkönigin, wo sie denn zu wohnen gedenke, wenn sie im nächsten Jahr in den Ruhestand gehe.

Über das markante Gesicht der Gildemeisterin glitt ein verschmitztes Lächeln. »Bernhard und ich haben vor, in Bernhards Landhaus auf dem Lohrberg überzusiedeln. Dort können wir in Ruhe an der Kriminalchronik schreiben, lange Spaziergänge unternehmen und ein wenig im Garten arbeiten, wenn uns der Sinn danach steht …« Sie tätschelte dem Gelehrten liebevoll die Schulter.

Bernhard lächelte vergnügt. »So ist es, meine Liebe. – Doch du hast eines vergessen«, setzte er hinzu.

Als Ursel ihn daraufhin begriffsstutzig musterte, erklärte er: »Kinderhüten! – Wir haben Isolde doch angeboten, dass wir uns jederzeit um ihr Kleines kümmern, wenn die jungen Leute mal was vorhaben.« Und an seinen Verleger gerichtet, erläuterte er strahlend: »Meine Nichte Isolde hat doch letztes Jahr geheiratet und ist inzwischen guter Hoffnung. In etwa einem Monat wird sie das Kind zur Welt bringen, und Ursel und ich können es gar nicht erwarten, bis das Kleine endlich da ist … Isolde ist für Ursel und mich fast wie eine Tochter, und wir freuen uns wie die Schneekönige über den Zuwachs!«

Doktor Heller gratulierte Bernhard und Ursel herzlich und bedankte sich bei ihnen für den gelungenen Abend.

Zufrieden und guter Dinge begaben sich die drei anschließend auf den Nachhauseweg.

Christoph Fischer drehte verdrossen seine Runde durch die menschenleere Frankfurter Altstadt. Noch gute sechs Stunden würde sein Dienst andauern, bis es endlich Tag werden würde und er nach Hause, in sein warmes Bett wanken könnte, um endlich wieder bei seiner geliebten Frau zu sein, die ihn wie immer mit offenen Armen empfangen würde. Dann würden sie sich lieben, und nach nur drei Stunden Schlaf musste er schon wieder aufstehen, um in der städtischen Junkerschule seinen Lateinunterricht aufzunehmen. Für den wurde er bedauerlicherweise so lausig bezahlt, dass er nebenbei noch als Nachtwächter arbeiten musste, um sich und seine junge Frau durchzubringen. Und es war nur eine Frage der Zeit, wann sie Zuwachs bekommen würden. Bei aller Müdigkeit und Erschöpfung musste er unwillkürlich lächeln. Sei es drum, dachte er trotzig, und wenn sie einen ganzen Stall voll Kinder hätten und er sich noch mehr plagen müsste, so war er doch seit gut einem halben Jahr der glücklichste Mann der Welt, und keine zehn Pferde könnten ihn wieder zurück zu seiner geistlichen Laufbahn bringen, wo er lange genug ein sauertöpfisches Leben im Zölibat geführt hatte und nicht zu der Frau seines Herzens hatte stehen können. Nein, alles ist besser als das!

Vor genau drei Jahren, als er gerade sein Amt als Kaplan der Liebfrauenkirche angetreten hatte, war Edelgard ihm begegnet. Die junge Kaufmannstochter aus gutem Hause hatte ihn in der Sakristei aufgesucht, um eine Totenmesse für ihre verstorbene Großmutter in Auftrag zu geben. Er hatte in ihre klaren meergrünen Augen geblickt, hatte die Sommersprossen auf Nase und Wangen gesehen, die wie feiner Goldstaub auf ihrem seidigen Teint glitzerten – und das, was er niemals für möglich gehalten hatte, war eingetreten: Er hatte sich mit Haut und Haaren in die liebreizende Patriziertochter verliebt. Als zutiefst gläubiger Mensch, der die Lehren der Heiligen Römischen Kurie niemals in Frage gestellt hatte und seiner Tätigkeit stets mit Ehrgeiz und Freude nachgegangen war, hatte er anfangs heftig mit solcherlei ihm bislang unbekannten Gefühlswallungen gehadert. Nächtelang hatte er gebetet und sich selbst schwere Bußen auferlegt, doch es hatte ihn nicht losgelassen. Im Gegenteil, er war wie besessen von seinen verstörenden Empfindungen, den lüsternen Phantasien, die sich bei ihm unwillkürlich einstellten, wenn er nur an die junge Frau dachte. Und er dachte unentwegt an sie. – Auch ihr schien er nicht gleichgültig zu sein. Ihm fiel auf, dass sie fast täglich den Gottesdienst besuchte, und wenn sich ihre Blicke trafen, warf sie ihm ein derart bezauberndes Lächeln zu, dass er das Gefühl hatte, ihn treffe der Schlag.

In seiner Verzweiflung hatte er sich schließlich seinem Förderer und Mentor anvertraut, dem Dekan der Liebfrauenkirche, Johannes Cochläus, der sich bei der Kurie für ihn verwendet hatte und für ihn wie ein Vater war – ein gestrenger, aber guter Vater, der ihm stets mit großem Wohlwollen begegnete.

Der Herr Dekan war entsetzt über die Anwandlungen seines Schützlings und empfahl ihm den Rückzug ins Gebet, das Tragen eines Bußgürtels und kalte Waschungen.

Mehr als zwei Jahre hatte er mit sich gerungen, hatte sich mit aller Strenge auferlegt, beim Gottesdienst nicht mehr ihren Blick zu suchen, und sich verboten, überhaupt an sie zu denken. Doch als sie der Messe nur ein einziges Mal fernblieb, war er so todunglücklich, dass er sterben wollte.

Und dann hatten sie sich einander offenbart. In der Vorweihnachtszeit, während einer Kollekte für die Stadtarmen. Gemeinsam hatten sie warme Decken und andere Spenden in die Sakristei getragen, und da hatte ihm sein Engel, als sie alleine und unbeobachtet waren, zugeflüstert, wie sehr sie ihn liebe. Mit kehliger Stimme hatte er ihr zugeraunt, dass es ihm genauso ergehe, und wäre in diesem Moment nicht der Küster hereingekommen, wären sie einander in die Arme gefallen …

Der stattliche Mann mit den lang wallenden braunen Haaren und dem feingeschnittenen Gelehrtengesicht, hielt inne und blickte versonnen auf den nächtlichen Römerberg, über den ein Windhauch strich und das bunte Herbstlaub zum Tanzen brachte.

Eines Tages hatte er dann von einem Priester namens Martin Luther gehört, einem streitbaren und mutigen Mann, der seine fünfundneunzig Thesen an die Tür der Wittenberger Schlosskirche geschlagen hatte, in denen er unter anderem auch für die Heirat von Priestern eintrat. Als Mann der Tat hatte sich Luther nicht nur mit einer ehemaligen Nonne vermählt, sondern es gegenüber Kaiser und Reichsständen auch standhaft verweigert, seine Theologie zu widerrufen, was zur Folge hatte, dass der Kaiser die Reichsacht über ihn verhängte.

Christoph Fischer hatte sich den großen Mann aus Wittenberg zum Vorbild genommen und konsequent sein Leben verändert: Er hatte sein Amt aufgegeben und die Frau geheiratet, die er liebte. Dafür hatte er in Kauf genommen, dass sich sein Mentor erbittert von ihm abwandte und Edelgards Eltern, langjährige Gemeindemitglieder der Liebfrauenkirche, ihre Tochter fallenließen.

Während Fischer gleich darauf von der Neuen Kräme kommend den Weg über den Liebfrauenberg einschlug, hielt er beim Anblick der Kirche und des Pfarrhauses beklommen die Luft an. Den Teufel hatte er ihm an den Hals gehetzt, sein ehemals ihm so zugeneigter Förderer, und Fischer war ihm – gottlob! – seither nicht mehr begegnet. Erleichtert wollte Christoph gerade in den Holzgraben einbiegen, als er plötzlich gewahrte, dass vom Brunnen her eine Gestalt auf ihn zuwankte.

Bestimmt einer dieser staubigen Brüder, die in den übervollen Bettlerherbergen während der Herbstmesse kein Obdach mehr gefunden hatten!

»Wohin des Weges?«, rief er streng, erhob die Pechfackel und zückte drohend seine Lanze, denn es gehörte ebenfalls zu den Aufgaben eines Nachtwächters, das lichtscheue Gesindel aus der Stadt zu jagen. – Als er jedoch im Fackelschein das Gesicht von Johannes Cochläus erkannte, stockte ihm vor Schreck förmlich der Atem. Er hat wohl wieder getrunken, ging es Fischer, dem hinlänglich bekannt war, dass der Dekan gerne einen über den Durst trank, durch den Sinn, und er wollte schon das Weite suchen, als der Pfarrer ihn grob am Arm packte. Unwillig versuchte er, sich aus seinem Griff zu befreien, doch Cochläus umklammerte ihn wie ein Schraubstock.

»Was untersteht Ihr Euch!«, entfuhr es dem Nachtwächter aufgebracht, und er gab dem Betrunkenen einen Schubs.

»Ich verfluche dich, du elender Nestbeschmutzer!«, gellte die schrille Stimme des Dekans durch die nächtliche Stille. »Dich und deine vermaledeite Hure soll der Teufel holen …!«

Hätte Cochläus nur ihn beleidigt, hätte es Fischer darauf beruhen lassen und wäre weiter seiner Wege gezogen. Dass er aber seine geliebte Frau als Hure verunglimpfte, konnte er nicht dulden. Er ließ die Lanze fallen und verpasste dem Pfarrer eine schallende Ohrfeige.

Das vom Alkohol gerötete Gesicht des Dekans war hassverzerrt. Er spie verächtlich vor seinem früheren Protegé aufs Pflaster und schrie: »Verrecken soll sie, die läufige Hündin, die dich immerzu umgarnt hat! Verrecken soll sie!«

Jetzt wurde es dem stattlichen jungen Mann zu bunt. Entgegen seiner sonst eher friedfertigen Art packte er den Störenfried kurzerhand am Kragen. »Schweig still, du Pharisäer!«, herrschte er ihn an. »Und wenn du es noch einmal wagst, auch nur ein Wort gegen meine Frau zu sagen, erschlage ich dich mit meiner Lanze wie einen räudigen Hund!«

Scheinbar hatte der Zorn des wehrhaften jungen Nachtwächters den Dekan in seine Grenzen gewiesen, denn er wandte sich plötzlich von Fischer ab und trottete dem Pfarrhaus zu.

Als Christoph Fischer wenig später auf wackligen Beinen den Holzgraben entlanghastete, vernahm er vom benachbarten Liebfrauenberg erneut laute Schreie. Es war unverkennbar die Stimme von Cochläus.

»Er war wie ein Sohn für mich, der Junge … Sie hat ihn mir geraubt, diese Schlange! Hat immer so getan, als wär sie die keusche Susanne, das scheinheilige Luder, dabei hat sie's faustdick hinter den Ohren … Verrecken soll sie, diese Pfaffenhure! Verrecken soll sie!«

Die immer hasserfüllter und unflätiger ausgestoßenen Flüche des Pfarrers schmerzten Fischer förmlich in den Ohren und raubten ihm beinahe den Verstand. Hin- und hergerissen, ob er zum Liebfrauenberg zurückkehren sollte, um dem Schreihals das Maul zu stopfen, oder ob er das Weite suchen und davonlaufen sollte, entschied er sich schließlich für Letzteres und rannte und rannte, bis er weit genug weg war, um die Hasstiraden nicht mehr hören zu müssen.

2

Dienstag, 16. Oktober 1522

Auf dem finsteren Heuschober über dem Kuhstall war es wie immer um die Jahreszeit feuchtkalt. Die große Kälte aber mit dem strengen Frost, der einem die Glieder steif werden ließ, würde erst noch kommen. Michel Schuch, der seit nunmehr acht Jahren hier oben seine Schlafstatt hatte, wusste das nur zu gut. Da musste man schon noch ein Schafsfell um sich legen, um im Schlaf nicht zu erfrieren. Dennoch war Michel ganz froh über seine armselige Behausung – er hatte es in seinem jungen Leben weiß Gott schon schlechter getroffen. Immerhin ließ man ihn in Ruhe, hier oben war er gewissermaßen sein eigener Herr, zumindest bis die Melkmägde zu nachtschlafender Zeit in den Stall kamen, um die Kühe zu melken. Da konnte es dann zuweilen schon vorkommen, dass die Frauenzimmer ihn hänselten oder sich sonst wie über ihn lustig machten. Aber auch damit konnte sich Michel arrangieren, denn er hatte früh die Erfahrung machen müssen, dass es weitaus Schlimmeres gab, was einem widerfahren konnte, als ausgelacht zu werden.

Mit klammen Beinen kroch er von seinem Strohsack

und tastete nach dem Zunder, der auf der alten, wurmstichigen Holztruhe, die sein einziges Mobiliar war und in der er seine »Schätze« und wenigen Habseligkeiten aufbewahrte, neben einem kleinen Talglicht lag. Mit geübten Handgriffen hatte das trockene Moos Feuer gefangen, und er konnte die Talgkerze daran entzünden. Hastig begann Michel seine Morgentoilette, die darin bestand, sich die dünnen, strähnigen Blondhaare aus dem Gesicht zu streichen, die grobleinene braune Kutte vom Boden neben seiner Schlafstelle aufzuklauben, sie zweimal auszuschütteln, um Strohreste, Flöhe und anderen Unrat daraus zu entfernen; immerhin handelte es sich bei dem abgetragenen Kleidungsstück mit dem verwaschenen Herz und den sieben Schwertern darin um das traditionelle Gewand der Marienpilger – und Michel war stolz, es zu tragen. Nun war er bereit für sein Morgengebet. Mit zärtlicher Inbrunst glitt sein Blick auf den vergilbten, billigen Druck, der mit einem rostigen Nagel an der Bretterwand über der Truhe befestigt war. Es war eine Darstellung der sogenannten »Schmerzhaften Mutter«, der Jungfrau Maria, deren Brust von sieben Schwertern durchbohrt war. Das Haupt der Gottesmutter war gramgebeugt, das reine, wachsbleiche Antlitz kündete von unsäglichem Leid, verzweifelt rang Maria die Hände.

Michel kniete vor der Abbildung nieder, faltete die Hände zum Gebet und sprach das Ave-Maria.

Solange er denken konnte, verband ihn mit der Heiligen Jungfrau eine tiefe, aufrichtige Liebe. Als Findelkind, das zwischen vom Magistrat bezahlten Pflegeeltern unzählige Male hin- und hergeschoben worden war, weil niemand den verkümmerten, bettnässenden Knaben, der überdies noch an der Fallsucht litt, länger bei sich haben wollte, war ihm jedwede Art menschlicher Zuneigung stets fremd geblieben. Dennoch sehnte sich Michel unsagbar nach Mutterliebe, und so hatte er früh den Weg zur Gottesmutter gefunden, die ihn in ihrer grenzenlosen Güte nicht verstoßen hatte wie seine leiblichen Eltern und die zahllosen Pflegefamilien. Mit all seinen Sorgen konnte er zu ihr kommen. Sie hörte ihn an, sprach ihm Mut zu – manchmal gab sie ihm auch einen guten Rat. Nur von der Fallsucht hatte selbst sie ihn nicht erlösen können.

»Gott prüft dich, mein Junge. Sei tapfer und fromm, hab Geduld im Herzen, und du wirst ein Kind des ewigen Lebens werden«, hatte sie auf sein Flehen geantwortet und ihm wieder Zuversicht geschenkt.

Oft träumte er nachts von der Himmelskönigin – zuweilen auch am Tag –, und dann konnte er oft nicht mehr unterscheiden, was Traum war und was Wirklichkeit. Und in letzter Zeit gab sie ihm sogar Befehle.

»Lass es nicht zu, dass diese Frevler mich entthronen … Sei mein Rächer!« Die Worte der Heiligen Jungfrau hallten Michel noch in den Ohren wie heller, durchdringender Glockenklang.

Er schüttelte sich heftig. Er mochte dieses Dröhnen nicht. Es war … es war, als ob er einen Anfall bekäme! In einem Anflug von Panik steckte sich Michel die Finger in die Ohren. »Nein, bitte nicht! Bitte, bitte verschone mich!«, stammelte er verzweifelt – und das Hallen ebbte allmählich ab.

Erleichtert wischte er sich den kalten Schweiß von der

Stirn, als auch schon die Stalltür aufgerissen wurde und die Melkmägde mit ihren Fackeln in den Stall traten. Behende stieg er die wacklige Leiter hinunter, um sein Tagwerk zu beginnen. Mit scheuem, unterwürfigem Lächeln grüßte er die Frauen in der Hoffnung, dass es sie milde stimmen und ihre Spötteleien nicht gar so grob geraten würden. Wohl wissend, wie launisch und unberechenbar die Weibsleute sein konnten. Hatten sie ihn gestern noch unflätig verhöhnt, so war es ihm doch bisweilen widerfahren, dass ihm die eine oder andere einen Becher warme, frisch gemolkene Milch reichte, die er besonders gerne mochte.

Heute indessen waren die Frauen eher müde und wortkarg, beachteten ihn kaum und gingen schweigend ihrer Arbeit nach, während er die vollen Milcheimer einsammelte und die warme, noch dampfende Milch in große, irdene Milchkrüge goss, die auf einem Holzkarren bereitstanden, um sie später mit einem Ochsengespann an die einzelnen Haushalte auszuliefern.

Die Uhr vom fernen Römerrathaus schlug gerade die sechste Morgenstunde, als Michel mit dem vollbeladenen Wagen, auf dem außer Milchkannen auch Säcke mit Kartoffeln und Äpfeln verstaut waren, den städtischen Rahmhof verließ und den Weg zur Katharinenpforte einschlug.

Als er gleich darauf den Kornmarkt erreicht hatte, zügelte er das Ochsengespann, ergriff die Handschelle, die unter dem Kutschbock lag, und läutete vernehmlich.

Nach und nach öffneten sich die Haustüren, und verschlafen dreinblickende Mägde und Hausfrauen eilten mit Kannen und Krügen in den Händen auf den Wagen zu. Im flackernden Schein der Pechfackel, die seitlich des Kutschbocks befestigt war, füllte Michel mit Hilfe einer großen, becherförmigen Schöpfkelle frisch gemolkene Milch in die dargereichten Behältnisse, nahm die Kupfermünzen in Empfang, die er in einem Lederbeutel an seinem Gürtel verwahrte, und hielt mit der einen oder anderen Kundin einen Schwatz. Die meisten wussten um sein schweres Geschick und rechneten es ihm hoch an, dass er sich trotz allem ein sonniges Gemüt bewahrt hatte.

Es war neblig und nasskalt, so dass es die Frauen eilig hatten, wieder in ihre warmen Stuben zurückzukehren.

Michel, der wegen seines gutmütigen, freundlichen Wesens allseits beliebt war, rief den Entschwindenden ein fröhliches »Gott mit Euch!« hinterher und trieb die Ochsen mit einer Weidengerte an. Wobei er stets darauf bedacht war, nicht zu fest zuzuschlagen, um den Tieren keinen unnötigen Schmerz zuzufügen.

Als Michel das Ende des Kornmarkts erreicht hatte, brachte er an der Ecke Schüppengasse/Buchgasse erneut den Wagen zum Stehen. Er hatte schon die große Messingschelle ergriffen, als er im Fackelschein vor dem Haus zum Strauß die Konturen einer Gestalt entdeckte, die auf dem Boden zu kauern schien. Michel packte die Fackel und leuchtete in ihre Richtung. Beim genaueren Anblick entrang sich ihm unwillkürlich ein Entsetzensschrei. Das wachsbleiche Gesicht der jungen Frau, das von namenlosem Leid kündete, das weiße Tuch über ihrem Haupt, die zum frommen Gebet gefalteten Hände und die kniende Haltung, gemahnten ihn so sehr an die Schmerzensmutter, dass Michel des Glaubens war, er habe wieder eine seiner Visionen.

Panisch sprang er vom Kutschbock und hastete mit der Fackel in der Hand auf das Trugbild zu, während er mit bebender Stimme ein Gebet stammelte. Doch je näher er an das Gebilde herantrat und es in flackerndes Licht tauchte – es mochte sich einfach nicht verflüchtigen, wie dies sonst nach geraumer Zeit immer der Fall war. Fassungslos blickte Michel in das leichenblasse Antlitz mit den erstarrten, schreckensgeweiteten Augen, und mit einem Mal überkam ihn die schreckliche Gewissheit, dass er die Frau kannte. Die gleichzeitige Erkenntnis, dass sie tot war, traf ihn wie ein Blitzschlag, und Michels Schreie wurden immer lauter und verzweifelter. Bevor ihm im nächsten Augenblick ein heftiger Anfall jegliche Besinnung raubte, gewahrte er mit Entsetzen, dass die Brust der Toten einer einzigen blutigen Wunde glich.

»Sei mein Rächer!«, hallte es durch seine Sinne, ehe sich sein Körper in konvulsivischen Krämpfen auf dem Pflaster krümmte.

Als Christoph Fischer in der benachbarten Sandgasse das vertraute Schellengeläut des Milchmanns hörte, dachte er erleichtert, dass er nur noch ungefähr eine Stunde zu arbeiten hatte, denn um die siebte Morgenstunde würde es hell werden, und er könnte den Tag ansingen und seine Nachtwache beenden. Kurzerhand beschloss er, dem Läuten nachzugehen, um für Edelgard und sich einen Schoppen frische Milch zu holen. Damit könnten sie sich zum Frühstück einen herzhaften Haferbrei bereiten … Ihm knurrte schon jetzt vernehmlich der Magen, denn in Anbetracht der knappen Haushaltskasse fielen die Speisen bei ihnen entsprechend karg aus, und es war gute zwölf Stunden her, dass er etwas gegessen hatte. Er tastete unter seinem Umhang nach dem inzwischen leeren Bierkrug, dessen schaler Inhalt seine einzige Stärkung während der langen Nachtschicht gewesen war. In den Krug würde er jetzt die Milch einfüllen lassen.

Während der Nachtwächter in den oberen Kornmarkt einbog, vernahm er vom Ende der Gasse plötzlich laute Schreie, die ihn in ihrer Eindringlichkeit daran gemahnten, dass etwas passiert sein musste. Angespannt umklammerte er den Schaft seiner Lanze und rannte in die Richtung des Lärms. Als er sich dem Geschehen näherte, sah er, dass sich unweit des Ochsengespanns bereits eine kleine Menschengruppe versammelt hatte, die aufgeregt gestikulierte.

Beim Näherkommen bemerkte er, dass jemand am Boden lag, der sich wie ein Berserker gebärdete. Ein Mann, den Fischer anhand seiner dunkelgrünen Tracht als Stangenknecht ausmachen konnte, kniete am Boden und versuchte vergeblich, den Tobsüchtigen zu beruhigen, bei dem es sich, wie er nun unschwer erkennen konnte, um den Milchmann handelte. Die anderen drei Personen, die aufgelöst danebenstanden und hilflos zusahen, waren Frauen.

»Kann ich helfen?«, erbot sich Fischer, der wusste, dass Michel unter Fallsucht litt, couragiert, obgleich es ihn gehörig vor dem Tobenden grauste.

Der Stangenknecht hob den Kopf und blickte erschrocken in Fischers Richtung. Als er den Nachtwächter erkannte, sprang er auf, als habe ihn ein Peitschenhieb getroffen, und stürzte mit panischem Blick auf den verdatterten Mann zu. Er stellte sich ihm mit ausgebreiteten Armen in den Weg und stieß mit kehliger Stimme hervor: »Nicht weitergehen! Bleibt, wo Ihr seid!«

»Warum denn …?«, entfuhr es Fischer unwillig, als er mit wachsender Bestürzung sah, wie eine der Frauen nach hinten hastete, wo sie sich hektisch an etwas zu schaffen machte, das er nicht genauer erkennen konnte. Sie schien ein helles Tuch darüberzubreiten. Die beiden anderen Frauen schauten betroffen zu ihm herüber und waren in Tränen ausgebrochen.

»Was ist denn in Euch gefahren?«, begehrte Fischer auf und befreite sich ruckartig aus dem Griff des Stangenknechts, der die Arme um ihn gebreitet hatte und ihn aus unerfindlichen Gründen daran hindern wollte weiterzugehen. Er fühlte mit einem Mal, wie sich alles in ihm zusammenkrampfte, so dass ihm der Atem stockte. Seine ganze Aufmerksamkeit begann sich nun auf das sperrige Bündel vor dem Haus zum Strauß zu richten, welches die Frau versucht hatte, mit einem Tuch zu kaschieren. – Vor *seinen* Blicken zu kaschieren? Christoph machte einen Sprung nach vorn und sah, dass sich unter dem Tuch eindeutig die Konturen einer Gestalt abzeichneten. Ihm schwante Schreckliches, und jetzt gab es für ihn kein Halten mehr. Mit bebenden Fingern ergriff er einen Zipfel des Tuchs und zog es herunter.

Als er gleich darauf das schmerzverzerrte Antlitz von Edelgard gewahrte und in ihre toten, gebrochenen Augen blickte, die von unvorstellbarer Pein kündeten, mochte er zunächst seinen Sinnen nicht trauen und war wie gelähmt vor Schmerz. Der Anblick seiner geliebten Frau, die so grauenhaft gemartert worden war, war mehr, als Christoph ertragen konnte, und sein Herz zerbarst augenblicklich in tausend Teile. Er hatte das Gefühl, ins Bodenlose zu stürzen, und hörte nicht mehr auf zu schreien.

Es fing gerade an, hell zu werden, als der Stadtarzt Doktor Schütz am Unglücksort eintraf. Untersuchungsrichter Fauerbach, der kurz zuvor angekommen war, eilte ihm im Gefolge des aufgeregten Hauseigentümers, Gilbrecht von Holzhausen, mit finsterer Miene entgegen.

Ehe Fauerbach dazu kam, das Wort an den Arzt zu richten, knarzte der Patrizier, dem der Menschenauflauf vor seinem Wohnhaus offensichtlich unangenehm war, ungeduldig: »Das wird aber auch Zeit! Sorgt mir bitte auf der Stelle dafür, dass die Leiche abgeholt wird, damit sich der Pulk vor meiner Haustür endlich auflöst … Man traut sich ja kaum noch vor die Tür …«

Der erfahrene Arzt bedachte Holzhausen mit einem kühlen Blick. »Alles zu seiner Zeit«, beschied er ihn resolut und trat mit Fauerbach ein Stück zur Seite, um sich ungestört mit ihm zu besprechen.

»Der Milchmann hat sie vorhin entdeckt – und hat vor lauter Entsetzen wohl gleich den Veitstanz gekriegt«, erklärte der junge Richter und wies mit dem Kopf zu dem Milchlieferanten, der, offensichtlich wieder bei klarem Verstand, erschöpft auf dem Kutschbock seines Wagens saß und mit leerem Blick vor sich hin starrte. »Um den braucht Ihr Euch nicht mehr zu kümmern, ich werde ihn anschließend noch genauer befragen, und dann mag er wieder seiner Wege ziehen.«

Doktor Schütz, der Michel schon von klein auf kannte, ließ es sich jedoch nicht nehmen, kurz zu ihm zu gehen und sich nach seinem Befinden zu erkundigen, ehe er zielstrebig auf den Mann zuging, der ausgestreckt auf dem Pflaster lag. Der Stangenknecht, der bekümmert an seiner Seite stand, hatte den Kopf des Bewusstlosen fürsorglich auf seinen Umhang gebettet.

»Das ist der Mann der Ermordeten«, informierte ihn der Untersuchungsrichter. »Er hat in der Nähe seinen Dienst als Nachtwächter versehen und kam hierher, als er das Geschrei hörte. Der arme Teufel muss wohl durchgedreht sein, als er seine tote Frau gesehen hat, und da hat ihm der Stangenknecht einen Kinnhaken verpasst, um ihn außer Gefecht zu setzen.«

»Ich … ich hab ihm doch nichts tun wollen«, grummelte der Gendarm zerknirscht. »Ich wollte ihm nur helfen, so verzweifelt, wie er war. Das konnte man ja nicht mehr länger mit ansehen …«

Doktor Schütz beugte sich über den Nachtwächter, ertastete seinen Herzschlag und fühlte den Puls.

»Das Herz rast immer noch wie verrückt. Aber das ist ja auch kein Wunder, nach diesem Schock. Ich werde ihn ins Spital bringen lassen. Da bekommt er eine Opiumtinktur, damit er erst mal ruhiggestellt ist und sich in seiner Verzweiflung keinen Schaden zufügen kann.« Doktor Schütz strich Fischer mitleidig die Haare aus der schweißnassen Stirn. »Was für ein Unglück …« Er schüttelte den Kopf. »Die beiden waren doch erst frisch verheiratet und müssen einander sehr geliebt haben …«

»Wann werde ich ihn befragen können?«, unterbrach ihn der Richter unwillig. »Denn als der Ehemann der Toten ist ihm gewiss etwas aufgefallen, das uns bei der Aufklärung des Falles weiterhelfen kann …«

»Bestimmt nicht vor heute Abend«, erwiderte Doktor Schütz energisch. »Gönnt dem armen Kerl doch diese kurze Amnesie – sein ganzes Leid wird noch früh genug über ihn hereinbrechen …«

»Schon, aber mir ist sehr daran gelegen, den Fall sobald wie möglich aufzuklären und denjenigen, der diese abscheuliche Tat begangen hat, an den Galgen zu bringen«, insistierte der Richter und blickte ungeduldig zu der Leiche von Edelgard Fischer, die sich noch immer neben der Eingangstür des Hauses zum Strauß befand und inzwischen mit einem Laken bedeckt war, um sie vor den Blicken der Schaulustigen zu schützen.

»Der Leichenwagen muss gleich eintreffen«, entgegnete Schütz. »Hier vor all diesen Leuten kann ich sie mir sowieso nicht in Ruhe anschauen.«

Als gleich darauf der Wagen eintraf und die beiden Leichenträger den steifen Körper der Toten auf die Bahre laden wollten, erteilte der Arzt den Männern jedoch die Anweisung zu warten, denn er wollte vorab noch einen Blick auf die Leiche werfen. Doktor Schütz befahl den Leichenträgern, das Laken auszubreiten und es vor die Tote zu halten, was nur notdürftig gelang. Unter den erregten Ausrufen der Menge besah sich der Doktor die erstarrte Gestalt, die auf dem Boden kniete und die Hände vor der Brust gefaltet hatte. »Der Mörder hat sie hergerichtet und ausstaffiert wie die Mater dolorosa – das kommt nicht von ungefähr«, murmelte er mit ernstem Blick an den Richter gewandt.

Dieser nickte und erwiderte mit gesenkter Stimme: »Demnach handelt es sich bei dem Täter mit hoher Wahrscheinlichkeit um einen Marienverehrer …«

Doktor Schütz hob skeptisch die Brauen in die Höhe. »Zumindest will er uns das glauben machen«, entgegnete er sinister und wies die Friedhofswärter an, die Leiche abzutransportieren.

Um die zehnte Morgenstunde, unmittelbar nach der Leichenschau, die Doktor Schütz im Beisein des Untersuchungsrichters durchgeführt hatte, erstattete der Richter Bürgermeister Reichmann und seinem Stellvertreter Fichard im Bahrhaus des Peterskirchhofs mit belegter Stimme Rapport: »Entdeckt wurde die Tote vom Milchlieferanten des städtischen Rahmhofs, Michel Schuch, als er um sechs Uhr früh die Milch ausfuhr«, begann Fauerbach in amtlichem Tonfall. »Der Mann, der bekanntermaßen unter der Fallsucht leidet, bekam beim Anblick der Leiche vor Schreck einen Anfall, von dem er sich später jedoch wieder erholt hat. Er bekundete mir gegenüber, dass ihm in der Umgebung des Fundorts keinerlei Verdächtige aufgefallen seien …«, Fauerbach hielt kurz inne, bedachte die Würdenträger mit einem unheilvollen Blick und stieß vernehmlich die Luft aus. »Die Tote wurde vom Mörder in kniender Haltung, mit zum Gebet gefalteten Händen vor dem Haus zum Strauß platziert«, presste er hervor. »Wie der Hohe Rat sicherlich wissen, handelt es sich hierbei um das Stadthaus von Herrn Gilbrecht von Holzhausen – in welchem der Herr Bürgermeister und die Herren des Rates am 14. April vergangenen Jahres Martin Luther auf seiner Reise nach Worms feierlich willkommen hießen …«

»Ach, du großer Gott!«, entfuhr es dem Bürgermeister. »Was hat denn das zu bedeuten?«

»In Anbetracht dessen, dass die Tote in Haltung und Kleidung an die Mater dolorosa gemahnte, die sogenannte ›Schmerzensmutter‹, und ebenso wie diese sieben Einstiche im Brustbereich aufweist, die, Doktor Schütz zufolge, mit hoher Wahrscheinlichkeit von einem Schwert herrühren, kann ich nur sagen: Nichts Gutes!«, konstatierte Fauerbach düster und erteilte dem Stadtarzt das Wort.

»Die Breite der Stichwunden, von denen drei ins Herz trafen, und die Tatsache, dass sie den gesamten Torso des Opfers durchbohrten, lassen keine andere Schlussfolgerung zu«, erläuterte Doktor Schütz. »Auch wenn die Tote sehr fragil gebaut ist, ein Messer oder ein Dolch besitzen keine so lange Klinge …«

»Das ist ja bestialisch!«, stieß der Bürgermeister hervor, der bei den Ausführungen des Medikus aschfahl geworden war.

»In der Tat«, bestätigte Doktor Schütz und fragte den Bürgermeister besorgt, ob er vielleicht einen Schluck Wasser mochte.

»Nein, nein, fahrt fort«, erwiderte Reichmann heiser. »Ich hoffe nur, es kommen nicht noch mehr solcher Scheußlichkeiten …«

»Das nicht. Die Leiche weist keine weiteren Verletzungen auf …«, sagte der Arzt zögernd. »Doch der Mörder hat dem Opfer eine Haarsträhne abgetrennt, die er als eine Art Trophäe mitgenommen hat. Außerdem hat er mit dem Blut des Opfers das Wort ›Pfaffenhure‹ auf den Lendenbereich der Toten geschrieben. Sein Zynismus scheint offenbar keine Grenzen zu kennen.«

»Das sieht mir ganz nach einem bestialischen Racheakt aus dem Lager der Marienverehrer aus«, grummelte Fichard in seinen Bart. »Die Sache ist äußerst heikel. Wir werden uns erst einmal eingehend beraten müssen, wie vorgegangen wird, damit … damit es nicht noch mehr böses Blut gibt als ohnehin schon. Immerhin haben wir Herbstmesse, und hohe Gäste haben sich angekündigt …« Er wechselte mit dem Bürgermeister, dessen engster Freund und Vertrauter er war, einen verschwörerischen Blick.

Reichmann nickte. »Ich weiß. Der Erzbischof von Mainz wird erwartet. Und der ist nun einmal den Marienverehrern sehr gewogen.« Er seufzte vernehmlich.

»Genauso wie der Kaiser, dem unsere Stadt das Messeprivileg verdankt«, fügte der gewiefte Jurist Fichard hinzu. »Und den dürfen wir auf keinen Fall durch die voreilige Verhaftung eines Papisten vor den Kopf stoßen.« Er fixierte den Untersuchungsrichter eindringlich. »Ihr werdet also in Euren Ermittlungen äußerst behutsam vorgehen müssen, mein lieber Fauerbach – und Euch nicht in Eurem Übereifer auf den Falschen einschießen. Jeglicher Verdacht muss sich erst als hieb- und stichfest erweisen, bevor Ihr etwas unternehmt. Habt Ihr mich verstanden?« Als er Fauerbachs verärgerten Gesichtsausdruck sah, fügte er mit hämischem Grinsen hinzu: »Am klügsten wird es sein, Ihr setzt den Herrn Bürgermeister und mich über Eure Ermittlungen in Kenntnis – und zwar, *bevor* Ihr zur Tat schreitet und nicht hinterher«, bemerkte Fichard mit einiger Schärfe.

»Ihr wollt mir also zu verstehen geben, wenn der Täter ein Marienverehrer ist, soll er ungeschoren bleiben, weil Erzbischof und Kaiser schützend ihre Hand über ihn halten?« Der Untersuchungsrichter schnaubte aufgebracht.

Fichard schüttelte unwirsch den Kopf. »Das nun nicht gerade. Schließlich hat das Recht immer Vorrang, und wer gemordet hat, muss auch bestraft werden. Ich will Euch lediglich zu verstehen geben, dass Ihr mit einem gewissen Fingerspitzengefühl vorgehen sollt, denn daran mangelt es Euch zuweilen, wie uns die Vergangenheit gelehrt hat. Ich erinnere nur an den Fall Uffsteiner …«

»Was ja auch ans Licht gebracht hat, dass sich die vornehmen Herrschaften der unterlassenen Hilfeleistung schuldig gemacht haben«, fiel ihm der Untersuchungsrichter ins Wort, dessen hageres Gesicht sich vor Unmut gerötet hatte. Mit bebenden Händen nestelte er ein zerknittertes Schriftstück aus der Tasche seines schwarzen Amtstalars, entfaltete es und las mit erhobener Stimme vor: »›Tod dem Minotaurus im Mönchsgewand und seiner *Pfaffenhure*‹ – genau dieses Wort hat der Mörder mit Blut auf den Bauch des Opfers geschrieben.« Fauerbach hob bedeutungsvoll den Blick und las dann weiter: »›Kampf den reformierten Frevlern, die das heilige Zölibat brechen und die Gottesmutter entthronen!‹ – Dieses Pamphlet ist mir am Sonntagabend in der Buchgasse in die Hände gekommen. Es stammt zweifelsohne aus dem Lager der Marienverehrer. Und in diesem Kreis ist auch der Mörder zu suchen – ob das dem Kaiser nun gefällt oder nicht!« Erbost musterte er den Bürgermeister und seinen Berater.

»Jetzt macht aber mal halblang, Fauerbach!«, beschwichtigte der Bürgermeister. »Ich kenne diese Schmähschrift, und es ist ein offenes Geheimnis, wer sie verfasst hat. Kein anderer als unser geschätzter Dekan der Liebfrauenkirche, Johannes Cochläus.« Er streifte den jungen Juristen mit einem spöttischen Lächeln. »Natürlich ist Cochläus ein religiöser Eiferer, der den Lutheranern den Kampf angesagt hat …« Er lachte trocken auf. »Erst recht, nachdem ihm anno 1520 bei seiner Bewerbung um die Rektorenstelle an der neuen Junkerschule der Humanist und Lutheranhänger Wilhelm Nesen vorgezogen wurde. – Aber nur, weil Cochläus der Verfasser dieser Hetzschrift ist und dem Opfer das Wort ›Pfaffenhure‹ auf den Leib geschrieben wurde, heißt das ja noch lange nicht, dass er den Mord auch begangen hat.« Er beäugte den Richter herablassend. »Und unter uns gesagt, mein lieber Fauerbach: Eine solch abscheuliche Tat würde ich dem Guten gar nicht zutrauen!«

»Dem kann ich mich nur voll und ganz anschließen«, stimmte ihm Johann Fichard zu. »Ihr solltet Euch auf die Tatsachen konzentrieren, Fauerbach. Befragt meinethalben die Anwohner des Kornmarkts, ob ihnen etwas Verdächtiges aufgefallen ist. Die Ermordete muss doch lauthals geschrien haben, als der Mörder mit dem Schwert auf sie einstach, das muss doch jemand gehört haben …«

»Moment!«, unterbrach ihn Doktor Schütz energisch.

»Ihr habt mich vorhin nicht zu Ende referieren lassen. Als die Tote heute Morgen aufgefunden wurde, war die Leichenstarre bereits voll ausgebildet. In Anbetracht der eher kühlen Temperaturen bedeutet das, dass sie seit mindestens vierzehn Stunden tot war. Es muss deshalb davon ausgegangen werden, dass sie bereits gestern am späten Nachmittag oder frühen Abend ermordet wurde. Und das mit Sicherheit nicht auf dem Kornmarkt. Am Fundort der Leiche finden sich nämlich keinerlei Blutspuren, und es ist meiner Ansicht nach auch völlig auszuschließen, dass der Mörder die Tat an einem so belebten Ort inmitten des Messetreibens begangen hat.«

»Er muss sie an einem entlegenen Ort umgebracht und sie zu nachtschlafender Zeit an das Haus zum Strauß gebracht haben, wo sie am Morgen gefunden wurde«, mischte sich der Untersuchungsrichter ein. »Auch wenn alles darauf hinweist, dass es sich bei dem Mord um einen Racheakt handelt … Soweit mir bekannt ist, war der Ehemann des Opfers früher einmal Kaplan in der Liebfrauenkirche …«, er streifte Reichmann und Fichard mit einem vielsagenden Blick, »… und überdies ein Protegé von Dekan Cochläus, bevor er sein geistliches Amt niederlegte, um die Frau seines Herzens zu heiraten. Das alles, das Wort ›Pfaffenhure‹ auf dem Bauch des Opfers sowie seine Platzierung vor dem Haus zum Strauß, in dem letztes Jahr Martin Luther logierte, lassen es naheliegend erscheinen, dass sich der Täter bei den Reformierten mit der Schreckenstat rächen will. Es handelt sich hierbei jedoch mitnichten um Mord im Affekt, im Gegenteil: Ich denke, der Mörder hat den Tathergang ganz genau geplant …«

Fichard nickte zustimmend. »Möglicherweise hat er die Fischerin irgendwo hinbestellt – an einen abgelegenen Ort, wo er sie ungestört töten und entsprechend herrichten konnte. Von daher wäre es von größter Wichtigkeit, Erkundigungen in der Nachbarschaft des Opfers anzustellen, ob den Leuten etwas aufgefallen ist, was uns zu dem Mörder führen kann … Außerdem solltet Ihr unbedingt auch den Ehemann befragen, mein lieber Fauerbach«, knarzte der studierte Jurist belehrend.

»Das hatte ich ohnehin vor«, erwiderte der Untersuchungsrichter verschnupft. »Sobald Fischer ansprechbar ist, werde ich ihn fragen. Und die Nachbarn des Mordopfers werde ich aufsuchen, sobald wir hier fertig sind.«

»Ich denke, das sind wir«, beschied ihn der Bürgermeister kühl. »Zumindest fürs Erste. Und wenn Ihr die Befragungen abgeschlossen habt, erwarte ich Euch im Rathaus zu einem vorläufigen Rapport.«

Um die fünfte Nachmittagsstunde betätigte Bernhard von Wanebach den Türklopfer an dem imposanten Stadthaus der Patrizierfamilie Basdorf im Hirschgraben und wartete unter dem hohen Torbogen, dass ihm geöffnet wurde. Als gleich darauf eine junge Frau mit einer gestärkten weißen Flügelhaube im Türrahmen erschien und ihn liebevoll umarmte, glitt ein freudiges Lächeln über sein Gesicht. Er küsste sie auf die Stirn und fragte mit Blick auf ihren vorgewölbten Bauch: »Wie geht es dir, mein Kind? Ich hoffe, ihr beide seid wohlauf?«

Die junge Frau mit dem hübschen sommersprossigen

Gesicht strahlte und führte Bernhard in die holzgetäfelte Halle. »Es geht uns ausgezeichnet, mein lieber Oheim, und unser Sprössling bewegt sich immer ausgelassener in meinem Bauch. Ich glaube fast, er hat es eilig und will bald das Licht der Welt erblicken«, entgegnete sie und lachte.

»Ach Gott, Kind«, entfuhr es Bernhard besorgt. »Ob es dann so eine gute Idee ist, dass ich dir deinen Markus entführe und mit ihm zu dieser Lesung gehe?«

»Aber natürlich, Onkelchen! Mach dir bloß keine Sorgen. Als die alte Irmgard, die Hebamme, gestern meinen Bauch abgehört und befühlt hat, hat sie gesagt, dass es mit der Geburt wohl noch gut zwei Wochen dauern wird. ›Bestimmt nicht vor November‹, hat sie mir versichert – und die muss es ja schließlich wissen. Außerdem fiebert Markus dieser Lesung schon tagelang entgegen und kann es gar nicht abwarten, diesem Ulrich von Hutten zu begegnen.«

Indessen war ein stattlicher junger Mann mit einem gutgeschnittenen Gesicht hinter sie getreten und breitete zärtlich die Arme um Isoldes Leib. »Was bin ich doch für ein Tor, es vorzuziehen, einem alten Reichsritter zu lauschen, als daheim bei meinem süßen Eheweib zu bleiben«, murmelte er zerknirscht und begrüßte Bernhard von Wanebach, der ihm seit seiner Vermählung mit Isolde zu einem väterlichen Freund geworden war. Selbst von humanistischer Bildung, war der Patriziersohn Markus von Basdorf stolz und erfreut darüber, dass seine Frau die Lieblingsnichte des von ihm so bewunderten Gelehrten war. Als eigensinnigem Querkopf imponierte es ihm, dass Bernhard allen Anfeindungen zum Trotz stets treu und unerschütterlich zur Liebe seines Lebens, der Frauenhauswirtin Ursel Zimmer, gestanden hatte – die, dank ihres feinen Gespürs für Kriminalfälle, inzwischen längst zu einer Frankfurter Berühmtheit geworden war.

»Nun ja, man weiß schließlich nicht, wie lange es der alte Knabe noch macht – mit seiner schweren Erkrankung«, bemerkte der Gelehrte nachdenklich.

Markus nickte betreten. »Soweit mir bekannt ist, soll er sich ja schon vor Jahren mit der Geschlechterpest infiziert haben …«

»Die Krankheit ist bereits im fortgeschrittenen Stadium – aber sein brillanter Verstand ist ihm glücklicherweise erhalten geblieben«, sagte Bernhard, hielt kurz inne und zog unter seiner pelzverbrämten Schaube ein Päckchen hervor, das mit einem bunten Band verschnürt war. »Das soll ich dir von Ursel geben«, erklärte er, schmunzelte und überreichte es seiner Nichte. »Sie hat mal wieder etwas für das ›Kindchen‹ genäht, wie sie sich immer auszudrücken pflegt …«

Isolde nahm das Präsent entgegen und bat den Oheim, der Zimmerin ihren herzlichen Dank zu bestellen.

Während die junge Frau das Päckchen öffnete und mit Entzücken das lindgrüne Hemdchen begutachtete, das an Ärmeln und Halsausschnitt kunstvoll bestickt war, nahm Markus von Basdorf seine Schaube vom Kleiderhaken, rückte vor dem Spiegel noch rasch sein schwarzes Samtbarett zurecht und verabschiedete sich von seiner Frau mit einem zärtlichen Kuss.

Als Bernhard und Markus die Aula der neugegründeten Städtischen Junkerschule betraten, huschten sie auf leisen Sohlen zu den wenigen freien Sitzplätzen in den hinteren Reihen. Mehr als hundert Menschen waren erschienen, um dem gelehrten Reichsritter Ulrich von Hutten zu lauschen, der anlässlich der Frankfurter Herbstmesse am heutigen Abend aus seiner neuesten Schrift mit dem Titel *Vermahnung an die Freien und Reichsstädte deutscher Nation* vorlesen würde. Es war abzusehen, dass sich eine hitzige Diskussion daran anschließen würde.

Nicht nur die humanistische Intelligenz Frankfurts war in dem hell erleuchteten Saal vertreten, sondern auch zahlreiche Ritter aus der Stadt und dem Umland waren auszumachen. Bernhard gewahrte mit Ehrfurcht, dass auf einem der Ehrenplätze in der ersten Reihe, direkt vor dem Rednerpult, Erasmus von Rotterdam Platz genommen hatte, der ein Lehrer und Freund von Ulrich von Hutten war. An seiner Seite erkannte Bernhard das markante Profil von Franz von Sickingen, dem mächtigen Ritter und Söldnerführer, der sich mit Hutten verbündet hatte, um die reformatorische Bewegung im ganzen Land voranzutreiben.

Während Bernhards Blicke noch durch den Saal wanderten, an dessen rechter Wandseite ein großer Büchertisch mit sämtlichen Werken Ulrich von Huttens aufgebaut war, stieß ihn Markus sachte mit dem Ellbogen an. »Die Papisten sind auch da«, zischte er ihm zu und wandte den Kopf nach links, wo unweit von ihm eine Gruppe in Priesterroben und Mönchskutten saß. »Der Oberkatholik darf natürlich auch nicht fehlen«, raunte Markus mit hämischem Grinsen und wies mit dem Kinn auf den Dekan der Liebfrauenkirche, der flankiert vom Küster und seinem Freund, dem Abt des Barfüßerklosters, am Ende der Reihe zu sehen war.

»Na, das kann ja heiter werden!«, murmelte Bernhard und runzelte die Stirn. »Da haben wir uns ja nette Sitznachbarn ausgesucht …«

Just in diesem Moment wurde das Portal an der Stirnseite des Vortragsraums geöffnet, und Ulrich von Hutten trat, gefolgt vom Rektor der Junkerschule, Wilhelm Nesen, unter tosendem Applaus an das Rednerpult. Obgleich das scharf geschnittene Gesicht des Reichsritters bereits von schwerer Krankheit gezeichnet war, kündete doch sein wacher Blick von Elan und Tatendrang. Seine Miene indessen war auffällig ernst und bedrückt.

Bernhard bemerkte, wie sich das Stadtpatriziat in den vorderen Reihen beim Anblick des illustren Redners ehrfürchtig von den Plätzen erhob, was sich Reihe für Reihe unter begeisterten Beifallsrufen bis zum Ende des Saals fortsetzte. Auch Bernhard und Markus zollten dem berühmten Referenten stehend Beifall – einzig die Altgläubigen verharrten mit eisigen Mienen auf ihren Stühlen und unterließen es geflissentlich zu klatschen.

Als der Applaus sich zu legen begann und das Publikum wieder seine Plätze einnahm, räusperte sich Wilhelm Nesen, trat mit versteinerten Zügen vor das Rednerpult und verkündete mit bebender Stimme, dass der Junkerschule und dem gesamten Lehrkörper ein schreckliches Unglück widerfahren sei, da die Ehefrau des geschätzten Kollegen Christoph Fischer Opfer einer abscheulichen Mordtat geworden sei. Während Nesen, dem das Entsetzen ins Gesicht geschrieben stand, noch erläuterte, wie bestialisch die junge Frau ermordet worden sei und dass ihr Ehemann vor lauter Schmerz den Verstand verloren habe und todkrank im Spital liege, war allerorts ein bestürztes Raunen zu vernehmen. Auch Bernhard und Markus waren erschüttert über die Hiobsbotschaft.

»… und damit nicht genug, hat der Mörder dem armen Geschöpf auch noch das Wort ›Pfaffenhure‹ mit Blut auf den Leib geschrieben!«, hallten die Worte des Rektors durch den Saal.

Die Augen Ulrich von Huttens blitzten zornig. »Als mir mein Freund Wilhelm Nesen vorhin von dieser abscheulichen Bluttat berichtet hat, war ich so schockiert, dass ich meine Lesung für den heutigen Abend absagen wollte«, erklärte er mit kehliger Stimme. »Doch gleichzeitig stieg in mir auch eine unglaubliche Wut auf – und deswegen bin ich jetzt hier!«, verkündete er mit gerötetem Gesicht und stemmte aufgebracht die Arme auf das Rednerpult. »Auch wenn man es kaum fassen kann, so beweist uns doch die Bluttat, dass die Feinde der Reformation selbst vor einem grausamen Mord nicht zurückschrecken!«

Von allen Seiten ertönten laute Zustimmungsrufe: »Nieder mit dem Papisten-Pack!« »Lasst uns diesen Pharisäern den Garaus bereiten!«

Der dröhnende Bass von Huttens überstimmte sie alle: »Ich bin gekommen, diesen ungeistlichen Geistlichen die Fehde anzusagen! Die feigen Mordbuben sollen am Galgen baumeln!«

Der Dekan der Liebfrauenkirche, der das Ganze mit angehaltenem Atem verfolgt hatte, konnte nun nicht länger an sich halten. Wütend sprang er vom Stuhl auf.

»Es ist infam, den Anhängern des rechten Glaubens eine solche Schreckenstat zu unterstellen! – Die Geschlechterpest hat Euch wohl schon das Hirn zerfressen, Ihr aufwieglerischer Landjunker«, brüllte er außer sich in Richtung Huttens.

Im Nu stürzte Markus von Basdorf auf den Dekan zu und schlug ihm ins Gesicht.

Über die schlimme Demütigung wie von Sinnen, wollte sich Johannes Cochläus schon auf den jungen Patriziersohn stürzen, als der Küster der Liebfrauenkirche, Egidius Nussbaumer, sich energisch zwischen die beiden Kampfhähne drängte. »Wenn Ihr schon keine Achtung vor einem Priestergewand habt, junger Mann, so solltet Ihr doch wenigstens Achtung vor dem Alter haben!«, richtete er sich eindringlich an den jungen Heißsporn. »Schämt Euch, Eure Hand gegen einen Greis zu erheben …«

Der besonnene Appell des Kirchendieners bewirkte immerhin, dass Markus von Basdorf betreten den Blick senkte. »Cochläus ist ein Volksverhetzer …«, murmelte er trotzig.

»Da ist er nicht der Einzige«, erwiderte der Mann mit den vergeistigten Gesichtszügen spöttisch.

Als Markus schon wieder aufbrausen wollte, legte ihm Bernhard besänftigend die Hand auf die Schulter. »Lass es gut sein, Junge«, raunte er ihm zu. »Es kämpft sich besser mit einer scharfen Zunge als mit den Fäusten …«

Indessen mühte sich Nussbaumer nach Kräften, den tobenden Dekan in Schach zu halten. »Begebt Euch doch nicht auf das Niveau dieses Grünschnabels, Herr Dekan!«, ermahnte er den Priester inständig. »Was sollen denn unsere Gemeindemitglieder von Euch denken, wenn Ihr Euch mit diesem Lumpenhund prügelt? Entweiht doch nicht die Würde Eures Amtes! Gott wird diesen Frevler schon bestrafen, dass er einen Mann der Kirche geohrfeigt hat, da bin ich mir sicher«, fügte der Küster leise hinzu und faltete die Hände wie zum Gebet.

»Ich … ich will auf der Stelle gehen!«, stammelte der Dekan. »In dieser Schlangengrube bleibe ich keine Minute länger …«

»Das trifft sich gut«, erklang mit einem Mal die Stimme des Rektors Wilhelm Nesen, der sich vor Cochläus und seinen Mitstreitern aufgebaut hatte. »Ich wollte nämlich gerade vom Hausrecht Gebrauch machen und Euch aus dem Saal weisen.«

Während der alte Mann, vom Küster und dem Abt des Barfüßerklosters gestützt, dem Ausgang zuwankte, drehte er sich noch einmal um. »Der Zorn Gottes wird Euch treffen!«, schrie er gellend in die Richtung von Markus und verließ unter lauten Pfiffen und Buhrufen den Vortragssaal.

3

Mittwoch, 17. Oktober 1522

Nachdem der Untersuchungsrichter am Vormittag die Nachbarn von Edelgard Fischer in der Schnurgasse verhört hatte, machte er sich um die elfte Stunde auf den Weg zum Heiliggeistspital, um den Ehemann des Mordopfers zu befragen.

Die Anwohner hatten übereinstimmend erklärt, dass ihnen unter den vielen Messebesuchern, die vom nahe gelegenen Römerberg in die Schnurgasse strömten, niemand Verdächtiges aufgefallen sei. Auch sonst habe sich am Montag in der Nachbarschaft nichts Außergewöhnliches zugetragen. Am Morgen sei wie immer der Milchmann durch die Gasse gezogen, und der Almosensammler habe am Vormittag seine Runde gedreht. Eine Anwohnerin gab an, gesehen zu haben, wie Edelgard Fischer um die vierte Nachmittagsstunde das Haus verlassen habe. Sie habe jedoch weder mit ihr gesprochen noch sonst etwas Auffälliges bemerkt. Auf Fauerbachs Nachfrage hin bekundete sie, dass sie sich sicher sei, dass die Fischerin alleine gewesen sei. Verdrossen über die wenig ergiebigen Angaben, betrat der Richter den Krankensaal und hoffte inständig, dass Fischer endlich ansprechbar sei.

Schon an der Tür hörte er durchdringende, kehlige Schreie, die durchsetzt waren von verzweifeltem Schluchzen, und er wandte sich zu dem mit Wandschirmen abgetrennten Krankenlager in der hinteren Ecke des Krankensaals, wo die Stimmen herkamen.

Da eilte plötzlich eine ältere Spitalmagd mit herben Gesichtszügen von einem der Krankenbetten auf ihn zu. »Gut, dass Ihr da seid, Herr Richter. Herr Fischer möchte Euch unbedingt sprechen«, richtete sie mit gehetzter Miene das Wort an Fauerbach und begleitete ihn zu dem abgeschirmten Bereich. »Der Arme ist völlig außer sich. Schon seit den frühen Morgenstunden, als die Wirkung des Opiats nachgelassen hatte und er wieder zu sich kam. Auf Anweisung von Doktor Schütz sollte ihm ja heute keine Tinktur mehr verabreicht werden, damit er bei der Befragung einen klaren Kopf hat.« Sie hielt kurz inne und musterte den Richter bekümmert. »Einen so unglücklichen Menschen wie ihn habe ich in meinen dreißig Dienstjahren noch nicht erlebt«, stieß sie mit Tränen in den Augen hervor. »Mal schäumt er vor Wut, dann ist er wieder abgrundtief traurig ... Wir mussten ihn an Händen und Füßen fixieren, weil er so unruhig ist«, erklärte sie zerknirscht, während sie das weiße Leinentuch zur Seite schob und Fauerbach ans Krankenlager treten ließ.

Als Christoph Fischer den Richter wahrnahm, versuchte er erregt, sich aufzurichten. »Wo bleibt Ihr denn nur?«, brach es erbittert aus ihm heraus. »Es wird allerhöchste Zeit, dass Ihr endlich den Schurken verhaftet, der meine Edelgard auf dem Gewissen hat!«, schrie er. Dabei überschlug sich seine Stimme, und er bäumte sich derart heftig auf, dass die Ledermanschetten um seine

Hand- und Fußgelenke, die an dem Metallgestell des Bettes fixiert waren, vernehmlich quietschten. »Ich kann ja nichts tun, man hält mich hier gefangen wie einen Schwerverbrecher …« Mit erzürntem Blick wandte er den Kopf in Richtung Siechenmagd.

»Das ist nur zu Eurem Schutz …«, suchte ihn die Schwester zu besänftigen und entfernte sich wieder.

»Zu meinem Schutz? – Dass ich nicht lache!«, schrie ihr Fischer hinterher. »Ihr meint wohl eher zum Schutz des Mörders … Denn wenn ich hier nicht festgebunden wäre, hätte ich Cochläus, diese Bestie, schon längst abgemurkst, das könnt Ihr mir glauben!«

Der Richter mochte seinen Ohren nicht trauen und trat näher ans Krankenbett. »Habt Ihr eben den Namen Cochläus genannt?«, fragte er Fischer angespannt.

»Das habe ich«, entgegnete Christoph mit hassverzerrtem Gesicht. »Weil Johannes Cochläus Edelgards Mörder ist«, presste er heiser hervor. »Und ich sage Euch eines: Wenn Ihr diese Bestie nicht bald unschädlich macht, tue ich es …«

Der Richter zog sich hastig einen Hocker ans Bett und ließ sich darauf nieder. »Alleine dem Hohen Gericht der Stadt Frankfurt obliegt es, an einem Mörder Vergeltung zu üben. Jegliche Selbstjustiz, und sei sie noch so nachvollziehbar, wie in Eurem Falle, wird mit der Todesstrafe geahndet«, bemerkte Fauerbach in amtlichem Tonfall.

»Sei's drum, mein Leben ist ohnehin verwirkt!«, erwiderte Fischer und musterte den Richter mit einem Blick, der dem abgeklärten Juristen durch Mark und Bein ging.

So schaut ein Mensch, der nichts mehr zu verlieren hat, ging es ihm durch den Sinn, und er fühlte unversehens einen Anflug von Mitleid in sich aufsteigen. »Jetzt mal langsam, mein Guter! Beruhigt Euch, und dann erklärt Ihr mir genau, was Euch dazu bewogen hat, den Dekan der Liebfrauenkirche … solcherart zu bezichtigen.«

Fischer beäugte den hageren Mann im schwarzen Amtstalar misstrauisch. »Woher weiß ich denn, ob ich Euch trauen kann?«, murmelte er nachdenklich. »Ich meine … das wäre ja nicht das erste Mal, dass der Frankfurter Magistrat gewissen Leuten Schonung zukommen lässt, nur weil es sich um Standespersonen handelt …«

»Davon will ich nichts hören!«, protestierte Fauerbach mit aller Entschiedenheit. »Bei mir wird jeder vor den Kadi gezerrt, der sich eines Verbrechens schuldig macht! Ohne Ansehen der Person! Das darf ich mit Fug und Recht von mir behaupten, mein Herr.« Die grauen Augen des jungen Juristen funkelten stolz.

»Zumindest steht Ihr in dem Ruf, ein scharfer Hund zu sein«, musste der ehemalige Kaplan zugeben und ließ seine letzten Zweifel fahren. »Dann hört mir jetzt bitte genau zu«, sagte er eindringlich.

»Nicht nur das – ich werde Eure Angaben auch noch protokollieren, damit nichts davon verlorengeht«, erklärte der Richter und holte rasch seine Schreibutensilien aus der Ledermappe.

Fischers Gesicht war vor Konzentration ganz angespannt, als er anfing zu berichten. »Etwa eine Stunde nach Mitternacht überquerte ich während meiner Wachrunde gerade den Liebfrauenberg, als mir Johannes Cochläus begegnete. – Ihr müsst wissen, dass ich früher Kaplan in der Liebfrauenkirche war, und Cochläus war mein Vorgesetzter«, erläuterte er.

»Das ist mir bekannt«, bemerkte Fauerbach knapp und blickte von seinen Notizen auf.

»Der Dekan schien ziemlich betrunken zu sein – was bei ihm keine Seltenheit ist«, fuhr Fischer fort. »Jedenfalls packte er mich am Arm und fing an, mich aufs unflätigste zu beschimpfen. Ich kann mich noch an jedes seiner Worte erinnern. Seit meine Frau ermordet wurde, gehen sie mir nicht mehr aus dem Kopf ...«, sagte Fischer, dessen Züge vor Erregung bebten. »›Ich verfluche dich, du elender Nestbeschmutzer! Dich und deine vermaledeite Hure soll der Teufel holen ...‹, hat er mir ins Gesicht geschrien. Normalerweise wäre ich weitergegangen und hätte den alten Trunkenbold einfach stehen lassen, denn Ihr müsst wissen, dass er sich früher immer sehr für mich eingesetzt hat ... und ...« Er stockte kurz. Die Worte schienen ihm nicht leicht über die Lippen zu kommen. »Nun ja, er war halt früher fast so etwas wie ein Vater für mich«, murmelte er etwas kleinlaut. »Aber das ist auch schon verdammt lang her, und dass er meine geliebte Frau als Hure verunglimpfte, konnte ich ihm nicht nachsehen. Ich verpasste ihm also eine ordentliche Backpfeife, was ihn nur noch mehr in Rage brachte. Er spuckte verächtlich vor mir aus und brüllte: ›Verrecken soll sie, die läufige Hündin, die dich immerzu umgarnt hat! Verrecken soll sie!‹« Fischer keuchte vor Erregung. »Ihr müsst mir glauben, Herr Richter, es war der blanke Hass, der aus ihm sprach! – Er war ganz krank vor Eifersucht!«, stieß er hervor und geriet immer mehr außer sich. »Daraufhin hab ich ihn mit meiner Lanze bedroht und ihm gesagt, dass ich ihn erschlagen würde, wenn er weiter so über meine Frau spricht ... Hätte ich's doch nur getan! Dann wär meine Edelgard jetzt noch am Leben!«

Der Richter legte ihm sacht eine Hand auf den Arm. »Es war gut, dass Ihr das nicht getan habt, sonst müsstet Ihr dafür am Galgen baumeln«, erklärte er sachlich. »Und ob Cochläus tatsächlich Eure Frau umgebracht hat, muss sich erst noch erweisen. Momentan ist es nicht mehr als ein Verdacht ...« Er hielt inne und zog die Stirn kraus. »Wenn auch, so will es mir scheinen, kein völlig abwegiger ... Nach allem, was Ihr mir eben gesagt habt ...«

Christoph Fischer, der spürte, dass er mit seinen Schilderungen bei Fauerbach auf offene Ohren traf, fixierte den Richter unheilvoll, ehe er weitersprach. »Als ich wenig später in den Holzgraben einbog, schlotterte ich noch immer an Händen und Füßen, so sehr hatte ich mich über die Hasstiraden des Dekans aufgeregt, und ich schäumte regelrecht vor Wut. Ich muss zugeben, dass es mir nicht leichtgefallen ist, den alten Drecksack nicht niederzuschlagen, denn das hätte er weiß Gott verdient. Und schon in nächster Minute bereute ich bitter, es nicht getan zu haben, denn er krakeelte weiter. Seine wüsten Flüche drangen vom benachbarten Liebfrauenberg zu mir herüber – und wieder richteten sie sich gegen meine Frau. ›Sie hat ihn mir geraubt, diese Schlange! Hat immer so getan, als wär sie die keusche Susanne, das scheinheilige Luder, dabei hat sie's faustdick hinter den Ohren ... Verrecken soll sie, die Pfaffenhure‹, hat er geschrien«, stieß Fischer hervor. »Und wenn das keine eindeutige Morddrohung ist, dann weiß ich es nicht ...«

Dem Richter fiel vor Schreck die Schreibfeder auf den Boden. Aus seinem Gesicht war jegliche Farbe gewichen.

»*Pfaffenhure* hat er gesagt?«, fragte er mit belegter Stimme und starrte den Mann auf dem Krankenlager fassungslos an.

»Das waren seine Worte, so wahr mir Gott helfe!«, bestätigte Fischer nachdrücklich.

Der Untersuchungsrichter musste heftig schlucken, so dass sein Adamsapfel am hageren Hals hektisch auf und ab hüpfte. »Das kann kein Zufall sein …«, murmelte er und stieß vernehmlich die Luft aus.

»Nein, das war vorsätzlicher Mord! In der Nacht zum Montag hat Cochläus die Drohungen gegen meine Frau ausgestoßen, und am Dienstagmorgen war sie tot«, erwiderte Fischer erregt.

»Ist Euch sonst noch etwas aufgefallen, was Euren Verdacht bestärken könnte?«, fragte Fauerbach ernst und fuhr vorsichtig fort. »Aufgrund der Totenstarre muss nämlich davon ausgegangen werden, dass Eure Frau bereits am späten Montagnachmittag ermordet wurde. Eine Nachbarin hat ausgesagt, sie habe gesehen, wie sie am Montag um die vierte Nachmittagsstunde das Haus verlassen habe. Sie sei alleine gewesen. Demnach muss ihr der Mörder irgendwo aufgelauert haben, was voraussetzt, dass er sich im Umfeld Eurer Behausung aufgehalten und gewartet hat, bis sie herauskam. – Ich muss Euch daher fragen, ob Euch am Montag um die besagte Zeit vielleicht Johannes Cochläus oder ein anderer Verdächtiger in der Nähe Eurer Wohnung aufgefallen ist?«

Christoph Fischer schüttelte den Kopf. »Das kann ich leider nicht sagen«, antwortete er verzagt. »Denn bedauerlicherweise war ich nicht zu Hause. Wir hatten am Montagnachmittag in der Junkerschule eine Versammlung des Kollegiums, was bis zum Abend dauerte. Als sie endlich zu Ende war, fing es bereits an zu dämmern, und ich hatte keine Zeit mehr heimzugehen, sondern musste sofort meinen Nachtwächterdienst antreten … Und bei meinen Rundgängen habe ich auch nichts Außergewöhnliches bemerkt«, sinnierte er düster. »Ein paar Betrunkene, die miteinander in Streit geraten waren, mehr nicht … Aber … aber …« Fischer versagte vor Schmerz die Stimme. »Aber keine lauten Hilferufe oder dergleichen, wie sie jemand von sich gibt, der meuchlings ermordet wird. Vielleicht war es ja ganz in meiner Nähe, als der Mörder über sie hergefallen ist … Er hat ihr den Mund zugehalten oder sie sonst wie mundtot gemacht, und ich habe nichts davon bemerkt … Und ihr nicht geholfen in ihrer Bedrängnis!«

»Ihr habt Euch nichts vorzuwerfen«, suchte ihn der Richter zu beruhigen. »Der Mord muss sehr wahrscheinlich an einem entlegenen Ort erfolgt sein, denn inmitten des Messebetriebs, der überall in der Innenstadt herrschte, wäre die Tat ja sofort aufgefallen.« Der Richter musterte Fischer beklommen. Bewusst hatte er es bisher vermieden, Fischer gegenüber zu äußern, was dessen Frau alles widerfahren war. Der arme Teufel war ohnehin schon genug geplagt. »Zumal der Mörder das Opfer ja auch noch entsprechend hergerichtet hat …«, bemerkte er nun ausweichend und starrte konzentriert aufs Protokoll, um Fischers Blick auszuweichen.

»Edelgard war ausstaffiert wie die Schmerzensmutter«, presste Fischer hervor und stöhnte gequält. »Und sie muss auch genauso gelitten haben! Niemals werde ich ihr Gesicht vergessen, das vor Schmerz ganz entstellt war … Und der Ausdruck ihrer Augen kündete von unsäglicher Pein …«, wimmerte er in überbordendem Leid. »Ich habe gesehen, wie blutdurchtränkt ihr Gewand war, und wage es kaum, Euch zu fragen, obgleich ich an nichts anderes mehr denken kann: Was hat dieser Teufel ihr alles angetan?«

Fauerbach spürte, wie ihm unversehens der Schweiß ausbrach. Fahrig fuhr er sich über die Stirn. »Sie … sie wurde erstochen«, erklärte er stockend und fügte, als er bemerkte, wie sehr seine Worte dem Unglücklichen zusetzten, hinzu: »Ein Stich ins Herz ist ein schneller Tod. Eure Frau hat bestimmt nicht allzu sehr gelitten …«

»Ich flehe Euch an, Herr Richter, verhaftet diesen Satan, damit er endlich für das büßen muss, was er meiner Frau zugefügt hat!«, beschwor ihn Fischer eindringlich, während ihm die Tränen über die hageren Wangen strömten. »Sie war mein Ein und Alles … Ihr wisst ja gar nicht, wie sehr ich sie geliebt habe … Einzig die Hoffnung, dass an ihrem Mörder Vergeltung geübt wird, hält mich noch am Leben …« Vergebens versuchte er mit seinen am Bett fixierten Händen, Fauerbachs Hand zu erreichen.

Daraufhin legte der Richter die Feder beiseite, streckte seinen Arm aus, ergriff Fischers Hand und drückte sie. Er hüstelte bewegt. »Ich verspreche Euch, dass ich alles daransetzen werde, den Mörder Eurer Frau zu fassen«, beteuerte der junge Jurist mit fester Stimme. »Wer auch immer den grausamen Mord verübt hat, wird dafür büßen!«

Nach dem opulenten Mittagsmahl, das die erlauchte Stubengesellschaft im Hause Limpurg für ihre auswärtigen Geschäftsfreunde ausgerichtet hatte, beschloss Markus von Basdorf kurzerhand, nicht mehr in sein Kontor auf dem Rossmarkt zurückzukehren und stattdessen nach Hause zu gehen. Er wollte Isolde, die er ohnehin in letzter Zeit wegen der zahlreichen Termine und Veranstaltungen im Zuge der Herbstmesse ziemlich vernachlässigt hatte, eine Freude bereiten. Außerdem hatte er bei ihr noch etwas gutzumachen, denn als er ihr gestern Nacht gebeichtet hatte, dass er sich dazu hatte hinreißen lassen, den Dekan der Liebfrauenkirche zu ohrfeigen, war sie so aufgebracht gewesen, wie er sie selten erlebt hatte. Arge Vorhaltungen hatte sie ihm gemacht, sich als angehender Familienvater derart zu gebärden und dass er mit seinem flegelhaften Betragen ihren Kindern fürwahr kein Vorbild sein könne. Aber das würde sich schon wieder einrenken, da war er sich sicher.

In freudiger Erwartung und von dem vortrefflichen Malvasier ein wenig aufgekratzt, mischte er sich unter das bunte Messetreiben auf dem Römerberg, um an einem der Verkaufstische ein nettes Mitbringsel für seine Frau zu erstehen.

Nachdem er eine Tüte gerösteter Maronen gekauft hatte, zog es ihn noch zu einem Stand, an dem kostbare Duftöle und Spezereien aus dem Morgenland feilgeboten wurden. Bei dem fremdländisch anmutenden Händler, der ihn zuvorkommend bediente, entschied er sich für einen großen, wunderbar weichen Meeresschwamm und ein kostspieliges Badeelixier, das sämtliche Wohlgerüche des Orients in sich vereinte – mit dem Hintergedanken, mit Isolde am Abend ein gemeinsames Bad zu nehmen.

In solcherlei Überlegungen versunken, ging er weiter. Ganz sanft würde er mit dem Schwamm über ihren Bauch streichen und über ihre prallen Brüste ... Wie so häufig, wenn er an Isolde dachte, fühlte er die Lendenlust in sich aufsteigen, und er konnte es kaum noch abwarten, ihr nahe zu sein.

Als er schließlich vor dem Hausportal angelangt war, unterließ er es geflissentlich, den bronzenen Türklopfer zu betätigen, und zog es mit spitzbübischem Lächeln vor, selbst aufzuschließen und sich still und heimlich ins Haus zu schleichen, um Isolde zu überraschen. Wo sie sich doch so sehr freuen konnte, wie er es sonst nur bei Kindern erlebt hatte ... Sie würde bestimmt eine großartige Mutter abgeben.

»Pst«, zischte er leise, als ihm in der weitläufigen Halle die Hausmagd entgegenkam, und legte herrisch den Zeigefinger an die Lippen, als sie etwas entgegnen wollte. Die Bedienstete schwieg gehorsam, half ihm aus der schweren pelzgefütterten Schaube, nahm ihm seine Biberpelzkappe ab und trat devot zur Seite, um ihm nicht im Wege zu stehen, denn offensichtlich schien es der junge Herr eilig zu haben.

Als Markus vor der Wohnstubentür stand, drückte er vorsichtig die Klinke und spähte durch den Türspalt, ob er Isolde irgendwo ausmachen konnte. Für gewöhnlich saß sie auf ihrem weichgepolsterten Lehnstuhl am Kamin und las ein Buch oder war mit einer Stickerei beschäftigt. Doch der Stuhl war leer. Vielleicht hatte sie sich ja auch, wie so häufig in letzter Zeit, auf den Diwan gelegt und döste. Er trat in den Raum und blickte sich um. Keine Spur von Isolde!

Die Enttäuschung auf seinen Zügen begann sich langsam aufzulösen, als ihm der Gedanke kam, dass sie sich wahrscheinlich in ihr Schlafgemach zurückgezogen hatte, um ein Mittagsschläfchen zu halten, wie es ihr der Hausarzt Doktor Schütz ans Herz gelegt hatte. Warum war er nicht gleich darauf gekommen? Das hatte ihm die Dienstmagd in der Halle wahrscheinlich auch sagen wollen.

Nicht mehr länger darauf bedacht, seine Schritte zu dämpfen, eilte er zum Treppenhaus und hastete hinauf in den ersten Stock, wo sich die Schlafräume befanden. Ohne anzuklopfen, betrat er das gemeinsame Schlafgemach. Durch die geschlossenen Vorhänge an den Fenstern drangen vereinzelt Sonnenstrahlen. Auch die weißen Spitzengardinen des Alkovens waren zugezogen – ein sicheres Zeichen, dass Isolde im Bett lag und schlief. Auf Zehenspitzen näherte sich Markus der Bettnische. Er wollte Isolde nicht aufwecken. In ihrem Zustand brauchte sie sehr viel Schlaf. Er würde sich so leise wie möglich ins Bett begeben und sich zu ihr legen. Markus fing an, sich auszukleiden. Dann zog er behutsam den Bettvorhang zur Seite.

Das freudige Lächeln auf seinem Gesicht gefror jedoch, als er das leere, unberührte Bett vor sich sah.

»Wo ist sie denn nur?«, entfuhr es ihm verstört, und er rief mit erhobener Stimme nach der Dienstmagd.

»Die Herrin ist um die Mittagszeit aus dem Haus gegangen. Sie hat gesagt, bei dem schönen Wetter wolle sie einen kleinen Spaziergang machen und ein bisschen über die Messe schlendern«, erklärte die alte Hausmagd ernst. »Das ist jetzt allerdings schon gute zwei Stunden her, und ich fange langsam an, mir Sorgen zu machen«, fügte sie hinzu. »Das wollte ich Euch vorhin sagen, Herr, als Ihr nach Hause gekommen seid.«

Markus hörte ihr mit besorgter Miene zu. »Über die Messe wollte sie gehen …?«, murmelte er verstört. »Da komme ich doch gerade her und habe sie nicht gesehen. – Ich habe aber auch nicht weiter darauf geachtet, und da ist ja so ein Betrieb …«

»Hoffentlich ist ihr nichts passiert! – In ihrem Zustand weiß man das nie«, murmelte die alte Hausmagd bekümmert, die bereits seit über vierzig Jahren im Dienste der Familie von Basdorf stand.

»Du meinst, dass sie verfrühte Wehen bekommen hat?«, entfuhr es Markus alarmiert. »Ich muss sofort los und nach ihr suchen …«

Die alte Magd legte ihm beschwichtigend eine Hand auf den Arm. »Wartet noch etwas, junger Herr«, riet sie ihm. »Vielleicht kommt sie ja gleich. Außerdem denke ich, wenn sie tatsächlich unterwegs eine Frühgeburt gehabt hätte, dann hätte man uns doch schon längst Bescheid gegeben …«

»Wer weiß?«, grübelte Markus finster. Auf seiner Stirn zeichnete sich eine tiefe Sorgenfalte ab. Unversehens musste er an tragische Ereignisse wie Früh- oder Totgeburten denken, die Schrecken einer jeden Schwangeren. Die Eheleute hatten es bislang weitestgehend vermieden, darüber zu sprechen. Nicht umsonst wurde ja der Zustand der Schwangerschaft mit der Bezeichnung »guter Hoffnung« umschrieben. So ermahnte sich Markus auch nachdrücklich, nicht gleich an das Schlimmste zu denken, sondern zuversichtlich zu bleiben – obgleich ihm das nicht leichtfiel.

In dumpfem Schweigen zog er sich an, folgte der Magd die Treppe hinunter und verneinte unwirsch ihre Frage, ob sie ihm in der Küche etwas herrichten solle.

Kaum dass er die behaglich eingerichtete Wohnstube betreten hatte, eilte er zur Fensterfront an der Stirnseite und spähte mit wachsender Anspannung durch die bleiverglaste Scheibe auf den belebten Hirschgraben, ob er irgendwo unter den vielen Passanten Isolde ausmachen konnte. Mehrfach glaubte er, sie im Gewimmel zu erkennen, doch verzagt musste er jedes Mal feststellen, dass er sich getäuscht hatte.

Nachdem er fast eine Stunde mit quälendem Warten zugebracht hatte und die Rathausuhr die dritte Nachmittagsstunde anschlug, beschloss er, Isolde suchen zu gehen.

Gehetzt eilte Markus über den Römerberg und durch die angrenzenden Gassen. Doch Isolde war nirgendwo zu sehen. Als es zur vierten Stunde schlug, hastete er außer Atem in den Hirschgraben in der Hoffnung, dass sie inzwischen zu Hause eingetroffen war. Die alte Hausmagd schüttelte jedoch an der Haustür nur verzagt den Kopf. Unversehens musste Markus an die junge Frau des ehemaligen Kaplans Christoph Fischer denken, die so bestialisch ermordet worden war, und bange Ahnungen stiegen in ihm auf. »Der Zorn Gottes wird Euch treffen!«, hallte ihm unversehens die Drohung des Dekans durch den Sinn, und eine eisige Furcht ergriff von ihm Besitz. Was, wenn Isolde Ähnliches widerfahren war?

Für Markus gab es nun kein Halten mehr. Von Panik getrieben, hastete er zur Polizeiwache im Leinwandhaus und erstattete atemlos eine Vermisstenmeldung. Er ließ dabei auch nicht unerwähnt, dass seine Gattin im achten Monat schwanger war.

Die wachhabenden Stangenknechte suchten den aufgeregten jungen Mann mit der Bemerkung zu beruhigen, seine Frau werde bestimmt bald auftauchen.

»Vielleicht hat sie ja unterwegs auf der Messe eine Freundin getroffen und ist mit ihr irgendwo eingekehrt – Weiberleute haben sich ja bekanntlich immer was zu erzählen, und das kann mitunter auch etwas dauern«, sagte ein älterer Stangenknecht mit breitem Grinsen, was Markus sehr erbitterte.

»Wie könnt Ihr nur so gleichgültig sein!«, schnaubte er vorwurfsvoll. »Wo es doch gerade einmal zwei Tage her ist, dass die junge Frau des Lateinlehrers Fischer ermordet wurde …!«

»Jetzt malt doch nicht gleich den Teufel an die Wand!«, knarzte der Polizeibüttel unduldsam.

»Das tue ich nicht!«, erwiderte der junge Patrizier barsch. »Trotzdem kann ich es nicht hinnehmen, dass die Herren hier sitzen und Däumchen drehen, wo meiner Frau vielleicht etwas … zugestoßen ist! Was ja in Anbetracht ihres Zustands auch nicht ganz abwegig ist …«

Die Stangenknechte wechselten betretene Blicke.

»Gut, dann gehe ich halt rüber ins Heiliggeistspital und erkundige mich, ob eine Schwangere eingeliefert wurde«, erklärte sich einer der Schergen bereit und zuckte unwillig mit den Achseln.

»Das kann ich mir nicht vorstellen«, wandte Markus

ein. »Wenn dem so wäre, hätte man mich doch schon längst verständigt.«

»Vielleicht hat man das ja auch schon versucht und Euch nicht erreicht, weil Ihr die ganze Zeit in der Gegend rumrennt«, erwiderte der Büttel unwirsch und erhob sich schwerfällig von seinem Stuhl.

»Lasst es gut sein, ich gehe selbst«, beschied ihn Markus kühl und machte sich sogleich auf den Weg ins Spital.

Nachdem sich erwiesen hatte, dass Isolde auch dort nicht aufgetaucht war, setzte sich um die sechste Abendstunde ein kleiner Trupp Stangenknechte in Bewegung, um die Suche nach der Vermissten aufzunehmen.

Als Untersuchungsrichter Fauerbach dem Bürgermeister und seinem Stellvertreter Fichard von Christoph Fischers nächtlicher Begegnung mit dem Dekan der Liebfrauenkirche berichtete, ließ sich Reichmann schließlich dazu bewegen, einer »behutsamen« Befragung im Umfeld des Dekans zuzustimmen.

»Da davon auszugehen ist, dass Cochläus dies nicht verborgen bleibt, solltet Ihr unbedingt darauf vorbereitet sein, von ihm diesbezüglich zur Rede gestellt zu werden. Sollte das der Fall sein, werdet Ihr ihn ruhig und höflich darüber in Kenntnis setzen, was Christoph Fischer zu Protokoll gegeben hat – und bleibt dabei bitte absolut unparteiisch und sachlich!«, ergänzte der Jurist Fichard in schulmeisterlichem Ton. »Es sollte keinesfalls der Eindruck entstehen, dass Ihr ihn verdächtigt. Im Gegenteil, spielt das Ganze ein bisschen herunter, und lasst meinethalben durchblicken, dass Ihr Fischers Bezichtigungen gegen ihn nicht ganz ernst nehmt und nur im Pfarrhaus vorstellig geworden seid, um Eurer Pflicht als Untersuchungsrichter Genüge zu tun.«

Als Fauerbach sich daraufhin jeglicher Widerworte enthielt und mit unterkühltem Gruß von den Honoratioren Abschied nahm, ermahnte ihn der Bürgermeister noch einmal nachdrücklich, im Pfarrhaus nicht zu viel Staub aufzuwirbeln.

Die Haushälterin des Dekans, Lucie Krämer, musterte den jungen Mann im schwarzen Amtstalar, der sich ihr um die sechste Abendstunde als Untersuchungsrichter Fauerbach vorstellte, mit einer Mischung aus Argwohn und Ehrfurcht. »Der Herr Dekan ist nicht zu Hause«, sagte sie mit einer tiefen Stimme, die auch zu einem Mann hätte gehören können. »Kann ich ihm vielleicht etwas ausrichten?«

Fauerbach schüttelte den Kopf. »Das ist nicht nötig«, erklärte er der auffallend kleinen Frau mit der gedrungenen Statur. »Ich bin in erster Linie gekommen, um Euch zu befragen.«

»Mich ...?«, murmelte die Haushälterin verstört. »Warum denn das? – Ich habe doch gar nichts verbrochen!«

Fauerbach musste beim Anblick des ältlichen Fräuleins unwillkürlich grinsen. »Darum geht es ja gar nicht. – Aber das müssen wir doch wohl nicht zwischen Tür und Angel besprechen ...? Hättet Ihr vielleicht die Güte, mich eintreten zu lassen?«

Unwillig trat die Wirtschafterin beiseite, um den Richter einzulassen. Sie blieb kurz im Flur stehen und überlegte. In die Wohnstube des Dekans mochte sie den Amtmann nicht führen. »Kommt meinethalben mit in die Küche«, grummelte sie mit mürrischem Gesichtsausdruck und ging voran: einen langen Korridor entlang, dessen weißgekalkte Wände von religiösen Motiven geziert wurden.

Die weitläufige, gutausgestattete Küche war blitzsauber und roch nach Essig und Kernseife. Die Haushälterin bot dem Richter einen Stuhl am Küchentisch an, der mit einer blütenweißen gestärkten Damastdecke versehen war, und nahm ihm gegenüber Platz.

Während Fauerbach seine Schreibutensilien aus der Aktenmappe nahm und vor sich auf dem Tisch platzierte, fiel ihm auf, dass die Wirtschafterin beim Anblick des Tintenfasses mürrisch das Gesicht verzog. Sie verkniff es sich jedoch, eine Bemerkung zu machen, indem sie ihre dünnen Lippen zusammenpresste und mit einer fahrigen Handbewegung nicht vorhandene Krümel vom Tischtuch fegte. Ein Putzteufel, dachte der Richter bei sich und warf der Frau einen spöttischen Blick zu. »Nun denn …«, hob er gewichtig an. »Ich möchte von Euch wissen, ob Euer Dienstherr, der Dekan Cochläus, am Montagnachmittag zu Hause war? – Es geht um die Zeit zwischen der vierten Nachmittagsstunde und dem frühen Abend«, erläuterte er und blickte Lucie Krämer abwartend an.

»Wieso wollt Ihr das denn wissen?«, erwiderte die Haushälterin verunsichert.

»Ich stelle hier die Fragen«, beschied sie der Richter barsch. »Und ich erwarte von Euch eine direkte, ehrliche

Antwort. Also, war der Dekan um die besagte Zeit zu Hause, oder nicht?«

Die Wirtschafterin errötete. »Glaube nicht«, presste sie schließlich hervor und blickte angestrengt auf das Tischtuch.

»Sprecht gefälligst in ganzen Sätzen!«, fuhr Fauerbach sie an. »Und macht genauere Angaben. Das ›glauben‹ könnt Ihr Euch schenken. Oder wollt Ihr mir vielleicht weismachen, dass Ihr nicht mehr genau wisst, was vorgestern Nachmittag war? Weil es ja auch schon so lange her ist …« Er warf ihr einen höhnischen Blick zu.

Lucie Krämer, die ihrem Dienstherrn seit nunmehr drei Jahrzehnten den Haushalt führte und dadurch gewissermaßen mit ihm alt geworden war, ließ auf ihren »Herrn Dekan«, wie sie ihn ehrfurchtsvoll zu nennen pflegte, nichts kommen. Selbst immer unverheiratet geblieben, umsorgte und bemutterte sie den zuweilen recht despotischen Kleriker geradezu aufopfernd. Als linientreue Katholikin, die sie selbstredend war, teilte sie die Abneigung des Geistlichen gegen das frevlerische Gebaren der Lutheraner aus ganzem Herzen, obgleich es sie mit Sorge erfüllte, dass er in seinem Eifer zuweilen über die Stränge schlug. Das war weder seiner Gesundheit zuträglich noch seinem Renommee, worauf sie als sein guter Geist immerzu bedacht war. Dabei war es ihr freilich nicht verborgen geblieben, dass der Leumund des Dekans im Fortschreiten der Glaubensstreitigkeiten erhebliche Kratzer abbekommen hatte, und ihr schwante, dass das Erscheinen des Untersuchungsrichters womöglich damit zu tun hatte.

Da die betagte Haushälterin sich ängstlich davor hütete, etwas Falsches zu sagen, und weiterhin verbissen schwieg, platzte dem Richter der Geduldsfaden. »Es ist Eure Bürgerpflicht, mir wahrheitsgemäß Rede und Antwort zu stehen!«, herrschte er sie an. »Andernfalls lasse ich Euch wegen Verstocktheit in Arrest nehmen«, drohte er der alten Frau aufgebracht – was seine Wirkung nicht verfehlte.

Lucie Krämer war den Tränen nahe. »Was hat er denn nur wieder angestellt …?«, murmelte sie bekümmert, als handele es sich bei dem bejahrten Kirchenmann um ein unartiges Kind, und rang verzweifelt die Hände, ehe sie hervorstieß: »Der Herr Dekan war am Montagnachmittag nicht zu Hause … und ist erst knapp vor der Marienandacht … um die sechste Stunde wieder heimgekommen …«

»Warum nicht gleich so?«, sagte Fauerbach, der sich eifrig Notizen machte. »Weiter!«

Die korpulente kleine Frau zuckte zusammen. »Ich weiß es deswegen so genau, weil ich schon die ganze Zeit mit dem Essen auf ihn gewartet habe. Ich hatte ihm nämlich einen feinen Zander mit Steckrüben bereitet, und der schöne Fisch war schon ganz verkocht, weil er nicht heimkam.« Sie schnaufte unwillig auf. »Und als der Herr Dekan dann endlich kam, war es schon so spät, dass er nicht einmal Zeit hatte, etwas zu essen. Er ist gleich in die Sakristei gehetzt, um sich für die Marienandacht fertig zu machen.«

Merklich zufriedener blickte der Richter von seinem Schriftstück zu ihr auf. »Und was hat er für einen Eindruck auf Euch gemacht?«, fragte er konzentriert.

Die Haushälterin zuckte mit den rundlichen Schultern. »Er war halt ziemlich abgehetzt«, erklärte sie unwirsch.

»Genauer!«, maßregelte sie Fauerbach. »Ist Euch an seinem Äußeren irgendetwas aufgefallen? War seine Kleidung vielleicht fleckig oder zerrissen? Hatte er irgendwelche Blessuren im Gesicht oder an den Händen?«

Lucie Krämer schüttelte den Kopf. »Das nicht«, erwiderte sie zerknirscht. »Er war nur sehr verschwitzt. Wie das halt so ist, wenn man in Eile ist ... Und er ist ja auch nicht mehr der Jüngste.«

»Und von seinem Wesen her?«, drang Fauerbach weiter in sie ein. »War er da anders als sonst?«

Die Wirtschafterin runzelte verstört die Stirn. »Da ist mir nichts aufgefallen. Er hat den Gottesdienst gehalten, danach hat er zu Abend gegessen und ist zeitig zu Bett gegangen.«

»Und in der Nacht ist er nicht mehr ausgegangen?«, fragte der Richter nachdenklich.

Die alte Frau blinzelte irritiert. »Mit Sicherheit nicht!«, erwiderte sie im Brustton der Überzeugung. »Wenn der Herr Dekan einmal schläft, dann schläft er. Außerdem hätte ich das bestimmt gehört, wenn er aufgestanden und aus dem Haus gegangen wäre ... Ich habe nämlich einen sehr leichten Schlaf.«

Der Richter sah von seinen Notizen auf und musterte die Haushälterin. »Ihr habt ihn am Montagabend doch bestimmt gefragt, wo er so lange war?«

Die Wirtschafterin senkte betreten den Blick. »Nun ja, ich habe ihm gewisse Vorhaltungen gemacht, weil er nicht pünktlich zum Abendessen erschienen ist ... montags und freitags hält der Herr Dekan zur sechsten

Abendstunde immer die Marienandacht. An diesen Tagen serviere ich das Abendessen immer schon zur fünften Stunde, damit der Herr Dekan die Gelegenheit hat, sich vor dem Gottesdienst zu stärken«, erläuterte sie.

»Und was hat er Euch geantwortet?«, erkundigte sich Fauerbach gereizt, dem die Abschweifungen der Haushälterin allmählich auf die Nerven gingen.

»Was? – Ach so«, gab die alte Frau zerstreut zurück. »Er hat nur gesagt, dass er auf der Messe war und sich dort ein bisschen vertrödelt hat.«

»Das war alles?«, fragte der Richter mit skeptischer Miene.

»Ja«, erwiderte Lucie Krämer. »Mehr hat er nicht gesagt.«

»Und Ihr habt ihm geglaubt?«

»Natürlich. Wieso auch nicht?« Die Wirtschafterin des Dekans streifte den Richter mit einem verwunderten Blick.

Dieser sah sich plötzlich in der makellos aufgeräumten Küche um. In der Kochstelle züngelte zwar ein Feuer, aber nichts deutete darauf hin, dass gerade eine Mahlzeit zubereitet wurde. »Und heute fällt das Essen aus?«, fragte er leichthin.

»Der Herr Dekan hat heute Abend ein Treffen seiner Bruderschaft und speist außerhalb«, erklärte Lucie Krämer gewichtig.

»Soso«, kommentierte Fauerbach spöttisch. »Um welche Bruderschaft handelt es sich denn?«

»Um eine altehrwürdige Marienbruderschaft, der nur besonders fromme und angesehene Christenmenschen angehören dürfen«, erwiderte die Haushälterin mit einem gewissen Ingrimm und beäugte den jungen Mann im schwarzen Amtstalar, der ihr so merkwürdige Fragen über ihren Dienstherrn stellte, vorwurfsvoll. Die ihr eigene Resolutheit erlangte wieder Oberwasser, und so erkühnte sie sich auch erneut zu der Frage, die sie eingangs schon gestellt hatte und die ihr nach wie vor noch erheblich auf der Seele brannte: »Wieso wollt Ihr das eigentlich alles wissen?«

»Ich bin Euch keine Rechenschaft schuldig!«, erklärte Fauerbach hochnäsig und packte seine Schreibsachen in die Ledermappe.

»Das ist eine Unverschämtheit!«, brach es aus der Wirtschafterin heraus. »Ich werde dem Herrn Dekan berichten, dass Ihr mich die ganze Zeit ausgefragt habt, und Ihr könnt Euch sicher sein: Das wird ein Nachspiel haben!«

Womöglich wird er sich beim Bürgermeister über mich beschweren, ging es Fauerbach durch den Sinn, und die Ermahnungen seines Vorgesetzten, »behutsam« zu ermitteln, hallten ihm mit einem Mal wieder in den Ohren. »Gute Frau, ich tue nur meine Pflicht«, entgegnete er herablassend. »Es gibt gewisse Anschuldigungen gegen den Herrn Dekan, und dem muss ich nachgehen. Mehr gibt es nicht zu sagen.« Er streifte die Matrone mit einem kühlen Blick. »Und wenn Ihr mir gleichfalls nichts mehr zu sagen habt, darf ich mich nun verabschieden.«

»Nein!«, sagte Lucie Kramer mit tiefer Stimme und erhob sich vom Stuhl, um den Richter hinauszubegleiten.

Kurz vor der Haustür hielt Fauerbach noch einmal inne und erkundigte sich bei ihr, ob es auch noch andere Hausangestellte gebe.

»Hausangestellte in diesem Sinne nicht«, erwiderte

die kleine Frau mit dem grauen Haarknoten mürrisch. »Es gibt nur noch den Küster, der mir manchmal im Haushalt bei gröberen Arbeiten zur Hand geht. Wenn Schränke verschoben werden müssen oder Holz gehackt werden muss … Der wohnt aber nicht hier.« Sie stockte kurz und überlegte. »Es kann aber sein, dass er drüben in der Kirche ist, irgendetwas polieren oder herrichten. In so einer großen Kirche gibt's ja immer was zu tun.«

Der Richter verabschiedete sich, verließ das Pfarrhaus und wandte sich der angrenzenden Liebfrauenkirche zu, hinter deren kunstvoll verzierten, bleiverglasten Fensterscheiben tatsächlich Licht schimmerte.

Zielstrebig näherte er sich dem Seitenportal und drückte die Klinke hinunter. In dem weitläufigen Kirchenschiff herrschte Halbdunkel. Lediglich am Hauptaltar und im Eingangsbereich brannten ein paar Kerzen. Es roch angenehm nach Bienenwachs und Weihrauch. Am Weihwasserbecken zögerte der Richter kurz und entschloss sich dann aus Gründen der Pietät dazu, seine Finger einzutauchen und sich hastig zu bekreuzigen. Sein Blick wanderte über die langen Reihen der leeren Holzbänke und den prunkvollen Altar an der Stirnseite, doch er konnte den Küster nirgends ausmachen. Vielleicht ist er in der Sakristei, dachte der Richter und lenkte seine Schritte in Richtung Hauptaltar. Seine christliche Erziehung, in welcher ihm beigebracht worden war, dass es sich nicht ziemte, in einem Gotteshaus die Stimme zu erheben, hielt ihn davon ab, laut nach ihm zu rufen. Auch polterndes Auftreten sei zu vermeiden. Daher mühte er sich, sein Tempo ein wenig zu drosseln, und lief auf leisen Sohlen den Seitengang entlang, der allenthalben von kleinen, aber nicht minder prächtigen Seitenaltären unterbrochen wurde, die Stationen aus dem Leben der Himmelskönigin darstellten. Beim Weitergehen fiel der Blick des Richters unversehens auf einen eher schlichten Altar in einer Mauernische, vor dem eine hohe Wachskerze brannte. Als er die kunstvolle Marienstatue auf dem Wandaltar entdeckte, blieb er unwillkürlich stehen. Es war eine Darstellung der Mater dolorosa. Aus der Brust der Schmerzensmutter ragten sieben goldene Schwerter als Symbol für die sieben Schmerzen Mariens. Fauerbach stockte beim Anblick der Holzfigur, die schon sehr alt sein musste, der Atem. Sie gemahnte ihn an die ermordete Edelgard Fischer. Die Haltung, das Gewand, der peinvolle Gesichtsausdruck – es stimmte einfach alles!

Das ist die klassische Darstellung der Mater dolorosa, wie sie von zahlreichen Malern und Bildhauern des christlichen Abendlandes geschaffen wurde. Sie sieht immer so aus, suchte er sich zu beruhigen. Da ließ ihn plötzlich eine jähe Bewegung vom Boden her aufschrecken. Erst jetzt bemerkte er die kniende Gestalt auf den Steinfliesen, die sich ruckartig zu ihm umwandte. Im Zwielicht hatte er den dunkel gewandeten Mann gar nicht wahrgenommen.

Sein Gegenüber richtete sich auf, lächelte den Richter, den er offensichtlich für einen Gläubigen hielt, freundlich an und murmelte: »Gott sei mit Euch, mein Bruder. Die nächste Marienandacht ist erst wieder am Freitag. Aber ein jeder, der den Beistand der Gottesmutter sucht und zu ihr beten möchte, ist herzlich willkommen.« Er neigte ergeben das Haupt mit den schulterlangen dunklen Haaren, die von silbergrauen Fäden durchwirkt waren.

Fauerbach fehlten zunächst die Worte. Er starrte den etwa fünfzigjährigen Mann mit den sanften, vergeistigten Gesichtszügen und dem verklärten Ausdruck in den Augen an, als wäre er ein Geist. Die Ähnlichkeit des Mannes mit dem Heiland war verblüffend.

»Ihr … Ihr seid der Küster?«, fragte er stockend.

»Ja, der bin ich«, antwortete der große, schlanke Mann, lächelte und reichte Fauerbach die Hand. »Egidius Nussbaumer mein Name, und ich bin hier schon Kirchendiener, seit ich laufen kann.«

Der junge Jurist räusperte sich und mühte sich um einen amtlichen Tonfall, als er sich gleich darauf als Untersuchungsrichter Fauerbach vorstellte und hinzufügte, dass er ihm ein paar Fragen zu stellen habe.

Die Freundlichkeit des Küsters schien jedoch davon nicht erschüttert zu werden. »Bitte, gerne, Herr Richter«, erklärte er entgegenkommend und schlug vor, in die Sakristei zu gehen, da das Gotteshaus nicht der geeignete Ort dafür sei. Bevor er sich zum Gehen wandte, machte er vor dem Altar mit der Madonnenstatue noch eine tiefe Verbeugung und bekreuzigte sich.

Geistesabwesend schlug auch Fauerbach ein Kreuz, als sein Blick auf die zwei prächtigen weißen Lilien fiel, die sich in schlanken Vasen aus rotem Muranoglas zu beiden Seiten des Standbildes erhoben. »Lilien im Herbst?«, stieß er erstaunt hervor – auch solch ein Mirakel hätte ihn an diesem wundersamen Ort nicht überrascht.

»Die sind aus Wachs«, erläuterte Egidius Nussbaumer verschmitzt.

»Die sehen aus wie echt«, murmelte Fauerbach staunend. »Wo gibt es denn so etwas?«, fragte er.

»Ich habe sie bei einer Wachsblumenmacherin aus Böhmen gekauft. Sie hat einen Stand auf der Messe, ganz in der Nähe vom Hause Wertheim«, erwiderte der Küster.

»Wie filigran die Blütenkelche gearbeitet sind, unglaublich! Die Blumen sind bestimmt sehr kostspielig«, sagte der Richter mit hochgezogenen Brauen.

»Für die Himmelskönigin ist nichts zu kostbar«, entgegnete Nussbaumer.

»Gehen wir«, sagte der Richter schroffer, als er es beabsichtigt hatte, und sah den Küster abwartend an.

Dieser ging sogleich voran und führte ihn durch eine schmale Tür seitlich des Hauptaltars in die Sakristei, wo er ihm an einem kleinen, runden Holztisch einen Stuhl anbot.

»Was möchtet Ihr mich denn fragen?«, erkundigte sich der Kirchendiener höflich und blickte den Richter offen an.

Fauerbach war irritiert. Dass sich jemand bei einer richterlichen Befragung derart zuvorkommend verhielt, war ihm bislang nur selten begegnet. Auch dass sich Nussbaumer bisher noch mit keiner Silbe nach dem Grund seines Erscheinens erkundigt hatte, kam ihm sonderbar vor. »Nun, es geht um Euren Vorgesetzten, den Dekan Cochläus«, begann er. »Vielleicht könnt Ihr mir ja sagen, wo er sich am vergangenen Montagnachmittag aufgehalten hat?«

»Das entzieht sich leider meiner Kenntnis«, erklärte der Küster und zuckte bedauernd mit den Schultern. »Ich weiß nur, dass er am Montagabend erst in letzter Minute in die Sakristei gekommen ist, was sonst nicht seiner Art entspricht. Ich war schon ganz unruhig, weil er nicht auftauchte und die Marienandacht um die sechste Stunde beginnen sollte. Ich wollte gerade zum Pfarrhaus gehen, um nachzufragen, was los ist, als der Herr Dekan in die Sakristei gestürzt kam. Er war ganz außer Atem und wirkte sehr abgehetzt. In größter Eile habe ich ihm geholfen, sein Messgewand überzuziehen. Er war sehr verschwitzt, und ich habe mir schon ein wenig Sorgen um seinen Gesundheitszustand gemacht. Mit über siebzig Jahren ist er ja schließlich kein junger Mann mehr, und die Anstrengung stand ihm förmlich ins Gesicht geschrieben.« Der Küster blickte besorgt. »Und es muss ihm tatsächlich nicht besonders gutgegangen sein«, fuhr er fort, »denn während des Gottesdienstes war er derart zerstreut, dass er mehrfach die falschen Psalmen und Gebete anstimmte, und beim Ave-Maria verdrehte er sogar die Worte. Das bekamen auch die Gemeindemitglieder mit, denn einige fragten mich nach dem Gottesdienst, was denn nur mit dem Herrn Pfarrer sei und ob es ihm nicht wohl ergehe. Mir war das peinlich, und ich wusste nicht so recht, was ich darauf antworten sollte. Weil auch ich mir Sorgen machte, erkundigte ich mich bei dem Herrn Dekan nach der Messe, ob bei ihm alles in Ordnung sei …« Egidius Nussbaumer stockte und lächelte verlegen, ehe er hinzufügte: »Und da hat er mich angefahren, ich solle mich um meinen eigenen Kram kümmern und ihn gefälligst in Ruhe lassen. – Der Herr Dekan kann zuweilen recht aufbrausend sein, doch wer ihn kennt, weiß, dass er eine Seele von Mensch ist«, bemerkte er nachsichtig.

Der Richter, der die ganze Zeit eifrig mitgeschrieben hatte, musterte Nussbaumer eindringlich. »Und er hat

Euch keinerlei Erklärung abgegeben, warum er so spät gekommen ist?«, fragte er.

Der Kirchendiener schüttelte den Kopf mit dem langwallenden, glänzenden Haar. Dem Richter fiel auf, wie gepflegt es wirkte. Auch das schmale, asketische Gesicht war makellos rasiert. Er war zweifellos ein gutaussehender Mann, der auf sein Äußeres Wert legte. – Ob er wohl verheiratet war? Der Richter schielte verstohlen auf die schmalen, feingliedrigen Hände Nussbaumers, die entspannt auf seinem Schoß lagen, konnte an ihnen jedoch keinen Trauring ausmachen.

»Nein, das hat er nicht getan«, riss ihn die Antwort des Küsters aus seinen Gedanken. »Und ich mochte deswegen auch nicht weiter nachfragen.« Egidius Nussbaumer schien nachzudenken und wurde unversehens ernst. »Ihr müsst wissen, ich kenne den Herrn Dekan schon von klein auf, er war praktisch wie ein Vater für mich«, vertraute er dem Richter an. »Und deswegen weiß ich sehr wohl, wann es besser ist, ihn in Ruhe zu lassen«, erklärte er mit gutartigem Spott und kräuselte die rosafarbenen Lippen.

»Nun, ich darf Euch verraten, dass es für den Herrn Dekan durchaus von Vorteil wäre, wenn wir genauere Angaben über seinen Verbleib an besagtem Montagnachmittag hätten … Und ich werde nicht umhinkommen, mich demnächst bei ihm danach zu erkundigen«, sagte Fauerbach bissig, und ihm kam plötzlich ein Gedanke. Hatte nicht auch Fischer gesagt, der Dekan Cochläus sei früher wie ein Vater für ihn gewesen? Möglicherweise hatte es deswegen ja gewisse Animositäten zwischen dem ehemaligen Kaplan und dem Küster gegeben. Kurzerhand beschloss der Richter, Nussbaumer diesbezüglich ein wenig aus der Reserve zu locken. »Wie war eigentlich Euer Verhältnis zu Christoph Fischer, dem früheren Kaplan der Liebfrauenkirche?«, fragte er und ließ den Kirchendiener nicht aus den Augen.

»Sehr gut«, gab Nussbaumer ohne zu zögern zur Antwort.

Dem Richter war es aber, als hätten sich seine sanften Gesichtszüge für einen kurzen Augenblick verhärtet. »Soso«, sagte er skeptisch. »Dann müsste Euch der schreckliche Mord an Fischers Ehefrau ja auch sehr nahegegangen sein.«

»Das kann man wohl sagen!«, erwiderte Nussbaumer, und auf seinen vergeistigten Zügen spiegelte sich Abscheu. »Was für eine bestialische Tat! Wer so etwas Grausames tut, ist doch kein Mensch mehr!«

»Da mögt Ihr recht haben«, stimmte ihm der Richter zu, und sein Gesicht verdüsterte sich. »Nur ein sehr kranker Geist ist zu solch einer Tat in der Lage. Jemand, der ganz krank ist vor Hass – oder vor Eifersucht …« Er sah den Küster eindringlich an.

Dieser zuckte jedoch mit keiner Wimper und starrte nur verständnislos zurück. Mit einem Mal schien ihm jedoch zu dämmern, worauf Fauerbach hinauswollte. »Nein, das ist ganz und gar unmöglich! Nie und nimmer würde der Herr Dekan so etwas tun!«, rief er bestürzt und schlug fassungslos die Hände zusammen.

Fauerbach konstatierte mit einer gewissen Häme, dass es ihm gelungen war, die Ausgeglichenheit des Kirchendieners erneut ins Wanken zu bringen, und er ließ sich sogar dazu hinreißen, noch nachzulegen. »Das sieht der

Ehemann der Ermordeten, Christoph Fischer, aber ganz anders«, sagte er und berichtete dem Küster von Fischers nächtlicher Begegnung mit dem Dekan und den wüsten Beschimpfungen, die dieser gegen die Frau seines ehemaligen Kaplans ausgestoßen hatte.

Die blauen Augen von Egidius Nussbaumer verdunkelten sich vor Betroffenheit, und ihm schienen zunächst die Worte zu fehlen. Nach einer Weile senkte er betreten den Blick und murmelte verlegen: »Das Trinken bekommt dem Herrn Dekan immer weniger. Je älter er wird, desto schlechter verträgt er es …« Er musterte den jungen Juristen ernst. »Dann ist mit ihm kein Auskommen mehr, und er wird zänkisch und ausfallend. Davon kann auch die Haushälterin ein Liedchen singen …« Der Küster legte eine kurze Pause ein, rang beschwörend die Hände und warf sich in die Brust. »Aber es ist völlig abwegig, und das kann ich nicht genug betonen, Herr Richter, Johannes Cochläus einer so schrecklichen Mordtat zu verdächtigen! Wenn Ihr so etwas tatsächlich in Erwägung zieht, dann tut es mir leid, aber dann schlagt Ihr in die gleiche Kerbe wie diese lästerlichen Lutheraner, die uns Altgläubigen den abscheulichen Mord in die Schuhe schieben wollen. Ein Mann Gottes wie Johannes Cochläus ist vollkommen außerstande, einem anderen Menschen so etwas Bestialisches zuzufügen. Dafür, Herr Richter, lege ich meine Hand ins Feuer!«, beteuerte Nussbaumer mit einer Art heiligem Zorn. Seine Nasenflügel bebten, sein blasser makelloser Teint hatte sich vor Erregung gerötet, und er glich in diesem Moment Jesus im Tempel zu Jerusalem, der die Händler und Marktschreier aus dem Hause seines Vaters trieb.

»Damit wäre ich vorsichtig«, sagte der Richter abgeklärt. »Da haben sich schon ganz andere die Finger verbrannt …«

»Ein solcher Verdacht ist einfach absurd!«, erwiderte der Küster und schüttelte den Kopf.

»Es ist meine Amtspflicht, jedem Verdacht gewissenhaft nachzugehen, und sei er noch so abwegig.« Fauerbach fixierte den Kirchendiener streng. »Und das ohne Ansehen der Person.«

»Gewiss, Herr Richter. Ihr tut ja nur Eure Pflicht.« Egidius Nussbaumer musterte sein Gegenüber verständnisvoll und schien wieder zu seiner alten Sanftmut zurückgefunden zu haben. »Vor unserem Richter im Himmel sind alle Menschen gleich«, fügte er mit salbungsvollem Augenaufschlag hinzu.

Fauerbach, der keineswegs ein Frömmler war und als studierter Jurist einer eher weltlichen Rechtsauffassung den Vorzug gab, konnte es sich gerade noch verkneifen, ein spöttisches »Amen« von sich zu geben. Die Engelsgüte des Mannes ging ihm langsam auf die Nerven. Er ließ den Küster das Protokoll unterzeichnen und verabschiedete sich. Als Egidius Nussbaumer ihm anbot, ihn an der Hintertür der Sakristei hinauszulassen, die direkt neben das Pfarrhaus mündete, stimmte er erleichtert zu. Er war froh darüber, nicht mehr durch das düstere Kirchenschiff gehen zu müssen – mit der unheimlichen Marienstatue in der Altarnische und diesen wächsernen Totenblumen.

An der Tür reichte ihm der Küster die Hand und entbot ihm einen frommen Gruß. Während Fauerbach die warme, weiche Hand von Egidius Nussbaumer in der seinen fühlte und beim Hinausgehen in die sanften blauen Augen des Küsters blickte, fühlte er unversehens eine eigenartige Ergriffenheit und war sich sicher, selten einem gütigeren Menschen begegnet zu sein.

Draußen an der kalten Herbstluft überkam ihn ein Frösteln. Geistesabwesend wischte er sich die Handfläche am Amtstalar ab und schlug den Weg zum Leinwandhaus ein.

Um die siebte Abendstunde saß Ursel Zimmer gemütlich auf der warmen Ofenbank im gutbesuchten Schankraum des Frauenhauses, hatte einen Becher heißen Würzwein neben sich stehen, ein aufgeschlagenes Buch auf den Knien und las konzentriert. Sie war so versunken in ihre Lektüre, die Lobpreisung Mariens, welche sie am Sonntagabend im Buchhändlerviertel erstanden hatte, dass das Grölen der angetrunkenen Gäste, das laute Scheppern der Würfelbecher und das kehlige, aufreizende Lachen der Huren gar nicht zu ihr durchdrangen. Die Aufmerksamkeit der Hurenkönigin richtete sich auf den in der Sprache des einfachen Volkes verfassten Anhang des Werkes, eine Sammlung der wundersamen Sagen und Geschichten, die sich um die Heilige Jungfrau rankten. Sterbende und Todgeweihte hatte sie wieder zum Leben erweckt, erbitterte Feinde und zerstrittene Familien miteinander versöhnt, Liebende, die das Schicksal getrennt hatte, wieder zusammengeführt, den Schoß unfruchtbarer Frauen gebären lassen, Kranke von ihrem Siechtum geheilt, Ungläubige dem Glauben zugeführt, verhärtete Herzen erwärmt, Gemütskranke von ihrer Schwermut befreit – und dergleichen Wunder mehr. Es waren derart ergreifende und trostreiche Geschichten, dass der Zimmerin zuweilen die Tränen in die Augen stiegen. Bei manchen Geschichten musste sie lächeln, andere hingegen empfand sie fast ein wenig unheimlich – wie schaurig schöne Märchen. So auch das Mysterium der frommen Brüder von Maria Laach, das Ursel gerade mit angehaltenem Atem las: Die Himmelskönigin kündigte dort den Tod eines jeden Mannes drei Tage im Voraus an, indem sie um Mitternacht eine weiße Lilie auf seinen Kirchenstuhl legte. Dadurch wusste der Betroffene, dass seine Zeit gekommen war, und bereitete sich in frommer Versenkung auf sein nahes Ende vor – welches der Sage nach auch stets eintraf. Ursel bekam unversehens eine Gänsehaut und war sich in diesem Moment sicher, dass sie es lieber nicht so genau wissen wollte, wann sie einmal sterben musste. Solcherart in Gedanken versunken, hatte sie Bernhard gar nicht bemerkt, der durch die Tür gehastet war, sich hektisch nach ihr umblickte und auf sie zugeeilt kam.

»Ursel, es ist etwas ganz Furchtbares passiert!«, riss seine atemlose Stimme sie aus ihren Grübeleien.

Die Hurenkönigin schreckte heftig zusammen und blickte bestürzt zu ihm auf. »Was denn?«, fragte die Gildemeisterin, die in ihrem langen Leben schon viel Leid erfahren hatte, und ihr Herz krampfte sich vor Bangigkeit zusammen.

»Isolde ist verschwunden!«, brach es aus Bernhard heraus, und er konnte seine Tränen nicht länger zurückhalten.

Die Hurenkönigin war alarmiert aufgesprungen, und

der schwere Foliant fiel polternd zu Boden. Trotz ihrer eigenen Aufgeregtheit mühte sich Ursel, den aufgelösten Geliebten zu besänftigen, und schloss den Weinenden liebevoll in die Arme. »Beruhige dich, mein Herz«, raunte sie ihm zu und schob ihn sanft auf die Ofenbank. »Setz dich erst mal, und trink einen Schluck«, sagte sie begütigend und reichte ihm mit bebenden Händen den warmen Trinkbecher. »Und dann erzählst du mir genau, was passiert ist.«

Bernhard leerte hastig den Becher und berichtete Ursel schluchzend, dass seine Nichte um die Mittagszeit das Haus verlassen habe und seither nicht mehr aufgetaucht sei. »Die Stangenknechte suchen schon das ganze Stadtgebiet nach ihr ab … Markus hat sich ihnen angeschlossen … Und ich werde auch gleich zu ihnen stoßen. Ich wollte dir nur schnell Bescheid geben …« Er seufzte auf und blickte unruhig zur Tür.

Die Hurenkönigin war ganz bleich geworden. Die Hiobsbotschaft über das Verschwinden von Bernhards Nichte ließ ihr förmlich das Blut in den Adern gefrieren. Sie hatte die anmutige, blitzgescheite Isolde ins Herz geschlossen wie eine Tochter, und die Vorstellung, dass ihr und dem ungeborenen Kind etwas zugestoßen sein könnte, raubte ihr fast den Verstand. »Ich komme mit«, stieß sie mit brüchiger Stimme hervor.

»Das wird nicht gehen, wir sind alle zu Pferde, und du kannst doch nicht reiten«, gab Bernhard zu bedenken und runzelte die Stirn.

»Dann reite ich mit dir, das wird schon irgendwie gehen«, sagte die Hurenkönigin entschlossen.

»Du kannst dich vor mich setzen und übernimmst

die Zügel, dann kann ich dich besser festhalten«, stimmte der Gelehrte zu, der froh über Ursels Beistand war, drückte dankbar ihre Hand, und die beiden strebten dem Ausgang zu.

Während Ursel sich draußen auf dem Flur ihr pelzgefüttertes Cape umlegte, schlug sie vor, eine Fackel mitzunehmen, und wies mit dem Kopf auf die beiden Wandfackeln im Eingangsbereich des Frauenhauses. Als Bernhard gleich darauf eine Fackel aus der Halterung nahm, zitterten seine Hände so sehr, dass es Ursel in der Seele schmerzte. »Ihr wird schon nichts geschehen sein«, suchte sie ihn aufzumuntern, obgleich sie selbst mehr als verzagt war.

»Wenn ich das nur glauben könnte«, stieß Bernhard hervor und musterte Ursel bekümmert. »Ich habe panische Angst, dass ihr …« Seine Stimme versagte, und er stöhnte gequält auf.

Ursel, die ahnte, was er sagen wollte, legte ihm energisch eine Hand auf den Arm. »So etwas darfst du gar nicht erst denken!«, beschwor sie ihn. »Isolde ist eine Kämpfernatur, die wird sich schon nicht unterkriegen lassen! Vielleicht hat sie unterwegs die Wehen gekriegt und ist bei irgendwelchen guten Leuten untergekommen, die ihr beistehen. Eine Geburt kann mitunter recht lange dauern …« Ursel mühte sich nach Kräften um Zuversicht, nicht alleine, um Bernhard Mut zu machen, sondern auch, um ihre eigene Verzagtheit zu vertreiben.

Heilige Muttergottes, steh ihr bei!, sandte sie ein stummes Stoßgebet an die Himmelskönigin und folgte dem Geliebten auf weichen Knien in die Nacht hinaus.

4

Donnerstag, 18. Oktober 1522

Pünktlich zur siebten Morgenstunde eilte der Hausknecht der städtischen Junkerschule, Walter Schimmelschmidt, mit einem schweren Schlüsselbund bewaffnet den langen Gang entlang zum Hauptportal, um die schwere Flügeltür aufzusperren, denn die Lehrkräfte und der Direktor konnten jede Minute eintreffen. Der Unterricht begann zwar erst zur achten Stunde, aber Schuldirektor Wilhelm Nesen legte großen Wert darauf, dass sich die Lehrer sorgfältig auf den Unterricht vorbereiteten und alles gerichtet und an seinem Platz war.

»Deswegen darf unsereiner auch schon 'ne Stunde hier rumspringen, überall den Dreck wegfegen, den die Mistbälger auf den Boden geworfen haben, ihre mit Tinte bekleckSten Schreibpulte schrubben und schwere Bücher durch die Gegend schleppen«, murrte der betagte Pedell griesgrämig vor sich hin. Während er den langen Bartschlüssel ins Türschloss steckte und knirschend umdrehte, sehnte er schon jetzt den Augenblick herbei, wenn er ihn am Abend in die entgegengesetzte Richtung drehen würde, um wieder abzuschließen. Der in die Jahre gekommene Junggeselle war auch früher kein wirklicher

Kinderfreund gewesen. Dazu hatten ihm die Schüler immer viel zu viel Arbeit bereitet. Vor seiner Anstellung an der neugegründeten Junkerschule war er viele Jahre Hausknecht am Weißfrauenstift gewesen. Aber dass ihn die Rotznasen hänselten und ihm freche Antworten gaben wie hier, das hätte es bei den Nonnen nicht gegeben!

An einer weltlichen Schule herrscht halt einfach weniger Zucht und Ordnung als an einer geistlichen, dachte der Pedell mit Ingrimm und drückte energisch die Klinke herunter, um sperrangelweit die Tür zu öffnen und frische Luft hereinzulassen – auch das war eine Anordnung des Direktors, denn geistige Arbeit gedeiht nun mal nicht unter Muff und Moder, wie er immer zu sagen pflegte, dieser neunmalkluge Frischluftfanatiker. Doch was war denn das? Die Tür ließ sich gar nicht richtig öffnen, irgendetwas blockierte sie von außen.

»Haben mir diese Drecksbälger schon wieder einen Streich gespielt?« Schimmelschmidt schnaubte verärgert und stemmte sich wütend gegen den Türflügel, der mit einem schlurfenden Geräusch nachgab und sich ein Stück weit öffnete, breit genug, dass der hagere Pedell hindurchschlüpfen konnte, um nachzusehen, was dort war.

»Ach du heiliger Bimbam!«, entfuhr es Schimmelschmidt beim Anblick des sperrigen Bündels, das unterhalb der Tür auf dem Boden lag. »Das sieht ja aus wie eine Frau ...« Als der Pedell sich hinunterbeugte, um es genauer in Augenschein zu nehmen, bestätigte sich sein Eindruck, und beim Anblick des schmerzverzerrten Gesichts und der schreckensgeweiteten Augen der Toten – denn das war sie zweifellos – standen ihm vor Entsetzen die schütteren Haare zu Berge. »Zu Hilfe!«, schrie er markerschütternd. »Hier liegt eine Tote!« Halb ohnmächtig sank er auf die Knie. Da näherten sich vom Kornmarkt her auch schon laute Schritte. Erleichtert erkannte Schimmelschmidt, dass es sich um zwei Stangenknechte handelte. »Hierher!«, krächzte er und winkte sie hektisch herbei.

»Was ist denn los?«, fragte einer der Schergen beim Näherkommen, »braucht Ihr einen Arzt?«

»Der kann kein Arzt mehr helfen«, stieß der alte Hausknecht aus und wies mit zitternden Händen auf die Frauengestalt, die mit angezogenen Beinen auf der Seite lag.

Einer der Büttel beugte sich zu ihr hinunter und packte sie an der Schulter, um sie auf den Rücken zu drehen. Unter den blauen Gewandfalten zeichnete sich deutlich der vorgewölbte Leib ab. »Die ist ja schwanger!«, entfuhr es dem Schergen, der unversehens kreidebleich geworden war. »Ich glaube, das ist die junge Frau, nach der wir gestern Abend die ganze Stadt abgesucht haben …«

»Ja«, sagte sein Kollege, der neben ihn getreten war, mit tonloser Stimme und wies auf die unter der Brust gefalteten Hände der Toten. »Und sie ist genauso ausstaffiert und hergerichtet wie die tote Frau, die am Montagmorgen vor dem Haus zum Strauß gefunden wurde.« Sein Blick fiel auf den blutdurchtränkten Stoff im Brustbereich. »Und sie wurde auch genauso massakriert«, fügte er hinzu und wischte sich die Schweißperlen von der Stirn. »Wer kann einer Schwangeren nur so etwas antun?«, presste er hervor, wandte jäh den Kopf zur Seite und musste sich übergeben.

In Frankfurt hatte es sich wie ein Lauffeuer herumgesprochen, dass nun schon eine zweite Frau Opfer eines grausamen Ritualmords geworden war. Die Stadtbürger, und ebenso die Messebesucher aus aller Herren Länder, waren entsetzt über die bestialischen Taten. Die übereinstimmende Stilisierung der beiden Mordopfer als Mater dolorosa ließen keine Zweifel daran, dass es sich um die Wahnsinnstat eines religiösen Fanatikers handelte. In den Hotels, Gasthäusern und Herbergen der Stadt war bereits eine erste Abreisewelle zu verzeichnen. Vor allem Gäste, die in Begleitung ihrer Frauen und Töchter zur Frankfurter Herbstmesse angereist waren, hatten es nach der zweiten Schreckensnachricht eilig, die gefährliche Stadt am Main so schnell wie möglich zu verlassen.

Nicht zuletzt auch deswegen hatte der Bürgermeister unmittelbar nach der Leichenschau eine Krisensitzung im Römerrathaus einberufen, zu der alle Senatoren sowie der Untersuchungsrichter mit sämtlichen Oberstangenknechten zu erscheinen hatten.

Bürgermeister Reichmann war ganz bleich und wirkte sehr mitgenommen, als er mit bebender Stimme das Wort an die Anwesenden richtete. Die Leichenschau an der hochschwangeren Isolde von Basdorf, die er als Freund der Familien von Basdorf und von Wanebach bereits von klein auf kannte, hatte ihm erheblich zugesetzt. Erst recht, nachdem ihm die traurige Pflicht zugekommen war, den Ehemann und Senatskollegen Markus von Basdorf in Begleitung des Untersuchungsrichters über das Unglück in Kenntnis zu setzen. Das überbordende Leid des jungen Mannes, seine verzweifelten Schreie hatten das abgeklärte Stadtoberhaupt mehr aus der Fassung gebracht, als ihm lieb war, und er hatte, was nicht häufig vorkam, sogar ein paar Tränen vergossen.

»Wie alle Anwesenden sicherlich inzwischen wissen, handelt es sich bei dem zweiten Mordopfer, das heute Morgen vom Pedell der städtischen Junkerschule vor dem Eingangsportal gefunden wurde, um die junge Isolde von Basdorf, geborene von Wanebach«, begann Reichmann mit belegter Stimme. »Ebenso wie das erste Mordopfer Edelgard Fischer weist der Brustbereich der Toten sieben tiefe Stichwunden auf, die Doktor Schütz zufolge wahrscheinlich von einem Schwert herrühren. Da die Leichenstarre schon vollständig ausgeprägt war, muss der Mord bereits gestern erfolgt sein. Laut Aussage der Aufwartefrau verließ Isolde von Basdorf gestern um die Mittagszeit das Haus, um über die Messe zu schlendern. Seither wurde sie nicht mehr lebend gesehen. Auch die umfangreiche Suche der Stangenknechte nach der Vermissten, die gestern Abend in die Wege geleitet wurde, ergab keinerlei Spuren oder Hinweise. Weder auf das Opfer noch auf einen etwaigen Täter. Da die junge Frau schon mehr als zwölf Stunden tot war – sie war ja im achten Monat schwanger …« Reichmann hatte Mühe weiterzusprechen, nestelte mit fahrigen Händen ein Stofftuch aus dem Amtstalar und fuhr sich damit über die Augen, ehe er heiser hervorstieß: »… ist auch das Kind in ihrem Leib nicht mehr zu retten gewesen. Gott sei seiner unschuldigen Seele gnädig.« Er bekreuzigte sich und musste unversehens aufschluchzen. Auch unter den kühlen und beherrschten Ratsherren blieb kaum ein Auge trocken, während sie ebenfalls das Kreuz schlugen. Selbst dem Untersuchungsrichter und den Anführern der

Stangenknechte war ihre Ergriffenheit deutlich anzumerken. Nach einer Weile beklommenen Schweigens setzte der Bürgermeister seine Ansprache fort: »Außerdem hat der Mörder der Toten, genauso wie der anderen Ermordeten, eine Haarsträhne abgeschnitten.« Reichmann stockte und presste die Lippen zusammen. »Ich wage es kaum auszusprechen, was für eine Abscheulichkeit diese Bestie Isolde auf den schwangeren Leib geschrieben hat«, presste er schließlich hervor, während ihm die Zornesröte ins Gesicht stieg. »›Kind der Sünde‹!«, dröhnte seine Stimme durch den Saal. »Die Worte hat der Mörder, genauso wie bei Edelgard Fischer, mit Blut geschrieben. – Wir haben es hier mit einem grausamen Schlächter zu tun, und ich werde kraft meines Amtes nichts unversucht lassen, dass dieser Unhold so schnell wie möglich gefasst wird!« Reichmann schrie fast und fixierte die Herren in der Runde unbeugsam. »Und ich erwarte von jedem der Anwesenden das Gleiche, ist das klar?« Unversehens heftete sich sein Blick auf den jungen Untersuchungsrichter, der mit betretener Miene vor sich hin brütete. »Hiermit erteile ich Untersuchungsrichter Fauerbach das Wort! Ich will auf der Stelle von Euch wissen, was für Ermittlungen Ihr bereits angestellt habt, was sie ergeben haben und wie Ihr weiterhin vorzugehen gedenkt! Denn immerhin haben wir inzwischen schon einen zweiten Mordfall, und der Täter läuft immer noch frei herum! Das kann doch nicht angehen!« Der Bürgermeister war sichtlich aufgebracht.

Die Augen aller Ratsherren richteten sich sogleich auf den Untersuchungsrichter. In den Blicken nicht weniger Senatoren spiegelten sich Häme und Schadenfreude.

Nur die Oberstangenknechte vermieden es, ihren Vorgesetzten anzuschauen, und senkten betreten die Blicke.

In dem jungen Richter rangen die unterschiedlichsten Empfindungen miteinander. Doch sein Stolz gewann schließlich die Oberhand. Von euch Pfeffersäcken lasse ich mir doch nicht den Schneid abkaufen, dachte er und erklärte, an den Bürgermeister gewandt, mit kühler Überheblichkeit: »Wie ich Euch ja schon gestern unterrichtet habe, gibt es bereits einen Verdächtigen. Die Erkundigungen, die ich am gestrigen Abend über ihn eingezogen habe, waren keineswegs in der Lage, diesen Verdacht zu entkräften. Im Gegenteil. Da sich durch den zweiten Mord noch weitere Verdachtsmomente gegen die betreffende Person ergeben haben, möchte ich nun den Herrn Bürgermeister darum ersuchen, einer Arretierung und Befragung des Verdächtigen nicht mehr länger entgegenzuwirken!«

Bürgermeister Reichmann war sprachlos. Die Senatoren musterten ihn verstört. »Um wen handelt es sich denn? – Wer ist denn dieser Verdächtige?«, wurde das Stadtoberhaupt von allen Seiten mit Fragen bedrängt. Der vorwurfsvolle Unterton war dabei nicht zu überhören.

»Verehrte Herren Kollegen, ich möchte betonen, dass ich den von Untersuchungsrichter Fauerbach geäußerten Verdacht, den Herrn Dekan Cochläus der abscheulichen Morde zu bezichtigen …« Vonseiten der Senatoren waren laute Zwischenrufe zu vernehmen, die den Bürgermeister kurz innehalten ließen. Er gab einen tiefen Seufzer von sich und erklärte vorsichtig: »Die ich jedoch … bislang nicht teilen konnte. – Natürlich ist Cochläus zuweilen ein arger Hitzkopf, und wie er sich zurzeit gegen die Reformer gebärdet, ist alles andere als rühmlich, aber ich kenne den Dekan seit vielen Jahren, und ehrlich gesagt, traue ich ihm die verabscheuungswürdigen Morde einfach nicht zu.« Reichmann sah in die erbitterten Mienen der reformfreudigen Patrizier von Holzhausen, Fürstenberger und Stalburg, die diesbezüglich offenbar anderer Ansicht waren.

»Für mich steht es außer Frage, dass die Greueltaten an den Frauen unserer Freunde und Kollegen Fischer und von Basdorf, die beide der reformatorischen Bewegung nahestehen, die bestialischen Taten eines fanatischen Papisten und Marienverehrers sind, der an unserer Bewegung grausame Rache übt!«, rief der Humanist Claus Stalburg empört. »Und wenn ich mir die hasserfüllte Fratze des Dekans vergegenwärtige, als er Johannes von Basdorf am Mittwochabend im Vortragssaal der Junkerschule beim Hinausgehen zurief ›Die Rache Gottes wird Euch treffen‹, dann halte ich diesen Verdacht keineswegs für abwegig!«

Seine humanistischen Freunde stimmten ihm nachdrücklich zu, während die Anhänger des alten Glaubens unter den Ratsherren verdrießlich den Kopf schüttelten oder verhalten ihren Unmut bekundeten.

Nikolaus Reichmann, der als Stadtvater stets darauf bedacht war, innerhalb des Frankfurter Religionskonflikts eine ausgleichende Rolle zu spielen, fürchtete schon, die Gemüter könnten überkochen. Denn auch im Magistrat, wie überall in der Stadt, waren die Fronten verhärtet. Also versuchte er, dem streitbaren Senator den Wind aus den Segeln zu nehmen. »Ruhig Blut, mein lieber Claus«, entgegnete er ölig. »Wir sollten doch gerade in unserer momentan so prekären Lage unbedingt versuchen, sachlich zu bleiben …«

»Mit Verlaub, Herr Bürgermeister …«, mischte sich plötzlich der Untersuchungsrichter ein, »aber was Herr Senator Stalburg eben über den Dekan Cochläus gesagt hat, ist auch anderen Besuchern aufgefallen, die am Montagabend bei Huttens Vortrag waren.«

Das gezwungene Lächeln des Bürgermeisters verschwand augenblicklich, während er den jungen Mann im schwarzen Amtstalar fassungslos anstarrte. Was erdreistet sich dieser Besserwisser, mir vor dem versammelten Magistrat derart in den Rücken zu fallen!

Der Richter blickte kurz auf seine Unterlagen, die ausgebreitet vor ihm auf dem Tisch lagen, und sprach unbeirrt weiter: »Genau das Gleiche hat nämlich heute Morgen auch der Rektor der Junkerschule zu Protokoll gegeben, und die Lehrer, die später hinzukamen und ebenfalls bei der Lesung waren, hatten ähnliche Eindrücke von Johannes Cochläus. Ich kann die Protokolle gerne einmal vorlesen, Herr Bürgermeister …« In seiner Stimme schwang feiner Spott mit.

Ehe Reichmann darauf antworten konnte, warf sich Claus Stalburg in die Brust und kam ihm zuvor: »Ich bitte darum, Herr Richter! Und überhaupt … Ich finde, Ihr solltet uns auch Eure anderen Ermittlungsergebnisse nicht länger vorenthalten. Schließlich muss in der unglückseligen Angelegenheit doch jeder Spur nachgegangen werden!« Er sah zu Reichmann hinüber und bemerkte süffisant: »Denn wir sollten doch nichts unversucht lassen, damit dieser Unhold so schnell wie möglich gefasst wird!«

Fauerbach, der nur auf dieses Stichwort gewartet hatte, beugte sich sogleich über seine Unterlagen und verlas in amtlichem Tonfall die Vernehmungsprotokolle von Christoph Fischer, der Haushälterin des Dekans, Lucie Krämer, dem Küster der Liebfrauenkirche, Egidius Nussbaumer, und dem Direktor der Junkerschule, Wilhelm Nesen.

Hatten sich schon bei der Verlesung der Angaben Christoph Fischers über seine nächtliche Begegnung mit Johannes Cochläus die Gemüter im Sitzungssaal erregt, so waren einige Senatoren am Ende des Vortrags geradezu außer sich und machten dem Bürgermeister scharfe Vorwürfe, den Dekan so lange geschont zu haben.

Auch das Argument des Strategen Johann Fichard, der seinem Freund Reichmann beizuspringen suchte, indem er den Kollegen vor Augen hielt, dass Frankfurt einem strenggläubigen katholischen Kaiser seine Rechte und Messeprivilegien verdanke, vermochte die Aufgebrachten nicht zu überzeugen.

»Wenn Cochläus wirklich der Mörder der beiden Frauen ist, dann wird er am Galgen baumeln, so wahr mir Gott helfe!«, ereiferte sich Senator Gilbrecht von Holzhausen mit hochrotem Kopf. »Dann kann ihn auch kein Kaiser mehr retten!«

»Und auch nicht der Erzbischof!«, ereiferte sich sein Mitstreiter Arnold von Glauburg, auf dessen hoher Gelehrtenstirn Schweißperlen standen. »Das Frankfurter Recht ist frei und souverän und an keinen geistlichen Oberhirten gebunden, das haben wir uns hart erkämpft – und teuer genug bezahlt!«

»Ich bin schon sehr gespannt darauf, mein lieber

Arnold, ob du die Stirn hast, das dem Erzbischof auch ins Gesicht zu sagen – Erzbischof Rudolf hat nämlich für morgen seinen Besuch angekündigt«, entgegnete der Bürgermeister hohntriefend und wechselte mit seinem Intimus Fichard einen vielsagenden Blick. »Nun gut, ich werde einer vorläufigen Befragung von Johannes Cochläus zustimmen …« Er seufzte ungehalten. »Wenn es sich indessen erweisen sollte, dass unser Dekan für die Tatzeiten hieb- und stichfeste Alibis hat – wovon ich im Übrigen ausgehe –, dann, mein lieber Fauerbach, müsst Ihr Euch nach einem anderen Verdächtigen umschauen.« Er bedachte den Untersuchungsrichter und die aufgebrachten Senatoren mit einem schiefen Lächeln und murmelte: »Mit euch macht man vielleicht was mit …« Anschließend erklärte er die Sitzung für beendet.

Als Bernhards alter Hausdiener der Hurenkönigin am Morgen im Schankraum des Frauenhauses mit bebender Stimme die Hiobsbotschaft von Isoldes Ermordung überbrachte, schrie Ursel laut auf und raufte sich die Haare. Den Huren, die herbeieilten, um ihr Trost zu spenden, sagte sie aufgelöst, man möge sie in Ruhe lassen, sie sei momentan nicht zu trösten. Erst als sich der Diener mit der Bemerkung zurückziehen wollte, er mache sich wieder heim, seinem Herrn ginge es nicht gut, kam die Gildemeisterin wieder zu sich. »Ich muss ihm beistehen!«, stieß sie hervor, übertrug ihrer Stellvertreterin, der Jennischen Marie, die Aufsicht über das Frauenhaus, legte sich mit zitternden Händen das pelzgefütterte

Cape um und folgte dem Diener auf wackligen Beinen zu Bernhards Haus in der Neuen Kräme.

»Der Herr hat sich in seine Schlafkammer zurückgezogen und will heute niemanden mehr sehen«, raunte ihr der alte Diener an der Haustür mit bekümmerter Miene zu. »Nur bei Euch, Jungfer Zimmerin, soll ich eine Ausnahme machen, und ich glaube, Ihr seid auch die Einzige, die ihm momentan helfen kann …«

Als Ursel in Bernhards Schlafgemach trat und sein Schluchzen vernahm, brachen bei ihr alle Dämme. Sie sanken einander in die Arme und weinten haltlos. Nachdem sie sich nach geraumer Zeit wieder etwas gefasst hatten, berichtete ihr Bernhard stockend, was Isolde widerfahren war.

Ursel schrie vor Entsetzen auf. »Wer hat dem armen Kind nur so etwas Schreckliches angetan?«, stieß sie hervor. Sie schlotterte am ganzen Leib und war außer sich vor Schmerz.

»Wahrscheinlich derselbe, der auch die Frau des Nachtwächters auf dem Gewissen hat«, erwiderte der Gelehrte mit finsterem Blick und setzte ihr auseinander, was sich am Dienstagabend bei der Lesung in der Junkerschule alles zugetragen hatte.

»Beim Hinausgehen hat Cochläus Markus noch zugerufen: ›Der Zorn Gottes soll Euch treffen!‹ Und zwei Tage später nun das«, bemerkte er erzürnt. »Das kann doch alles kein Zufall sein! Was im Übrigen auch Markus so sieht. Als ihm heute Morgen die Schreckensnachricht überbracht wurde, hat er immer wieder geschrien: ›Da steckt Cochläus dahinter!‹ Der Untersuchungsrichter hat ihn wissen lassen, dass auch der Direktor der Junkerschule und mehrere Lehrer Verdachtsmomente gegen den Dekan geäußert hätten, und er hat ihm fest zugesagt, der Sache nachzugehen.«

Die Hurenkönigin hatte Bernhard angespannt zugehört und geriet ins Grübeln. »Ich wünsche mir nichts sehnlicher, als dass der Unmensch, der Isolde und die andere Frau getötet hat, für seine bestialischen Taten büßen muss«, erklärte sie mit bebender Stimme. »Aber ist der Dekan wirklich so eine krankhafte Bestie?«, murmelte sie skeptisch und stöhnte bedrückt. »Ich weiß auch nicht so genau, warum, aber irgendwie habe ich das Gefühl, das ist alles viel zu offensichtlich. Cochläus ist doch nicht gleich am nächsten Tag hingegangen und hat aus Rache und blinder Wut die beiden Frauen abgeschlachtet. Nein, der Mörder hat die Taten genau geplant, er handelt in krankhaftem Wahn, mit kaltem Herzen und klarem Verstand. Er ist ein bösartiges Ungeheuer und …«, Ursel stockte der Atem, »… unglaublich grausam und gefährlich. Kein Vergleich zu einem wild gewordenen Querulanten wie Johannes Cochläus, der mit Gift und Galle gegen die Reformation wettert und von kaum jemandem mehr ernst genommen wird.«

Bernhard musterte sie nachdenklich. »Wenn du dich da mal nicht täuschst«, erwiderte er gepresst und verfiel in düsteres Grübeln.

Die Hurenkönigin schwieg und brütete ebenfalls vor sich hin.

Inzwischen fing es bereits an zu dämmern. Eine dumpfe Niedergeschlagenheit lastete auf Ursel und Bernhard. Wie eine Bleidecke lähmte sie ihre Lebensgeister.

Die Hurenkönigin trat ans Fenster und blickte in den

wolkenverhangenen Abendhimmel. »Wo ist denn Isolde?«, fragte sie leise.

»Soweit ich weiß, im Hause Basdorf«, erwiderte Bernhard kehlig. »Sie wollten sie nach der Leichenschau dort aufbahren, damit die Angehörigen die Totenwache halten können.«

»Willst du nicht auch daran teilnehmen? Schließlich bist du ihr Oheim.« Ursel hatte sich zu dem Geliebten umgewandt und blickte ihn aus tränengeröteten Augen an.

»Ich habe bei diesen Leuten nichts mehr verloren!«, erklärte der Gelehrte bitter. »Die von Wanebachs sind für mich schon vor langer Zeit gestorben, das weißt du doch genau. Von der ganzen Brut hat mir doch nur mein Onkel Rufus etwas bedeutet, und der ist schon lange tot. – Und natürlich Isolde …« Er stöhnte abermals auf und barg das Gesicht in den Händen.

Ursel ging auf Bernhard zu und breitete liebevoll die Arme um ihn. »Ich weiß doch, wie sehr du an dem Mädel gehangen hast«, sagte sie sanft. »Deswegen solltest du Isolde auch die letzte Ehre erweisen und an der Totenwache teilnehmen und deine Ressentiments gegen deine Familie einstweilen zurückstellen. Momentan geht es doch nur um Isolde, alles andere ist unwichtig. Ich finde, das bist du deiner Nichte schuldig. Außerdem ist es die letzte Möglichkeit, sie noch einmal zu sehen und von ihr Abschied zu nehmen …«

Bernhard schluchzte gequält auf. »Ich glaube, es bricht mir das Herz, wenn ich das arme Kind so kalt und leblos auf der Totenbahre sehe, wo sie doch immer so gestrotzt hat vor Lebensfreude …«

»So sollten wir sie auch in Erinnerung behalten«, bemerkte die Hurenkönigin mit Tränen in der Stimme. »Es ist zwar unsagbar schmerzhaft, von einem geliebten Menschen auf diese Weise Abschied zu nehmen, aber es hat auch etwas Tröstliches. Man begleitet ihn hinaus aus dieser Welt und gibt ihm auf seinem letzten Weg noch einmal alle Liebe mit, zu der man fähig ist.« Ursel musste plötzlich an ihre verstorbene Freundin Ingrid denken, die durch das Verschulden einer Nonne auf tragische Weise ums Leben gekommen war. Obwohl Ingrid nun schon über zehn Jahre tot war, vermisste die Hurenkönigin sie noch immer – und sie hatte es sich nie verziehen, dass sie sich damals zu sehr in ihrer Trauer vergraben und es dadurch versäumt hatte, in der Nacht vor ihrer Beisetzung an ihrem Totenbett zu wachen. »Glaub mir, man bereut es, wenn man es nicht tut …«, murmelte sie schwermütig und sah in das gramvolle Gesicht des Geliebten, der hart mit sich zu ringen schien.

Ursel streichelte Bernhards Wange. »Auch wenn ich dich nicht dorthin begleiten kann, mein Liebster, so bin ich doch in Gedanken bei dir – und bei Isolde«, sagte sie mitfühlend.

Bernhard ergriff bewegt Ursels Hand und küsste sie. »Wieso solltest du mich nicht dorthin begleiten können?«, brach es aus ihm heraus. »Ich gehe nur, wenn du mitkommst!«, bekundete er eigensinnig.

Ursel starrte den Geliebten fassungslos an. »Wie stellst du dir das vor?«, entfuhr es ihr. »Du glaubst doch nicht im Ernst, dass diese feinen Herrschaften eine Frauenhauswirtin in ihr Haus lassen?«

»Markus ist der Hausherr, vergiss das nicht – und der

hält große Stücke auf dich …«, wandte Bernhard ein. »Und Isolde hat auch nie etwas auf dich kommen lassen.« Bernhard musste unversehens grinsen. »Deswegen ist sie auch des Öfteren mit ihrem gestrengen Herrn Vater, meinem Bruder Rudolf, aneinandergeraten und hat dich mit Zähnen und Klauen verteidigt, meine eigenwillige kleine Nichte …«

Die Hurenkönigin lächelte gerührt. »Sie ist ganz nach dir geraten«, sagte sie, küsste Bernhard zärtlich und seufzte. »Es ist ganz lieb von dir, dass du mich mitnehmen möchtest, und es ehrt mich auch sehr, aber trotzdem halte ich es für keine gute Idee«, erklärte sie und zog die Stirn kraus. »Uns geht es doch allen viel zu schlecht, um noch zusätzlich für Verdruss zu sorgen.«

»Darauf kommt es auch nicht mehr an«, entgegnete Bernhard sarkastisch. »Schlechter als jetzt kann es doch kaum noch gehen. Und ich habe mich, dank deiner Intervention, dazu entschlossen, an Isoldes Totenwache teilzunehmen – aber nur in deiner Begleitung!«

Ursel holte tief Luft. »Na gut, aber wundere dich nicht, wenn man mich vom Hof jagt!«, sagte sie gallig.

»Dann komme ich mit.« Bernhard trat an den Wandspiegel und kämmte sich.

Während er sich anschließend einen schwarzseidenen Trauermantel überzog, fiel Ursel auf, dass sie selbst kein Trauergewand trug. »So kann ich jedenfalls nicht mitkommen«, bemerkte sie und wies auf ihre gelbe Hurentracht.

Bernhard, dem dies bislang nicht aufgefallen war, verstand ihre Bedenken. »Was machen wir denn jetzt?«, überlegte er. »Es ist schon dunkel, die Geschäfte haben alle schon geschlossen. Aber mir kommt da eine Idee!« Er eilte zur Tür und rief nach seinem Diener. Auf Ursels erstaunten Blick hin, erläuterte er: »Du musst wissen, das ist das Geburtshaus meiner Mutter. Nach Vaters Tod zog sie wieder hierher und hat das Stammhaus der Familie von Wanebach meinem Bruder Rudolf überlassen. Sie hat mir das Haus vererbt. Nach ihrem Tod habe ich es übernommen, und aus Sentimentalität und Zuneigung zu meiner Mutter habe ich ihr Schlafgemach im oberen Stockwerk immer so gelassen, wie es war. Dort sind noch ihre ganzen Sachen, ihre Bücher, ihr Schmuck und ihre Gemälde. Selbst ihre Gewänder liegen noch wohlverwahrt in der Kleidertruhe.« Bernhard lächelte versonnen. »Ich konnte mich einfach nicht davon trennen. Meine Mutter war eine schöne und stattliche Frau, sie hatte etwa deine Größe und Figur. Ich glaube, es müsste sogar noch ihr Trauergewand dabei sein, das sie sich für Vaters Beerdigung anfertigen ließ. Mein Diener weiß das bestimmt, er muss nämlich dafür Sorge tragen, dass in Mutters Gemach alles in Ordnung gehalten wird«, erklärte er, als auch schon der alte Hausdiener eintraf.

Als Bernhard ihn darauf ansprach, entgegnete er dienstfertig: »Die Mägde haben die Gewänder im Frühling gelüftet und frische Kräuter gegen die Motten in die Truhe gelegt, als sie sie wieder einräumten. Ich kann gleich einmal nachschauen, ob das Kleid da ist.«

Nach geraumer Zeit kehrte der Diener mit dem Trauergewand zurück, das er behutsam über den Arm gelegt hatte, übergab es seinem Herrn und entfernte sich wieder.

Bernhard breitete das Kleid mit fast zärtlicher Geste auf dem Bett aus.

Die Hurenkönigin riss beim Anblick des prächtigen Gewands staunend die Augen auf. Der kostbare schwarze Atlas musste ein Vermögen gekostet haben, und damit nicht genug, waren der Ausschnitt und die langen, weiten Ärmel noch mit edler französischer Spitze besetzt. Der dazugehörende schwarze Trauerschleier war aus dem gleichen Material gefertigt.

»Möchtest du es nicht einmal anprobieren?«, fragte Bernhard.

»Aber das ist doch viel zu vornehm für mich«, murmelte Ursel betreten. »Ich … ich weiß auch nicht, ob deine Mutter es gerne gesehen hätte, wenn eine Frau … meines Gewerbes ihr Kleid tragen würde …«

»Du bist die Frau, die ich liebe, und seit vielen Jahren meine treue Gefährtin. Was also sollte sie dagegen haben?«, versuchte Bernhard, ihre Bedenken zu zerstreuen, und nickte ihr aufmunternd zu.

Ursel ließ sich schließlich überzeugen, streifte ihr Hurengewand ab, nahm mit ehrfürchtiger Geste die schwarze Atlasrobe vom Bett und schlüpfte vorsichtig hinein.

Das Kleid passte ihr wie angegossen.

»Wie für dich gemacht!«, rief Bernhard aus. »Es kleidet dich vortrefflich.«

Ursel wusste nicht so recht, ob sie sich über Bernhards Kompliment freuen sollte, denn irgendwie fühlte sie sich unbehaglich in der kostbaren Robe. Sie hatte das vage Gefühl, es stehe ihr nicht zu, das Gewand von Bernhards verstorbener Mutter zu tragen. Doch in Ermangelung anderer Trauerkleidung fügte sie sich schließlich und trat an den Spiegel, um ihr Haar zu richten. Nachdem sie es sorgfältig hochgesteckt hatte, breitete sie den schwarzen Spitzenschleier darüber, der ihr Gesicht verdeckte, was Ursel eine gewisse Erleichterung verschaffte.

Nachdem sie noch rasch ihr Cape umgelegt hatte, folgte sie dem Geliebten hinaus, der ihr galant die Tür aufhielt.

Als Bernhard der Hurenkönigin unten auf der Gasse den Arm anbot, bemerkte sie beim Unterhaken, dass sie zitterte.

Der Dekan der Liebfrauenkirche, Johannes Cochläus, war empört darüber, dass der Untersuchungsrichter die Stirn hatte, ihn, einen verdienten Mann der Kirche, zur Polizeiwache ins Leinwandhaus zu zitieren. Hätte er ihn nicht, um den Anstand zu wahren, zu Hause im Pfarrhaus aufsuchen und befragen können? So, wie er es am Tag zuvor auch bei seiner Haushälterin und dem Küster getan hatte? Allein schon diese Aufdringlichkeit verbitterte ihn. Was sollte die spitzfindige Ausfragerei seiner Bediensteten? Er würde sich noch heute beim Bürgermeister mit allem Nachdruck beschweren. Es war einfach unerhört und beschämend, eine Standesperson, die er zweifellos war, auf der Polizeiwache vorzuladen. Man kommt sich ja vor wie ein Schwerverbrecher, dachte er erbost und trat, ohne anzuklopfen, in die Wachstube.

»Johannes Cochläus, Dekan der Liebfrauenkirche«, raunzte er dem wachhabenden Schergen ungnädig entgegen. Als dieser ihn ohne die angemessene Unterwürfigkeit wissen ließ, der Herr Richter erwarte ihn bereits im Verhörzimmer, hob er indigniert die wulstigen grauen Augenbrauen.

»Herein«, tönte es von drinnen, nachdem Cochläus energisch gegen die Tür geklopft hatte.

Der beleibte alte Mann im Priestergewand trat forsch in das Amtszimmer und staunte nicht schlecht, als er neben dem jungen Untersuchungsrichter den Bürgermeister und einige Senatoren gewahrte. Zu seinem Unmut bemerkte er unter ihnen auch die Herren von Holzhausen und von Stalburg, die bekanntlich dem reformierten Lager angehörten. Hinter einem Schreibpult war sogar ein Stadtschreiber auszumachen. Nun ja, er war ja auch nicht irgend so ein dahergelaufener Stadtbürger, und wahrscheinlich wollte der Schultheiß vorab schon einmal das Wort an ihn richten, um ihn höflich über die Hintergründe aufzuklären – was ja auch mehr als angemessen war.

Nachdem ihm der Richter mit einer knappen Geste bedeutet hatte, sich dem Tribunal gegenüber auf einem harten Holzstuhl niederzulassen, faltete der Dekan, wie es sich für einen Kirchenmann geziemte, die knorrigen, behaarten Hände im Schoß und blickte den Bürgermeister abwartend an.

Cochläus blinzelte irritiert, als ihm stattdessen der Richter in amtlichem Tonfall die Frage stellte: »Herr Dekan Cochläus, das Hohe Gericht der Stadt Frankfurt, welches ich die Ehre habe zu vertreten, möchte von Euch eine wahrheitsgemäße Auskunft darüber haben, wo Ihr Euch am Montag, dem 15. Oktober 1522, in der Zeit zwischen der vierten Nachmittagsstunde und der sechsten Abendstunde, sowie am Mittwoch, dem 17. Oktober 1522, zur selben Zeit aufgehalten habt.«

Der korpulente Geistliche fiel förmlich aus allen Wolken. Sein aufgedunsenes Gesicht und der breite, kahle Schädel nahmen einen satten Rotton an. Er fixierte den jungen Mann in der schwarzen Richterrobe, als habe dieser ihm ein unzüchtiges Angebot unterbreitet. »Wie kommt Ihr dazu, mir derartige Fragen zu stellen?«, platzte es aus Cochläus heraus. »Als Mann von Amt und Würden bin ich Euch doch keine Rechenschaft schuldig!« Er warf dem Bürgermeister einen empörten Blick zu, doch Reichmann vermied es geflissentlich, ihn anzuschauen, und ließ den vorwitzigen jungen Richter ungehindert gewähren.

Fauerbach maß ihn mit kecker Miene und erklärte: »Das seid Ihr sehr wohl! Dem Gericht liegen Aussagen ehrbarer und aufrechter Bürger vor, die Euch eindeutig belasten.« Der Untersuchungsrichter fixierte den korpulenten Geistlichen ungerührt und fing ohne Umschweife an, die Protokolle von Christoph Fischer, dem Rektor der Junkerschule und diversen Lehrkräften zu verlesen. »Was habt Ihr zu diesen Anschuldigungen zu sagen?«, fragte er schließlich scharf.

Die rote Gesichtsfarbe des Dekans ging bereits ins Bläuliche. Die dicken Adern an den Schläfen traten deutlich hervor, und er sah aus, als würde ihn gleich der Schlag treffen. »Das ist nichts anderes als böswillige Diffamierung!«, schrie er und sprang wutentbrannt vom Stuhl auf. Er wies mit ausgestrecktem Zeigefinger auf die der Reformation zugeneigten Patrizier von Stalburg und von Holzhausen und wetterte: »So wahr mir Gott helfe – hier sind ganz üble Machenschaften am Werk! Die reformierten Frevler planen ein teuflisches Komplott gegen die Heilige Mutter Kirche und nehmen meine Ermahnungen zum Anlass, mir einen Strick daraus zu drehen!«

»Mit Verlaub, Herr Dekan, aber ich muss doch bitten, Euch zu mäßigen, sonst lasse ich Euch von den Stangenknechten wegen Missachtung des Gerichts in Gewahrsam nehmen«, fuhr ihn der Richter an.

»Was untersteht sich dieser Wicht!«, schimpfte der Geistliche erbost.

»Passt auf, was Ihr sagt!«, ermahnte ihn Fauerbach mit drohendem Unterton. »Ich bin nicht einer Eurer Messdiener, sondern vertrete das Hohe Gericht der Stadt Frankfurt – also etwas mehr Respekt bitte!«

Der Dekan presste erbost die Lippen zusammen. Es kostete ihn sichtliche Überwindung, kein Widerwort zu geben. In seinem Blick indessen zeigte sich nicht die geringste Einsicht.

Auch der Richter musste an sich halten, nicht die Beherrschung zu verlieren. Bei einem weniger hochstehenden Verdächtigen hätte er schon längst härtere Maßnahmen ergriffen. Wie auch immer, er würde jedenfalls nicht klein beigeben und unerbittlich bleiben. »Ich erwarte noch immer eine Erklärung von Euch«, sagte er mit eisiger Ruhe. »Wo habt Ihr Euch am Montag- und am Mittwochnachmittag zwischen der vierten und der sechsten Stunde aufgehalten?«

In dem Verhörraum herrschte angespannte Stille. Die Augen aller Anwesenden waren auf den Dekan gerichtet, der langsam begriff, dass er Farbe bekennen musste. Er blickte den Bürgermeister eindringlich an und erklärte mit bebender Stimme: »Ich schwöre Euch bei Gott dem Herrn, dessen ergebener Diener ich bin, dass ich die Morde nicht begangen habe! Ich gebe zu, mit meinen Drohungen und Beschimpfungen übers Ziel hinausgeschossen zu sein, aber als frommer Christenmensch und Mann der Kirche wäre ich zu solch abscheulichen Mordtaten gar nicht in der Lage. Niemals, das versichere ich Euch, würde ich einem anderen Menschen nach dem Leben trachten! Und das solltet Ihr eigentlich auch von mir wissen, Herr Bürgermeister …!« Die Augen des Dekans funkelten vorwurfsvoll. »Es ist ein Affront, einen verdienten Vertreter der Geistlichkeit solcherart zu bezichtigen.« Der routinierte Kanzelredner legte eine Pause ein, um seine Trumpfkarte besser wirken zu lassen. »Morgen wird Erzbischof Albrecht bei mir zu Abend speisen, und ich bin schon sehr gespannt darauf, was *er* zu diesen Anschuldigungen sagen wird.« Mit Genugtuung sah er, dass Reichmann bei seinen Worten erbleichte.

Umso mehr erschreckte ihn jedoch der scharfe Ton des Richters, als dieser ihn anfuhr: »Wenn Ihr nicht umgehend meine Fragen beantwortet, lasse ich Euch unter Arrest stellen, und dann könnt Ihr Euer Abendessen mit dem Erzbischof abblasen!«

Vonseiten der reformfreudigen Patrizier war hämisches Gelächter zu vernehmen.

Cochläus schäumte vor Wut. »Das werdet Ihr nicht wagen!«, sagte er erzürnt.

Bürgermeister Reichmann und sein Vertrauter Johann Fichard wechselten betretene Blicke. Fichard hüstelte und empfahl Cochläus heiser: »Ich glaube wirklich, es ist ratsam, wenn Ihr uns wissen lasst, was Ihr zu besagter Zeit getan habt, Herr Dekan. Dann ist es endlich aus der Welt …«

Johannes Cochläus seufzte vernehmlich und wischte sich die Schweißperlen von der Stirn. »Am Montagnachmittag war ich auf der Messe und habe einen Bekannten getroffen, der mich später in ein Wirtshaus eingeladen hat«, presste er mit versteinerter Miene hervor. »Und am Mittwochabend hatte ich ein Treffen meiner Bruderschaft.«

»Das deckt sich auch in etwa mit den Aussagen Eurer Haushälterin und des Küsters«, entgegnete der Untersuchungsrichter und verzog höhnisch die Mundwinkel. »Wenn Ihr jetzt vielleicht noch die Güte hättet, dem Gericht den Namen Eures Bekannten zu nennen, mit dem Ihr Euch am Montagnachmittag auf der Messe getroffen habt, sowie den Namen Eurer Bruderschaft und wo genau die Versammlung stattgefunden hat?«

Den Dekan durchfuhr es siedend heiß. Er wusste nur zu gut, wie verhängnisvoll seine Lage war – und wenn die Wahrheit erst ans Licht käme, würde ihn das in Teufels Küche bringen. Doch es war ebenso unmöglich, weiterhin auszuweichen und darauf zu hoffen, dass man ihm als Träger eines hohen geistlichen Amtes Schonung gewähren würde. Er sah plötzlich keinen Ausweg mehr. Einzig sein Starrsinn schien ihm noch einen gewissen Schutz zu bieten. »Die Statuten meiner Bruderschaft verbieten es, ihren Namen preiszugeben!«, erwiderte er hochtrabend und verschränkte trotzig die Arme vor der Brust. »Und ein Johannes Cochläus ist dem Gericht auch sonst keine Rechenschaft schuldig.« Er suchte erneut den

Blick des Bürgermeisters. »Ich habe Euch mein Wort gegeben, dass ich mit den Morden nicht das Geringste zu tun habe – auch wenn es mehr als beschämend ist, einen frommen Kirchenmann derart zu bezichtigen! Und wenn das Wort eines Ehrenmannes in diesen unseligen Zeiten nichts mehr gilt, dann tut es mir leid!«

Der Bürgermeister seufzte beklommen, enthielt sich aber einer Erwiderung.

Wieder war es der Richter, der das Wort an sich riss. »Ist das alles, was Ihr zu sagen habt?«, fragte er scharf. Als Cochläus darauf nichts entgegnete, verkündete er hohntriefend: »So leid es mir tut, Herr Dekan, aber dann muss ich Euch leider in Haft nehmen!« Fauerbach ergriff eine Schelle und läutete nach den Polizeischergen.

Johannes Cochläus verstand die Welt nicht mehr und hoffte immer noch, der Bürgermeister würde dem arroganten jungen Flegel endlich seine Grenzen aufzeigen. Erst als die Stangenknechte kamen, um ihn abzuführen, begriff er, dass er auch diese Hoffnung fahren lassen musste, und stürzte ins Bodenlose.

»Die Familie nimmt heute keine Kondolenzbesuche mehr entgegen, die Herrschaften können sich aber gerne in der Halle ins Kondolenzbuch eintragen«, teilte die alte Hausmagd Bernhard und der Hurenkönigin an der Tür mit und trat höflich zur Seite, um sie in den Vorraum zu lassen.

»Bernhard von Wanebach mein Name, die Verstorbene war meine Nichte«, erwiderte Bernhard und lüftete die weite Kapuze seines Trauermantels, die ihm tief über der Stirn hing. »Meine Gefährtin, Ursel Zimmer«, stellte er anschließend die Hurenkönigin vor.

Die alte Magd grüßte die vornehm gewandete Dame ehrerbietig und ließ sich nicht anmerken, dass sie wusste, wer sie war.

»Verzeiht mir bitte, Herr von Wanebach, ich habe Euch gar nicht erkannt!«, entschuldigte sich die Magd anschließend und erbot sich devot, Bernhard und seine Begleiterin in die große Wohnstube zu führen, wo die Totenwache stattfand.

Als Ursel und Bernhard durch die weitläufige Halle schritten, die von Dutzenden Wachskerzen erleuchtet war, fielen ihre Blicke auf das lebensgroße Porträt von Isolde, welches mit einem schwarzen Trauerflor versehen an der Wand über einem Wandtisch hing. Auf dem Tisch, der übersät war von Kerzen, Blumen und Kondolenzschreiben, lag auch das aufgeschlagene Kondolenzbuch.

Das von dem berühmten Porträtmaler Florian Hillgärtner angefertigte Konterfei Isoldes wirkte so lebensecht, dass Bernhard und der Hurenkönigin beim Anblick der lebensfrohen jungen Frau der Atem stockte. Sie fassten einander an den Händen und weinten.

Die alte Magd hielt sich dezent im Hintergrund, um die Trauernden nicht zu stören, und wartete.

Es bedurfte einiger Zeit, bis Bernhard und Ursel ihre Fassung so weit wiedererlangt hatten, dass sie weitergehen konnten. Kurz vor der Tür des Wohnzimmers drückte Bernhard Ursels Hand und flüsterte ihr zu: »Wir müssen jetzt sehr stark sein!«

»Ja«, erwiderte Ursel mit weichen Knien, und sie war

froh, dass der Trauerschleier ihr bebendes Antlitz verbarg.

Die Magd öffnete behutsam die Tür, verkündete mit gesenkter Stimme: »Herr Doktor von Wanebach und seine Begleiterin Frau Ursel Zimmer«, und trat beiseite, um die Besucher eintreten zu lassen.

Die Blicke aller Anwesenden, in der Hauptsache enge Verwandte und Freunde von Isolde, die sich auf Stühlen rund um die Totenbahre niedergelassen hatten, richteten sich schlagartig auf die Ankömmlinge. Im nächsten Augenblick erhob sich ein älterer Herr, der ganz vorn am Totenbett saß, hektisch von seinem Stuhl, eilte zu Bernhard und der Hurenkönigin und stellte sich ihnen herrisch in den Weg. Seine Gesichtszüge, die Bernhard sehr glichen, bebten vor Zorn, als er ihn anherrschte: »Wie degoutant von dir, dieses Frauenzimmer an das Totenbett meiner Tochter mitzubringen!« Er warf der Hurenkönigin einen vernichtenden Blick zu. »Und sie trägt auch noch Mutters Trauergewand!«, rief er außer sich. »Verlasst auf der Stelle das Haus!«

Ursel wich unwillkürlich vor ihm zurück. Sie fühlte sich zutiefst gedemütigt und hätte am liebsten die Flucht angetreten, wäre sie nicht vor Schreck wie gelähmt gewesen.

Bernhard indessen packte seinen Bruder wutentbrannt an den Schultern. »Dir steht es nicht zu, Rudolf, die Frau, die ich liebe, vor die Tür zu setzen!«, hielt er ihm entgegen. »Ursel Zimmer ist seit zwanzig Jahren meine treue Gefährtin, und sie hat mehr Anstand als du und deine ganze Sippe zusammen!«

Unversehens war eine hochgewachsene, schlanke Dame mit rötlichen Haaren an die Brüder herangetreten und funkelte die beiden Kampfhähne wütend an. Es war Isabella von Wanebach, die Gattin Rudolfs und Isoldes Mutter. »Was ist denn das für ein Betragen in Gegenwart einer Toten!«, zischte sie erzürnt. »Ich verbitte mir jeglichen Streit am Totenbett meiner Tochter!«

Der Familienpatriarch Rudolf von Wanebach starrte seine Gemahlin entgeistert an. Noch niemals zuvor hatte es die wohlerzogene Tochter aus gutem Hause und vorbildliche Gattin gewagt, ihn öffentlich zu maßregeln. Und damit nicht genug, ging sie jetzt auch noch auf die Hurenkönigin zu, die verloren an der Tür stand, und legte ihr versöhnlich eine Hand auf den Arm.

»Ich möchte mich für das schlechte Benehmen meines Mannes in aller Form bei Euch entschuldigen, liebe Zimmerin«, erklärte sie entschieden. »Meine Tochter Isolde hat Euch sehr gemocht, und deswegen seid Ihr mir herzlich willkommen!«

Die Hurenkönigin war von dieser unerwarteten Großmut derart gerührt, dass sie vor Ergriffenheit aufschluchzte. Dennoch bemühte sie sich um Haltung, ergriff die Hand der Patrizierin und machte einen tiefen Knicks vor ihr. »Ich entbiete Euch mein aufrichtiges Beileid, verehrte Frau von Wanebach«, sagte sie mit Tränen in der Stimme. »Und ich danke Euch für Eure Großherzigkeit – Isolde kann stolz sein, eine solche Mutter zu haben.«

Auch Bernhard war beeindruckt vom Seelenadel seiner Schwägerin. Er küsste ihr die Hand und bekundete mit brüchiger Stimme sein Mitgefühl. Rudolf von Wanebach wollte sich schon mit zerknirschter Miene auf seinen Platz zurückbegeben, als ihn Bernhard sachte an der Schulter packte und seine Hand ergriff. »Es tut mir so unendlich leid um das Mädel!«, sagte er aufgelöst, worauf Rudolf den jüngeren Bruder an sich drückte und in haltloses Weinen ausbrach. Auch Bernhard breitete die Arme um ihn und weinte nun hemmungslos.

Währenddessen hatte Isabella von Wanebach Ursel zu den anderen Trauergästen geführt, wo sie ihr die Schwiegereltern Isoldes, das Ehepaar von Basdorf, vorstellte. Die Hurenkönigin ließ sich von ihren reservierten Gesichtern nicht abschrecken und entbot ihnen geziemend ihr Beileid, ehe sie auf Markus zuging, der mit gesenktem Kopf am Totenbett saß und die Hand seiner verstorbenen Frau hielt. Als die Hurenkönigin Isoldes wachsbleiches Antlitz sah, das sich kaum von der Farbe des weißen Satinkissens abhob, auf dem ihr Haupt gebettet war, war sie wie vom Donner gerührt. Dennoch ließ sie es sich nicht nehmen, den zutiefst Unglücklichen zu umarmen und ihm ihren Beistand auszusprechen. Markus blickte nur teilnahmslos zu ihr auf, um gleich darauf wieder seine Augen in tränenloser Trauer auf Isolde zu richten. Der Anblick von Markus schnürte der Zimmerin die Kehle zu. Jegliches Leben war aus ihm gewichen, und der junge Heißsporn war nicht mehr wiederzuerkennen in seiner dumpfen Apathie. Das abgrundtiefe Leid hatte ihn förmlich der Seele beraubt, und nichts schien mehr zu ihm durchzudringen. Er wirkte wie ein lebender Toter. Als Ursels Blick auf den gewölbten Leib der Verstorbenen fiel, der sich unter der Satindecke abzeichnete, entrang sich ihr ein gequältes Wimmern. Sie barg ihr Gesicht in den Händen und haderte mit der Himmelskönigin, dass sie das zugelassen hatte.

Nach einer Weile ließ sich Ursel auf einem Stuhl an Bernhards Seite nieder und ergab sich ihrer Trauer um die einst so blühende junge Frau und das ungeborene Kind in ihrem Leib. Die bleierne Niedergeschlagenheit, die auf den Trauergästen lastete, wurde von Zeit zu Zeit unterbrochen durch gemeinsame Gebete und Bittgesänge für das Seelenheil von Mutter und Kind. Es mochte bereits später Abend geworden sein, als die Hausmagd den jungen Senator Philipp Fürstenberger in die Stube führte, der ein enger Freund von Markus war. Er grüßte höflich in die Runde und entschuldigte sich für seine Störung mit der Erklärung, er habe seinem Freund eine wichtige Mitteilung zu machen. Gemessenen Schrittes ging er auf Markus zu, der zusammengesunken am Totenbett saß, und legte dem Freund tröstend den Arm um die Schultern. »Möglicherweise haben wir Isoldes Mörder!«, brach es aus ihm heraus. »Johannes Cochläus wurde in Haft genommen, weil er für die Tatzeit kein Alibi hat. Der Richter hat daraufhin veranlasst, dass die Schergen das Pfarrhaus und die Sakristei durchsuchen …« Der junge Patrizier konnte vor Erregung kaum weitersprechen. Unter den Trauernden, die dem Neuankömmling mit wachsender Anspannung zuhörten, war eine erhebliche Unruhe entstanden. Auch die dumpfe Niedergeschlagenheit von Markus hatte sich verflüchtigt, und er hing dem Freund förmlich an den Lippen. Philipp Fürstenberger holte tief Luft und fuhr fort: »Hinter dem Bücherregal im Arbeitszimmer des Dekans haben sie ein Schwert gefunden! – Der Magistrat stimmt gerade darüber ab, ob Cochläus morgen der peinlichen Befragung unterzogen werden soll …«

Er hatte kaum zu Ende gesprochen, als Markus mit hochroten Wangen vom Stuhl aufsprang. »Ich bringe das Schwein um!«, schrie er gellend, während ihm in dichten Schüben das Blut aus der Nase quoll.

5

Freitag, 19. Oktober 1522

Als Bürgermeister Reichmann nach dem festlichen Bankett, das der Magistrat zu Ehren von Erzbischof Albrecht im Kaisersaal ausgerichtet hatte, den Würdenträger mit belegter Stimme über die Inhaftierung von Dekan Cochläus in Kenntnis setzte, mochte der Kleriker zunächst seinen Ohren nicht trauen und hielt das Ganze für einen schlechten Scherz.

Erst als ihm der Bürgermeister die genaueren Einzelheiten schilderte, schien dem Erzbischof der Ernst der Lage bewusst zu werden. »Holt mir auf der Stelle den Dekan herbei!«, herrschte er Reichmann an, und sein Ton duldete keine Widerrede. Daher verkniff sich der Bürgermeister in der hochnotpeinlichen Situation, darauf hinzuweisen, dass er diesbezüglich erst mit dem Untersuchungsrichter sprechen müsse, und stürmte in Begleitung Fichards sofort los zum städtischen Gefängnis im Leinwandhaus.

Als der Richter auf seinen harschen Befehl, den Dekan umgehend aus dem Kerker zu entlassen, etwas entgegnen wollte, bekam Fauerbach seinen ganzen Unmut ab. Er blaffte ihn an, dass er in eigener Person für die Sicherheit des Gefangenen bürge, und das dürfte ja wohl genügen. Trotzdem ließ es sich der Richter nicht nehmen, der Delegation einen Tross Stangenknechte zur Seite zu stellen, die den Herren in angemessenem Abstand folgen sollten.

Die unter vier Augen geführte Unterredung des Dekans mit dem Erzbischof dauerte knapp eine Stunde. Hatte Cochläus noch vor dem Gespräch mit seinem Vorgesetzten Reichmann gegenüber aufgetrumpft, die gegen ihn erhobenen unsäglichen Verdächtigungen würden sich nun allesamt in Luft auflösen, war es nach der Aussprache seine Hybris, die sich verflüchtigt hatte.

Nachdem der Erzbischof unmittelbar nach der Unterredung mit einem kühlen Gruß an den Stadtvorsteher davongerauscht war, stand der Dekan mit hängenden Schultern und Leichenbittermiene vor dem offenen Türflügel und erklärte kurzatmig, er habe eine Aussage zu machen.

Die Rathausuhr schlug gerade dröhnend die erste Nachmittagsstunde an, als Untersuchungsrichter Fauerbach im Sitzungssaal des Römers die zweite Befragung des Angeklagten Johannes Cochläus für eröffnet erklärte.

Das fleischige Gesicht des Dekans glänzte vor Schweiß, er gab pfeifende Atemgeräusche von sich und hatte seinen Blick auf die Perlen seines Rosenkranzes geheftet, den er um seine Hände geschlungen hatte, als er das Wort ergriff. »Am vergangenen Montagnachmittag habe ich mich zur vierten Nachmittagsstunde im Buchhändlerviertel mit … einem Verleger getroffen …« Cochläus hatte einen heftigen Hustenanfall, und es dauerte geraume Zeit, bis er weitersprechen konnte. »Er stammt aus Mainz, und sein Name lautet Justus Gregorius«, sagte er heiser. »Er betreibt einen Bücherstand in der Buchgasse … und während der Messe logiert er im Barfüßerkloster. Wir sind dann ins Gasthaus ›Zum schwarzen Stern‹ gegangen, und kurz vor der sechsten Stunde musste ich mich dann von ihm verabschieden, um den Abendgottesdienst zu halten. Wir sind gemeinsam aufgebrochen. Herr Gregorius kann meine Angaben bestätigen.«

Das Kratzen der Feder erstarb, und für einen kurzen Moment herrschte angespanntes Schweigen im Sitzungssaal.

Der Richter runzelte argwöhnisch die Stirn. »Warum nur, um Gottes willen, habt Ihr daraus so ein Geheimnis gemacht?«, fragte er den Geistlichen unwirsch.

Der Dekan gab keine Antwort und starrte verlegen auf seine Hände.

»Das kann ich Euch sagen, Herr Richter!«, ertönte plötzlich die Stimme von Gilbrecht von Holzhausen aus der Reihe des Straftribunals. Als Fauerbach ihn erstaunt anblickte, verzog der Patrizier höhnisch die Mundwinkel und erklärte genussvoll: »Herr Justus Gregorius aus Mainz verkauft an seinem Bücherstand doch diese ominöse Lobpreisung Mariens, die sich unter den Altgläubigen doch so großen Zuspruchs erfreut …« Er musterte den Dekan, der keine Miene verzog, lauernd. »Ist es nicht so, dass Ihr der Verfasser seid?«

Johannes Cochläus warf seinem Widersacher einen verächtlichen Blick zu. »Das tut nichts zur Sache«, gab er mürrisch zurück. »Außerdem bin ich Euch keine Rechenschaft schuldig!«

»Dem Gericht aber sehr wohl!«, blaffte ihn der Untersuchungsrichter an. »Also, habt Ihr Euch deswegen so verstockt verhalten, weil es nicht ruchbar werden sollte, dass Ihr der Verfasser seid?«

Der Dekan wand sich und mühte sich verbissen, dem Ratschlag des Erzbischofs zu folgen, der ihm dringend empfohlen hatte, sich diesbezüglich auf nichts festnageln zu lassen. »Der Verfasser ist anonym, und das soll er auch bleiben«, presste er mit hochrotem Kopf hervor.

»Meinethalben, Herr Dekan«, bemerkte Fauerbach erbittert. »Ich kann Euch aber versichern, dass ich noch heute beim Magistrat eine Eingabe leisten werde, damit diese Hetzschrift aus dem Verkehr gezogen wird!«

Vonseiten des Tribunals waren laute Zustimmungsrufe zu vernehmen.

»Dann solltet Ihr aber auch dafür Sorge tragen, dass die frevelhafte Lutherbibel auf den Index kommt!«, ereiferte sich der Dekan, der vor Groll wieder in sein altes Fahrwasser geraten war.

Doch der Richter wies ihn sogleich in die Schranken. »Lehnt Euch nicht so weit aus dem Fenster, Herr Dekan, Ihr seid noch lange nicht aus dem Schneider!«, maßregelte er ihn scharf und lüftete das Tuch von einem langen, sperrigen Gegenstand, der vor ihm auf dem Tisch lag. Zum Vorschein kam ein kostbar verziertes Schwert mit einer kunstvollen Damaszener Klinge. Der Richter ergriff es mit beiden Händen und hielt es nach oben. »Das Gericht möchte nämlich von Euch wissen, was es mit diesem Schwert auf sich hat, das meine Leute hinter Eurem Bücherregal gefunden haben? Oder wollt Ihr mich etwa glauben machen, dass es gang und gäbe ist, dass ein Mann der Kirche eine derartige Waffe besitzt?«

Der Dekan hüstelte beklommen. »Das Schwert wurde mir als Ehrenritter der Bruderschaft unserer schmerzhaften Jungfrau verliehen – das Emblem unseres Ordens ist im Übrigen auch auf der Gravur zu sehen«, erläuterte Cochläus unbehaglich.

»Die Gravur auf der Schwertklinge zeigt ein Herz, das von sieben Schwertern durchbohrt ist. – Was in Anbetracht der Art und Weise, wie die beiden Mordopfer getötet und hergerichtet wurden, mehr als verdächtig ist!«, sagte Fauerbach schneidend. »Erst recht, da Ihr das Schwert ja versteckt gehalten und es nicht, wie bei solcherlei Auszeichnungen üblich, in angemessener Weise in Eurer Wohnung präsentiert habt …«

»Richtig!«, pflichtete ihm Senator Arnold von Glauburg bei. »Das Ritterschwert der Herren von Glauburg ist der Stolz unserer Familie, und es hat in unserem Stammhaus stets einen Ehrenplatz. Nie käme es mir in den Sinn, es zu verbergen. So etwas tut nur jemand, der kein reines Gewissen hat.«

»Eine bodenlose Unverschämtheit, mir Derartiges zu unterstellen!«, begehrte der Dekan auf. »Es gibt jedoch gute Gründe, mit einer so ehrenvollen Auszeichnung nicht zu protzen und sie dezent zu verwahren. Aber davon hat ein eitler Geck wie Ihr freilich keine Ahnung.«

»Ich muss doch sehr bitten, Herr Dekan!«, rief ihn Fauerbach zur Räson. »Das ist hier keine Debattierstube in der Buchgasse, wo man sich im Rahmen des Religionskrieges Frechheiten an den Kopf wirft«, tadelte er. »Kommt jetzt endlich zur Sache, und sagt offen und ehrlich, was es mit dem Schwert auf sich hat!«

»Das meine ich auch!«, rief der sonst in der Angelegenheit eher zurückhaltende Bürgermeister, und sein Freund Johann Fichard nickte energisch.

Der Dekan seufzte. »Die altehrwürdige Bruderschaft der sieben Schmerzen Mariens untersteht der strengen Geheimhaltung. Unsere mehr als hundert Mitglieder sind allesamt mächtige und einflussreiche Standespersonen und hohe kirchliche Würdenträger …« Cochläus streifte das Lager der Lutheranhänger mit einem vernichtenden Blick. »Denn nur besonders frommen Christenmenschen ohne jeglichen Fehl und Tadel, die allen Anfechtungen erhaben sind und ewige Keuschheit gelobt haben, wird die Ehre zuteil, unserer erlauchten Bruderschaft anzugehören.« Er richtete seine Aufmerksamkeit wieder auf den Untersuchungsrichter. »Allein unsere Exklusivität ist der Grund, werter Herr Richter, warum ich das Schwert verborgen gehalten habe und die Namen unserer illustren Mitglieder nicht vor Unberufenen nennen möchte. Ich kann Euch aber verraten, dass das abendliche Treffen unserer Bruderschaft an besagtem Mittwochabend im Kapitelsaal des Barfüßerklosters stattfand. Mein guter Freund, der Abt Irenäus, der ebenfalls unserem Orden angehört, wird Euch das gewiss bestätigen. Solltet Ihr sonst noch Fragen zu der Bruderschaft haben, bin ich gerne bereit, Euch, und selbstverständlich auch dem verehrten Herrn Bürgermeister, genauere Angaben zu leisten«, erklärte er ölig.

Nachdem Untersuchungsrichter Fauerbach die Angaben des Dekans überprüft und sie sich allesamt als richtig erwiesen hatten, wurde Johannes Cochläus um die vierte Nachmittagsstunde wieder auf freien Fuß gesetzt – was aufseiten des Straftribunals enttäuschte Mienen zurückließ.

Die Stadtoberen berieten sich gemeinsam mit dem Untersuchungsrichter, was in den Mordfällen weiterhin unternommen werden müsse, bis ihnen regelrecht der Kopf qualmte. Dennoch überwog die allgemeine Ratlosigkeit. Gegen Ende der Sitzung schien dem jungen Philipp Fürstenberger jedoch plötzlich eine Idee zu kommen.

»Sollten wir nicht vielleicht die Hurenkönigin Ursel Zimmer in die Ermittlungen mit einbeziehen?«, rief er aus. Und als er die verstörten Gesichter seiner Senatskollegen gewahrte, fügte er hinzu: »Ich habe sie heute Vormittag bei der Beisetzung von Isolde von Basdorf kennengelernt und mich später beim Leichenschmaus angeregt mit ihr unterhalten – sie ist ja die Lebensgefährtin von Bernhard von Wanebach, des Oheims von Isolde, und stand der Ermordeten wohl sehr nah. Die Zimmerin ist eine blitzgescheite, lebenserfahrene Frau, und sie hat seinerzeit, während der Hurenmorde, schon einmal in einem Fall ermittelt. Die Hurenkönigin hat mir gegenüber keinen Hehl daraus gemacht, dass sie Johannes Cochläus nicht für den Mörder hält, was sich inzwischen ja auch als zutreffend erwiesen hat. Jedenfalls hat sie, was den Mörder anbetrifft, wohl ganz eigene Mutmaßungen, und die Andeutungen, die sie machte, haben mich nachdenklich gestimmt. Ich hatte ohnehin den Eindruck, dass sie die Absicht hat, versteckte Ermittlungen anzustellen. Alleine schon wegen Isolde, die sie sehr geliebt hat.« Philipp Fürstenberger musterte die skeptisch dreinblickenden Herren offen. »Warum also sollten wir die Gildemeisterin nicht mit ins Boot holen?«, fragte er mit herzerfrischender Unvoreingenommenheit.

»Man kann über die Zimmerin sagen, was man will, aber was die Aufklärung von Morden anbetrifft, hatte sie schon immer den richtigen Riecher«, pflichtete ihm zum Erstaunen aller der Untersuchungsrichter bei. »Ich erinnere nur an den Mordfall von Herrn Senator Uffsteiner«, sagte der junge Jurist nicht ohne Erbitterung. »Als alle sich schon auf die ehemalige Frauenhauswirtin aus Ulm eingeschossen hatten und man mich des Amtes entheben wollte, weil ich sie freigelassen hatte, hat Ursel Zimmer nicht unwesentlich dazu beigetragen, dass die wahre Schuldige überführt werden konnte ...«

»Und sie wäre dabei fast im Main ersoffen«, vervollständigte der Jurist Fichard mit spöttischem Lächeln.

»Immerhin ist sie eine verdiente Bürgerin unserer Stadt – und ein tolles Weib dazu!«, warf Arnold von Glauburg, der wie viele Senatoren zu Ursels ehemaligen Freiern gehörte, launig ein und verdrehte schwärmerisch die Augen. »Was haltet Ihr davon, wenn wir darüber abstimmen?«

»Aber nur, wenn ich vorher ein Taggut stellen darf«, warf Gilbrecht von Holzhausen ein. »Ich wette nämlich, dass sie es schafft!«

»Und wenn nicht?«, fragte Johann Fichard mit skeptisch gerunzelter Stirn. »Ich halte dagegen.«

»Derjenige, dessen Tipp sich nicht erfüllt, muss uns alle zu einem Umtrunk im Hause Limpurg einladen«, sagte von Holzhausen. »Nach diesem anstrengenden Tag kann ich einen Schoppen gut gebrauchen.«

Die Abstimmung der Herren ergab zunächst ein Patt, bis sich der Bürgermeister, auch auf die Gefahr hin, damit seinen Intimus Fichard zu verärgern, doch dazu durchringen konnte, zögerlich die Hand zu heben. Ausschlaggebend für diese Entscheidung war vor allem sein Glaube an den kriminalistischen Spürsinn der Gildemeisterin, für den er der Zimmerin vor Jahren höchstpersönlich das Bürgerrecht verliehen hatte.

Schon während der sehr ergreifenden Beisetzung von Isolde und ihrem ungeborenen Kind war bei der Hurenkönigin der Plan gereift, eigene Ermittlungen im Lager der Marienanhänger anzustellen.

Am Nachmittag, als sie mit Bernhard alleine in seinem Haus in der Neuen Kräme war, hatte sie den Geliebten in ihr Vorhaben eingeweiht und ihn gefragt, ob er sie zur abendlichen Marienandacht in die Liebfrauenkirche begleiten möchte. Doch der Gelehrte hatte abgelehnt. Er war einfach noch zu niedergeschlagen wegen des Tods seiner Nichte und mochte nicht aus dem Haus gehen. Obgleich Ursel Verständnis für ihn hatte, war sie doch selbst untröstlich über den Verlust der jungen Frau, ließ sie sich von ihrem Entschluss nicht abbringen und brach kurz nach der fünften Stunde auf. Sie wollte schon etwas früher in der Kirche sein, um sich vor Beginn der Andacht einen geeigneten Platz zu suchen, von dem aus sie die eintreffenden Gottesdienstbesucher am besten in Augenschein nehmen konnte.

In der Diele warf sie noch einen kurzen prüfenden Blick in den Spiegel, rückte ihre schiefergraue Haube zurecht, strich über die Falten des schmucklosen Trauergewands, welches sie am Morgen vor der Beerdigung bei einem Gewandmacher gekauft hatte, um in der kostbaren Trauerrobe von Bernhards verstorbener Mutter nicht wieder die Gemüter zu erregen, und war ganz zufrieden mit ihrem Erscheinungsbild. Lange hatte sie darüber nachgedacht, ob sie sich bei etwaigen Kontakten mit den Gläubigen als jemand anderes ausgeben sollte, doch sie war zu dem Schluss gelangt, es nicht zu tun. Sie war in Frankfurt einfach zu bekannt – möglicherweise sogar unter den Marienanhängern –, um ihnen eine falsche Identität vorzuspiegeln. Natürlich würde sie es nicht an die große Glocke hängen, dass sie die Gildemeisterin der städtischen Hurenzunft war. Ihre schlichte schwarze Trauerkleidung kam ihr diesbezüglich ja entgegen, und denjenigen, die sie dennoch erkennen würden, würde sie einfach erklären, sie sei zu der Marienandacht gekommen, um für das Seelenheil der Verstorbenen zu beten.

Als Ursel auf die Gasse hinaustrat und nach wenigen Schritten zum Liebfrauenberg abbog, von wo aus die Kirche schon deutlich zu sehen war, fühlte sie bei der Vorstellung, dass möglicherweise unter all den frommen Schafen eine gutgetarnte mörderische Bestie verborgen war, eine starke Beklommenheit in sich aufsteigen. Sie würde diesen Unhold schon ausfindig machen – wie sie es bisher immer getan hatte. So suchte sie ihrer Bangigkeit zu trotzen. Doch vor ihrem inneren Auge sah sie plötzlich all die gefährlichen Situationen vor sich, in die sie durch ihre Ermittlungen geraten war, und war sich bewusst, dass sie ein Risiko einging. Ursel atmete tief durch und suchte ihre aufkommende Furcht damit in Schach zu halten, dass sie sich im Lager der Marienanhänger lediglich einen ersten Eindruck verschaffen wollte. Möglicherweise war ihr Unterfangen ja auch völlig vergebens, und der Mörder hielt sich ganz woanders auf. War womöglich ein scheuer Einzelgänger, der keiner Vereinigung angehörte …

In solcherart Überlegungen versunken, hatte die Hurenkönigin schließlich die Liebfrauenkirche erreicht und stand vor dem Hauptportal. Mit klammen Händen drückte sie die schwere Eisenklinke herunter und musste zu ihrem Befremden feststellen, dass die Tür verschlossen war. Sollte die Marienandacht etwa heute nicht stattfinden? Aber soweit ihr bekannt war, war der Dekan ja wieder rehabilitiert und nicht mehr in Haft. Während Ursel ratlos dastand und überlegte, ob sie noch warten sollte, hörte sie plötzlich ein verhaltenes Hämmern, das von der Längsseite der Kirche zu kommen schien. Sie ging dem Geräusch nach und bog um die Ecke, wo sich rings um die Außenmauer des Gebäudes ein kleiner Garten mit hohen alten Bäumen anschloss. Jetzt war das Hämmern deutlicher zu vernehmen, es kam vom anderen Ende des Kirchenschiffs. Ursel eilte darauf zu und entdeckte einen Mann, der auf einer Leiter stand und offenbar damit beschäftigt war, ein Brett an den unteren Fensterrahmen zu nageln. Ursel, die ihn nicht durch lautes Rufen erschrecken wollte, hustete dezent, als sie sich ihm näherte. Der Mann auf der Leiter hielt sogleich inne und sah zu ihr herunter.

»Entschuldigt bitte die Störung, aber ich wollte nur nachfragen, ob nachher die Marienandacht stattfindet, weil das Portal noch verschlossen ist?«, fragte die Zimmerin höflich.

»Die Andacht findet statt«, antwortete der schlanke Mann mit dem schulterlangen Haar und lächelte. »Aber erst in einer guten halben Stunde. Ich kann Euch gerne schon einlassen, wenn Ihr noch einen Moment wartet, ich muss nur noch einen Nagel einschlagen, dann bin ich fertig.«

»Das ist sehr freundlich von Euch«, erwiderte Ursel. »Lasst Euch ruhig Zeit, ich kann warten. Eure Reparatur geht vor!«

Die offene Art des Mannes gefiel ihr. Sie lehnte sich entspannt an die Außenmauer und blickte zu ihm hinauf. »Ist die Scheibe kaputtgegangen?«, erkundigte sie sich beiläufig.

»Ja«, sagte der Mann, während er die Leiter herunterstieg. »Aber sie ist nicht einfach nur kaputtgegangen, sondern eingeworfen worden.« Sein feingeschnittenes Gesicht, das Ursel irgendwie bekannt vorkam, verdüsterte sich. »Mit einem Stein«, erläuterte er grimmig. »Und um den Stein war ein Papier gewickelt, mit einer bösartigen Beschimpfung gegen den Herrn Dekan, die ich einer Dame gegenüber aber nicht erwähnen möchte.« Er senkte betreten den Blick.

»Was für ein Frevel, in einer Kirche die Fensterscheiben einzuschlagen!«, empörte sich die Hurenkönigin.

»Außerdem ist doch die Unschuld des Dekans längst erwiesen …«

»Das scheint der Verfasser der Schmähschrift anders zu sehen«, entgegnete der Mann und ging voran, um Ursel die Tür aufzuschließen.

»Die Fronten zwischen den Lutheranern und den Altgläubigen sind leider sehr verhärtet«, sagte die Hurenkönigin, der daran gelegen war, das Gespräch mit dem Kirchendiener fortzusetzen. »Und nun auch noch diese bestialischen Morde an den unschuldigen Frauen …«

Der hochgewachsene Mann blieb stehen und drehte sich zur Hurenkönigin um. Seine vergeistigten Gesichtszüge verzerrten sich. »Welch verabscheuungswürdige Taten!«, brach es aus ihm heraus. »Ich bin gewiss kein Freund der Reformierten, aber so etwas Bestialisches ist durch nichts zu rechtfertigen! Ich hoffe inständig, dass der Mörder bald gefasst wird!« Er musterte die Hurenkönigin eindringlich. »Und es tut mir in der Seele weh, was den armen Frauen angetan wurde!« In die blauen Augen des Mannes waren Tränen getreten.

»Mir auch!« Die Hurenkönigin musste unwillkürlich aufschluchzen. »Ich bin gekommen, um für ihr Seelenheil zu beten. – Die ermordete Isolde von Basdorf stand mir sehr nahe«, stieß sie mit brüchiger Stimme hervor und wischte sich die Tränen aus den Augenwinkeln.

»Mein aufrichtiges Beileid!«, sagte der dunkel gewandete Mann und hielt Ursel die Hand hin.

Die Hurenkönigin ergriff sie und bedankte sich.

»Egidius Nussbaumer«, stellte sich der Mann mit einer höflichen Verbeugung vor. »Ich bin hier der Küster, und wenn es Euch recht ist, können wir gleich gemeinsam für die armen Frauen beten.«

»Gerne«, murmelte Ursel ergriffen und vermied es einstweilen, sich vorzustellen.

Vor der Kirchentür angelangt, musterte der Küster Ursel, ganz so, als hätte er ihre Gedanken erraten. »Irgendwie kommt Ihr mir bekannt vor«, bemerkte er nachdenklich und zog seine geschwungenen Brauen nach oben. »Aber ich glaube, hier in der Kirche habe ich Euch noch nicht gesehen …?«

»Auch Ihr kommt mir irgendwie bekannt vor, aber ich wüsste nicht, wo wir uns schon einmal begegnet sind«, erwiderte Ursel und überlegte, ob sie ihm nicht die Wahrheit sagen sollte. Nicht zuletzt auch, weil ihr der Mann mit den sanften, asketischen Gesichtszügen, die sie ein wenig an Bernhard erinnerten, sympathisch war. »Ich bin die Frauenhauswirtin Ursel Zimmer und gehe meistens in die Sankt Leonhardskirche«, erklärte sie mit schiefem Lächeln und beobachtete den Küster angespannt. »Und, muss ich jetzt draußen bleiben?«, fragte sie scherzhaft.

Egidius Nussbaumer musste unversehens grinsen. »Wo denkt Ihr hin?!«, rief er entrüstet. »Im Hause unserer Lieben Frau ist ein jeder willkommen, der mühselig und beladen ist und im Gebet sein Herz erleichtern möchte.«

Die Warmherzigkeit, die aus seinem Blick sprach, überzeugte Ursel und bestätigte sie darin, die richtige Entscheidung getroffen zu haben. Außerdem musste sie sich eingestehen, dass es ihr nicht leichtfiel, den Blick von diesen Augen zu wenden, die sie in ihrem strahlenden Blau an die Augen des Heilands gemahnten. Wer solche Augen hat, ist ohne Arg, dachte sie bei sich und ertappte sich dabei, dass sie den Kirchendiener, der gute zehn Jahre jünger sein mochte als sie, auch sonst nicht unattraktiv fand. Er wirkte wie ein Gelehrter und war das, was man im landläufigen Sinne als einen schönen Mann bezeichnete. Und obgleich ihm das sicherlich sehr wohl bewusst war, schien er sich darauf nichts einzubilden, sondern war von herzlichem, entgegenkommendem Wesen. Fast wie mein Bernhard, ging es der Hurenkönigin durch den Sinn, und sie nahm es als Erklärung, warum sie sich zu dem Küster hingezogen fühlte, und beäugte ihn verstohlen, während er dabei war, die Tür aufzuschließen. Das ansprechende Profil mit der wohlgeformten Nase und den markanten Wangenknochen hatte bestimmt schon manches Frauenherz höherschlagen lassen. – Aber bei aller Gefälligkeit seines Wesens und Aussehens verströmte der Mann auch eine gewisse Unnahbarkeit, wie Ursel sie bisweilen schon bei Mönchen oder anderen Geistlichen aufgefallen war. Mehr noch: Er erinnerte sie beinahe an einen Heiligen. Daher auch die Assoziation mit Jesus, sinnierte die Hurenkönigin. Einen Heiligen betet man an und verehrt ihn, aber man begehrt ihn nicht, wusste die Kennerin der menschlichen Seele und war sich mit einem Mal sicher, dass der gutaussehende Küster mitnichten ein Frauenheld war. Als er ihr gleich darauf galant die Tür aufhielt, bedankte sich die Hurenkönigin artig für sein Entgegenkommen, tauchte die Fingerspitzen in das Weihwasserbecken und bekreuzigte sich.

Egidius Nussbaumer tat es ihr gleich und ging gemessenen Schrittes zu einem Seitenaltar mit einer kunstvollen Marienstatue, die den kindlichen Heiland in den Armen wiegte. Vor dem Altar brannten zahlreiche Kerzen. In einer Schale auf dem Gebetspult lagen mehrere unbenutzte Kerzen, die die Gläubigen der Gottesmutter stiften konnten, eine kleine Almosendose befand sich daneben.

Während sich der Küster schon auf der Gebetsbank niedergekniet hatte, ergriff die Hurenkönigin eine Kerze, zündete sie an einer anderen an und befestigte sie auf einem Halter. Dann kniete sie neben dem Küster nieder, faltete die Hände zum Gebet und schaute andächtig zu dem Marienstandbild auf. Beim Anblick der Himmelskönigin barsten bei Ursel alle Dämme, und das Leid, das sich in ihrem Herzen angestaut hatte, brach sich Bahn. Sie weinte haltlos.

Egidius Nussbaumer legte ihr tröstend eine Hand auf den Arm. »Weint Euch ruhig den Kummer von der Seele, das wird Euch guttun«, sagte er leise und seufzte vernehmlich. »Schlimm, was den Frauen widerfahren ist. Es gibt so viel Schlechtigkeit auf dieser Welt! Auch ich habe heute bei der Beerdigung der armen Isolde bittere Tränen geweint. Halb Frankfurt war ja bei der Beisetzung. Lasst uns gemeinsam ein Ave-Maria für sie beten«, schlug er vor und stimmte mit wohltönender Stimme das Gebet an.

Ursel, die immer noch in Tränen aufgelöst war, betete mit bebenden Lippen mit.

Anschließend verharrten beide für geraume Zeit in stiller Andacht. Ursel hielt stumme Zwiesprache mit der Gottesmutter und erbat ihren Segen für die ermordeten Frauen. Zum Abschluss flehte sie die Himmelskönigin um Beistand bei der Mördersuche an.

Wundersam gestärkt, erhob sie sich schließlich von der

Gebetsbank, um sich in dem noch leeren Kirchenschiff einen Platz zu suchen. »Ich danke Euch für Euren Beistand«, flüsterte sie dem Küster zu, der sich gleichfalls aufgerichtet hatte.

»Er kam von Herzen«, erwiderte Egidius Nussbaumer mit gütigem Lächeln und verbeugte sich vor der Hurenkönigin. »Ich darf mich für heute verabschieden«, erklärte er höflich, »denn ich muss in die Sakristei, um den Gottesdienst vorzubereiten. Aber vielleicht kommt Ihr ja mal wieder vorbei … zu unseren Marienandachten?«

»Sehr gerne«, entgegnete die Hurenkönigin prompt. »Es hat mich sehr gefreut, Eure Bekanntschaft zu machen.«

Der Küster lächelte geschmeichelt. »Ganz meinerseits«, bekundete er und wandte sich zum Gehen.

Ursel war tatsächlich froh, ihn kennengelernt zu haben, und beschloss, den Kontakt zu dem freundlichen Kirchendiener noch weiter auszubauen. Möglicherweise konnte er ihr in Bezug auf die Ermittlungen wertvolle Hinweise geben. Während sie den Seitengang entlangschlenderte und ihre Blicke durch die Kirche schweifen ließ, trafen die ersten Gottesdienstbesucher ein. Die Hurenkönigin suchte sich einen Platz auf einer der hinteren Kirchenbänke und beobachtete die Eintreffenden aus den Augenwinkeln. Es waren in der Hauptsache bieder aussehende ältere Frauen. Ihrer Zielstrebigkeit nach schienen sie alle ihre festen Plätze in den vorderen Kirchenbänken zu haben. Vereinzelt traten auch Männer ein, die allesamt gesetzt und gediegen wirkten. Das Wort »Mörder« steht keinem auf der Stirn geschrieben, dachte die Hurenkönigin – und das Wort »Hure« auch nicht.

Ihre unauffällige Aufmachung kam ihr bei ihrem Unterfangen sehr entgegen. Die meisten Gottesdienstbesucher nahmen kaum Notiz von ihr und strebten ihren Plätzen zu. Umso erstaunter war sie, als einer der Neuankömmlinge plötzlich an ihrer Kirchenbank stehen blieb, die Hand zum Gruß hob und sich schließlich sogar an ihrer Seite niederließ. In dem jungen Mann im Gewand der Marienpilger erkannte sie unschwer Michel Schuch.

»Gott zum Gruße, Gildemeisterin«, lispelte der einfältige Bursche und starrte die Zimmerin mit unverhohlener Neugier an.

»Gott zum Gruße, Michel«, grüßte die Hurenkönigin, der die aufdringlichen Blicke des Milchlieferanten unangenehm waren, mit leichtem Unwillen zurück.

Na, wenn der's weiß, dass ich hier bin, dann wissen es bald alle, dachte sie mit Ingrimm und musste zudem noch konstatieren, dass ihr der Tölpel die freie Sicht nahm. Gerade nur ein Huschen nahm sie noch wahr, und dann war der große, dunkel gewandete Mann auch schon weitergehastet. Ursels Aufmerksamkeit richtete sich auf die davoneilende Gestalt, die hektisch an den Kirchenbänken vorbeilief. Na, der scheint's aber eilig zu haben, dachte sie und bemerkte gleich darauf, wie der Mann eine schmale Tür seitlich des Altars öffnete und dahinter verschwand. Das muss die Tür zur Sakristei sein, sinnierte die Zimmerin, denn vorhin war der Küster auch durch diese Tür geeilt.

Und dann ging plötzlich alles sehr schnell. Laute Schreie drangen aus der Sakristei, und gleich darauf war ein dumpfes Scheppern zu vernehmen. Im nächsten Moment wurde die Tür aufgerissen, und der Küster stürzte nach draußen. Sein weißes Messgewand war voller Blutspritzer. »Zu Hilfe!«, schrie er, und seine Stimme überschlug sich. »Holt schnell die Stangenknechte herbei … auf den Herrn Dekan ist ein Mordanschlag verübt worden!«

Es hatte Markus von Basdorf viel Mühe gekostet, seine Eltern, Schwiegereltern und Freunde davon zu überzeugen, am frühen Abend endlich nach Hause zu gehen und ihn alleine zu lassen. Gefasst hatte er ihnen erklärt, das Leben werde schon irgendwie weitergehen, und er fühle sich so erschöpft, dass er Ruhe benötige. Mit bekümmerten Mienen und einigermaßen verstört hatten die Angehörigen und Freunde seinem Wunsch schließlich entsprochen und sich mit aufmunternden Worten und gutgemeinten Ratschlägen von ihm verabschiedet. Auch die alte Hausmagd hatte er mit der Bemerkung, er werde sich gleich schlafen legen, dazu bewegen können, sich in ihre Gesindekammer zurückzuziehen.

Er füllte sich in der Küche einen Krug Wein ab und begab sich mit schweren Schritten hinauf in das ehedem gemeinsame Schlafgemach, in dem er mit Isolde so viele glückliche Stunden erlebt hatte. Er stellte den Weinkrug auf der Truhe vor dem Alkoven ab und zog den Bettvorhang zur Seite. Auf dem linken Daunenkissen lag ordentlich zusammengefaltet Isoldes Nachtgewand. Markus ließ sich aufs Bett sinken und vergrub sein Gesicht darin, genauso, wie er es auch die vergangene Nacht getan hatte, die er schlaflos und vor Schmerz wie gelähmt durchwacht hatte. Noch am Morgen hatte er der Magd mit allem Nachdruck befohlen, das Nachthemd dort liegen zu lassen und es bloß nicht in die Wäsche zu geben, denn es roch ganz intensiv nach Isolde. Die alte Frau, die ihn mehr oder weniger großgezogen hatte, hatte ihm daraufhin nur mitfühlend über die Wange gestreichelt und sich schnell von ihm abgewandt, damit er ihre Tränen nicht sah, die ihr über die faltigen Wangen strömten. Doch er hatte sie gesehen und auch die der zahlreichen Trauergäste, die heute Vormittag zur Beisetzung erschienen waren. Die Leute hatten alle geheult wie die Schlosshunde – nur seine eigenen Augen waren tränenlos geblieben. Weil alles Leben in ihm erstarrt war, seit ihm seine geliebte Frau und das Kind so schmerzhaft entrissen worden waren. Er war nur noch eine leere Hülle, die ziellos umherirrte wie ein Geist, vollkommen verloren in einer Welt, die ihn einst so mit Glück überhäuft hatte. Er wollte nur noch weg aus diesem Jammertal – und er wusste, wo er hingehörte.

Am offenen Grab seiner Frau und des ungeborenen Kleinen, direkt unter der Dachtraufe der Peterskirche, damit das herabströmende Regenwasser die Seele des ungetauften Kindes reinigen sollte, hatte er den beiden ein Versprechen gegeben – und er konnte es den ganzen Tag schon kaum abwarten, es endlich einzulösen.

Schwerfällig richtete sich Markus im Bett auf, legte sich mit zärtlicher Geste das Nachthemd über den Schoß, ergriff das braune Medizinfläschchen mit dem Theriak, das ihm der Arzt verordnet hatte, um besser schlafen zu können, entkorkte es mit zittrigen Fingern und goss den gesamten Inhalt der bräunlichen, streng riechenden Flüssigkeit in den Weinkrug. Das sollte doch wohl genügen, dass ich endlich schlafen kann, dachte er sarkastisch – wohl wissend, dass auch schon die Hälfte des opiumhaltigen Medikaments genügt hätte, ihn nie wieder erwachen zu lassen. Doch er wollte sichergehen. Markus füllte sich den Becher bis zum Rand und stürzte ihn in einem Zug herunter. Ohne zu zögern, schenkte er sich den zweiten ein und trank ihn, ebenso wie den dritten, in gierigen Zügen, wie ein Verdurstender. Seine Augenlider wurden schon schwer, und er spürte, dass sich eine wohlige Müdigkeit in ihm ausbreitete. Markus ließ sich aufs Bett sinken, drückte das Nachthemd von Isolde an sich und küsste es. »Bald bin ich bei euch!«, flüsterte er und verlor das Bewusstsein.

Unter den Gläubigen in der Liebfrauenkirche herrschte heillose Aufregung. Ein paar wenige waren hinausgeeilt, um die Polizei zu rufen, die meisten aber waren in die Sakristei gestürzt, wo sie sich um den Dekan und den Übeltäter drängten, die leblos am Boden lagen. Auch die Hurenkönigin war dorthin geeilt, und es gelang ihr schließlich mit einiger Anstrengung, in die Nähe des Kirchendieners zu gelangen, der kreidebleich neben seinem Vorgesetzten kauerte und ihm den Puls fühlte. »Gottlob, er lebt noch!«, stieß er hervor und drehte den Bewusstlosen vorsichtig auf die Seite, um die Stichwunde am Rücken zu begutachten. Die Wunde, die sich unterhalb des Schulterblattes befand, blutete stark.

»Wir müssen versuchen, die Blutung zu stillen, und

sofort einen Arzt rufen«, rief die Hurenkönigin und blickte sich nach einem Stoffstreifen um, um ihn auf die Wunde zu pressen. Während der Küster einen der Männer instruierte, den Stadtphysikus herbeizuholen, riss Ursel in Ermangelung eines Tuches ein Stück Stoff aus dem Untergewand des Dekans und drückte es auf die Wunde.

»Was tut Ihr denn da?«, rief eine beleibte Matrone entrüstet, auf deren Gesicht und Doppelkinn hektische rote Flecken getreten waren. »Und wer seid Ihr überhaupt, dass Ihr Euch hier so wichtigmacht?«

»Ich versuche nur, die Blutung zu stillen«, erwiderte Ursel knapp und ging nicht weiter auf sie ein, was die Matrone zu ärgern schien.

»So was!«, schnaubte sie empört und wandte sich an den Küster. »Wie konnte das denn alles geschehen?«

Nussbaumer bewegte die Lippen wie ein Fisch auf dem Trockenen, doch ihm versagte die Stimme.

»Nun redet doch endlich!«, herrschte ihn die korpulente Frau in Ursels Alter an, die vor Sensationsgier schier zu platzen schien.

»Ich weiß auch nicht …«, stammelte der Küster atemlos und fuhr sich fahrig über die Stirn. »Ich war gerade dem Herrn Dekan behilflich, sein Messgewand anzulegen, als plötzlich die Tür aufgerissen wurde und der ehemalige Kaplan hereingestürmt kam … Er hielt einen Dolch in der Hand und war ganz von Sinnen. Wie eine Furie hat er sich auf den Dekan gestürzt und auf ihn eingestochen … Da habe ich schnell den Kerzenständer gepackt und ihn Fischer auf den Kopf geschlagen … und dann ist er zusammengesackt.« Sein Blick richtete sich panisch auf den Nachtwächter, der bäuchlings auf dem Boden lag und sich nicht rührte. Die Haare auf dem Hinterkopf waren blutdurchtränkt. »Hoffentlich habe ich ihn nicht getötet«, murmelte Nussbaumer und rang verzweifelt die Hände. »Ich kann gar nicht sagen, wie schrecklich es für mich wäre, den Tod eines Menschen verschuldet zu haben!«

»Was für ein Unsinn!«, wandte eine hagere alte Frau mit einem schwarzen Kopftuch ein und klopfte dem Küster begütigend auf die Schulter. »Das hast du gut gemacht, Eggi! Besser, der geht drauf als unser Herr Dekan!«

Die Hurenkönigin kannte die Frau vom Sehen. Sie verkaufte auf dem Wochenmarkt am Römerberg immer Obst, Gemüse und Eier und stand in dem Ruf, eine arge Klatschbase zu sein.

»Das meine ich aber auch!«, ereiferte sich die korpulente Matrone, die Ursel zurechtgewiesen hatte, und streifte den Nachtwächter mit vernichtendem Blick. »Um diesen gottlosen Frevler ist es sowieso nicht schade! Soll er doch zur Hölle fahren, der Mordbube!«

»Den Gefallen wird er Euch nicht tun, Jungfer Kleinschmidt«, rief ein grauhaariger Mann, der sich über Fischer gebeugt hatte und seinen Puls ertastete. »Er lebt nämlich noch.«

»Dann solltet Ihr ihn aber unbedingt mit Seilen fesseln, bis die Stangenknechte kommen«, riet ihm die Matrone herrisch. »Bevor der Schurke wieder zu sich kommt.«

»Gott sei Dank!«, seufzte der Küster und bekreuzigte sich mit bebenden Händen.

Ursel fiel auf, dass er am ganzen Körper schlotterte. Die Hurenkönigin fasste ihn sachte am Arm. »Kommt, setzt Euch erst mal hin, und trinkt einen Schluck Wasser«, sagte sie zu dem sichtlich mitgenommenen Mann und zog ihn zu einem Holzhocker, der vor einem Wandregal mit gottesdienstlichen Geräten stand.

Entkräftet ließ sich Egidius Nussbaumer auf den Hocker sinken und rang nach Atem.

»Gibt es hier Wasser?«, rief Ursel in die Menge. »Der Mann muss etwas trinken, sonst wird er ohnmächtig.«

Gleich darauf kam die Frau mit dem schwarzen Kopftuch, die Ursel vom Wochenmarkt kannte, mit Wasserkrug und Becher in den Händen herbei, füllte das Trinkgefäß und reichte es dem Küster. »Trink nur, Eggi, das wird dir guttun«, sagte sie fürsorglich.

»Danke, Martha«, murmelte der Küster und trank das Wasser in gierigen Zügen.

Währenddessen war auch die Matrone an den Küster herangetreten, baute sich gewichtig an seiner Seite auf und musterte Ursel mit scheelem Seitenblick. »Irgendwoher kenne ich Euch doch …«, meinte sie und runzelte die Stirn.

Michel Schuch, der sich unversehens der Gruppe beigesellt hatte, lächelte verschmitzt. »Ei, natürlich kennt Ihr sie!«, sagte er treuherzig. »Das ist doch unsere berühmte Frankfurter Hurenkönigin!«

Ursel spürte, wie ihr das Blut in den Kopf schoss. Die Augen aller Gemeindemitglieder waren schlagartig auf sie gerichtet – und in den Blicken der frommen Gottesdienstbesucher spiegelten sich Missgunst und Verachtung.

Der Matrone schien es gar die Sprache verschlagen zu haben, zumindest für kurze Zeit, denn schon im nächsten Moment schlug sie fassungslos die Hände zusammen und keifte erbost: »Das kann doch wohl nicht wahr sein! Was hat denn dieses Weibsstück in unserer Kirche zu suchen? Eine Schande ist das!«

Ursel war noch viel zu verdattert, um etwas Adäquates darauf zu erwidern, spürte aber deutlich, wie ihr sprichwörtlich der Kamm schwoll und sie schon im Begriff stand, der verbiesterten Betschwester übers Maul zu fahren, als ihr unerwartet der Küster zuvorkam.

»Mäßigt Euren Tonfall, Jungfer Kleinschmidt!«, ermahnte er die Matrone scharf. »Die Heilige Jungfrau öffnet ihr Herz auch für die schwarzen Schafe – und hat nicht unser Herr Jesus einst gesagt, dass ein reuiger Sünder im Hause seines Vaters mehr gilt als neunundneunzig Gerechte?«

Die Marienanhänger schwiegen betreten. Selbst die Matrone presste verbissen die Lippen zusammen und enthielt sich eines weiteren Kommentars.

Ursel warf dem Küster einen dankbaren Blick zu. »Ich bin nur gekommen, um zu beten«, erklärte sie. »Und das ist ja nicht verboten, oder?«

»Nein«, murmelte die Matrone kleinlaut und senkte den Blick, als plötzlich die Tür aufgerissen wurde und der Untersuchungsrichter mit einem Trupp Stangenknechte hereinkam. Wenig später erschien auch der Arzt.

Während sich Doktor Schütz um den Dekan kümmerte, forderte der Richter die Anwesenden, mit Ausnahme des Küsters, in amtlichem Tonfall auf, umgehend den Raum zu verlassen. Nur wer etwas für den Tathergang Relevantes zu Protokoll geben könne, solle sich in der Kirche bereithalten.

Als Fauerbach die Hurenkönigin bemerkte, die im Gefolge der anderen Gottesdienstbesucher dem Ausgang zustrebte, nahm er sie kurz zur Seite und fragte sie erstaunt, ob sie regelmäßig die Marienandachten besuche.

»Ich bin heute zum ersten Mal hier«, erwiderte die Frauenhauswirtin zurückhaltend.

Fauerbach musterte sie forschend und musste mit einem Mal grinsen. Er schien zu ahnen, warum sie zur Andacht gekommen war. »Das trifft sich gut«, raunte er ihr zu. »Ich habe ohnehin mit Euch zu reden. Kommt morgen früh in meine Amtsstube.«

»Wie komme ich denn zu dieser Ehre?«, fragte Ursel verwundert.

»Nicht jetzt!«, erwiderte Fauerbach ungeduldig. »Das erkläre ich Euch später ...«

Ursel nickte und ging hinaus. Das Kirchenschiff war inzwischen so gut wie leer. Lediglich im Eingangsbereich hielten sich noch ein paar Leute auf, die es nach den Schrecknissen eilig zu haben schienen, aus der Kirche hinauszugelangen. Die Hurenkönigin war nun unschlüssig, ob sie sich auf den Nachhauseweg machen sollte. Zum einen widerstrebte es ihr, an den erhitzt durcheinanderschnatternden Katholiken vorbeizugehen und ihre verächtlichen Blicke im Rücken zu spüren, zum anderen hätte sie sich gerne vom Küster verabschiedet und sich bei ihm für seinen Beistand bedankt. Einmal mehr wurde ihr bewusst, dass sie sich auf eigenartige Weise zu dem vergeistigt anmutenden Mann hingezogen fühlte. Doch es steckte auch Kalkül dahinter, denn kaum einer kannte die Gemeindemitglieder so gut wie er. Also entschied sich Ursel zu warten und beschloss, sich in der Zwischenzeit in der Kirche ein wenig umzusehen. Während sie in den linken Seitengang einbog und mit staunenden Blicken die kunstvollen Madonnenbilder bewunderte, welche die Seitenaltäre zierten, stach ihr plötzlich die Statue der Mater dolorosa ins Auge, die auf einem Altar in der Mauernische stand. Ursel stockte der Atem, als sie die sieben Schwerter in der Brust der Gottesmutter und ihr gemartertes Antlitz bemerkte. Genau so haben Edelgard und Isolde leiden müssen, dachte sie verzagt und geriet ins Grübeln. Der Mörder übt grausame Rache an ihnen und ihren Hinterbliebenen. Doch es ist mehr als das: Er treibt ein teuflisches Spiel mit ihnen, wartet ab, bis sie ihre Häuser verlassen haben, um sie später bestialisch zu ermorden und zur Schau zu stellen wie die Schmerzensmutter. Das ist kranker Wahnsinn, gepaart mit überbordendem Hass. Sie müssen für etwas büßen, das ungleich machtvoller ist als verletzte religiöse Gefühle, die nach Vergeltung schreien, sinnierte Ursel und strich gedankenversunken über die wächsernen Blütenkelche der weißen Lilien in den Vasen unterhalb des Standbilds.

»Gefallen sie Euch?«, vernahm sie plötzlich die Stimme des Küsters hinter sich und schreckte heftig zusammen.

»Ja …«, erwiderte Ursel verstört und drehte sich zu ihm um. »Sie … sie sind wunderschön.« Unversehens musste sie an die Geschichte der Mönche aus dem Kloster Maria Laach denken, »aber irgendwie auch unheimlich«, murmelte sie, und es überkam sie ein Schaudern.

Egidius Nussbaumer, der sich wieder gefasst zu haben schien, hob erstaunt die Brauen. »Wieso denn das?«, fragte er.

Ursel erzählte ihm von den Lilien im Kloster der Marienbrüder.

Der Küster hörte ihr aufmerksam zu. »Hier haben sie eine andere Bewandtnis«, erklärte er ernst und blickte Ursel tief in die Augen. »Ich habe sie für die ermordeten Frauen hingestellt.«

»Wie lieb von Euch«, entgegnete die Hurenkönigin gerührt. »Es sind sogar drei ...«

»Die eine ist für das ungeborene Kind. – Friede seiner Seele«, sagte der Küster und bekreuzigte sich.

»Friede seiner Seele«, presste die Hurenkönigin mühsam hervor, der es vor Schmerz die Kehle zuschnürte. »Ich kann es einfach nicht fassen«, brach es dann aus ihr heraus. »Wir hatten uns alle schon so auf das Kleine gefreut ... Welche Bestie hat so etwas getan? Ich werde nicht eher ruhen, bis dieses Scheusal gefasst wird ... Das habe ich Isolde an ihrem Grab geschworen!«

Der Küster legte tröstend einen Arm um sie. »Ich werde alles tun, was in meiner Macht steht, um Euch dabei zu helfen«, erklärte er eindringlich. »Zum einen, um den armen Frauen Genüge zu tun, zum anderen, damit die schlimmen Verdächtigungen gegen die Marienanhänger endlich ein Ende finden.«

Ursel drückte ergriffen seine Hand. »Ich danke Euch – auch, dass Ihr mir vorhin beigestanden habt.«

»Das ist doch selbstverständlich«, erwiderte Egidius Nussbaumer. »Und wenn Ihr zehnmal eine Frauenhauswirtin seid, die Kirche unserer Lieben Frau steht jedem offen, der die Jungfrau um Beistand bitten möchte. Das habe ich Euch schon gesagt, als Ihr gekommen seid, und dazu stehe ich auch.«

In den dunklen Augen der Hurenkönigin glitzerten Tränen. »Ihr seid ein anständiger Mensch, Egidius Nussbaumer – was man beileibe nicht von jedem Katholiken behaupten kann. Da habe ich leider schon ganz andere Sachen erlebt, gerade auch von Geistlichen, die meine Hübscherinnen und mich sogar in der Kirche verteufelt und beschimpft haben.«

Nussbaumer schüttelte empört den Kopf. »Wie unchristlich – das hätte unser Heiland niemals gutgeheißen, im Gegenteil, ich erinnere nur an Christi Salbung der Sünderin.« Über sein ebenmäßiges Gesicht breitete sich ein verklärtes Lächeln.

Ursels Blick fiel wieder auf die Statue der Mater dolorosa. »Was sind eigentlich die ›Sieben Schmerzen Mariens‹?«, fragte sie unversehens den Küster.

Egidius Nussbaumer faltete die Hände wie zum Gebet und senkte andächtig das Haupt vor dem Standbild. »Die Weissagung Simeons bei der Darstellung Jesu im Tempel, in welcher er sagte, Jesus werde viele Widersacher haben, aber auch seiner Mutter werde ›ein Schwert durch die Seele dringen‹«, skandierte er weihevoll. »Die Flucht vor dem Kindermörder Herodes nach Ägypten, das Verlieren des zwölfjährigen Jesus im Tempel in Jerusalem und die drei Tage dauernde Suche nach ihm, die Begegnung mit ihrem Sohn auf dem Kreuzweg, das Ausharren unter dem Kreuz Jesu, die Kreuzesabnahme Jesu, die Grablegung Jesu«, endete er und bekreuzigte sich.

Die Hurenkönigin, die ihm konzentriert zugehört hatte, runzelte nachdenklich die Stirn. »Was aber haben diese sieben Schmerzen mit den ermordeten Frauen zu tun?«, sagte sie wie zu sich selbst.

»Das weiß nur der Mörder«, erklärte der Küster mit sinisterem Unterton und starrte wie gebannt auf die Marienstatue, so, als könne die Heilige Jungfrau die Identität des Mörders preisgeben.

Der Hurenkönigin, die ihn verstohlen beobachtete, fiel auf, dass er wie entrückt wirkte.

Womöglich hatte er ihre Blicke gespürt, denn unvermittelt drehte er den Kopf in Ursels Richtung und lächelte. »Wollen wir nicht in die Sakristei gehen?«, schlug er vor.

»Stören wir dort nicht?«, wandte die Hurenkönigin ein. »Ich meine, da sind doch der Richter und die Schergen …«

»Nein, nein, die sind vorhin mitsamt dem Gefangenen zur Polizeiwache aufgebrochen, und Doktor Schütz hat den Herrn Dekan von Spitalknechten ins Heiliggeistspital transportieren lassen, wo er seine Wunde versorgen wird«, erläuterte der Küster. »Wir können uns also ganz ungestört unterhalten, und ehrlich gesagt, nach der ganzen Aufregung könnte ich auch ein stärkendes Getränk gut gebrauchen.«

»Ich auch«, sagte die Hurenkönigin und folgte dem hochgewachsenen Mann in den Seitenraum, der angenehm nach Bienenwachs und Weihrauch roch.

Nussbaumer bot der Hurenkönigin an, an dem kleinen, runden Tisch Platz zu nehmen, und ging zu einem Schrank in der Ecke. Gleich darauf kehrte er mit einem Tablett zurück, auf dem eine Kristallkaraffe mit tiefrotem Wein und zwei Zinnbecher standen. Er stellte sie auf den Tisch und füllte die Becher. »Der Herr Dekan wird mir hoffentlich verzeihen, dass ich heute ausnahmsweise an seine Weinvorräte gehe. Aber in Anbetracht der Umstände wird er sicher Verständnis dafür haben«, meinte der Küster und stieß mit der Hurenkönigin an.

»Ein vorzüglicher Wein«, lobte Ursel.

»Der Herr Dekan ist ein Weinkenner und legt Wert auf exzellente Tropfen«, erklärte Nussbaumer. »Was man von mir nicht behaupten kann – es muss über ein Jahr her sein, seit ich zum letzten Mal ein Glas Wein getrunken habe«, sagte er. »Und ich kenne nur den Unterschied, ob er süß oder sauer ist.« Er lächelte versonnen. »Und unser Wein war immer sauer! Aber Mutter und ich haben ihn trotzdem gerne getrunken, zu einem guten Essen oder einem feierlichen Anlass ...« Das Lächeln erstarb mit einem Mal, und seine Züge verdüsterten sich. »Doch alleine schmeckt er mir nicht mehr«, stieß er niedergeschlagen aus und rang sichtlich um Fassung. »Meine Mutter ist letztes Jahr gestorben.« Betrübt senkte er den Blick.

»Das tut mir leid«, sagte die Hurenkönigin mitfühlend. Sie musterte den Kirchendiener nachdenklich und mühte sich, ihre Frage nicht zu plump klingen zu lassen, als sie sich gleich darauf erkundigte, ob er unverheiratet sei.

»Ja, das bin ich«, erwiderte der Küster mit leichter Verlegenheit. »Mir ist leider nie die Richtige begegnet.« Er zuckte bedauernd mit den Schultern.

»Dann lebt Ihr ja ganz alleine«, konstatierte Ursel mit Erstaunen.

Der Küster nickte. »Ich habe eine Aufwartefrau, die alte Martha, die stundenweise vorbeikommt und mir den Haushalt führt.«

Mit einem Mal erinnerte sich die Hurenkönigin an die hagere alte Frau mit dem schwarzen Kopftuch, die dem

Küster nach dem Anschlag auf den Dekan den Wasserkrug gereicht hatte und die ihr vom Wochenmarkt bekannt war. Sie hatte den Küster mit »Eggi« angesprochen. »Ach, Ihr meint die alte Frau, die auch in der Sakristei war. Hat sie nicht auf dem Römerberg einen Gemüsestand?«, fragte sie.

»Ja, Martha war früher Gesindemagd auf unserem Hofgut. Doch seit dem Tod meines Vaters ist sie für uns nur noch als Aufwartefrau tätig und verkauft den geringen Ertrag, der uns noch geblieben ist, auf dem Wochenmarkt. Denn das Gut war so verschuldet, dass wir uns von einem Großteil der Ländereien trennen mussten«, erläuterte der Kirchendiener betreten.

Ursel, die merkte, dass es ihm unangenehm war, darüber zu sprechen, beschloss, das Thema zu wechseln. »Wie lange arbeitet Ihr schon als Küster?«, fragte sie.

Nussbaumer seufzte erleichtert. »Schon solange ich denken kann«, sagte er. »Ich wurde in der Liebfrauenkirche getauft, vom Herrn Dekan höchstpersönlich«, sagte er und wurde zusehends mitteilsamer. »Meine Mutter gehörte schon als junges Mädchen der Liebfrauengemeinde an, und ich begleitete sie von klein auf zum Gottesdienst und teilte ihre tiefe Verehrung der Heiligen Jungfrau.« Er blickte die Hurenkönigin offen an. »Und so reifte bereits in jungen Jahren der Wunsch in mir, die geistliche Laufbahn zu beschreiten. Meine Mutter war überglücklich darüber und unterstützte mich dabei, so gut es ihre Mittel zuließen. Seit dem frühen Tod meines Vaters lebten wir in sehr bescheidenen Verhältnissen. Der Ertrag aus dem Hofgut reichte gerade aus, uns beide über Wasser zu halten; Geschwister hatte ich ja keine.

Mutter versetzte sogar ihren Familienschmuck, damit ich die Lateinschule besuchen konnte.« Er hüstelte bewegt. »Und als auch das nicht mehr möglich war, war der Herr Dekan so gütig, mir unentgeltlich Privatunterricht zu erteilen. Ich verdanke ihm sehr viel. Er war wie ein Vater für mich.« Egidius Nussbaumer nahm einen tiefen Schluck Wein, sah Ursel an und lachte trocken auf. »Aber Wunder konnte er auch keine bewirken. Kurzum, unser Vermögen reichte nicht aus, um eine geistliche Pfründe zu erwerben, und so ist aus meiner Priesterlaufbahn leider nichts geworden.«

»Wie schade«, warf die Hurenkönigin ein, die ihm aufmerksam zugehört hatte. »Aus Euch wäre bestimmt ein guter Priester geworden.«

Egidius Nussbaumer winkte mit seinen schönen gepflegten Händen ab. »Ich bin dem Schicksal längst nicht mehr gram«, erklärte er. »Es hat bei mir zwar nur bis zum Küster gereicht, aber ich darf Euch versichern, dass ich dieser bescheidenen Betätigung mit ganzem Herzen nachkomme!«

»Davon bin ich überzeugt«, rief Ursel aus und hob den Becher. »Und nur darauf kommt es an.«

Der Küster musterte sie. »Gilt das auch für Euch und Euer Gewerbe?«, fragte er mit unverhohlener Neugier.

Ursel hatte mit der Frage nicht gerechnet. »Für meine Tätigkeit als Gildemeisterin der städtischen Hurenzunft gilt dies voll und ganz«, gab sie etwas befangen zurück. »Wenn Ihr aber das Hurengewerbe meint, muss ich das verneinen. Ich arbeite schon seit über zwanzig Jahren nicht mehr als Hübscherin, und darüber bin ich auch sehr froh.« Sie sah den Küster eindringlich an. »Ihr dürft mir eines glauben: In all den Jahren als Hübscherin und als Frauenhauswirtin ist mir noch keine Hure begegnet, die von sich behauptet hat, mit ganzem Herzen bei der Sache zu sein. Dazu ist unser Gewerbe viel zu beschwerlich und zu demütigend. Es ist nämlich kein leicht verdientes Geld, seinen Körper feilzubieten …«

»Und warum tun die Huren es dann?«, fragte der Küster ungerührt und fügte, als er Ursels angespannten Gesichtsausdruck bemerkte, hinzu: »Ihr müsst meine Neugier entschuldigen, Gildemeisterin, aber wann hat unsereiner schon mal die Gelegenheit, mit einer Frauenhauswirtin zu sprechen?«

Die Hurenkönigin lächelte verständnisvoll. Ihr war klar, dass ein wie immer gearteter Austausch stets auf Gegenseitigkeit beruhte. »Bei den meisten Frauen ist es die blanke Not, die sie ins Frauenhaus treibt – auch mir ist es so ergangen, als ich in jungen Jahren aus einem kleinen Nest im Vogelsberg nach Frankfurt kam und eine Stellung als Näherin suchte. Doch ich ahnte damals nicht, dass auch zahllose andere junge Frauen vom Land in die Stadt strömten, um eine Anstellung zu finden, und so war der Bedarf an Näherinnen mehr als gedeckt. Mir blieb nur noch die Möglichkeit, mich in das Heer der Bettlerscharen einzureihen – oder ins Frauenhaus zu gehen.«

Egidius Nussbaumer schwieg nachdenklich. »Ihr habt Glück, dass Ihr so unbeschadet geblieben seid, bei Eurem Gewerbe«, sagte er ernst und füllte die Becher nach.

»Das stimmt«, pflichtete ihm die Hurenkönigin bei und streifte den Kirchendiener mit einem interessierten Blick. »Was gehört eigentlich zu den Aufgaben eines Küsters?«, fragte sie.

Egidius Nussbaumer schmunzelte. »In unserer Kirche bin ich sozusagen das Mädchen für alles«, entgegnete er. »Die Kirche in Ordnung halten, Kollekte sammeln, Marienwallfahrten organisieren, und ich bin auch für Bereiche der kirchlichen Mildtätigkeit verantwortlich. Dazu gehören das Almosensammeln, die Armenspeisungen und die Bereitstellung von Seelenbädern für Bedürftige.« Auf Ursels fragenden Blick hin erklärte er: »Die Armen haben durch Spenden mildtätiger Stifter die Möglichkeit, an bestimmten Wochentagen eine Badestube aufzusuchen. Zum Dank dafür sind sie verpflichtet, für das Seelenheil der Spender zu beten. In der Kirche unserer Lieben Frau hat die Mildtätigkeit eine lange Tradition, und alle unsere Gemeindemitglieder sind angehalten, ihr Scherflein dazu beizutragen«, erläuterte der Kirchendiener lebhaft. »Auch meine Mutter handelte stets im Sinne der Nächstenliebe, und obgleich wir alles andere als wohlhabend waren, bewirtete sie an hohen kirchlichen Feiertagen bei uns zu Hause immer auch Stadtarme und Menschen, die unverschuldet in Not geraten waren – was ich in ihrem Geiste fortführe.« Seine sanften blauen Augen glänzten gütig.

»Das ehrt Euch«, sagte die Hurenkönigin, die mehr und mehr zur Überzeugung gelangte, selten einem besseren Menschen begegnet zu sein als Egidius Nussbaumer. »Die armen Teufel werden es Euch gewiss danken.«

»Das tun sie, in der Tat!«, bekräftigte der Küster. »Auch wenn ich keinen Dank erwarte, so bin ich doch jedes Mal gerührt darüber, dass es sich selbst die Ärmsten der Armen nicht nehmen lassen, mir mit einem netten kleinen Mitbringsel ihre Wertschätzung zu bekunden – und sei es nur durch einen selbstgepflückten Blumenstrauß, ein paar eingesammelte Feldfrüchte oder, wie im Falle von Michel Schuch, mit einer geschnitzten Marienfigur. Inzwischen habe ich schon ein gutes Dutzend davon in meiner Wohnstube stehen«, bemerkte er vergnügt.

»Ach, den Michel kenne ich auch«, sagte die Hurenkönigin. »Der kann einem von Herzen leidtun, der arme Kerl.«

Der Küster nickte betroffen. Aus seinen Zügen sprach mit einem Mal tiefe Besorgnis. »Er ist sehr krank«, murmelte er beklommen.

Etwas im Klang seiner Stimme ließ die Hurenkönigin aufhorchen. »Ihr meint … seine Fallsucht?«, fragte sie und musterte den Küster alarmiert.

Zum ersten Mal, so schien es ihr, wich Nussbaumer ihrem Blick aus und gab nur ein knappes »Ja« von sich. Es war ihr, als habe sich die Zugänglichkeit des Kirchendieners schlagartig in Luft aufgelöst. Verstört blickte sie in das feingeschnittene Gesicht des Mannes, das in diesem Moment geradezu abweisend anmutete. »Oder … gibt es sonst noch etwas?«, fragte sie befremdet.

»Nein«, erwiderte der Küster ungewohnt schroff. »Aber das reicht ja schon. Oder seid Ihr vielleicht der Ansicht, er müsste noch ein weiteres Gebrechen haben?«

Sein zynischer Tonfall, der so ganz im Kontrast zu seinem bisherigen Verhalten stand, verletzte die Zimmerin.

»Keineswegs!«, verwehrte sich Ursel und konnte aus ihrer Gekränktheit keinen Hehl machen. »Ich hatte lediglich das Gefühl, dass Ihr plötzlich etwas vor mir zurückhaltet. Und das enttäuscht mich ein wenig, wie ich zugeben muss.« Sie schaute den Küster offen an. »Denn schließlich habt Ihr mir vorhin noch die feste Zusage gegeben, mich bei der Mördersuche zu unterstützen.«

»Damit ist es mir auch sehr ernst«, verteidigte sich Egidius Nussbaumer. »Aber das bedeutet doch wohl hoffentlich nicht, dass ich unbescholtene Gemeindemitglieder mit unüberlegten Äußerungen denunziere?«, fragte er, und sein heller Teint rötete sich vor Aufregung.

»Das erwarte ich auch nicht von Euch!«, erklärte Ursel konsterniert. »An übler Nachrede ist mir ebenso wenig gelegen wie an böswilliger Diffamierung! Wie könnt Ihr nur so etwas von mir denken?«, rief sie bestürzt und war vor Empörung von ihrem Stuhl aufgesprungen.

Egidius Nussbaumer blinzelte irritiert. Ihm schien erst jetzt aufzugehen, dass er die Gildemeisterin mit seinen Bemerkungen beleidigt hatte. Er legte ihr beschwichtigend eine Hand auf den Arm und sagte: »Bitte verzeiht mir, Zimmerin! Es liegt mir fern, Euch so etwas zu unterstellen. Aber wenn es um unsere Gemeindemitglieder geht, gebärde ich mich zuweilen wie eine Löwenmutter. Bitte seht mir das nach!«

Ursel musste gegen ihren Willen grinsen. »Genau so bin ich auch, wenn es um meine Mädels geht«, meinte sie gutmütig.

»Dann haben wir ja etwas gemeinsam«, entgegnete der Küster versöhnlich und lächelte charmant. »Setzt Euch doch bitte wieder hin, und lasst uns in Ruhe unsere Becher austrinken. Dann begleite ich Euch nach Hause, denn es ist schon dunkel. Und ich gelobe Euch auch, dass ich in mich gehen und mir meine Gedanken machen werde, inwieweit ich Euch bei der Mördersuche unterstützen kann. Ich möchte es nur unbedingt vermeiden, voreilige Verdächtigungen auszustoßen … und dadurch einen unschuldigen Menschen ins Unglück zu stürzen.« Als Ursel sich schließlich hinsetzte, ließ auch er sich wieder an ihrer Seite nieder und warf ihr ein entwaffnendes Lächeln zu. »Denn ehrlich gesagt, es gibt niemanden in unserer Gemeinde, dem ich diese abscheulichen Morde zutrauen würde. Es sind alles fromme, gottesfürchtige Leute – und glühende Marienverehrer.«

»Das ist der Mörder auch!«, entfuhr es Ursel ungewollt heftig, und sie hätte sich auf die Zunge beißen können, als sie daraufhin Nussbaumers bestürzte Miene bemerkte. »Ich meine, der Mörder muss auch ein glühender Marienverehrer sein … Es kommt ja nicht von ungefähr, dass er die Opfer zur Schau stellt wie die Schmerzensmutter …«

»Da mögt Ihr recht haben«, murmelte der Küster bedrückt und versprach noch einmal, sich darüber Gedanken zu machen.

»Es muss ja nicht gleich so sein, dass der Mörder Eurer Gemeinde angehört«, meinte Ursel besänftigend. »Vielleicht hat ja jemand etwas beobachtet, oder es ist jemandem etwas aufgefallen, das uns zu dem Mörder führen kann.«

»Ich werde diesbezüglich meine Augen und Ohren offen halten, da könnt Ihr Euch gewiss sein«, gelobte Egidius Nussbaumer feierlich und hob den Becher.

Sie stießen noch ein letztes Mal miteinander an, und dann ließ es sich der Küster trotz Ursels Einwänden nicht nehmen, sie zu Bernhards Haus in der Neuen Kräme zu begleiten.

Zum Abschied reichte er der Hurenkönigin seine

angenehm weiche, warme Männerhand. »Es hat mich sehr gefreut, Euch kennengelernt zu haben«, erklärte er gefühlvoll. »Und ich hoffe, wir sehen uns bald wieder.«

Als sich ihre Hände berührten, bekam Ursel unwillkürlich Gänsehaut. »Ganz meinerseits«, erwiderte sie mit kehliger Stimme und musste sich einmal mehr eingestehen, dass sie bei diesem Mann schwach werden könnte.

Zerknirscht betätigte sie den Türklopfer an Bernhards Haustür und schalt sich eine Närrin, sich derartigen Flausen hinzugeben.

Teil 2

Die Mutter aller Schmerzen

6

Samstag, 20. Oktober 1522

Als die benachbarte Rathausuhr auf dem Römerberg die erste Nachmittagsstunde anschlug, wurde Egbert Heinze langsam unruhig. Irgendetwas stimmt nicht, dachte er besorgt und blickte sich, wie schon unzählige Male zuvor, im Messegetümmel der Buchgasse nach seiner Frau um. Für gewöhnlich tauchte sie pünktlich zur zwölften Mittagsstunde an seinem Bücherstand auf, um ihn abzulösen, damit er eine kleine Pause einlegen und irgendwo in einem der benachbarten Gasthäuser eine Stärkung zu sich nehmen konnte. Es entsprach so gar nicht ihrer Art, unpünktlich zu sein. Denn in allem, was Christiane tat, war sie stets von großer Akkuratesse und Zuverlässigkeit, wofür sicherlich auch ihre klösterliche Ausbildung verantwortlich war, denn bis zum Ende des letzten Jahres war sie noch Nonne im Zisterzienserinnenkloster Marienthorn bei Grimma gewesen. Wie zahlreiche andere Klosterfrauen auch, hatte sie die Schriften Luthers gelesen und war aus dem Kloster geflüchtet, um im Geiste der Reformation zu leben. Martin Luther hatte sie unterstützt und ihr mit ihm, seinem Freund und Verleger, Egbert Heinze aus Leipzig, der erst vor kurzem seine junge Frau im Kindbett verloren hatte, einen ehrenwerten Ehemann vermittelt. Gerade ein halbes Jahr waren sie verheiratet, und Christiane war ihm inzwischen schon ans Herz gewachsen. Weniger durch weiblichen Liebreiz – sie war groß und hager, und ihre Gesichtszüge wirkten herb –, aber sie war humorvoll und scharfzüngig und mit Sicherheit die klügste und belesenste Frau, die ihm jemals begegnet war. Mit Stolz dachte er daran, dass die führenden Patrizier der Stadt das Ehepaar Heinze am vergangenen Montagabend zu einem festlichen Abendessen im erlauchten Hause Limpurg eingeladen hatten. Die humanistisch gebildeten Herren nahmen wachsenden Anstoß am Zustand der Kirche und an der Verwahrlosung und Pflichtvergessenheit des Klerus. Beeindruckt von Christianes Mut und ihrer Konsequenz, hatten die Patrizier die ehemalige Nonne darum gebeten, ihnen in einem kleinen Vortrag die genaueren Hintergründe für ihre Flucht aus dem Kloster zu veranschaulichen. Christianes eindringliche und eloquente Schilderung stieß bei den Standespersonen auf große Begeisterung. Sie verblüffte die Herren überdies damit, dass sie, ebenso wie der gelehrte Patrizier Fürstenberger, in der Lage war, Homer in der griechischen Ursprache zu lesen und lateinisch zu disputieren.

Christiane war zweifellos eine außergewöhnliche Frau, mit der man nächtelange Gespräche führen konnte, wie Egbert sie sonst nur mit seinen Gelehrtenfreunden erlebt hatte – und die Lendenlust kam auch nicht zu kurz. Erst gestern hatte sie ihm gesagt, dass sie sich sehnlichst ein Kind von ihm wünsche.

Wo mochte Christiane nur stecken? Hatte sie sich vielleicht wieder einmal an den Bilanzen festgebissen? Denn heute war der letzte Tag der Messe, und die Geschäfte mit der Lutherschrift waren einfach glänzend gelaufen. Und Christiane, die gut mit Zahlen umgehen konnte und eine Vorliebe für Mathematik hatte, führte ihm seit einiger Zeit die Bücher. Aber dass sie dabei derart die Zeit vergessen hatte, konnte er sich beileibe nicht vorstellen. Wahrscheinlicher war es, dass sie durch irgendetwas aufgehalten worden war und keine Möglichkeit hatte, ihm Bescheid zu geben. Während er kurz nacheinander zwei Kunden bediente und zerstreut die Münzen in die Geldkassette zählte, überlegte er angestrengt, was er tun konnte. Denn dass etwas unternommen werden musste, stand für ihn außer Zweifel. Hier, an seinem Bücherstand, war er wie festgeschmiedet. Er konnte nicht einfach alles stehen und liegen lassen und auf die Suche nach seiner Frau gehen. Angespannt spähte er zu den angrenzenden Büchertischen, mit deren Händlern sich während der Messe ein kameradschaftliches Verhältnis entwickelt hatte. Ob ihn einer von ihnen vielleicht kurzzeitig vertreten konnte? Aber konnte er ihnen denn auch trauen? Egbert Heinze beschloss, es darauf ankommen zu lassen. Hastig steckte er die großen Silbermünzen und die beiden Golddukaten in seine Geldkatze, klemmte sich die Kassette unter den Arm und bat den jungen Buchhändler aus Heidelberg, der hauptsächlich Ritter- und Liebesromane verkaufte, für ein halbes Stündchen seinen Stand zu betreuen.

Mit weit ausholenden Schritten hastete Egbert die Buchgasse entlang, bog in die Mainzergasse ein, wo sich, unweit des Mainzertores, die einfache Fremdenpension

»Zum blauen Main« befand, in welcher sie für die Messezeit eine kleine Dachmansarde gemietet hatten.

Er ignorierte den bärbeißigen alten Hausknecht, der mit mürrischer Miene den Eingangsbereich fegte, und stürzte die Treppe hinauf, wobei er gleich zwei Stufen auf einmal nahm. Atemlos erreichte er endlich das Dachgeschoss, wo ihr Zimmer lag. Er hatte ein mulmiges Gefühl, als er die Tür aufsperrte. Das Bett war ordentlich gemacht, und neben der alten, wurmstichigen Kleidertruhe standen zwei große Tornister, in die Christiane schon den größten Teil ihrer Habseligkeiten gepackt hatte, denn am nächsten Morgen wollten sie abreisen. Egberts Blick fiel auf den Kleiderhaken neben der Tür. Er war leer. Christiane hatte also ihren braunen Wollumhang mitgenommen. Auch ihre Kuhmaulschuhe fehlten. Sie musste also ausgegangen sein. Nur wohin? Bei mir am Stand war sie jedenfalls nicht – und sie lässt mich doch nicht so einfach hängen, grübelte der Buchhändler sorgenvoll. Da muss etwas passiert sein! Alarmiert dachte er an die grausigen Frauenmorde, über die er mit Christiane gesprochen hatte. Im Zuge der Religionskriege war Frankfurt zu einem gefährlichen Pflaster geworden, und alle beide waren sie froh darüber, dass die Messe dem Ende zuging und sie endlich wieder abreisen konnten. Es stand ihm fern, Christiane Angst einzujagen, aber er hatte sie ermahnt, tagsüber, wenn er auf der Messe war, vorsichtig zu sein. *Und gib dich nicht mit Fremden ab*, klang ihm seine Mahnung noch im Ohr. Christiane hatte darüber gespöttelt und gemeint, es stünde ihr ja nicht auf der Stirn geschrieben, dass sie eine entlaufene Klosterfrau sei, und am helllichten Tage, unter all den vielen

Menschen, sei sie sicher, und abends sei er schließlich wieder bei ihr.

Der wahnsinnige Marienverehrer – wie der Mörder inzwischen genannt wurde, der seine Opfer als Mater dolorosa öffentlich zur Schau stellte … Die Frau eines ehemaligen Kaplans, der zu den Reformierten übergetreten war, und die Gemahlin eines jungen Humanisten, der den Dekan der Marienkirche geohrfeigt hatte! Egbert Heinze schlug das Herz bis zum Halse, und er war sich mit einem Mal sicher, dass Christiane in großer Gefahr schwebte.

Wie von Hunden gehetzt, eilte er die steile Treppe hinunter und wäre am Absatz zum ersten Stock fast mit dem grantigen alten Hausdiener zusammengestoßen.

»Könnt Ihr dann net uffpasse!«, knurrte der Alte missmutig in Frankfurter Mundart, die Egbert ohnehin nicht ausstehen konnte.

»Das kann ich nicht!«, blaffte der Mann aus Leipzig in breitestem Sächsisch zurück. »Gefahr ist im Verzug: Meine Frau ist nämlich verschwunden!«

»Ei, wo wird die schon hin sein«, mokierte sich der alte Frankfurter und setzte hämisch hinzu: »Vielleicht ist sie ja bei ihrem Stecher.«

»Was erlaubt Ihr Euch!«, schnauzte Egbert ihn an und fixierte das Faktotum streng. Dann sagte er drohend: »Das dürft Ihr gleich alles den Stangenknechten erzählen, die rufe ich nämlich jetzt. Mal sehen, ob Ihr zu denen auch so frech seid …«

»Kerle, was seid ihr empfindlich«, suchte der Alte zurückzurudern. »Des sollt doch nur ein Späßchen sein …«

»Ei verbibbsch! – Mir ist momentan nicht nach Scherzen zumute«, stieß Egbert verdrossen aus.

Der Hausknecht nickte verständnisvoll und nestelte unter seinem Wams eine kleine Taschenflasche hervor, die er entkorkte und sie Egbert hinhielt. »Da, trinkt erst mal einen Schluck Branntwein«, sagte er. »Ihr seht aus, als ob Ihr den gut gebrauchen könntet …«

Egbert bedankte sich und nahm einen tiefen Schluck. »Habt Ihr vielleicht meine Frau gesehen?«, fragte er den Hausdiener anschließend und erläuterte ihm angespannt, dass Christiane, entgegen ihrer sonstigen Zuverlässigkeit, bereits seit mehr als einer Stunde überfällig sei.

Der Hausknecht zog seine Stirn in Falten und dachte angestrengt nach. »Wenn Messe ist, geht's hier ja zu wie im Taubenschlag«, murmelte er griesgrämig. »Und wir sind wieder mal voll bis unters Dach. Wenn ich da auf jeden achten tät, der kommt oder geht, hätt ich viel zu tun …« Er schüttelte bedauernd den Kopf mit den dünnen grauen Haaren. »Und man hat ja auch genug zu tun …« Er schien plötzlich eine Eingebung zu haben und musste unwillkürlich grinsen. »Wenn's jemand weiß, wann und wohin Eure Frau gegangen ist, dann ist es die alte Hungersen, unsere Scheuermagd! Die kennt alle unsere Gäste und weiß bei jedem, wo er herkommt, was er für einen Beruf hat … Und die kennt auch die Sorgen der ganzen Leute, weiß Bescheid über jedes Zipperlein und in was für Verhältnissen sie leben. Sie ist das größte Klatschmaul von ganz Frankfurt!« Er schlug sich mit der Hand auf die Stirn. »Mensch, dass mir das nicht gleich eingefallen ist!«

Egbert erinnerte sich an eine korpulente, ältere Frau mit Pausbacken und stechendem Blick, die ihn und seine Frau im Treppenhaus oder auf dem Flur schon manchmal in ein Gespräch verstrickt hatte, dem sie nur schwer wieder entkommen waren. Das musste die alte Klatschbase sein! »Wo steckt sie denn? Ich werde sie gleich fragen«, sagte der Buchhändler ungeduldig.

»Die ist leider schon weg«, brummelte der Hausknecht zerknirscht. »Hat heut schon um zwölf Feierabend gemacht, weil sie noch woanders putzen geht.« Der alte Knecht rümpfte abschätzig die gerötete Nase. »Aber die wohnt oben in der Galgengasse, das ist nicht weit von hier. Geht dorthin, vielleicht ist sie ja jetzt daheim und kann Euch Auskunft geben.« Der Knecht nahm noch einen Schluck aus der Branntweinflasche, ehe er sie wieder unter seinem Wams verschwinden ließ.

Der Verleger überlegte kurz, besann sich aber anders. »Ich habe nicht so viel Zeit, ich muss doch wieder an meinen Stand«, erklärte er. »Aber vorher gehe ich noch auf die Polizeiwache und melde meine Frau als vermisst. Könnt Ihr mir vielleicht sagen, wie ich da hinkomme?«

Der alte Mann beschrieb ihm den Weg zum Leinwandhaus und versprach, ihn sofort zu verständigen, falls seine Ehefrau in nächster Zeit auftauchen sollte. »Vielleicht ist sie ja auch schon an Eurem Bücherstand und wartet auf Euch«, suchte er, den niedergeschlagenen Sachsen aufzumuntern, der sich bei ihm bedankte und mit bekümmerter Miene davoneilte.

»Um es noch mal zu sagen: Da kann ich nicht mehr viel machen«, erklärte Untersuchungsrichter Fauerbach unbehaglich und sah die Hurenkönigin und ihren Begleiter,

Bernhard von Wanebach, die ihn vor gut einer Stunde aufgesucht hatten, um ihm ihr Anliegen vorzutragen, betreten an. »Als Doktor Schütz den jungen Mann heute Morgen in meinem Beisein untersucht hat, hat er eindeutig bekundet, dass es Freitod war. Da stand ja auch noch das leere Theriakfläschchen auf der Truhe neben dem Bett. Der Doktor hat gesagt, eine solche Menge hätte auch ein Ross töten können ...« Er strich sich fahrig die Haare aus der Stirn. Die heikle Angelegenheit mit dem jungen Selbstmörder setzte ihm mehr zu, als ihm lieb war.

Ursel Zimmer indessen, die gemeinsam mit Bernhard über eine Stunde mit Engelszungen versucht hatte, den jungen Juristen zu bewegen, die Aktennotiz, die er zum Totenschein von Johannes von Basdorf angefertigt hatte, zurückzuziehen, verlor langsam die Geduld. »Der Doktor hat auf den Totenschein geschrieben, dass Markus an gebrochenem Herzen gestorben ist. Und das stimmt ja auch!« Ihr liefen unversehens wieder Tränen über die Wangen, gleichzeitig beschlich sie jedoch auch eine ungeheure Wut, angesichts der Sturheit, die der Richter an den Tag legte. »Ihr seid ein herzloses Ungeheuer, das sich nur noch hinter seinen Rechtsvorschriften verschanzt!«, schleuderte sie ihm ins Gesicht und war vor Empörung aufgesprungen. »Wenn Ihr es mit Eurer Aktennotiz verhindert, dass der arme Junge bei seiner toten Frau und seinem Kind beigesetzt werden kann und stattdessen auf dem Friedhof der Ehrlosen verscharrt wird wie ein räudiger Hund, dann kann ich Euch versprechen, dass Ihr hier in Frankfurt keinen Fuß mehr auf den Boden kriegt!«

»Wollt Ihr mir etwa weismachen, dass Ihr als Frauenhauswirtin so einflussreich seid, um das zu bewerkstelligen?«, fragte der junge Jurist höhnisch.

»Wo denkt Ihr hin, ich leide nicht unter Großmannssucht wie andere Leute!«, blaffte ihm die Zimmerin entgegen. »Aber die Familien von Basdorf und von Wanebach haben sehr wohl die Macht und den Einfluss, um das zu *bewerkstelligen*«, erklärte sie zynisch. »Und unsere Zusammenarbeit, über die wir heute Morgen gesprochen haben, könnt Ihr auch in den Wind schreiben.«

»Ihr könnt Euch sicher sein, mein lieber Fauerbach, dass meine Familie und die Angehörigen von Markus nichts unversucht werden lassen, damit noch nicht einmal der abgerissenste Bettler von ganz Frankfurt ein Stück Brot von Euch nimmt, das schwöre ich Euch!«, unterstützte Bernhard seine Gefährtin mit hochrotem Kopf.

Obgleich Fauerbach der Überzeugung anhing, dem Recht gebühre ungeachtet der Person immer der Vorrang, brachte ihn die ausgestoßene Drohung doch gehörig ins Wanken. »Aber Selbstmord ist eine schwere Straftat, und einen falschen Totenschein auszustellen ist Urkundenfälschung … Als Jurist kann ich so etwas nicht decken.«

»Ich muss Euch hoffentlich nicht daran erinnern, dass Ihr damit auch den Doktor in Teufels Küche bringt«, sagte die Hurenkönigin scharf. »Doktor Schütz verliert nämlich wegen Eurer Sturheit seine Approbation, wenn ruchbar wird, dass er den Totenschein gefälscht hat.«

»Das war ja auch nicht rechtens«, beharrte der Richter eigensinnig.

»Nicht rechtens?«, empörte sich die Hurenkönigin. »Wenn ich das nur wieder höre! Was Doktor Schütz getan hat, war ein Akt der Nächstenliebe. Das Recht darf nicht über allem stehen. Es gibt nämlich auch noch so etwas wie Menschlichkeit! Auch wenn Ihr das bei all Eurer Gesetzestreue vergessen zu haben scheint.«

Fauerbach senkte betroffen den Blick. »Das ist nicht wahr!«, sagte er mit belegter Stimme. »Glaubt nur nicht, dass mir das einerlei ist … mit diesen armen Teufeln! Christoph Fischer hat der Mord an seiner Frau in den Wahnsinn getrieben, wir haben ihn nach dem Anschlag auf den Dekan in den Narrenturm sperren müssen, weil er geistig völlig umnachtet war, und es besteht auch kaum noch Hoffnung, dass das jemals wieder anders wird …« Der Richter stöhnte auf. »Und Markus von Basdorf hat den Freitod gewählt … All dieses unsägliche Leid bringt mich manchmal fast um den Verstand!« Der Untersuchungsrichter wandte sich ab und barg sein Gesicht in den Händen.

Bernhard und Ursel tauschten einen erstaunten Blick miteinander.

»Uns auch«, murmelte die Hurenkönigin, trat neben den jungen Juristen und legte ihm begütigend eine Hand auf die Schulter. »Ihr habt ja doch ein Herz«, raunte sie ihm zu. »Kommt, gebt Euch endlich einen Ruck …!«

Der Richter schüttelte ungehalten ihre Hand ab und seufzte vernehmlich. »Meinethalben«, sagte er, ergriff mit einer jähen Bewegung den beschrifteten Papierbogen, der vor ihm auf dem Schreibtisch lag, zerknüllte ihn und warf ihn in den Papierkorb.

Sichtlich erleichtert bedankten sich Bernhard und die Hurenkönigin bei Fauerbach für seine späte Einsicht, doch dieser wiegelte sogleich ab.

»Hängt das bloß nicht an die große Glocke!«, jammerte er. »Es muss unbedingt unter uns bleiben, dass ich diesen Betrug gedeckt habe, sonst bin ich die längste Zeit Untersuchungsrichter gewesen!«

Bernhard und Ursel versicherten ihm gerade ihre absolute Diskretion, als plötzlich an die Tür von Fauerbachs Amtsstube geklopft wurde.

»Draußen ist ein Buchhändler aus Sachsen, der seine Frau als vermisst gemeldet hat«, rapportierte ein Stangenknecht.

Der Richter warf ihm einen unheilvollen Blick zu und murrte: »Er soll reinkommen!«

»Schon wieder eine Frau verschwunden«, sagte die Hurenkönigin zu Bernhard, als sie aus der Wache traten. »Wenn das nur nichts Schlimmes zu bedeuten hat.«

»Hoffentlich nicht«, erwiderte der Gelehrte mit finsterer Miene und hakte sich bei Ursel unter. Es hatte angefangen zu regnen, und ein kalter Wind fegte durch die Gasse. Schweigend schlugen sie den Weg zum Römerberg ein, der trotz des schlechten Wetters voller Menschen war. Als Bernhard in die Neue Kräme einbiegen wollte, hielt Ursel inne.

»Ich denke, ich werde jetzt mal zum Frauenhaus gehen«, sagte sie. »Seit Donnerstagmorgen war ich nicht mehr dort, und es wird langsam Zeit, dass ich mich mal wieder blicken lasse.« Sie warf Bernhard einen betretenen Blick zu. Die Entscheidung, den Geliebten in diesen schweren Zeiten alleine zu lassen, fiel ihr nicht leicht.

»Geh nur«, erwiderte Bernhard einsilbig. »Ich komme schon alleine klar.«

»Ich kann ja später wieder vorbeikommen«, schlug die Hurenkönigin vor.

»Bleib du mal bei deinen Mädels«, sagte der Gelehrte geistesabwesend und hauchte ihr einen flüchtigen Abschiedskuss auf die Wange.

Die Hurenkönigin war fast ein wenig gekränkt über seine Teilnahmslosigkeit. Als Mensch, der offen seine Gefühle zeigte, fiel es ihr schwer, mit Bernhards Art der Trauer umzugehen. Seit Tagen schon zog er sich wortkarg in sich selbst zurück und ließ niemanden an sich heran.

»Gut, dann bis die Tage«, verabschiedete sich Ursel kühl und setzte ihren Weg über den Römerplatz fort. Ehe sie in die Limpurgergasse einbog, drehte sie sich noch einmal nach Bernhard um, der mit hängenden Schultern die Neue Kräme entlanglief, ohne sich auch nur ein einziges Mal nach ihr umzusehen. Ursel spürte, wie ihr der Schmerz die Kehle zuschnürte. Er kann den Verlust von Isolde nicht überwinden und schottet sich immer mehr ab, dachte sie bekümmert.

Ein solches Verhalten war der Hurenkönigin nicht unbekannt. Auch sie hatte sich tagelang mit Theriak betäubt, weil sie über den Tod ihrer Freundin Ingrid und der anderen ermordeten Huren nicht hinweggekommen war. Doch der brennende Wunsch, den Mörder zu finden, hatte sie wieder ins Leben zurückgeholt. Unversehens musste sie an Markus denken, der einen anderen Weg gegangen war und den Freitod gewählt hatte. Sie lehnte sich an eine Hauswand und fing hemmungslos an zu weinen. Nach geraumer Zeit fasste sich die Hurenkönigin wieder und ging auf wackligen Beinen weiter.

Als Ursel das Frauenhaus erreichte, war sie völlig durchnässt, denn der Regen war stärker geworden. Sie warf kurz einen Blick in den gutbesuchten Schankraum und wollte schon nach oben gehen, um sich trockene Sachen anzuziehen, als die Jennischen Marie auf sie zukam.

»Wie geht es Euch, Meistersen? Schön, dass Ihr wieder da seid«, sagte die Frau mit den fremdländischen Gesichtszügen erfreut und umarmte die Hurenkönigin. »Vorhin ist eine Nachricht für Euch abgegeben worden«, fügte sie hinzu und zückte kurzerhand ein Kuvert aus dem Mieder.

Erstaunt nahm Ursel es in Empfang. »Danke, Jennischen«, murmelte sie. »Ich zieh mir nur was Trockenes an, und dann komm ich zu euch runter.«

Ursels Stellvertreterin nickte und ging wieder in den Schankraum. Ursel trat ein Stück in den Flur und riss ungeduldig das Kuvert auf. Als sie sich über den Brief beugte, um ihn zu lesen, fielen ein paar Regentropfen aus ihren Haaren und hinterließen kleine Schlieren auf der Tinte. Auf dem Bogen stand mit schwarzer Tinte in großen, schwungvollen Buchstaben:

Verehrte Zimmerin!

Ich muss unbedingt mit Euch reden. Bitte kommt heute Abend in die Marienkirche. Klopft an das Portal, ich öffne Euch dann.

Euer ergebener Egidius Nussbaumer.

Um die fünfte Nachmittagsstunde erschien eine gedrungene ältere Frau mit kurzen grauen Haaren in der Wachstube des Leinwandhauses und stellte sich den diensthabenden Stangenknechten aufgeregt als die Scheuermagd Cordula Hunger vor. »Meine Nachbarn haben mir bestellt, dass der Untersuchungsrichter mich sprechen möchte«, erläuterte sie gewichtig und stemmte die feisten Arme auf den Wachtresen.

»Na, das wird aber auch langsam Zeit«, schnappte einer der Polizeibüttel vorwurfsvoll. »Wir waren schon zweimal bei Euch zu Hause und haben Euch nicht angetroffen. Und keiner wusste genau, wo Ihr steckt.«

»Ei, ich war im Hause Werthheim beim Putzen. Man muss ja sehen, wo man bleibt. Ich bin verwitwet und muss für mich alleine sorgen. Von meinen sieben Kindern hilft mir keiner, die denken alle nur an sich ...«, schwadronierte die Scheuermagd.

»Geht nach hinten in die Amtsstube!«, unterbrach der Büttel ihren Redeschwall und wich angewidert vor ihr zurück, denn die Frau hatte schlimmen Mundgeruch. »Der Herr Untersuchungsrichter erwartet Euch schon.«

»Gell, es geht um die entlaufene Nonne aus Sachsen, die, wo seit heute Mittag vermisst wird?«, fragte Cordula Hunger neugierig, während ihre Äuglein vor Eifer funkelten. »Ist die eigentlich inzwischen aufgetaucht?«

»Mitnichten, sonst hätt ich Euch gleich wieder heimgeschickt – und alles andere wird Euch der Herr Untersuchungsrichter sagen!«, beschied sie der Stangenknecht barsch und warf seinem Kollegen einen entnervten Blick zu.

»Man wird doch wohl fragen dürfen«, zeterte die

Scheuermagd und entfernte sich mit beleidigter Miene vom Tresen.

»Na, der Fauerbach wird seinen Spaß haben«, zischte der Stangenknecht seinem Wachkumpan zu. »Die brauchste doch nur anzustupsen, und sie hört nicht mehr auf zu babbeln.«

»Nee, verstockt ist die bestimmt nicht«, feixte sein Kollege.

»Herein!«, rief Fauerbach, als Cordula Hunger gleich darauf an seine Tür klopfte, und musterte die Eintretende ungeduldig. »Seid Ihr die Scheuermagd vom ›Blauen Main‹?«

»Die bin ich, Herr Richter«, flötete die Aufwartefrau. »Ihr müsst entschuldigen, dass ich erst jetzt komme, aber …«

»Schon gut«, fiel ihr der Richter ins Wort. »Ihr seid ja jetzt da. Dann können wir endlich anfangen.« Nachdem er ihre Personalien aufgenommen hatte, erklärte er ihr in amtlichem Tonfall: »Der Hausknecht Jakob Blum hat bei der polizeilichen Befragung, die wir unter den Bediensteten und Gästen der Fremdenherberge durchgeführt haben, verlautbaren lassen, dass, Moment, ich zitiere …« Fauerbach fuhr mit dem Zeigefinger über das Vernehmungsprotokoll und las vor: »›Wenn jemand weiß, wann und wohin die vermisste Frau gegangen ist, dann ist es die alte Hungersen, unsere Scheuermagd …‹« Er hob den Kopf und blickte die Aufwartefrau abwartend an.

»Was der nicht so alles daherschwätzt, dieser alte Trunkenbold!« Cordula Hunger schnaubte verächtlich und schimpfte gehässig: »Der hat doch öfter die Schnapsflasche an der Gurgel, als dass er was schaffen tut! Wenn der nur sein Maul aufmacht, kann's einem schon schlecht werden, so stinkt der nach Schnaps.«

»Mundgeruch ist etwas sehr Unangenehmes«, sagte der Richter mit spöttischem Unterton und drehte den Kopf zur Seite. »Jetzt aber zur Sache: Habt Ihr heute Vormittag gesehen, wie die vermisste Christiane Heinze das Haus verlassen hat? Und hat sie Euch vielleicht gesagt, wo sie hingeht?«

Die Scheuermagd schien plötzlich in ihrem Element zu sein und platzte fast vor Eifer. »Ja, ich habe sie gesehen!«, antwortete sie triumphierend. »Das muss kurz vor der elften Stunde gewesen sein. Ich war gerade dabei, die Treppen zu putzen, da ist sie heruntergekommen und bei mir stehen geblieben. Ich habe mich schon gewundert, weil sie sonst eher zugeknöpft ist und sich nicht weiter mit unsereinem abgibt. Hält sich wohl für was Besseres, das Dämchen …! Na ja, dann hat sie mich so komisch angeguckt und noch ein bisschen rumgedruckst, ehe sie mich gefragt hat, ob ich wüsste, wo der Rahmhof wäre. Da hab ich sie gefragt, was sie denn in dieser gottverlassenen Gegend will, und da ist sie gleich schnippisch geworden und hat gesagt, das wär ja wohl ihre Sache. Na ja, und da hab ich mir schon überlegt, ob ich ihr das überhaupt sagen soll, wenn sie so grantig ist, doch ich bin schließlich kein Unmensch, und da habe ich ihr den Weg dorthin beschrieben. Sie hat sich bedankt und ist gegangen. Sie schien es sehr eilig zu haben. Dann ist mir auf einmal wieder eingefallen, dass sie heute Morgen in der Früh mit einem Krug in der Hand runtergekommen ist, als der Milchmann geläutet hat, und Milch bei ihm gekauft hat.« Die Scheuermagd zog die Stirn in Falten.

»Sie muss noch total verschlafen gewesen sein, jedenfalls war sie noch gar nicht richtig bei sich. Der Michel hat ihr den Krug gefüllt und kurz mit ihr geschwätzt. Und dann hat sie bezahlt, ist davongehuscht und hat doch glatt den Milchkrug stehen lassen, so zerstreut war sie. Ich habe ihr dann noch den Krug hinterhergetragen.« Die Aufwartefrau schüttelte den Kopf, als könne sie es noch immer nicht fassen. »›Ihr habt Eure Milch vergessen‹, habe ich ihr nachgerufen, und da ist sie total zusammengeschreckt. Hat mit schlotternden Händen den Krug genommen, sich kaum bedankt und ist davongehetzt, als wär der Leibhaftige hinter ihr her. Man hätt grad meinen können, die hat sie nicht alle.«

Fauerbach hatte ihr mit großen Augen zugehört. »Sie hat mit dem Milchmann gesprochen und war anschließend völlig verstört«, murmelte er vor sich hin. »Habt Ihr vielleicht verstanden, was er ihr gesagt hat?«, fragte er die Scheuermagd nachdenklich.

»Leider nicht«, erwiderte diese mit echtem Bedauern. »Aber was kann das schon Bedeutsames gewesen sein? Irgendein frommer Gruß oder ein Ave-Maria – der arme Tropf faselt doch immer so was daher, wenn jemand bei ihm Milch kauft«, sagte sie spöttisch. »Das weiß doch ein jeder, dass der Michel nicht alle Tassen im Schrank hat.«

Der Richter warf ihr einen seltsamen Blick zu und schrieb eifrig mit.

»Und als sie sich dann nach dem Rahmhof erkundigt hat, habe ich plötzlich daran denken müssen, wie komisch sie sich am Morgen verhalten hat, und da hab ich ihr nachgerufen, ob sie noch Milch braucht, ich könnt ihr nämlich welche geben, dann müsste sie nicht extra zum

Rahmhof laufen. Da hat sie nur den Kopf geschüttelt und ist weitergegangen.« Cordula Hunger musterte den Richter, der sich unversehens erhoben hatte, zur Tür eilte und die Schergen herbeirief, mit einigem Befremden. »Ist irgendetwas nicht in Ordnung?«, fragte sie angespannt.

Fauerbach, der plötzlich sehr alarmiert wirkte, ignorierte sie geflissentlich. Als gleich darauf die beiden Stangenknechte erschienen und den Vorgesetzten nach seinem Begehr fragten, erteilte er ihnen die Instruktion, auf der Stelle den städtischen Rahmhof nach der Vermissten abzusuchen. »Und schafft mir auch gleich diesen Milchmann herbei!«, blaffte er mit geröteten Wangen und kehrte an seinen Schreibtisch zurück. »Eure Auskünfte haben uns sehr geholfen, Ihr könnt jetzt gehen«, wandte er sich der Scheuermagd zu, die ihn mit sensationsgierigen Augen anstarrte.

»Glaubt Ihr vielleicht, dass der Marienmörder wieder zugeschlagen hat?«, platzte es aus ihr heraus, und sie traf keine Anstalten, die Amtsstube zu verlassen.

»Habt Ihr mich nicht verstanden?«, herrschte der Richter sie an. »Ihr könnt gehen, gute Frau!«

Cordula Hunger erhob sich unwillig von ihrem Stuhl und blinzelte den jungen Juristen verschwörerisch an. »Vielleicht habe ich Euch ja geholfen, dem Mörder auf die Spur zu kommen«, sagte sie vertraulich. »Ihr denkt doch auch, dass es der Michel war?« Sie beäugte ihn lauernd. »Krieg ich dann eigentlich eine Belohnung?«

»Hinaus!«, keifte Fauerbach und komplimentierte sie unsanft vor die Tür.

Es schüttete wie aus Kübeln, als die Hurenkönigin um die sechste Abendstunde vor dem Portal der Liebfrauenkirche stand und mit klammer Hand anklopfte. Obgleich sie sich die Kapuze ihres Capes tief ins Gesicht gezogen hatte, trieften ihre aufgetürmten roten Haare vor Nässe, und sie fröstelte heftig. Gleich darauf waren aus dem Kircheninneren Schritte zu vernehmen, und der Schlüssel knirschte im Schloss.

»Es tut mir leid, dass Ihr nass geworden seid«, begrüßte Egidius Nussbaumer die Hurenkönigin, ließ sie eintreten, verriegelte hinter ihr die Tür und nahm ihr ritterlich den nassen Umhang ab. »Ich wäre ja zu Euch gekommen bei diesem Wetter, aber ich musste doch die Kirche für den morgigen Gottesdienst vorbereiten und«, er grinste verlegen, »ich muss zugeben, dass ich noch niemals ein Frauenhaus von innen gesehen habe und deswegen eine gewisse Scheu hatte, Euch dort aufzusuchen.«

Die Schüchternheit, mit der er dies sagte, amüsierte die Hurenkönigin. »Das hättet Ihr aber unbesorgt tun können, man würde Euch dort gewiss keine Gewalt antun«, flachste sie und musterte den dunkel gewandeten Mann mit gutartigem Spott.

Egidius Nussbaumer senkte betreten den Blick. »Danke, dass Ihr gekommen seid«, murmelte er mit belegter Stimme und berührte sacht Ursels Arm. »Lasst uns in die Sakristei gehen, ich habe Feuer im Kamin gemacht, dort könnt Ihr Euch aufwärmen«, schlug er vor.

»Gerne«, erwiderte die Hurenkönigin, die spürte, wie ihr ein Schauder über den Rücken lief, als der Küster sie anfasste. Außerdem war sie mehr als gespannt darauf, was er ihr zu sagen hatte. Sie musterte ihn aus den Augenwinkeln. Seiner ernsten Miene nach bestimmt nichts Gutes.

»Verzeiht mir die Ungelegenheiten, aber ich hätte Euch nicht hierherbestellt, wenn es nicht so wichtig wäre«, bemerkte der hochgewachsene Kirchendiener entschuldigend.

»Dessen bin ich mir gewiss«, erwiderte Ursel einmal mehr verblüfft darüber, wie einfühlsam Nussbaumer war. Seine Intuition, mit der er ihre Gedanken erspürte, grenzte schon fast an Hellsichtigkeit.

»Wie geht es denn dem Herrn Dekan?«, erkundigte sie sich mit Blick auf den festlich geschmückten Altar. »Kann er überhaupt morgen schon den Gottesdienst halten?«

Der Küster schüttelte den Kopf. »Leider nicht«, erwiderte er. »Dazu ist er noch nicht in der Lage. Es geht ihm zwar deutlich besser, und die Wunde am Schulterblatt ist schon am Abheilen. Glücklicherweise ist sie nicht sehr tief, wie der Arzt gesagt hat. Das Messer wurde vom Knochen blockiert und konnte daher nicht weiter vordringen. Nach Bekunden von Doktor Schütz hat der Herr Dekan großes Glück im Unglück gehabt, und ihm wurde sogar in Aussicht gestellt, dass er schon Anfang nächster Woche das Spital wieder verlassen kann. Während seiner Abwesenheit wird Irenäus von Halberstadt, der Abt des Barfüßerklosters, der auch ein enger Freund von Dekan Cochläus ist, die Gottesdienste halten.«

Indessen waren sie vor der Sakristei angelangt. Der Küster hielt der Hurenkönigin zuvorkommend die Tür auf, ließ sie eintreten und bot ihr einen Platz vor dem kleinen Kamin an. Nachdem er ihren regennassen Umhang über eine Stuhllehne nahe der Feuerstelle gebreitet hatte, reichte er Ursel einen Becher heißer Milch, die mit Honig gesüßt war, und ließ sich auf einem Hocker an ihrer Seite nieder. Für geraume Zeit herrschte zwischen ihnen beklommenes Schweigen. Ursel war viel zu befangen, um von der Milch zu trinken, und hielt das warme Tongefäß die ganze Zeit mit beiden Händen umklammert. Ganz entgegen seiner sonst so mitteilsamen Art brütete Egidius Nussbaumer nur düster vor sich hin und seufzte von Zeit zu Zeit tief auf. Als er sich plötzlich räusperte, schreckte die Hurenkönigin unwillkürlich zusammen.

»Es fällt mir schwer, darüber zu sprechen«, stieß er mit Grabesstimme hervor und barg das Gesicht in den Händen.

Die Hurenkönigin legte ihm tröstend eine Hand auf die Schulter. »Es wird Euch bestimmt guttun, es Euch von der Seele zu reden«, suchte sie, ihm Mut zu machen.

Mit einer jähen Bewegung ergriff der Küster ihre Hand und presste sie an seine Brust. Aus seiner Geste sprach eine Verzweiflung – aber auch eine solche Leidenschaft, dass der Hurenkönigin der Atem stockte. Es schien ihr fast, als wolle er ihr ein Liebesgeständnis machen. Das kann doch nicht sein, dachte sie verstört, und schon im nächsten Moment verbat sie sich mit aller Strenge ihre törichten Gedanken – und falschen Hoffnungen. Ursel Zimmer, du bist auf dem besten Weg, dich in diesen Mann zu verlieben, entrüstete sie sich über sich selbst und stieß vernehmlich die Luft aus.

»Seit unserem gestrigen Gespräch habe ich kein Auge zugetan«, stieß Egidius Nussbaumer schließlich hervor. »Und es verfolgt mich schon den ganzen Tag über. Ich kann kaum noch an etwas anderes denken.«

Ursel starrte ihn mit angespannter Erwartung an. Sollte sie mit ihrer Vermutung vielleicht doch richtigliegen? »Nun sagt schon!«, murmelte sie beschwörend.

Der Küster seufzte und blickte die Hurenkönigin eindringlich an. »Es liegt mir wirklich fern, einem anderen Menschen etwas anzuhängen«, presste er hervor. »Erst recht, wenn es sich um ein Gemeindemitglied handelt – und ich den armen Teufel fürwahr in mein Herz geschlossen habe, denn ich war immer der Überzeugung, dass er nur ein harmloser Spinner ist, der keiner Fliege was zuleide tun kann …«

»Ihr meint doch nicht etwa Michel Schuch, den Milchlieferanten?«, fragte die Hurenkönigin bestürzt.

Der Küster nickte und schlug schuldbewusst die Augen nieder. Er schien tatsächlich in arger Gewissensnot zu sein. »Doch als ich heute Nachmittag davon gehört habe, dass schon wieder eine Frau vermisst wird, eine ehemalige Nonne aus Sachsen, die zu den Reformierten übergetreten ist – da habe ich mir gedacht, dass ich es weder mit meinem Gewissen noch mit meinem Glauben vereinbaren kann, weiterhin zu schweigen.«

Ursel konnte es kaum fassen, was sie gerade gehört hatte. Die unheilvollen Andeutungen des Küsters verstörten sie zutiefst. »Was genau meint Ihr denn?«, sagte sie heiser und sah den Kirchendiener beunruhigt an.

»Nun«, begann Nussbaumer, und eine tiefe Sorgenfalte grub sich auf seine Stirn. »Es ist ja hinlänglich bekannt, dass Michel unter schwerer Fallsucht leidet und geistig eher … minderbemittelt ist. Aber ich dachte immer, dass er bei klarem Verstand ist, und seine bisweilen etwas übertriebenen Schwärmereien von der Heiligen

Jungfrau schienen mir seinem kindlichen Gemüt geschuldet. Doch dem ist nicht so …« Egidius Nussbaumer strich sich hektisch eine Haarsträhne aus der Stirn. »Michel hat mich unlängst zu Hause aufgesucht. Das war an dem Tag, als die erste Frau tot aufgefunden wurde. Er war derjenige, der sie am frühen Morgen beim Milchausfahren am Kornmarkt vor dem Haus zum Strauß als Erster entdeckt hat. Und um die Mittagszeit ist er dann zu mir gekommen und war immer noch vollkommen außer sich. Der Schreck über den Leichenfund steckte ihm gehörig in den Knochen, und ich bin ja der Einzige, der sich ein bisschen um den armen Teufel kümmert. Er machte den Eindruck, als wollte er sich bei jemandem aussprechen – und er hat sonst auch niemanden, dem er sich anvertrauen kann. Jedenfalls habe ich ihn hereingelassen, und dann ist alles aus ihm herausgebrochen … Wie er die tote Frau entdeckt hat und was für ein schrecklicher Anblick das war. Am Unglücksort hatte er einen schlimmen Anfall, und er gestand mir, dass er seither wie von Sinnen sei. Er war so aufgeregt, dass ich schon fürchtete, er könne wieder den Veitstanz kriegen, und ich versuchte, ihn zu beruhigen.« Der Küster strich sich fahrig über die Stirn, auf der Schweißperlen glitzerten. »Ich kenne Michel seit vielen Jahren, und da ist es manchmal schon vorgekommen, dass er einen Anfall hatte, bei Pilgerreisen oder sogar im Gottesdienst … Und ich muss zugeben, dass mich seine irrsinnigen Schreie und die krampfartigen Zuckungen immer sehr geängstigt haben. Es schien so, als sei er von einem bösen Geist befallen. Der Herr Dekan und ich haben ihn vor Jahren einmal zu einer Wallfahrt ins Kloster des heiligen Cornelius in der

Eifel begleitet, welcher der Schutzpatron der Fallsüchtigen ist. Er hat dort gesegnete Corneliusbrote bekommen und geweihtes Wasser aus dem Trinkhorn des Heiligen getrunken, doch es hat alles nichts geholfen. Der Herr Dekan hat Michel sogar von einem befreundeten Priester behandeln lassen, der auf Exorzismus spezialisiert ist. Wir alle schließen Michel immer in unsere Gebete ein, doch die schlimme Besessenheit will einfach nicht von ihm weichen.« Aus Nussbaumers Augen sprach mit einem Mal blankes Entsetzen. »Ein Dämon hat von ihm Besitz ergriffen!«, stieß er hervor und rang panisch die Hände. »Wenn nicht gar der Satan selbst!« Seine Gesichtszüge bebten vor Erregung.

»Das ist ja entsetzlich«, brach es aus der Hurenkönigin heraus, und eine eisige Furcht schnürte ihr die Kehle zu.

»Michel hat mir gebeichtet, dass ihm seit einiger Zeit die Heilige Jungfrau erscheine, im Schlaf, aber zuweilen auch am helllichten Tag. Am Anfang habe er noch gedacht, sie wolle ihm damit ein Zeichen ihrer Zuneigung geben, und er war sehr glücklich darüber gewesen …« Der Küster stöhnte gequält auf. »Doch in letzter Zeit verlange sie von ihm ganz schreckliche Dinge!« Nussbaumer wagte es kaum auszusprechen, was ihm schließlich als Stammeln über die Lippen kam: »›Sei mein Rächer‹, habe sie zu ihm gesagt und ihm befohlen, die reformierten Frevler zu bestrafen, die über die Himmelskönigin lästerten und sie entweihten.« Aus dem feingeschnittenen Gesicht von Egidius Nussbaumer war jegliche Farbe gewichen. Er presste eine Hand an den Mund. »Der arme Junge war so unsagbar verzweifelt«, stieß er zwischen den Zähnen hervor. »Michel vertraute mir an, dass ihn die schrecklichen Visionen von der Schmerzensmutter Tag und Nacht verfolgten und er kaum noch unterscheiden könne, ob sie Wahn oder Wirklichkeit seien. Er hat panische Angst, den Verstand zu verlieren. Und das ist auch meine Befürchtung.«

»Glaubt Ihr etwa, dass Michel die Frauen umgebracht hat?«, fragte die Hurenkönigin alarmiert.

»Im Grunde genommen kann und will ich es nicht glauben, dass er diese bestialischen Morde begangen hat«, erwiderte der Küster mit düsterer Miene. »Deswegen habe ich bislang auch für mich behalten, was er mir anvertraut hat – obgleich es mir gestern Abend nicht leichtgefallen ist, Euch dies zu verschweigen. Aber wie gesagt, jetzt, wo wieder eine Frau verschwunden ist, mache ich mir ernsthafte Sorgen.«

»Hat Michel Euch denn zu verstehen gegeben, dass er der Täter ist?«, erkundigte sich Ursel nachdenklich.

Der Küster schüttelte den Kopf. »Zumindest nicht eindeutig. Er weiß es wahrscheinlich selbst nicht so genau, in seiner geistigen Verwirrung. Aber was ich gewissermaßen zwischen den Zeilen gelesen habe, erschreckt mich zutiefst.«

»Das kann es auch«, sagte Ursel unheilvoll und verfiel ins Grübeln. Als sie schließlich entschlossen in die Hände klatschte, schreckte Nussbaumer zusammen. »Ich denke, ich werde nicht umhinkommen, das, was Ihr mir soeben gesagt habt, an den Untersuchungsrichter weiterzuleiten«, erklärte sie. »Auch wenn es mir widerstrebt, den armen Teufel ans Messer zu liefern, denn auch ich hege Zweifel, dass Michel die bestialischen Morde verübt hat. Sollte er tatsächlich eine so krankhafte Bestie sein, müsste ich mich total in ihm getäuscht haben.« Sie sah den Küster gedankenversunken an. »Aber der Irrsinn und das abgrundtief Böse verbergen sich mitunter hinter einer harmlosen Fassade«, sinnierte sie. »Und man kann in keinen Menschen hineinblicken …«

»Wohl wahr«, stimmte ihr Nussbaumer zu und musterte die Hurenkönigin versonnen. »Ich danke Euch, dass Ihr gekommen seid. Es hat mir gutgetan, mit Euch zu reden, und falls es nötig sein sollte, bin ich auch gerne bereit, meine Aussage zu Protokoll zu geben.«

Ursel erhob sich. »Die Angelegenheit duldet keinen Aufschub«, wandte sie sich an den Küster und reichte ihm die Hand. »Auch ich bedanke mich dafür, dass Ihr so ehrlich wart, und halte Euch gerne auf dem Laufenden.«

Nussbaumer ergriff ihre Hand und drückte sie herzlich. Der Hurenkönigin war es, als hielte er sie einen Augenblick länger in der seinen, und wieder überkam sie ein Schauder.

»Ich bitte Euch darum, liebe Zimmerin, ich bin jederzeit für Euch da«, sagte der Kirchendiener mit belegter Stimme und sah Ursel tief in die Augen.

Dem bin ich auch nicht ganz einerlei, ging es der Hurenkönigin durch den Sinn, und sie bekam unversehens Herzklopfen, als der Küster sie zur Tür begleitete.

Michel Schuch fürchtete sich vor dem jungen Mann im schwarzen Amtstalar, der ihn die ganze Zeit mit stechendem Blick fixierte. Er hatte das beschämende Gefühl, seine unbeugsamen Augen könnten ihm bis zum Grunde seiner Seele schauen, wo heilloses Chaos herrschte. »Ich … ich habe die Frau nicht zum Rahmhof bestellt, das schwöre ich!«, stammelte Michel außer sich und hob drei Finger in die Höhe, als würde er einen Eid ablegen.

»Was habt Ihr der Frau denn dann gesagt, heute Morgen, als sie bei Euch am Wagen war, um Milch zu holen?«, polterte der Richter. »Immerhin habt Ihr der Armen so zugesetzt, dass sie vor lauter Schreck den Milchkrug vergessen hat«, bohrte er weiter.

Seine schrille, metallische Stimme schmerzte Michel in den Ohren, und er schlug sich die Hände an den Kopf. »Ich … ich habe ihr nur gesagt, dass sich das nicht gehört … für … für eine Braut Christi, aus dem Kloster wegzurennen … und … und Unzucht zu treiben«, erwiderte Michel stotternd und schaukelte unablässig mit dem Oberkörper.

»Woher wusstet Ihr überhaupt, dass sie eine entlaufene Nonne ist?«, fragte Fauerbach und ließ ihn nicht aus den Augen.

Michel kicherte hektisch. »Das hat die Hungersen gesagt, die wo im ›Blauen Main‹ Scheuermagd ist … die hat sich doch schon seit Tagen das Maul über die Sächsin zerrissen …« Michel spürte, wie er errötete. »Lauter unanständige Sachen hat sie über die Nonne erzählt«, murmelte er verschämt.

»Hör Er mit dem verdammten Schaukeln auf, und nehm Er gefälligst Haltung an, wir sind hier nicht im Narrenhaus!«, fuhr ihn der Richter in derart scharfem Tonfall an, dass Michel sich vor Angst fast eingenässt hätte, denn im Findelhaus und in den zahllosen Pflegefamilien, das wusste er aus Erfahrung, war diese Schärfe ein untrügliches Zeichen dafür, dass bald der Knüppel gezückt wurde. Er schielte angstvoll zu dem Richter hin, in banger Erwartung, gleich eins übergezogen zu kriegen – doch der Amtmann schien es vorzuziehen, ihn mit Worten zu malträtieren: »So, und jetzt will ich genau wissen, was für unanständige Sachen Ihr meint!«, blaffte Fauerbach höhnisch und durchbohrte Michel förmlich mit seinem Blick.

Vor Bangigkeit brach Michel der Schweiß aus. »Die Hungersen hat halt erzählt, dass die entlaufene Nonne ein … ein mannstolles Weibsstück wäre, das den Hals nicht vollkriegen könne …« Michel senkte vor Scham den Blick und musste krampfhaft schlucken. Sein Mund und seine Kehle waren vollkommen ausgetrocknet, doch er traute sich nicht, den gestrengen Herrn Richter um einen Schluck Wasser zu bitten.

»Wie kommt denn diese Frau dazu, so etwas zu behaupten?«, fragte der Untersuchungsrichter missmutig.

»Sie hat wohl den Sachsen ihr Zimmer geputzt, und da hat sie gesehen, dass das Bettlaken … voller Lustflecken war«, sagte Michel, der noch nie was mit einer Frau gehabt hatte und eine tiefe, an Furcht grenzende Scheu vor dem Geschlechtlichen hegte.

Der Richter machte sich eifrig Notizen und richtete sein Augenmerk wieder auf Michel. In seinem Blick lag etwas Tückisches, während er ihn eine ganze Weile schweigend taxierte. Michel, der am ganzen Körper schlotterte, mühte sich verzweifelt, seine zuckenden Gliedmaßen ruhig zu halten.

»Kann es nicht so gewesen sein, dass Ihr die ehemalige Nonne zum Rahmhof gelockt habt, um sie an einem entlegenen Ort für ihre Liederlichkeit zu bestrafen?«, fragte der Richter verschlagen.

Obwohl Michel in letzter Zeit von seinen ständigen Heimsuchungen und Wachträumen derart verwirrt war, dass er kaum noch unterscheiden konnte, was Einbildung oder Wirklichkeit war, begehrte er doch unwillkürlich auf. »Nein, so war es nicht!«, beteuerte er inbrünstig. »Ich habe die Frau nicht zum Rahmhof bestellt, und ich wollte sie auch nicht bestrafen. Ich habe ihr nur gesagt, dass es sich für eine Klosterfrau nicht gebührt, was sie tut – und mehr habe ich auch nicht mit ihr gesprochen. Bitte glaubt mir das!«

Just in diesem Moment wurde an die Tür der Amtsstube geklopft.

»Herein!«, rief der Richter ungehalten und musterte den eintretenden Stangenknecht gereizt.

»Entschuldigt bitte die Störung, Herr Richter, aber die Hurenkönigin ist in der Wachstube und sagt, sie habe Euch etwas Wichtiges mitzuteilen«, meldete der Büttel.

Fauerbach zog erstaunt die Augenbrauen nach oben und überlegte kurz. »Bleibt Ihr hier bei diesem Burschen, und gebt gut auf ihn acht!«, instruierte er den Stangenknecht und eilte in die Wachstube.

»Guten Abend, Zimmerin«, begrüßte er die Gildemeisterin. »Was gibt's denn so Wichtiges?«

Ursel Zimmer, die während des gesamten Weges von der Liebfrauenkirche zur Polizeiwache schwer mit sich gehadert hatte, die Aussagen des Küsters an den Untersuchungsrichter weiterzuleiten und damit Michel Schuch hoffnungslos zu denunzieren, seufzte tief auf. »Ich muss Euch etwas sagen«, erklärte sie kurzatmig und blickte sich in der Wachstube um. Der wachhabende Polizeibüttel hinter dem wuchtigen Eichenholztresen starrte unverblümt zu ihnen herüber. »Aber das muss ja nicht gerade zwischen Tür und Angel sein«, setzte sie mit Blick auf den Schergen hinzu. »Vielleicht irgendwo, wo wir ungestört sind …?«

Fauerbach runzelte die Stirn. »Mein Amtszimmer ist belegt … Ich führe gerade ein Verhör durch«, sagte er. »Wir könnten höchstens in einen der Kerker gehen, wenn Euch das nichts ausmacht. Es ist ja nur für kurze Zeit.«

Als die Hurenkönigin zustimmte, nahm Fauerbach eine Fackel aus der Wandhalterung und bedeutete der Zimmerin, ihm zu folgen. Vorbei an seiner Amtsstube führte der Richter Ursel einen langen Gang entlang, an dessen Ende sich drei Gefängniszellen befanden. Da Straftäter hier nur vorübergehend inhaftiert wurden, bis sie in einen der beiden städtischen Gefängnistürme, den Mainzerturm oder den Brückenturm, überstellt wurden, hielten sich in den Zellen zurzeit keine Gefangenen auf, und die Kerkertüren aus schweren Eisenstangen waren unverschlossen. Fauerbach stieß eine davon auf und leuchtete hinein. »Besonders behaglich ist es hier nicht«, meinte er mit Blick auf die schmale Holzpritsche an der Wand und bot der Hurenkönigin an, Platz zu nehmen, ehe er sich an ihrer Seite niederließ.

Ein scharfer Geruch von Rattenkot, menschlichen Ausdünstungen und fauligem Stroh stieg der Hurenkönigin in die Nase, und sie fröstelte in ihrem klammen Umhang. Sie bemühte sich um Konzentration und fing stockend an, dem Richter zu berichten, was ihr der Küster über Michel Schuch gesagt hatte.

Als sie seinen Namen erwähnte, fiel ihr Fauerbach erregt ins Wort: »Michel Schuch!«, rief er aus, »der sitzt doch gerade vorn in meiner Amtsstube und wird von mir befragt. – Aber fahrt bitte fort …« Verstört sprach Ursel weiter. Untersuchungsrichter Fauerbach hörte ihr mit wachsender Anspannung zu. Als die Zimmerin geendet hatte, atmete er tief aus. »Das sind ja schlimme Geschichten«, murmelte er unheilvoll. »Ich habe mir doch gleich gedacht, dass mit dem was nicht stimmt. Meine Leute sind den ganzen Abend schon dabei, den Rahmhof und die gesamte Umgebung nach der vermissten Frau abzusuchen. Und es sollte mich nicht wundern, wenn man bald ihre Leiche findet – ausstaffiert als Schmerzensmutter.« Er biss sich besorgt auf die Unterlippe. »Falls sie wider Erwarten noch lebt und der kranke Drecksack sie irgendwo versteckt hält, werde ich das aus ihm herauspressen, so wahr mir Gott helfe!« Fauerbach war aufgesprungen. Er hatte es augenscheinlich sehr eilig, seine Ankündigung in die Tat umzusetzen. Hastig streckte er der Hurenkönigin die Hand hin und dankte ihr für die Hinweise.

»Ich möchte noch eines betonen«, sagte Ursel und hielt den Richter energisch am Ärmel zurück. »Trotz alledem hegen der Küster und ich große Zweifel daran, dass Michel tatsächlich die Frauen umgebracht hat. Wahrscheinlich sind das alles nur seine wirren Phantasien, ausgelöst durch die schrecklichen Frauenmorde, denn schließlich hat Michel ja auch eine der Toten gefunden.« Sie maß den jungen Juristen mit argwöhnischem Blick. »Ich möchte Euch dringend darum ersuchen, den armen Teufel behutsam zu behandeln. Er hat in seinem Leben weiß Gott schon genug erdulden müssen.« Der Hurenkönigin kam plötzlich eine Idee. »Kann ich vielleicht mit Michel reden?«, fragte sie. »Ich kenne ihn schon, seit er ein kleiner Bub war, und ich glaube, er hat Vertrauen zu mir.«

Fauerbach schüttelte entrüstet den Kopf. »Nichts da, Zimmerin. Ihr seid zwar in den Mordfällen als Beraterin hinzugezogen worden, aber die Verhöre führe immer noch ich. – Wenn Ihr mir allerdings versprecht, Euch zurückzuhalten, habe ich nichts dagegen, wenn Ihr mit dabei seid«, erklärte er versöhnlich, da er es sich mit der Hurenkönigin nicht verscherzen mochte. Denn zweifellos war die Frau mit den markanten Gesichtszügen überaus gewieft, was mysteriöse Mordfälle anbetraf, und wenn sein Vorgänger sich mehr auf ihr Gespür verlassen hätte, hätte er nicht die Falschen verdächtigt und wäre noch in Amt und Würden – und solche Fehler wollte der ehrgeizige junge Jurist unbedingt vermeiden.

Die Hurenkönigin gab sich mit Fauerbachs Vorschlag zufrieden und betrat hinter ihm das Amtszimmer, wo Michel wie ein Häufchen Unglück auf einem Hocker vor Fauerbachs Schreibtisch saß und sich unter dem strengen Blick des Stangenknechts kaum zu rühren wagte. Der Scherge wollte sich schon wieder zurückziehen, als der Richter ihn aufforderte: »Es kann nichts schaden, wenn Ihr ihn weiterhin bewacht, denn vermutlich haben wir es bei ihm mit einem gefährlichen Geistesirren zu tun.«

Obgleich es Michel gewohnt war, dass seine Umwelt ihn für irrsinnig hielt, zuckte er doch bei diesen Worten merklich zusammen und blickte die Gildemeisterin, die immer ein gutes Wort für ihn hatte und manchmal sogar einen Apfel oder ein Stück Honigkuchen, hilfesuchend an.

Ursel nickte ihm zu. Täuschte er sich, oder war ihr Blick ernster als sonst? Hatte etwa auch sie sich gegen ihn verschworen?

»Mir ist zu Ohren gekommen, dass Er unter schlimmen Wahnvorstellungen leidet«, riss ihn der scharfe Tonfall des Richters aus seinen Überlegungen, und es war ihm, als habe ihn ein Peitschenhieb getroffen. Unwillkürlich stöhnte er angstvoll auf.

»Er hört Stimmen von der Muttergottes, die Ihm Befehle geben, sich an den Reformierten grausam zu rächen«, tönte der Richter tückisch. In seinen Augen war wieder dieses Lauern. »Hat sie Ihm nicht auch befohlen, Edelgard Fischer, die Frau des ehemaligen Kaplans, bestialisch zu ermorden und sie herzurichten wie die Schmerzensmutter, die Er immer in seinen Visionen sieht?«

»Nein!«, schrie Michel auf und hielt sich verzweifelt die Ohren zu. Er hörte wieder dieses durchdringende Dröhnen im Kopf, und ihm schwanden die Sinne. Er rutschte vom Stuhl, und sein Körper wand sich in konvulsivischen Krämpfen auf dem Boden, während der Kopf wie wild gegen die Holzdielen schlug. Aus seinem weit geöffneten Mund drangen schrille, wahnsinnige Schreie.

Der desolate Anblick des Fallsüchtigen ließ den Richter erschrocken zusammenfahren. »Der Kerl ist ja irre!«, rief er panisch. »Schafft mir diesen Berserker sofort aus den Augen! Der gehört in den Narrenturm …«

Obgleich auch Ursel der Schrecken in die Glieder gefahren war, versuchte sie, nicht in Panik auszubrechen. »Er hat einen Anfall«, erklärte sie dem Richter. »Man muss seinen Kopf halten, sonst schlägt er ihn sich auf.«

»Das könnt Ihr ja machen, wenn Ihr wollt, ich fasse diesen Tobsüchtigen jedenfalls nicht an!«, gab Fauerbach mit angewiderter Miene zurück und wandte sich an den Stangenknecht, der entsetzt zur Tür zurückgewichen war und den Fallsüchtigen erschreckt anstarrte. »Ruft sofort Euren Kollegen, und schafft ihn hier weg!«, forderte der Richter in Richtung des Büttels.

Während der Scherge Verstärkung holte, zog Ursel ihren Umhang aus und legte ihn Michel unter den Kopf. Vergeblich versuchte sie, den Milchmann, der wild um sich schlug und schrie und dem schon der Schaum aus dem Mund trat, zu beruhigen, und musste dabei höllisch achtgeben, dass sie kein Tritt oder Schlag traf.

Gleich darauf hatten die drei zurückkehrenden Polizeischergen alle Mühe, den Fallsüchtigen aus dem Amtszimmer zu schleifen.

»Klemmt ihm einen Knebel zwischen die Zähne, damit er sich nicht auf die Zunge beißt«, rief ihnen die Hurenkönigin hinterher, die selbst vor Aufregung an Händen und Füßen zitterte.

»So etwas Schreckliches ist mir noch nie zu Augen gekommen«, stieß der Untersuchungsrichter hervor, der kreidebleich und keuchend hinter seinem Schreibpult saß. Mit bebenden Händen ergriff er den Wasserkrug, der vor ihm stand, und schenkte sich und der Hurenkönigin einen Becher voll.

Ursel, der das Herz bis zum Hals schlug, leerte den Becher in einem Zug, während Michels verzweifelte

Schreie, die kaum noch etwas Menschliches hatten, zu ihnen ins Kontor drangen.

»Ich werde diesen Besessenen morgen einer peinlichen Befragung unterziehen«, stieß der Richter aus. »Vielleicht wird er ja dann geständig …«

»Mit Sicherheit«, erwiderte die Hurenkönigin zynisch. »Unter der Folter gesteht doch jeder – und was solch ein Geständnis wert ist, das solltet Ihr eigentlich wissen.«

»Immerhin ist er hochgradig verdächtig«, blaffte Fauerbach verärgert. »Da kann ich ihn nicht mit Samthandschuhen anfassen.«

Es dauerte eine geraume Zeit, bis Michels Schreie abebbten und die Büttel ihn verschnürten, um ihn anschließend zum Brückenturm zu überstellen, wo er, wie bei Tobsüchtigen und Irrsinnigen üblich, in ein unterirdisches Verlies gesperrt wurde.

7

Sonntag, 21. Oktober 1522

Michel Schuch hatte jegliches Zeitgefühl verloren, hier unten in dem finsteren Verlies, in das ihn die Polizeischergen nach dem schweren Anfall gebracht hatten. Nach einem Veitstanz hatte er ohnehin immer den Eindruck, aus der Welt zu fallen, und konnte sich nur schwer orientieren. Eines wurde ihm jedoch immer klarer: Das hier unten, das musste die Hölle sein! Es stank bestialisch nach Blut, Erbrochenem und Fäkalien, wimmelte vor Ratten, die aufdringlich an ihm herumschnüffelten. Und die anderen armen Kreaturen – denn er war hier nicht alleine – lagen in ihrem eigenen Dreck und waren unablässig am Brabbeln oder Wehklagen, was ihm durch Mark und Bein ging. In dem dunklen Kerkerloch befanden sich sogar ein paar Kinder, die völlig verlaust und verwahrlost waren. Die meisten kauerten apathisch und teilnahmslos irgendwo in der Ecke, es schnitt Michel ins Herz, dass das Leben für sie schon so gänzlich verwirkt war, obwohl es kaum angefangen hatte, und er versuchte, mit ihnen zu beten, was in Anbetracht ihrer Abgestumpftheit allerdings kaum möglich war. Einer von ihnen, ein hoch aufgeschossener, spindeldürrer Junge von etwa zwölf Jahren, bekam sogar einen Wutausbruch und schrie, Michel solle ihn gefälligst mit seinem Pfaffengeschwätz in Ruhe lassen, denn die frommen Klosterbrüder hätten ihn hierhergebracht. Also betete er im Stillen für die armen Seelen hier unten – und für sein eigenes Seelenheil. Denn in Bruchstücken besann sich Michel des Verhörs, das der strenge junge Richter mit ihm geführt hatte, und ihm wurde siedend heiß bewusst, dass er ihn verdächtigte, die Frauen getötet zu haben. Voller Inbrunst flehte Michel die gnadenreiche Jungfrau an, dass dies hoffentlich nicht zutreffen möge und er die abscheulichen Greueltaten nicht begangen habe. Und dass seine schrecklichen Visionen von den gemarterten Frauen mit den siebenfach durchbohrten Brüsten nichts anderes waren als aberwitzige Truggebilde seines kranken Gemüts. »Sei mein Rächer!«, hallte es ihm durch die Sinne. »Bitte verschont mich doch, heilige Muttergottes!«, entrang es sich ihm verzweifelt, und zum tausendsten Mal fragte er sich voller Bangigkeit, ob er wirklich zu ihrem Rächer geworden war. Genau erinnern konnte er sich jedenfalls nicht daran, in seinem Innern überwog nach wie vor ein undurchdringliches Dickicht, und das Schreckliche daran war, er hätte sich weder eingestehen können, die Morde begangen zu haben, noch dass er unschuldig war. Zuweilen jedoch gab es Momente, in denen er sich mit aller Vehemenz dagegen aufbäumte, und mit dem Rest an gesundem Menschenverstand, der ihm noch verblieben war, beschwor er sich selbst gleich einem Stoßgebet, vollkommen außerstande zu sein, Frauen so etwas Grausames zuzufügen. »Ich bin doch keine Bestie!«, stammelte er verzweifelt. In jenen Augenblicken brach all seine Drangsal aus ihm heraus, und er heulte wie ein Schlosshund. Die ganze Welt hatte sich gegen ihn verschworen, keinem konnte er mehr trauen – noch nicht einmal sich selbst. Mit Bitterkeit dachte er daran, dass selbst Egidius Nussbaumer, den er immer für einen väterlichen Freund gehalten hatte, ihn so schmählich verraten hatte, indem er das, was Michel ihm in schlimmster Seelenpein anvertraut hatte, an den Richter weitergetragen hatte. Gramvoll barg Michel sein Gesicht in den Händen und suchte, wie er es von jeher in Zeiten der Heimsuchung getan hatte, Schutz bei der Gnadenreichen. Doch auch sie hatte sich von ihm abgewandt und brachte ihm neuerdings nur noch Ungemach mit ihrem verstörenden Ansinnen.

Während Michel solcherart vor sich hin grübelte, wurde plötzlich die Luke im Deckengewölbe des Kerkers aufgerissen und mit der Fackel ins Verlies geleuchtet. »Michel Schuch«, erklang die laute Stimme eines Gewaltdieners. »Halte Er sich bereit, Er soll nach oben kommen und einem peinlichen Verhör unterzogen werden. Ich lasse Ihm gleich eine Leiter herunter, damit Er hochklettern kann.«

Michel erstarrte vor Entsetzen. Obgleich er durch die ständigen Misshandlungen während seiner Kindheit an Schmerzen gewöhnt war, hatte er doch höllische Angst vor der Folter, und er fürchtete den Henker mehr als den Teufel. Schlimmstenfalls sage ich dem Richter, was er hören will, suchte er, sich zu beruhigen, mein Leben ist sowieso verwirkt.

Am Sonntagmorgen zur neunten Stunde suchte die Hurenkönigin Bernhard von Wanebach auf, um nach ihm zu schauen, aber auch, um ihn über die neuesten Entwicklungen in den Mordfällen zu informieren, denn immerhin ging es ja um den vermeintlichen Mörder seiner Nichte. Der Geliebte küsste sie teilnahmslos auf die Wange, und Ursel merkte an seinem Atem, dass er getrunken hatte – und das schon am frühen Morgen, dachte sie alarmiert, verkniff es sich jedoch, ihm deswegen Vorwürfe zu machen. Wenn das Leben einen beutelte, bedurfte es zuweilen gewisser Seelentröster, das wusste sie nur zu gut. Und Bernhard war gewiss kein Trinker. Dennoch irritierte es sie, als er sich in der Wohnstube aus einer bereits halbleeren Kristallkaraffe einen Becher Rotwein einschenkte und fragte, ob sie auch etwas wolle.

»Nein danke«, erwiderte Ursel mit tadelndem Unterton. »Nicht in aller Herrgottsfrühe – und du solltest auch besser darauf verzichten, schon so früh am Morgen Alkohol zu trinken, sonst liegst du spätestens um die Mittagszeit im Bett und schläfst deinen Rausch aus …«

»Na und, wen stört das schon?«, erwiderte Bernhard gleichgültig und leerte den Becher in einem Zug.

»Mich zum Beispiel«, murrte die Hurenkönigin. »Ich bin nämlich gekommen, um mit dir zu reden, und nicht, um dir beim Saufen zuzusehen.«

»Das eine schließt das andere ja nicht aus«, entgegnete der Gelehrte ungewohnt zynisch und füllte sich den Becher erneut.

Ursel mühte sich, ihren Unmut hinunterzuschlucken und sich weiterer Vorwürfe zu enthalten. Sie beschloss stattdessen, versöhnliche Töne anzustimmen, und legte die Arme um Bernhard. »Komm, mein Liebster, hör doch damit auf«, sagte sie begütigend. »Davon wird es auch nicht besser.«

»Aber auch nicht schlechter«, gab Bernhard trotzig zurück und griff nach dem Trinkbecher.

Die Hurenkönigin seufzte resigniert. »Gut, dann trink halt weiter, wenn es dir dadurch wohler wird.«

»Das kann man so nicht sagen, aber ich saufe trotzdem weiter«, entgegnete der Gelehrte mit schwerer Zunge, nahm einen tiefen Schluck und blinzelte Ursel aus glasigen Augen an, in denen sich abgrundtiefe Schwermut spiegelte.

»Tu, was du nicht lassen kannst«, sagte Ursel und mühte sich um einen neutralen Ton, obgleich ihr die desolate Verfassung Bernhards ins Herz schnitt. Doch ermahnende Worte und Vorwürfe fruchteten in solch einer Situation nicht. Bernhard war über den Mord an Isolde und den Freitod von Markus derart aus der Bahn geworfen, dass man ihm unbedingt mit Nachsicht begegnen musste. Sie holte tief Luft und erzählte ihm von dem Gespräch mit dem Küster.

Als sie seinen Namen erwähnte, wurde Bernhard sofort hellhörig. »Du hast mit Egidius Nussbaumer gesprochen?«, fragte er erstaunt. »Der Mann ist ein begnadeter Orgelspieler! Ich weiß von meinem Freund Gerold Schildknecht, dem Pfarrer der Sachsenhäuser Dreikönigskirche, dass Nussbaumer sogar als Organist in den Kölner Dom berufen wurde. Der Bischof persönlich, der ihn seinerzeit in der Liebfrauenkirche spielen gehört hatte, hat sich eigens für seine Berufung verwendet. Eine glänzende Karriere hätte ihn dort erwartet. Doch zu aller

Befremden hat Nussbaumer das Angebot ausgeschlagen – mit der Begründung, er könne doch seine Frau Mutter nicht alleine lassen. Sie sei inzwischen leider zu hinfällig, und er könne es ihr nicht mehr zumuten, einen kräftezehrenden Umzug in eine fremde Stadt auf sich zu nehmen«, erklärte der Gelehrte und schüttelte den Kopf. »Was für ein aufopferungsvoller Sohn!«, fügte er spöttisch hinzu und bat Ursel, die wie gebannt an seinen Lippen hing, mit ihrem Bericht fortzufahren.

Von dieser Information entsprechend aufgewühlt, erzählte Ursel stockend weiter. Und während sie berichtete, schwand Bernhards Lethargie mehr und mehr dahin. »Das kann doch nicht wahr sein!«, rief er entgeistert. »Dass Michel so eine Bestie ist, kann ich mir beim besten Willen nicht vorstellen.«

»Ich eigentlich auch nicht«, sagte Ursel betreten und schilderte Bernhard, was sich anschließend auf der Polizeiwache zugetragen hatte. »Und ich habe ihn auch noch ans Messer geliefert«, endete sie schließlich mit zerknirschter Miene.

»Was blieb dir denn anderes übrig?«, wandte der Gelehrte ein. »So etwas Wichtiges zu verschweigen, wo in einer Woche zwei Frauen auf grausamste Weise ermordet wurden, wäre ja verantwortungslos gewesen.«

»Und heute soll Michel einem peinlichen Verhör unterzogen werden, dem er mit Sicherheit nicht standhalten wird – wer kann das schon?« Ursel schüttelte bekümmert den Kopf.

»Ist die Frau aus Sachsen inzwischen eigentlich gefunden worden?«, fragte Bernhard.

»Soweit mir bekannt ist, noch nicht«, verneinte die

Hurenkönigin und blickte den Gelehrten angespannt an. »Ich habe mich jedenfalls entschieden, der Befragung beizuwohnen, um mir ein eigenes Bild von Michel zu machen. Denn wie gesagt: Auch ich habe so meine Zweifel, ob er tatsächlich der Marienmörder ist. Aber wenn du willst, kannst du mich ja in den Brückenturm begleiten, dort findet um die elfte Stunde das Verhör statt. Fauerbach hat mich extra benachrichtigen lassen, weil ich in den Mordfällen als Beraterin hinzugezogen wurde – und als naher Angehöriger eines der Mordopfer hast du doch vielleicht auch Interesse daran, dem Verhör beizuwohnen?« Sie blickte Bernhard fragend an und hoffte im Stillen, dass er mitkommen würde. Zweifellos war die Teilnahme an einer peinlichen Befragung selbst für Außenstehende wenig erquicklich, aber wenigstens würde sie Bernhard aus seiner unglückseligen Apathie reißen, und außerdem war ihr sehr an seiner Einschätzung gelegen, denn sie selbst war hin- und hergerissen, was Michels Schuld betraf.

Bernhard schwieg nachdenklich. »Ich bin doch viel zu betrunken!«, stieß er nach einer Weile hervor.

Ursel musterte ihn unwillig. »Dann lässt du jetzt die Finger vom Wein, steckst den Kopf in einen Kübel kaltes Wasser, trinkst einen großen Becher Milch und isst etwas, dann wird es schon gehen«, sagte sie streng. »Und ein Spaziergang durch die frische Luft kann dir auch nicht schaden.« Sie lächelte Bernhard aufmunternd an.

Der Gelehrte gab sich einen Ruck. »Also gut …« Er seufzte und erhob sich wankend aus seinem Lehnstuhl. Ehe er aus dem Zimmer schlurfte, beugte er sich zu der Hurenkönigin hinunter und umarmte sie. »Ich weiß, dass Isolde dadurch nicht mehr lebendig wird, aber wenn der Schuft, der ihr das angetan hat, endlich seine gerechte Strafe erfährt, wird mir bedeutend wohler sein«, murmelte er erregt.

»So geht es mir auch«, erwiderte Ursel und drückte Bernhard an sich. »Deswegen bin ich ja so umtriebig …«

»Im Gegensatz zu mir bist du halt eine Kämpferin«, sagte Bernhard mit rauer Stimme und küsste Ursel innig auf den Mund. »Und deshalb liebe ich dich auch …«

Es war das erste Mal seit dem schlimmen Unglück mit Isolde, dass Bernhard zärtlich zu ihr war, und Ursel traten unversehens Tränen in die Augen. »Ich liebe dich auch«, erklärte sie ergriffen. »Und was das Kämpferische anbetrifft, stehst du mir in nichts nach. Im Gegenteil, du kämpfst halt eher im Stillen, aber mit einer Beharrlichkeit, die Berge versetzen kann.«

Ein Lächeln glitt über Bernhards Gelehrtengesicht. »Jetzt übertreibst du aber ein bisschen«, wiegelte er ab.

»Dass ein Mann wie du, von Stand und Bildung, seit mehr als zwei Jahrzehnten treu und unverbrüchlich zu einer Frauenhauswirtin steht, ist bemerkenswert und offenbart eine Haltung und Stärke, von denen die meisten nur träumen können«, erklärte Ursel und schaute Bernhard liebevoll an.

»Es offenbart eher eine Liebe, von der die meisten nur träumen können«, sagte Bernhard leise und zog Ursel an sich.

Eine Woge des Glücks überströmte die Hurenkönigin, und plötzlich war er wieder da, der mächtige alte Zauber, den Bernhards Nähe in ihr entfachen konnte. Überwältigt erkannte Ursel einmal mehr, dass er die Liebe ihres

Lebens war, und unter anderen, besseren Umständen hätte sie sich ganz ihrer Sehnsucht ergeben, mit dem Geliebten zu verschmelzen. So aber bezwang sie ihre Gefühle, gab Bernhard einen zärtlichen Kuss und entwand sich der Umarmung.

»Komm, mach dich ausgehbereit, mein Liebster«, sagte sie und streichelte Bernhard über die Wange.

Während der Gelehrte in die Küche ging, um sich über einem Holzzuber das Gesicht zu waschen und einen Happen zu essen, hing die Hurenkönigin ihren Gedanken nach. Sie dachte an das, was ihr Bernhard vorhin über Egidius Nussbaumer gesagt hatte. Es rührte sie, dass er aus Liebe zu seiner Mutter auf eine glänzende Karriere als Organist im Kölner Dom verzichtet hatte – doch sie fand es auch verstörend. Ist er am Ende ein Muttersöhnchen?, fragte sie sich irritiert und ertappte sich dabei, dass ihr diese Vorstellung keineswegs gefiel. Weil … weil ich in seiner Nähe Schmetterlinge im Bauch habe! Ursel schielte zur Stubentür und bekam unversehens ein schlechtes Gewissen. Es ist doch gar nichts vorgefallen, versuchte sie, sich zu beruhigen. Niemals, da war sie sich sicher, würde sie ihre Liebe zu Bernhard wegen eines anderen Mannes aufs Spiel setzen. Der Küster gefiel ihr und war ihr sympathisch, das war alles, und es war bei weitem nichts Ungewöhnliches, dass sich eine reife Frau wie sie von einem attraktiven, jüngeren Mann angezogen fühlte. Den meisten Männern erging es ebenso, das wusste sie als ehemalige Hübscherin nur zu gut. Selbst Bernhard war vor Jahren einmal schwach geworden, und auch Ursel hatte ihn betrogen. An alledem wäre ihre Liebe fast zerbrochen, und Ursel hatte sich in jener Zeit geschworen, niemals wieder untreu zu werden, was sie auch bis heute gehalten hatte. Von diesen Gedanken ernüchtert, sann die Hurenkönigin darüber nach, was sie an dem Küster so faszinierte. Es war nicht alleine seine äußere Attraktivität, die sie beeindruckte. Da war noch etwas anderes, das sie anzog. Aber sie hätte nicht genau sagen können, was es eigentlich war. Den Mann umgab eine Aura des Geheimnisvollen. Am Anfang hatte er sie mit seinen sanften, vergeistigten Gesichtszügen an einen Heiligen erinnert. Doch sie spürte förmlich, dass mehr dahinterstecken musste, denn das alleine konnte es nicht sein. Plötzlich dachte sie daran, wie er gestern ihre Hand an seine Brust gepresst hatte, und für einen flüchtigen Moment war es ihr so vorgekommen, als habe sie in seinen Augen eine dunkle schwelende Leidenschaft erspäht, von der sie so betört war, dass sie weiche Knie bekam. Ich glaube, wenn er mich in diesem Augenblick an sich gezogen und geküsst hätte, ich hätte nicht widerstehen können, wurde es ihr siedend heiß bewusst, und plötzlich war sie sich gar nicht mehr sicher, ob ihre Gefühle für den Küster wirklich so harmloser Natur waren.

Als Bernhard gleich darauf das Zimmer betrat und erklärte, er sei nun so weit, zuckte Ursel zusammen, als hätte er sie bei etwas Verbotenem ertappt.

Während Ursel und Bernhard den Römerberg überquerten, fegte ihnen ein kalter Wind ins Gesicht. Die dunklen Wolken am Himmel verhießen Regen. Die Hurenkönigin hatte Bernhard, der leicht schwankte, fest untergehakt und ging eilig in Richtung Mainkai, um noch vor Ausbruch des Regenschauers den Brückenturm zu erreichen. Obgleich es Sonntag war, waren Dutzende von Handwerkern damit beschäftigt, die Verkaufsstände, die sich über den gesamten Rathausplatz verteilten, abzubauen und auf bereitstehende Ochsen- oder Pferdekarren zu verladen, denn die Herbstmesse war zu Ende, und die meisten Händler und Besucher waren bereits abgereist. Auch am Mainkai wurde gearbeitet. Eine Gruppe Zimmerleute war damit befasst, die hölzernen Abortbuden, die der Rat eigens für die Messegäste am Mainufer aufstellen ließ, wieder zu entfernen. Wie immer, wenn die Messe zu Ende war, schlug einem vom Fluss her der Gestank von Fäkalien entgegen, die direkt in den Main geleitet wurden. Auch anderer Unrat trieb an der Kaimauer. Ursel rümpfte angewidert die Nase. »Wenn Messe ist, wird der Main immer zur reinsten Kloake!«, schimpfte die Hurenkönigin, die es liebte, am Fluss entlangzuschlendern oder sich ans Ufer zu setzen. Wenig später erreichten sie die breite, steinerne Mainbrücke, auf der ein reger Verkehr von Pferdefuhrwerken herrschte. Ständig mussten Ursel und Bernhard den Gefährten ausweichen, was nicht immer einfach war, wenn die Fuhrwerke von beiden Seiten gleichzeitig kamen. Die lauten Pfiffe der Fuhrknechte und ihre derben Flüche, die sie gegen andere Fuhrleute oder die Passanten ausstießen, hallten ihnen in den Ohren. Endlich hatten Ursel und Bernhard das Sachsenhäuser Ufer erreicht, vor dem düster und bedrohlich der steinerne Brückenturm aufragte. Schon seit Jahrhunderten verwahrte die Stadt hier ihre Strafgefangenen und Narren, die in den finsteren

Kerkern und Verliesen, erst recht aber in dem von allen gefürchteten unterirdischen Brückenloch ein trauriges Dasein fristeten. Als Ursel den eisernen Türklopfer an der Eingangspforte betätigte, war ihr beklommen zumute. Es war für sie das erste Mal, dass sie einer peinlichen Befragung beiwohnte, und sie wechselte mit Bernhard, dem es ebenso erging, einen unheilvollen Blick.

»Gott zum Gruße, Zimmerin!«, vernahm sie plötzlich eine Stimme aus dem Hintergrund und mochte zunächst ihren Augen nicht trauen, als sie sich umwandte und den Küster entdeckte.

»Was … was macht Ihr denn hier?«, fragte sie erstaunt und spürte zu ihrem Verdruss, dass sie errötete.

»Der Untersuchungsrichter hat heute Morgen meine Aussagen zu Protokoll genommen, und da habe ich ihn gebeten, mit Michel noch einmal im Guten sprechen zu dürfen, ehe die Folter zur Anwendung gelangt, und der Richter hat freundlicherweise zugestimmt«, erklärte Egidius Nussbaumer ein wenig außer Atem und neigte vor Ursel und Bernhard das Haupt zum Gruß.

Die Hurenkönigin machte die beiden Männer miteinander bekannt. Obgleich sie einander zulächelten und sich höflich die Hände reichten, kam es ihr so vor, als würden sie sich aus den Augenwinkeln taxieren.

»Sehr erfreut, Euch kennenzulernen«, richtete Bernhard, dessen Atem, wie Ursel beschämt feststellte, immer noch nach Wein roch, das Wort an den Küster.

Egidius Nussbaumer deutete eine Verbeugung an. »Ganz meinerseits, Herr von Wanebach. Es ist mir eine große Ehre, einem so brillanten Gelehrten wie Euch zu begegnen.«

»Das Kompliment kann ich nur zurückgeben, mein Herr. Für Euren Ruf als brillanter Orgelspieler, der weit über die Grenzen von Frankfurt hinausreicht«, erwiderte Bernhard anerkennend. »Und ich kann Eurem Vorhaben, mit Michel Schuch noch einmal in Ruhe zu reden, nur voll und ganz zustimmen«, setzte er hinzu und musterte den Küster ernst. »Gehe ich richtig in der Annahme, dass die Frau aus Sachsen noch immer nicht aufgetaucht ist?«

»Soweit mir bekannt ist, noch nicht«, sagte der Kirchendiener mit bekümmerter Miene und warf Ursel unversehens einen Blick zu, der ihr durch und durch ging.

»Wie schrecklich!«, murmelte sie verzagt und wagte es nicht, ihre Befürchtung auszusprechen, dass die Vermisste vermutlich nicht mehr lebte. Just in diesem Moment wurde das schwere Eichenportal geöffnet, und ein kahlköpfiger Gewaltdiener erkundigte sich mürrisch nach ihrem Begehr.

Nachdem sie sich ihm zu erkennen gegeben hatten, ließ er die Hurenkönigin und ihre Begleiter eintreten, riegelte hinter ihnen die Tür ab und begleitete sie über eine steile Wendeltreppe nach oben.

Die Treppe war so schmal, dass sie nur hintereinandergehen konnten, und schien kein Ende zu nehmen. Ursel, die zwischen Bernhard und dem Küster ging, keuchte bald gewaltig und musste kurz innehalten. Sie versuchte zwar auszuweichen, um den Küster nicht am Weitergehen zu hindern, doch in der Enge ließ sich eine Berührung nicht verhindern.

Als Egidius Nussbaumer an ihr vorbeiging, streifte sein Oberarm ihre Brust, und Ursel fühlte unversehens ein Prickeln im Bauch. Ihr war es, als habe er sie absichtlich touchiert. Der Küster errötete. »Entschuldigt bitte«, murmelte er sichtlich beschämt und senkte den Blick.

Für einen flüchtigen Moment konnte Ursel den Duft seiner Haut riechen. Es war ein männlich-herber Geruch nach Schweiß und einem Hauch von Myrrhe, den sie als sehr angenehm empfand. Ursel schlug das Herz bis zum Hals. »Das macht doch nichts«, stieß sie kehlig hervor.

Bernhard, der hinter dem Gefängniswärter die Stufen erklomm, wandte sich plötzlich nach ihr um – ganz so, als habe er Ursels inneren Aufruhr mitbekommen. »Geht es?«, fragte er besorgt.

»Ja, ja«, erwiderte die Hurenkönigin. »Ich bin nur etwas aus der Puste.« Erneut fühlte sie sich von ihrem Geliebten ertappt.

Oben angekommen, führte sie der Wärter einen schmalen Gang entlang, dessen Decke so niedrig war, dass die Männer unwillkürlich die Köpfe einzogen. An den Wänden aus grobem Felsgestein waren Fackeln angebracht, die den gewölbeartigen Flur in gespenstisches Licht tauchten.

»Bitte einzutreten«, erklärte der Gewaltdiener mit höhnischem Grinsen und öffnete quietschend die Tür der großen Folterkammer. »Die Befragung wird gleich anfangen.«

Der Henker, der gerade damit beschäftigt war, eine Seilwinde an der Decke zu überprüfen, blickte zu den Eintretenden hin und hob beim Anblick der Gildemeisterin die Hand zum Gruß.

Ursel nickte Meister Jerg, dem die Verwaltung des Frauenhauses oblag, geistesabwesend zu. Ihr stockte der Atem, als sie die schrecklichen Folterinstrumente sah, die überall in dem Gewölbe verteilt waren. An der Stirnseite des Raums befand sich ein langgezogener Tisch, hinter dem der Untersuchungsrichter, der Bürgermeister, drei Ratsherren und ein ihr unbekannter Mann saßen. Mit einem knappen Gruß bedeutete ihnen der Richter, sich auf den drei freien Stühlen niederzulassen, die am anderen Ende des Tischs standen.

Ritterlich rückte Bernhard der Hurenkönigin den mittleren Stuhl zurecht und setzte sich an ihre rechte Seite, während Egidius Nussbaumer links von ihr Platz nahm. Kaum, dass sie saßen, wurde die Tür geöffnet, und zwei Gewaltdiener brachten den in Ketten gelegten Gefangenen herein. Der Anblick von Michel Schuch war ein Bild des Jammers, und er stank so bestialisch, dass Ursel unwillkürlich die Luft anhielt. Schon früher war ihr aufgefallen, dass der Milchmann schlecht roch, was jedoch weniger an mangelnder Sauberkeit zu liegen schien als an den Ausdünstungen seines Körpers.

»Hättet Ihr dem nicht erst mal einen Kübel Wasser übern Kopf schütten können?«, blaffte der Henker die Schergen an und hielt sich angeekelt die Nase zu. »Der Kerl stinkt ja zum Gotterbarmen, den möchte man noch nicht mal mit der Kneifzange anfassen.«

»Meinste vielleicht, ich kletter auch noch extra runter ins Loch, um dem Dollen ein Bad zu verpassen?«, gab einer der Wärter schnippisch zurück und tippte sich an die Stirn.

»Ruhe!«, maßregelte sie der Richter in scharfem Tonfall. »Wir sind hier nicht in der Galgenschenke! Setzt den Gefangenen vorn auf den Hocker, damit das Verhör endlich beginnen kann«, wies er die Büttel an. Als der

Henker ihn daraufhin begriffsstutzig anstarrte, erläuterte ihm Fauerbach, er solle sich einstweilen im Hintergrund halten, der Kirchendiener Egidius Nussbaumer, der ein freundschaftliches Verhältnis zu dem Delinquenten habe, werde zunächst versuchen, begütigend mit Schuch zu reden, damit er seine Verstocktheit fahren lasse.

»Soll mir recht sein«, erwiderte Meister Jerg, zuckte mit den Achseln und ließ sich auf der Streckbank nieder.

Fauerbach gab dem Küster ein Zeichen, zu ihm zu kommen. Als Egidius Nussbaumer sich erhob und an ihn herantrat, raunte ihm der Richter etwas zu. Nussbaumer nickte, ging mit angespannter Miene auf Michel Schuch zu und blieb vor ihm stehen.

»Michel, ich flehe dich im Namen Gottes und der Heiligen Jungfrau an, uns preiszugeben, wo du die Frau aus Sachsen versteckt hast«, sagte er mit bebender Stimme zu dem Gefangenen.

Michel Schuch gab ein verzweifeltes Wimmern von sich. »Ich schwöre bei Gott, dass ich es nicht weiß!«

»Dann sag uns doch bitte, ob du ihr etwas angetan hast, oder ob sie noch lebt?«, fragte ihn der Küster eindringlich.

»Ich weiß nicht«, stammelte Michel, dem die Tränen über die ausgezehrten, pockennarbigen Wangen strömten.

Egidius Nussbaumer schwieg betroffen und warf dem Richter einen hilfesuchenden Blick zu.

»So wird das nichts!«, murrte dieser. »Das sehe ich jetzt schon. Bei dem fruchtet Güte nicht, der braucht etwas ganz anderes, damit er mit der Wahrheit rausrückt …«

»Das glaube ich allerdings auch«, platzte es unversehens aus dem blassen, dunkelhaarigen Mann heraus, der rechts neben den Ratsherren saß. Ehe man sich's versah, sprang er von seinem Stuhl auf und stürzte auf Michel Schuch zu. »Was hast du mit meiner Frau gemacht, du Schurke?«, schrie der hagere Mann dem Milchmann ins Gesicht, packte ihn an den Schultern und schüttelte ihn so heftig, dass Michels Kopf mit dem verklebten, strähnigen Blondhaar wild auf und ab schnellte. Blut lief ihm das Kinn herunter, denn er hatte sich auf die Zunge gebissen.

»Du hast sie doch um die Mittagszeit zu diesem abgelegenen Bauernhof bestellt, wo du arbeitest, du Schuft. Was hast du dort mit ihr gemacht?«, brüllte der Mann wie von Sinnen.

»Nein«, stieß Michel hervor. »Ich habe sie nicht dorthin bestellt.«

Der Sachse schlug Michel mit der flachen Hand ins Gesicht. »Sag, ob sie noch am Leben ist, du Schurke! – Wenn nicht, dann Gnade dir Gott!«

»Woher soll ich das denn wissen?«, wimmerte der Milchmann. »Ich hab doch nur kurz mit ihr gesprochen, am frühen Morgen, als sie Milch bei mir gekauft hat – und an mehr kann ich mich nicht erinnern.«

»Aber ich.« Der Buchhändler packte Michel am Kragen seiner besudelten Pilgerkutte und fixierte ihn bedrohlich. »Beschimpft und beleidigt hast du sie, weil sie aus dem Kloster ausgetreten ist und sich den Reformierten zugewandt hat. Christiane war so außer sich, dass sie den vollen Milchkrug auf der Gasse stehen gelassen hat.«

Michel schlug schuldbewusst die Augen nieder. »Das habe ich doch nicht böse gemeint«, presste er hervor.

»Ich wollte nur, dass sie sich auf ihr Gelübde besinnt, das sie bei ihrer Weihe abgelegt hat, für immer eine Braut Christi zu sein …«

»Und weil sie es gebrochen hat, hast du sie in eine gottverlassene Gegend gelockt, um sie für ihren Fehltritt zu bestrafen, du Bestie«, spie ihm der aufgebrachte Ehemann ins Gesicht und legte Michel unversehens die Hände um den Hals. »Sag endlich, was du mit meiner Frau gemacht hast, oder ich mach dich kalt«, gellte er und verstärkte seinen Würgegriff.

»Hilfe!«, stieß Michel röchelnd hervor. Und in seinen Augen zeigte sich nackte Todesangst.

»Haltet ein!«, erklang plötzlich die erregte Stimme des Richters, der sich hektisch vom Tisch erhoben hatte und auf den Mann aus Sachsen zueilte. »Ihr bringt ihn ja noch um«, herrschte er ihn an. »Und dann erfahren wir gar nichts mehr von ihm. Setzt Euch wieder hin, das Verhör führe ich!«

Der Buchhändler löste unwillig seine Hände von Michels Hals und zog sich schwer atmend auf seinen Platz zurück. Sein fahles Gesicht war feuerrot geworden und glänzte vor Schweiß. Als er wieder saß, barg er schluchzend sein Gesicht in den Händen.

Einerseits tat er der Hurenkönigin leid, und sie verstand seine Verzweiflung wegen seiner verschwundenen Frau. Die Brutalität indessen, mit der er Michel attackiert hatte, empfand sie als beängstigend und abstoßend.

»Er spitze jetzt gefälligst die Ohren und höre mir gut zu!«, vernahm sie die scharfe Stimme des Richters, der sich drohend vor dem Delinquenten aufgebaut hatte. »Ich fasse jetzt noch einmal zusammen, welche

Verdachtsmomente das Strafgericht gegen Ihn erhebt.« Fauerbach rümpfte die Nase und wich unversehens ein Stück zurück. »Erstens«, verkündete er nachdrücklich, »ist Er ein fanatischer Marienanhänger, der auf der Messe Hetzschriften gegen die Reformierten verteilt hat. Und die Mordopfer sind allesamt Ehefrauen von Männern, die dem Lager der Lutheraner angehören. Zweitens war Er derjenige, der das erste Mordopfer Edelgard Fischer vor dem Haus zum Strauß gefunden hat.« Der Untersuchungsrichter maß Michel mit einem durchdringenden Blick, ehe er fortfuhr: »Wer sagt uns denn, dass Er sie nicht selbst dort abgelegt hat, in aller Herrgottsfrühe, als noch keine Menschenseele unterwegs war?« Dabei dröhnte seine Stimme durch das Gewölbe.

Michel, der sich nur allzu deutlich an die Schreckensbilder jenes unglückseligen Morgens erinnern konnte, wimmerte gequält.

»Drittens haben wir die Zeugenaussage der Scheuermagd aus dem ›Blauen Main‹, die Ihn hochgradig belastet«, drosch der Richter weiter auf Michel ein. »Und viertens die höchst aufschlussreichen Angaben des Küsters der Liebfrauenkirche über seine krankhaften Phantasien, die Er ihm unter dem Siegel der Verschwiegenheit anvertraut hat.« Fauerbach eilte behende auf seinen Platz zurück, blätterte in den Unterlagen, die sich vor ihm auf dem Tisch stapelten und zog ein Schriftstück heraus, das er sogleich verlas: »Ich, Egidius Nussbaumer, Küster der Liebfrauenkirche und Bürger der Stadt Frankfurt am Main, bezeuge, dass Michel Schuch mich kürzlich zu Hause aufgesucht hat. Das war an dem Tag, als die erste Frau tot aufgefunden wurde, und er gestand mir, dass er seither wie von Sinnen sei. Dann hat mir Michel gebeichtet, dass ihm seit einiger Zeit die Heilige Jungfrau erscheine, im Schlaf, aber zuweilen auch am hellichten Tage. Und in letzter Zeit verlange sie von ihm ganz schreckliche Dinge. ›Sei mein Rächer‹, habe sie zu ihm gesagt und ihm befohlen, die reformierten Frevler zu bestrafen, die über die Himmelskönigin lästerten und sie entweihten.« Der Richter legte eine kurze Pause ein. Vonseiten des Straftribunals war entsetztes Aufstöhnen zu vernehmen.

»Was hat Er mir dazu zu sagen?«, keifte der Untersuchungsrichter.

Michel wurde von heftigen Weinkrämpfen geschüttelt und war außerstande zu reden.

»Antworte Er mir auf der Stelle, sonst lasse ich Ihn mit den Daumen an die Decke hängen!«, schrie Fauerbach und ließ seine Faust wütend auf die Tischplatte krachen.

»Bitte nicht!«, flehte Michel mit tränenerstickter Stimme. »Ich will Euch ja die Wahrheit sagen«, stammelte er. »Das Schlimme ist nur, dass ich selbst nicht so genau weiß, was passiert ist … Was der Küster gesagt hat, stimmt. Die Muttergottes spricht in letzter Zeit mit mir … und sie verlangt von mir … die schrecklichsten Sachen …« Michel schluchzte auf. »Warum tut sie mir das nur an? Ich bin doch schon genug gestraft …«

Alle im Raum, selbst die Schergen und der Henker, starrten ihn betroffen an.

»Es ist nicht die Gottesmutter, die zu dir spricht, Michel«, erklang mit einem Mal die wohltönende Stimme des Küsters. Die Aufmerksamkeit der Anwesenden richtete sich schlagartig auf den Kirchendiener, dessen feingeschnittene Gesichtszüge vor Erbitterung bebten. »Niemals würde dir die Himmelskönigin so schreckliche Dinge befehlen!«, rief er zornig.

Michel blinzelte ihn verstört an. »Aber … sie hat es doch getan«, brach es aus ihm heraus.

Egidius Nussbaumer erhob sich von seinem Stuhl und ging langsam auf Michel zu. Er verströmte in diesem Moment eine solche Würde, dass keiner wagte, etwas zu entgegnen. Selbst der Richter schwieg und verfolgte wie alle anderen das Schauspiel mit angehaltenem Atem.

Als der Küster vor dem Gefangenen stand, zückte er aus seiner Manteltasche einen Rosenkranz mit einem kunstvollen Marienmedaillon, schlug über Michel das Kreuz und drückte ihm das Amulett auf die Stirn, während er in tiefer Versenkung das Gebet sprach:

»Aus der Hölle finsterem Schoß
macht der böse Feind sich los,
flüstert teuflische Befehle
in der Menschenkinder Seele …
Böser Feind, hast keine Macht!
Maria betet, Maria wacht!«

Michel gab einen markerschütternden Schrei von sich und blickte den Küster angstvoll an. »Glaubt Ihr, es ist der Teufel, der zu mir spricht?«, fragte er fassungslos.

Egidius Nussbaumer nickte ernst. »Ja, Michel, das glaube ich«, sagte er sanft. »Satan hat von dir Besitz ergriffen, doch er wird keine Macht mehr über dich haben, wenn du endlich deine Schuld auf dich nimmst und offen gestehst, welche Abscheulichkeiten dir der böse Feind befohlen hat zu tun.«

»Und die Heilige Jungfrau … wird sie mich dann wieder … aufnehmen?«, stieß Michel hervor.

»Die Heilige Jungfrau wird dir in ihrer grenzenlosen Güte verzeihen, wenn du aufrichtig deine Sünden bekennst«, erwiderte der Küster mit mildem Lächeln.

Über Michels schmutziges, blutverschmiertes Gesicht breitete sich ein Schleier der Hoffnung. »Wirklich?«, fragte er sehnsüchtig. »Dann erzähle ich ihr alles von den Stimmen und den bösen Träumen, die mich immer heimsuchen.«

Für geraume Zeit herrschte angespanntes Schweigen.

»Dann sag Er es ihr schon!«, befahl der Richter schließlich mit belegter Stimme und ließ den Gefangenen nicht aus den Augen.

Michel schien einen schweren inneren Kampf auszufechten, er zitterte am ganzen Körper, und seine Gesichtszüge bebten. Dann begann er, wie wild mit den Augen zu rollen, die immer größer zu werden und ihm fast schon aus den Augenhöhlen zu quellen schienen, und sprach mit einer schrillen, metallischen Frauenstimme: »Ihnen soll das Gleiche widerfahren, wie ich es in den sieben Schmerzen erdulden musste! Die sieben Schwerter sollen ihre sündigen Herzen durchbohren, erst ihr Blut wird den Frevel sühnen, den sie mir angetan haben! Sei mein Rächer! Sei mein Rächer!« Und in schauerlichem Falsett hallte es durch das Gewölbe.

Ursel sträubten sich die Nackenhaare, und sie hielt sich unwillkürlich die Ohren zu. Sie konnte die grelle

Stimme kaum noch ertragen. Den anderen Mitgliedern des Straftribunals schien es ähnlich zu ergehen, auch sie pressten sich die Hände an den Kopf.

»Es reicht!«, rief der Richter enerviert und instruierte den Henker, den Delinquenten zur Räson zu bringen.

Während Meister Jerg Michel ein paar schallende Ohrfeigen gab und ihm einen Bottich kaltes Wasser ins Gesicht schüttete, wandte sich Fauerbach, der bleich und abgekämpft wirkte, dem Tribunal zu. »Der Kerl ist ja vollkommen irre«, stieß er atemlos aus und fuhr sich mit einem weißen Leinentuch übers Gesicht. »Doch immerhin haben wir endlich … so etwas, wie ein Geständnis. Jetzt muss er uns nur noch verraten, wo er die Vermisste versteckt hält.«

Es dauerte eine ganze Weile, bis Michel wieder ansprechbar war. Doch es erwies sich leider, dass er beim besten Willen nicht in der Lage war, über den Verbleib von Christiane Heinze genauere Angaben zu machen. Auch über die Einzelheiten der anderen Morde konnte er nichts Stichhaltiges sagen. Er könne sich an nichts mehr erinnern, beteuerte er derart eindringlich, dass weder der Richter noch die anderen Mitglieder des Straftribunals an seiner Aufrichtigkeit Zweifel hegten.

»Hier haben wir es mit einem Fall von schwerer geistiger Umnachtung zu tun, der der allgemeinen Geistesverwirrung des Delinquenten geschuldet ist«, konstatierte Fauerbach trocken und musterte den Gefangenen ungerührt. »Das Todesurteil wird ihm dennoch nicht erspart bleiben und schon die nächsten Tage an ihm vollstreckt werden!«

»Ich will aber nicht sterben!«, schrie Michel außer sich.

Erst jetzt schien ihm die ganze Tragweite seiner Situation bewusst zu werden.

»Das hätte Er sich früher überlegen müssen«, gab Fauerbach mitleidlos zurück. »Bringt ihn wieder in seinen Kerker, ich habe genug von seiner Winselei!«, instruierte er die Gefängnisbüttel.

Die Hurenkönigin, die nach wie vor Zweifel plagten, ob Michel tatsächlich der Täter war, konnte nicht mehr länger an sich halten. »Einen Moment noch!«, stieß sie plötzlich hervor.

»Was gibt es denn noch, Zimmerin?«, fragte Fauerbach ungeduldig.

»Wenn es gestattet ist, möchte ich Michel gerne noch ein paar Fragen stellen«, meinte Ursel höflich, aber entschieden.

»Das fällt Euch aber früh ein«, sagte der Richter und runzelte ungehalten die Stirn. »Dann fragt ihn meinethalben, er wird Euch eh keine vernünftige Antwort geben, dieser Irre …«

Die Hurenkönigin erhob sich, ging auf Michel, der zusammengesunken auf dem Hocker saß und haltlos schluchzte, zu und legte ihm eine Hand auf den Arm. »Junge, ich will dir helfen«, raunte sie ihm zu. »Wenn du es nicht gewesen bist, dann musst du es beweisen …«

Michel hob den Kopf und sah die Gildemeisterin an. Aus seinem Blick sprach eine so abgrundtiefe Verzweiflung, dass es Ursel die Kehle zuschnürte. Es wäre nicht das erste Mal, dass ein armer Teufel wie er zu Unrecht verdächtigt wird, nur weil er nicht in der Lage ist, sich gegen die unbarmherzigen Mühlen der Justiz zu wehren, ging es ihr durch den Sinn. Mit Bitterkeit musste sie an den Totengräber Heinrich Sahl denken, der als Unschuldiger zum Tode verurteilt worden war. Sie konnte sich des Gedankens nicht erwehren, dass Michel das Gleiche widerfuhr. Sicherlich machten ihn seine aberwitzigen Visionen von der Schmerzensmutter und den schrecklichen Befehlen, die sie ihm gab, hochgradig verdächtig, aber letztendlich waren das alles nur Mutmaßungen und keine konkreten Beweise. Während des Verhörs waren ihr einige Gedanken gekommen, die sie einfach nicht mehr losließen.

»Trifft es zu, Michel, dass du weder lesen noch schreiben kannst?«, fragte sie den Gefangenen mit erhobener Stimme, damit auch der Richter und die anderen Mitglieder des Straftribunals es hören konnten.

Michel bestätigte dies erstaunt.

Die Hurenkönigin drehte sich zu dem Tribunal um und bemerkte: »Auf dem Bauch des ersten Mordopfers stand das Wort ›Pfaffenhure‹ und auf dem Leib der schwangeren Isolde von Basdorf die Worte ›Kind der Sünde‹. Wie kann es sich das Gericht erklären, dass jemand wie Michel Schuch, der der Schriftsprache nicht mächtig ist, so etwas geschrieben haben soll?«

Für kurze Zeit herrschte betretenes Schweigen. Es war augenscheinlich, dass bislang weder der Richter noch die Herren des Rates an diesen Aspekt gedacht hatten – was Fauerbach jedoch keinesfalls auf sich beruhen lassen mochte. »Wahrscheinlich, weil er es irgendwo abgeschrieben hat«, erwiderte er herablassend. »Auf den Schmähschriften, die er auf der Messe verteilt hat, war das Wort ›Pfaffenhure‹ doch nicht zu übersehen – und das andere hat er sich irgendwann einmal gemerkt und aus der Bibel abgeschrieben.« Der Bürgermeister und die Senatoren nickten zustimmend. Für Fauerbach schien die Sache somit erledigt. Die Einwände der Hurenkönigin ignorierend, gab er den Wärtern den Wink, den Gefangenen abzuführen.

»Halt, ich bin noch nicht fertig!«, gebot ihm die Zimmerin Einhalt.

Fauerbach verzog unwillig das Gesicht. »Was gibt es denn noch?«, raunzte er.

»Da ist noch die Sache mit dem Schwert«, sagte die Hurenkönigin unbeirrt und richtete ihre Aufmerksamkeit wieder auf Michel. »Woher hast du das Schwert, mit dem die Frauen getötet wurden?«, fragte sie vernehmlich.

Michel musterte sie verstört und zuckte unsicher mit den Achseln. »Weiß nicht ...«, murmelte er einsilbig.

»Wie allen Anwesenden hier bekannt sein dürfte, ist ein Schwert äußerst kostspielig – viel zu kostspielig für einen armen Schlucker wie Michel Schuch«, stellte Ursel fest und fixierte die Herren der Reihe nach.

»Es ist ja gar nicht sicher, dass die Frauen mit einem Schwert getötet wurden«, meldete sich der Bürgermeister zu Wort. »Doktor Schütz hat lediglich gesagt, dass es *wahrscheinlich* ein Schwert war, weil die Einstichwunden so breit und tief waren. Ein langes Messer oder ein schwertartiger Dolch – wie es ja sogar Bauern erlaubt ist, am Gürtel zu tragen – hätte es genauso gut gewesen sein können.« Reichmann war die Erleichterung anzusehen, den Marienmörder endlich überführt zu wissen.

»Gestattet Ihr mir, Herr Richter, ein paar Worte an den Angeklagten zu richten?«, ertönte plötzlich die Stimme

Bernhards, der die ganze Zeit in angespanntem Schweigen verharrt hatte.

Der Untersuchungsrichter, der dies dem Gelehrten als dem Oheim eines der Mordopfer nicht versagen mochte, erklärte verdrossen sein Einverständnis.

Bernhard dankte ihm höflich und konzentrierte sogleich seine Aufmerksamkeit auf den Gefangenen. »Michel, ich kenne dich seit vielen Jahren als einen gutmütigen, freundlichen Burschen, und es fällt mir schwer zu glauben, dass du der Mörder von Isolde bist«, sprach er zu dem Milchmann, während er ihn eindringlich anblickte. »Schau mir jetzt bitte in die Augen, und gib mir eine ehrliche Antwort!«, sagte Bernhard und rang sichtlich um Fassung.

Auch Michel wirkte bewegt. »Das mache ich, Herr von Wanebach«, erwiderte er aufrichtig. »Ihr wart immer gut zu mir, und ich werde Euch nicht belügen.«

Bernhard holte tief Luft. Seine Gesichtszüge verdüsterten sich. »Auch Isolde war immer gut zu dir. Du kanntest sie doch, ihr wart ja etwa im gleichen Alter«, sagte der Gelehrte und keuchte vor Erregung. »Ich will von dir wissen, ob du es warst, der meine Nichte Isolde und das Kind in ihrem Leib so bestialisch getötet hat?« Bernhards Stimme war kaum mehr als ein Flüstern, doch die Verzweiflung, die aus ihr sprach, war markerschütternder als jeder Schrei. Keiner im Raum vermochte sich ihr zu verschließen, selbst die abgeklärten Augen des Richters glänzten vor Mitgefühl. Ursel presste die Hand vor den Mund, um nicht laut aufzuschluchzen.

Michel stöhnte gequält auf. »Ich kann mich nicht daran erinnern, so etwas Schreckliches getan zu haben«, brach es aus ihm heraus. »Und ich flehe zur Heiligen Jungfrau, dass mich auf der Stelle der Schlag treffen soll, wenn … wenn ich es doch war …« Auf Michels Augäpfeln war nur noch das Weiße zu sehen, er rutschte vom Schemel auf den Boden und wurde von heftigen Krämpfen geschüttelt.

»Darf's auch der Veitstanz sein?«, murmelte der Henker höhnisch, klemmte dem Fallsüchtigen ein Stück Holz zwischen die Zähne und versuchte gemeinsam mit den Schergen, den Rasenden zu bändigen.

Als Bernhard von Wanebach in Begleitung der Hurenkönigin und des Küsters die schwere Eichentür des Brückenturms hinter sich geschlossen hatte und draußen im Freien angelangt war, fiel ein leichter Nieselregen. Entkräftet lehnte er sich an einen Brückenfeiler, nestelte mit zitternden Händen eine kleine silberne Taschenflasche unter seinem Wams hervor und nahm einen tiefen Schluck daraus. Bernhards Gesicht war kreidebleich, und sein Atem ging stoßweise.

Ursel legte ihm besorgt den Arm um die Schultern. »Geht es, mein Liebster?«, erkundigte sie sich mit bekümmerter Miene.

»Ich möchte nach Hause«, erwiderte Bernhard mit brüchiger Stimme, löste sich mühsam von der Brüstung und wandte sich zum Gehen. Ursel hakte ihn unter, denn er schwankte bedrohlich, was weniger am Alkohol als an seiner desolaten Gemütsverfassung lag, wie sie mutmaßte. Sie wollte dem Küster gerade einen Abschiedsgruß zurufen, als dieser unversehens zu ihnen aufstieß und Anstalten machte, Bernhard zu stützen.

»Gestattet Ihr, dass ich Euch nach Hause begleite, Herr von Wanebach?«, erbot er sich zuvorkommend.

Bernhard schüttelte jedoch brüsk seine Hand ab. »Danke für das Angebot, aber ich bin noch kein alter Mann!«, erklärte er reserviert und taxierte den Küster kühl. »Mein Herr, es hat mir nicht gefallen, wie Ihr vorhin versucht habt, den Exorzisten zu geben!«, äußerte er scharf.

Egidius Nussbaumer erstarrte und war von Bernhards Vorwurf wie vor den Kopf gestoßen.

Auch die Hurenkönigin war perplex über Bernhards Schroffheit, die schon an einen Affront grenzte. »Aber Bernhard, er hat doch nur helfen wollen«, suchte sie, den Gelehrten zu beschwichtigen, doch schon im nächsten Augenblick erkannte sie, dass sie damit genau das Gegenteil erreichte, und hätte sich am liebsten auf die Zunge gebissen, als sie Bernhards aufgebrachte Miene sah.

»Was ist denn das für eine Hilfe, einem Kranken von Sinnen auch noch einzureden, dass er vom Teufel besessen ist!«, platzte es aus ihm heraus. »Als Schriftgelehrter und Humanist muss ich mich mit allem Nachdruck gegen derlei abergläubischen Spuk verwehren!« Der Gelehrte funkelte Egidius Nussbaumer zornig an. »Ich hielt Euch für einen feinsinnigen, kultivierten Mann, und es enttäuscht mich maßlos, wie Ihr diesen armen Teufel mit Euren Exorzismen noch weiter in den Wahnsinn getrieben habt! Michels Geistesverwirrung und Fallsucht sind fürwahr schlimme Heimsuchungen, aber es sind Krankheiten und keine wie auch immer geartete Besessenheit.

Es ist schändlich, eine arme, hilflose Kreatur derart zu manipulieren – und jetzt geht mir bitte aus den Augen!«

Die Gesichtszüge des Küsters wirkten wie versteinert. Bernhards Vorwürfe schienen ihm die Sprache verschlagen zu haben. In seinen Augen spiegelten sich Fassungslosigkeit und Schmerz. Ursel, die über Bernhards ungewohnte Heftigkeit selbst noch ganz schockiert war, nahm das Glitzern von Tränen in Egidius Nussbaumers Augenwinkeln wahr. »Gott mit Euch!«, stieß er mühsam hervor und eilte davon.

Die Hurenkönigin blickte bedauernd hinter ihm her. »Musste das sein, ihn so abzukanzeln?«, fragte sie Bernhard vorwurfsvoll. »Dem armen Kerl sind ja schon die Tränen gekommen, weil du so auf ihn eingedroschen hast.«

»Du kannst ihm ja hinterhergehen und ihn trösten!«, zischte Bernhard hämisch und holte erneut die Taschenflasche hervor. »Glaubst du, ich habe nicht gemerkt, wie du ihn ansiehst«, brach es aus ihm heraus, und er musterte die Geliebte kopfschüttelnd. »Ich hätte es nie für möglich gehalten, dass du dich von so einem Duckmäuser blenden lässt, nur weil er ein schönes Lärvchen hat. Der Kerl ist doch die Scheinheiligkeit in Person«, zeterte er verächtlich und setzte die Flasche an.

Ursel senkte schuldbewusst den Blick. Dennoch mochte sie Bernhards Vorwürfe nicht einfach so auf sich beruhen lassen. »Eine Frechheit, mir so etwas zu unterstellen«, schnaubte sie erbost. »Weder lasse ich mich von ihm blenden, noch halte ich ihn für einen scheinheiligen Duckmäuser. Im Gegenteil, für mein Dafürhalten ist der Mann durch und durch integer, und er hat auch bestimmt keine … unlauteren Absichten, was mich betrifft – was im Übrigen auch andersherum gilt.«

»Wer's glaubt, wird selig!«, raunzte Bernhard hämisch. »Du bist ja schon zur reinsten Betschwester geworden, seit du den Kerl kennst.«

»Wie ungerecht du bist!«, empörte sich Ursel. »Du weißt genau, warum ich zu den Marienandachten gehe. Und in Egidius Nussbaumer habe ich einen verlässlichen Verbündeten gefunden, der mir in Bezug auf die Mordermittlungen auch schon wertvolle Hinweise gegeben hat …«

»Jetzt hör aber auf!«, brauste der Gelehrte auf. »Du glaubst doch selbst nicht so recht, dass Michel Schuch der Täter ist, oder warum hast du das vorhin mit der Schrift und dem Schwert zur Sprache gebracht?«

Obgleich Ursel wusste, dass Bernhard mit seiner Vermutung richtiglag, widerstrebte es ihr doch, dies zuzugeben, und sie schwieg nur betreten.

»Nein, anders wird ein Schuh draus, der Kerl hat ein Auge auf dich geworfen, und du, meine Liebe, bist durchaus nicht abgeneigt. Der Duckmäuser hat doch noch nie ein Frauenhaus von innen gesehen, und jetzt, wo seine Mutter, der alte Drachen, tot ist, hat er halt einiges nachzuholen!«, stieß Bernhard lauthals aus. Einige Passanten drehten schon den Kopf nach ihm.

»Schweig still, du bist ja betrunken!«, fauchte die Hurenkönigin und blieb unvermittelt stehen. »Ich weiß gar nicht, ob ich mir das noch weiter antun soll.«

»Du kannst ja in die Kirche gehen, da ist es bestimmt erbaulicher.« Bernhard grinste sie anzüglich an.

Ursel war sprachlos. So ausfallend und zynisch hatte

sie Bernhard noch nie erlebt. Aber er hatte auch noch nie so viel getrunken wie zurzeit. Ob es der Alkohol war, der ihn so verletzend werden ließ?

Tapfer versuchte sie, den Kloß hinunterzuschlucken, der ihr im Halse steckte. »Warum bist du bloß so hässlich zu mir?«, fragte sie bestürzt.

Bernhard zuckte nur mit den Schultern und lief schweigend weiter. Ursel hielt sich bedrückt an seiner Seite. Als sie das Ende der Mainbrücke erreicht hatten, hüstelte Bernhard und warf Ursel einen Seitenblick zu. Die Hurenkönigin sah ihn forschend an. Seine Augen waren blutunterlaufen und glasig. Doch mit einem Mal flackerten hinter dem trüben Schleier Wärme und Zuneigung auf. »Tut mir leid, mein Mädchen, dass ich momentan so unausstehlich bin«, sagte Bernhard leise und ergriff Ursels Hand. »Deswegen ist es auch besser, wenn ich für mich bleibe. Ich empfinde momentan nur noch Schmerz und Lebensüberdruss, von daher bin ich keine gute Gesellschaft für dich und würde dich mit meiner finsteren Stimmung nur runterziehen.«

Die Hurenkönigin zog Bernhard an sich. »Mir geht es doch auch nicht viel besser«, sagte sie niedergeschlagen. »Lass uns in dieser schweren Zeit zusammenhalten, gemeinsam stehen wir das schon durch«, bat sie ihn eindringlich.

Bernhard schob sie jedoch sanft von sich. »Ich möchte nur noch alleine sein, mich betrinken und mir die Decke über den Kopf ziehen. Bitte verzeih mir …« Unversehens küsste er Ursel auf den Mund und schlug den Weg zur Neuen Kräme ein.

Ursel stand da wie eine Salzsäule. Der immer stärker

werdende Regen mischte sich mit ihren Tränen, und eine unsagbare Wehmut lastete wie Blei auf ihrer Brust. Sie blickte Bernhard hinterher, der mit wankenden Schritten den Mainkai entlanglief. Wenn er sich nur nichts antut, dachte sie alarmiert. – Aber das lasse ich nicht zu! Und schon im nächsten Augenblick hastete die Hurenkönigin ihm nach.

»Bernhard!«, keuchte sie atemlos, als sie sich ihm näherte. Der Gelehrte hielt inne und wandte sich zu ihr um. Der Blick, mit dem er sie ansah, war kalt und leer. Ursel spürte einen Stich in der Brust. »Ich möchte bei dir sein«, presste sie hervor. »Und deinen Lebensüberdruss mit dir teilen, und meinethalben leiste ich dir auch beim Trinken Gesellschaft«, erklärte sie mit grimmigem Lächeln.

Bernhard runzelte die Stirn. »Es tut mir leid, Ursel, aber mir ist momentan nicht nach Gesellschaft zumute. Ich dachte, das wäre klar?«, erwiderte er mit einer Spur von Gereiztheit, die Ursel wie eine Ohrfeige traf.

Ohne noch etwas zu entgegnen, machte sie auf dem Absatz kehrt und eilte in Richtung Fischerfeld davon.

Egidius Nussbaumer war über die Mainbrücke gehastet wie von Hunden gehetzt. In der Eile wäre er fast vor ein Pferdefuhrwerk gelaufen und hatte, ganz entgegen seiner sonst so bedächtigen Art, die derbe Beschimpfung des Fuhrknechts mit einem unchristlichen Fluch quittiert. Die erbitterten Vorwürfe des Gelehrten hatten ihm erheblich zugesetzt. So hatte noch niemand mit ihm gesprochen – und ausgerechnet ihm, dem stets daran gelegen war, nach außen hin Sanftmut und christliche Nächstenliebe zu verkörpern, unterstellt, er führe Böses im Schilde. Das gab ihm doch sehr zu denken. Hatte er etwa einen Fehler gemacht, Michel Schuch einzureden, er sei vom Teufel besessen? Dem Richter und dem Magistrat, die sich längst auf den Milchmann eingeschossen hatten, hatte er damit bestimmt einen Gefallen getan. Nur dieser Besserwisser hatte ihm am Zeug flicken wollen. Der Küster biss sich erbittert auf die Unterlippe. Das durfte nicht wieder vorkommen. Er konnte nur hoffen, dass dieser neunmalkluge Ketzer nicht noch die Hurenkönigin mit seinem aufklärerischen Geschwafel beeinflusste. Am Fahrtor angelangt, welches die langgezogene Fahrgasse mit der Mainbrücke verband, versteckte er sich hinter dem Torbogen und spähte über die Brücke. Es dauerte nicht lange, bis er Ursel und Bernhard unter den Passanten ausmachen konnte. Sie liefen schweigend und mit versteinerten Gesichtern nebeneinanderher. Es war augenscheinlich, dass die Stimmung zwischen ihnen nicht die beste war, was den Küster schadenfroh grienen ließ. Am Ende der Brücke blieben sie plötzlich stehen. Der Ketzer ergriff ihre Hand und sagte etwas zu ihr, und jetzt legte die Hurenkönigin auch noch die Arme um ihn. Nussbaumer fing unversehens an zu schwitzen. Das darf nicht sein, dass sie sich wieder versöhnen, flehte er innerlich, während sich seine Fingernägel angespannt in die feuchten Handflächen krallten. Doch als hätte der Ketzer sein Stoßgebet erhört, schubste er sie weg, sagte etwas zu ihr und wandte sich zum Gehen. Die Hurenkönigin blieb stehen. Ihre Miene war todtraurig, sie schien zu weinen. Dennoch wirkte sie unglaublich heroisch, wie sie so alleine und verlassen im Regen stand – alles Leid dieser Welt schien sich über ihr entladen zu haben. Sein Herz fing an zu rasen. Ich muss sie haben!, gellte es durch seine Sinne, und er fühlte eine übermächtige Gier in den Lenden. Am liebsten hätte er sich auf sie gestürzt wie ein Greif auf das Kaninchen. Welch schöner, kraftvoller Gedanke!

Gemach, gemach, du kommst schon noch zum Zuge!

»Sei nicht immer so gierig beim Essen, Egidius!«, vernahm er mit einem Mal die ermahnende Stimme seiner Mutter. »Man schiebt sich nur kleine Bissen in den Mund, und das Kauen sollte so geräuschlos wie möglich sein, wir sind ja schließlich keine Bauern …«

Ich mag mich aber nicht mehr länger mit kleinen Bissen begnügen, ich will fressen wie ein Vielfraß, begehrte er im Geiste auf, während sein Blick unablässig auf die Hurenkönigin gerichtet war. Was tat sie denn jetzt? Er mochte seinen Augen nicht trauen: Sie lief dem Ketzer hinterher!

Egidius Nussbaumer murmelte ein Wort, das so schlimm war, dass seine Mutter eine Gerte an ihm zerschlagen hätte, wenn sie es hätte hören können, und er fühlte eine unbändige Wut in sich aufsteigen. Er sah, wie Bernhard und Ursel miteinander sprachen, doch dann ging plötzlich ein Ruck durch die Hurenkönigin, sie wandte sich brüsk von dem Ketzer ab und entfernte sich in Richtung Fischerfeld. Egidius Nussbaumer hätte weinen können vor Freude, und tatsächlich rann ihm eine Träne über die Wange. Eine »Krokodilsträne«, wie

Mutter immer gesagt hatte, wenn er als Kind am Greinen gewesen war.

Die Hurenkönigin lief direkt auf ihn zu. Er würde ihr in den Weg treten und höflich vorschlagen, mit ihm irgendwo einzukehren.

Als Ursel ihn schließlich entdeckte, schreckte sie zusammen. »Was macht Ihr denn noch hier?«, fragte sie verwundert.

»Ich habe mich vor dem Regen schützen wollen«, log er. »Doch wenn es danach geht, stehe ich wohl noch am Abend hier. Und wo wollt Ihr bei dem Wetter noch hin? Das Frauenhaus liegt doch in einer ganz anderen Richtung.«

Die Hurenkönigin senkte betreten den Blick. »Ich weiß nicht so genau …«, murmelte sie befangen und schlotterte in ihrem regennassen Cape. »Vielleicht zum Fischerfeld, dort gibt es eine Gastwirtschaft, wo man sich aufwärmen kann …«

Das ist ja schon fast eine Einladung, dachte Egidius Nussbaumer erfreut und erkundigte sich, ob er sie begleiten dürfe.

Ursel nickte, vermied es aber, ihn anzuschauen. Ihre dunklen Augen wirkten bedrückt.

Unterwegs versuchte der Küster behutsam, mit Ursel ins Gespräch zu kommen, doch ihr stand wohl nicht der Sinn nach Ansprache, also verstummte er.

Während sie an den einfachen Behausungen der Fischer vorbeiliefen, die das Mainufer säumten, und ihnen der kalte Regen in die Gesichter peitschte, hing jeder seinen Gedanken nach.

»Ich bin froh, dass wir uns getroffen haben«, sagte der

Küster schließlich unvermittelt und sah die Hurenkönigin offen an. Aus seinem Blick sprach eine solche Zuneigung, dass es Ursel das Herz erwärmte.

»Ich auch«, sagte sie verunsichert. »Mir geht es nur nicht so besonders …«

»Das merke ich«, entgegnete Nussbaumer verständnisvoll. »Und wenn ich Euch irgendwie helfen kann, dann lasst es mich wissen.«

Die Hurenkönigin dankte ihm und schwieg. Es gab momentan so vieles, das ihr auf der Seele lastete, doch sie war nicht in der Stimmung, darüber zu sprechen. In ihrem Kopf herrschte heilloses Durcheinander, und trotz des schlechten Wetters tat es ihr gut, am Fluss entlangzuschlendern. Sie hatte das Gefühl, der Wind und der Regen trieben ihr die düsteren Gedanken aus dem Sinn. Nur noch einen Steinwurf entfernt konnte sie schließlich an der Uferpromenade das Gasthaus »Zum durstigen Mainfischer« ausmachen, und der Duft von gebratenem Fisch stieg ihr in die Nase. Da sie den ganzen Tag noch nichts gegessen hatte, verspürte sie mit einem Mal Hunger. »Da ist es!«, sagte sie zu dem Küster, und sie gingen zielstrebig darauf zu.

Egidius Nussbaumer öffnete die Tür und überließ der Hurenkönigin höflich den Vortritt. In der kleinen, einfachen Gaststube saßen einige Fischer vor ihren Bierkrügen. Sie nickten den Eintretenden zum Gruß zu. Der Bollerofen in der Ecke verströmte eine behagliche Wärme. In stiller Übereinkunft begaben sich die Hurenkönigin und der Küster zu einem Tisch in der Nähe des Ofens. Galant half der Kirchendiener Ursel, den klammen Umhang abzulegen, und hängte ihn über eine Stuhllehne, ehe er seinen eigenen Mantel abstreifte. Sie ließen sich auf den groben Holzhockern nieder und rieben sich behaglich die Hände. Gleich darauf kam der Wirt hinter dem Schanktresen hervor und erkundigte sich nach ihren Wünschen. Sie bestellten sauren Hering mit Rahm und Gurken, Bratfisch mit Roggenbrot und zwei Krüge Bier. Ohne viele Worte genossen sie das kühle Bier und sprachen mit gutem Appetit den schlichten, aber wohlschmeckenden Speisen zu. Die entspannte, ungezwungene Atmosphäre, die zwischen ihnen herrschte, empfand Ursel als sehr angenehm. Obwohl sie den Küster erst wenige Tage kannte, erschien er ihr doch seltsam vertraut, und sie fühlte sich in seiner Nähe ausgesprochen wohl. Er war unglaublich einfühlsam und stellte keine lästigen Fragen. Ursel spürte, wie ihre Lebensgeister wieder zurückkehrten. Spontan hob sie den Bierkrug und prostete ihm zu.

Egidius Nussbaumer blickte ihr beim Anstoßen tief in die Augen. »Auf unsere Freundschaft!«, sagte er. »An der mir sehr viel liegt.«

Für einen flüchtigen Moment war es Ursel, als erspähe sie in seinem Blick eine lodernde Sinnlichkeit, und sie bekam eine Gänsehaut. Diese Art von Freundschaft kenne ich, dachte die erfahrene Männerkennerin sarkastisch. Doch es war mehr als Begehren, was aus seinen Augen sprach! Diese Erkenntnis traf Ursel wie ein Blitz. War es möglich, dass er sie liebte? Mit einem Anflug von Bangigkeit musste sie sich eingestehen, dass sie sich solch einer Leidenschaft aus mehreren Gründen kaum gewachsen fühlte. Einer davon hieß »Bernhard«, der längst eifersüchtig auf den Küster war und den sie, trotz aller Unstimmigkeiten, nach wie vor von ganzem Herzen liebte. »Wie wunderbar unsere Körper und Seelen miteinander tanzen. Ich liebe dich!« – Mit Wehmut erinnerte sich Ursel an Bernhards Liebesgeständnis, das er ihr in ihrer ersten gemeinsamen Nacht gemacht hatte. Doch das Schwingen von einst war zum Erliegen gekommen. Zurzeit herrschte zwischen ihnen nur Winterstarre. Und obgleich sie wusste, wie schlecht es Bernhard ging, kränkte sie sein abweisendes Verhalten. Daher schmeichelte es ihr auch ein Stück weit, von einem anderen Mann hofiert und begehrt zu werden, auch wenn sie nicht vorhatte, sich Hals über Kopf in eine Affäre mit ihm zu stürzen. Und Nussbaumer war gewiss kein Mann, der sie bedrängen und kompromittieren würde. Dazu war er viel zu feinfühlig. Sein Werben um sie war verhaltener Natur und seine Warmherzigkeit Balsam für ihre Seele, was sie in dieser schweren Zeit gut gebrauchen konnte. Trotzdem regte sich in ihr auch ein schlechtes Gewissen. Bernhard neigte im Allgemeinen nicht zu übertriebener Eifersucht. Wahrscheinlich spürte er, dass sie sich zu Egidius Nussbaumer hingezogen fühlte, und es bereitete ihm, dem ohnehin schon am Boden Zerstörten, noch zusätzlichen Schmerz. Und ich sitze auch noch mit seinem Widersacher in der Schenke und liebäugle mit ihm!

»Möchtet Ihr noch ein Bier trinken?«, riss sie die plötzliche Frage des Küsters aus ihren Gedanken.

»Lieber nicht«, erwiderte Ursel und blickte zum Fenster hin, gegen dessen Butzenglasscheiben der Regen prasselte. »Ich glaube, ich werde mich langsam auf den Heimweg machen.«

Egidius Nussbaumer blickte betrübt. »Wollt Ihr nicht

noch ein wenig warten, bis es aufklart?«, suchte er, Ursel umzustimmen.

»Dann sitze ich noch drei Tage hier«, erwiderte sie verdrossen und gab dem Wirt ein Zeichen.

»Die Rechnung übernehme ich!«, sagte der Küster. Als sich Ursel erhob, stand er ebenfalls auf und half ihr in den Umhang. »Ich hoffe, Ihr habt nichts dagegen, wenn ich Euch ein Stück begleite?«

»Wenn es auf Eurem Weg liegt«, erwiderte die Hurenkönigin gleichmütig. »Wo wohnt Ihr eigentlich?«, fragte sie dann unversehens und sah Egidius Nussbaumer forschend an.

»Ich gehe noch nicht nach Hause«, entgegnete er und lächelte. »Ich möchte noch in die Liebfrauenkirche, um ein wenig Orgel zu spielen.«

»Ach so«, sagte Ursel beim Hinausgehen. »Darauf scheint Ihr Euch ja trefflich zu verstehen, wie mir mein Gefährte erzählt hat.«

»Ich liebe das Orgelspiel«, erwiderte der Küster inbrünstig, während ihm der Wind die langen Haare zerzauste und ihn wild und verrucht aussehen ließ.

Ein tollkühner Gesell, der weder Tod noch Teufel fürchtete – so hatte sie den Mann mit den asketischen Gesichtszügen bislang noch nicht gesehen. Unwillkürlich musste Ursel daran denken, wie er sich Michel gegenüber als Teufelsaustreiber betätigt hatte, und ihr lief ein Schauer über den Rücken. Obgleich ihr der Regen ins Gesicht peitschte, blieb sie stehen und starrte den Küster an. »Ihr würdet es sogar mit dem Satan aufnehmen, stimmt's?«

Egidius Nussbaumer schaute verwundert. »Um das

Gute und Erhabene zu schützen, schon«, murmelte er irritiert. »Wie kommt Ihr darauf?«

»Ich musste daran denken, wie Ihr vorhin versucht habt, Michel davon zu überzeugen, dass er vom Teufel besessen ist. Glaubt Ihr das tatsächlich?« Die Hurenkönigin ließ den Küster nicht aus den Augen und beobachtete genau sein Mienenspiel – welches indessen nicht die Spur von Unsicherheit verriet. »Aber sicher tue ich das!«, antwortete er im Brustton der Überzeugung. »Wie sonst wäre es erklärbar, dass ein gutartiger, harmloser Spinner wie Michel Schuch auf bestialische Weise unschuldige Frauen mordet? Ihr seid doch im Grunde genommen der gleichen Meinung, wenn Ihr sagt, dass der Mörder kein Mensch, sondern eine Bestie ist.«

»Schon«, presste die Hurenkönigin hervor. »Aber das heißt noch lange nicht, dass ich Michel für so eine Bestie halte.«

Der Küster schüttelte nachdrücklich den Kopf. »Nein, nicht Michel ist die Bestie, sondern der böse Feind, der ihm die Morde befohlen hat.«

Die Hurenkönigin musterte ihn skeptisch. »Mir ist noch kein Beelzebub mit Hörnern und Pferdefuß über den Weg gelaufen. Die Teufel, die mir begegnet sind, und das waren in der Tat nicht wenige, waren allesamt menschlicher Natur!«, erklärte Ursel. »Und manche von ihnen hatten die reinsten Engelsgesichter.«

»›Denn er selbst, der Satan, verstellt sich als Engel des Lichts‹«, zitierte der Küster einen Bibelvers. »Wie auch immer: der Teufel in Menschengestalt, oder der Mensch als Teufel – es gibt viel Böses auf der Welt, und das stammt nicht von Gott dem Herrn, so viel ist sicher.«

»Das meiste davon ist Menschenwerk. Und der Rest ist Schicksal«, entgegnete die Zimmerin resolut.

Nussbaumer, der als gläubiger Katholik derlei ketzerische Ansichten nicht teilen konnte, vermied es, darauf etwas zu erwidern, bedachte die Hurenkönigin nur mit einem unergründlichen Lächeln und ging schweigend weiter. Auch Ursel enthielt sich weiterer Kommentare, zog fröstelnd ihren Umhang enger um die Schultern und freute sich auf den warmen Kachelofen im Frauenhaus.

Als sie unterhalb der Mainbrücke angelangt waren, reichte ihr der Küster zum Abschied die Hand, die trotz des nasskalten Herbstwetters angenehm warm war. »Ich hoffe, Ihr besucht gelegentlich mal wieder unsere Marienandachten, auch wenn der Mörder nun so gut wie überführt ist«, sagte er mit leicht kehliger Stimme. Seine Augen schimmerten wehmütig.

»Das mache ich gewiss«, sagte die Hurenkönigin freundlich. »Vielleicht komme ich dann endlich mal in den Genuss, Eurem Orgelspiel lauschen zu können.«

»Wenn ich weiß, dass Ihr da seid, werde ich nur für Euch spielen.« Egidius Nussbaumer hielt inne und überlegte. »Es wäre mir eine große Freude, wenn ich Euch schon jetzt etwas vorspielen dürfte!« Er machte vor Ursel eine Verbeugung und blickte sie fragend an.

Doch die Hurenkönigin zögerte. »Ich weiß nicht recht – so durchnässt, wie ich bin. Außerdem ist mir kalt!«

»Ihr legt Euren nassen Mantel ab und wickelt Euch in eine warme Wolldecke. In der Sakristei ist eine, und ich bereite Euch einen heißen Würzwein, dann wird Euch schon warm werden«, suchte der Küster, Ursel zu überreden. »Bitte, nur für ein halbes Stündchen! Ich möchte Euch etwas Gutes tun, und das Orgelspiel wird Euch bestimmt erquicken«, fügte er mit sanfter Stimme hinzu.

Sein Blick war so steinerweichend, dass die Hurenkönigin nicht länger ablehnen konnte und ihn schließlich zur Liebfrauenkirche begleitete.

Ursel hatte sich auf einer Sitzbank des Kirchenschiffs niedergelassen, die ihr Egidius Nussbaumer als die Stelle empfohlen hatte, von der sie den Klang der Orgel am besten wahrnehmen könne, breitete die Wolldecke über sich und lehnte sich erwartungsvoll zurück. Gleich darauf hallten von der Empore auch schon die ersten Töne durch das Kirchengewölbe, gedämpft und verhalten, die sich langsam steigerten, und bald war der weite Raum durchdrungen vom Schall der Orgelpfeifen. Die Melodien wurden immer kunstvoller und verschlungener, und Ursel kamen vor Ergriffenheit die Tränen. Sie hatte das Gefühl, nie zuvor etwas Schöneres und Erhabeneres gehört zu haben. Die Harmonie von Egidius Nussbaumers Spiel zog sie vollends in den Bann. Ursel schloss die Augen und begleitete ihn bei seiner wundersamen Reise in fremde, unbekannte Sphären, die sie all ihr Leid vergessen ließen. Alles Schwere, Belastende fiel von ihr ab, und sie fühlte sich so federleicht und frei wie ein Schmetterling im Sonnenlicht.

Mit einem Mal vernahm die Hurenkönigin ein Scheppern und Heulen und riss die Augen auf. Sie hatte das Gefühl, aus einem wohligen Traum zu erwachen, und war noch ganz benommen. Es war das Pfeifen heftiger

Windböen, das sie aufgeweckt hatte. Das mussten die ersten Vorboten der Herbststürme sein. Verstört blickte sie sich um. Im Halbdunkel des Kirchenschiffs nahm sie Egidius Nussbaumer wahr, der in geziemendem Abstand von ihr auf der Kirchenbank saß und sie anschaute.

»Ihr habt so schön geschlafen, da wollte ich Euch nicht aufwecken«, sagte er entschuldigend und rückte näher.

»Das ist mir aber unangenehm«, erklärte die Hurenkönigin verschämt und unterdrückte ein Gähnen. »Wie spät mag es wohl sein? Draußen ist es ja schon dunkel.«

»Es hat vorhin zur fünften Abendstunde geschlagen«, antwortete der Küster.

»Ach Gott, schon so spät, dann habe ich ja mehr als zwei Stunden geschlafen!«, bemerkte Ursel entgeistert und streifte die Wolldecke ab. »Es tut mir leid, dass ich Euch so lange aufgehalten habe. Ich werde mich sofort auf den Heimweg machen …«

»Das hat doch keine Eile«, sagte Egidius Nussbaumer und legte der Gildemeisterin besänftigend eine Hand auf den Arm. »Das Schlummern hat Euch gutgetan, Ihr habt diese Entspannung gebraucht.«

Ursel fühlte sich tatsächlich erholt und gekräftigt. »In der Tat«, sagte sie versonnen. »Das war Euer Orgelspiel. Es war so einzigartig schön, dass ich ganz darin versunken bin, und da mir so wohlig zumute war, bin ich irgendwann eingedämmert. Bitte verzeiht mir diese Missachtung, aber lasst mich Euch versichern: Ich habe Euer Spiel sehr genossen.« Ursel sah den Küster eindringlich an. »Ihr seid wahrhaft begnadet.«

»Ich danke Euch«, erklärte Nussbaumer und schlug

bewegt die Augen nieder. »Das Musizieren ist für mich ein Geschenk des Himmels, es hat mein Leben ähnlich bereichert wie mein Glaube an die Himmelskönigin. Ich bin unsagbar dankbar dafür.«

Die Hurenkönigin hatte ihm nachdenklich zugehört. »Aus Euch hätte ein gefeierter Orgelspieler werden können. Habt Ihr es nicht zuweilen bereut, dass Ihr der Berufung zum Kölner Dom nicht gefolgt seid?«, fragte sie ernst.

Über die vergeistigten Züge des Küsters lief ein Beben. »Niemals!«, erwiderte er mit solchem Nachdruck, dass es schon fast schroff klang. Auch sein empörter Blick, mit dem er die Hurenkönigin maß, mutete geradezu feindselig an.

Ursel stockte der Atem. »Entschuldigt bitte, ich wollte Euch nicht zu nahe treten!«, murmelte sie betroffen, erhob sich aus der Kirchenbank und strebte mit noch steifen Gliedern dem Ausgang zu.

Der Küster hastete hinter ihr her. »Nichts für ungut!«, stammelte er aufgelöst. »Ich möchte nicht, dass Ihr mir jetzt grollt … Es ist nur … wegen Mutter. Sie wollte nicht, dass ich nach Köln gehe, und deswegen bin ich hiergeblieben.« Der letzte Satz war nur noch ein Krächzen.

Doch die Hurenkönigin hatte ihn verstanden. Abrupt war sie stehen geblieben und schaute Egidius Nussbaumer bestürzt an, der in diesem Moment so grenzenlos unglücklich wirkte, dass sie ihn zutiefst bedauerte. Spontan streichelte sie seine Wange. »Wie schade«, presste sie hervor und hätte den Unglücklichen am liebsten in die Arme genommen.

Ehe sie sich's versah, ergriff der Küster ihre Hand und küsste sie. »Ich habe noch mit niemandem darüber gesprochen«, brach es aus ihm heraus, und er rang sichtlich um Fassung. »Aber ich glaube, Euch kann ich mich anvertrauen …«

»Jederzeit«, versicherte ihm die Hurenkönigin warmherzig. »Ich kann auch gerne noch ein Weilchen bleiben, wenn Ihr es wünscht?«

»Ich danke Euch von ganzem Herzen«, erwiderte der Kirchendiener gerührt. »Aber bitte versteht mich, dass ich ein so wichtiges Gespräch nicht hier an diesem Ort führen möchte.«

Ursel nickte verständnisvoll. »Wo immer Ihr wollt, macht nur einen Vorschlag«, erklärte sie und lächelte milde.

Egidius Nussbaumer holte tief Luft. »Was haltet Ihr davon, wenn Ihr mich demnächst einmal besuchen kommt?«, fragte er und errötete leicht. Es hatte ihn offensichtlich einige Überwindung gekostet, diese Einladung auszusprechen. Und als er auch noch schüchtern anfügte: »Ich hoffe, das ist jetzt nicht zu aufdringlich …«, war es um die Reserviertheit der Hurenkönigin geschehen.

»Wo denkt Ihr hin?«, sagte sie vollmundig und setzte bekräftigend hinzu: »Das können wir gerne machen, Ihr müsst mir nur sagen, wo Ihr wohnt, dann wird sich schon eine Gelegenheit finden.«

Der Küster strahlte vor Freude. »Das Landgut liegt am Ende der Eschersheimergasse, in der Gegend, die man ›Zu den Gärten‹ nennt. Es ist etwas abgelegen, aber wenn ich weiß, wann Ihr kommt, kann ich Euch mit der Kutsche ein Stück entgegenkommen«, erbot er sich eifrig. »Vielleicht klappt es ja schon die kommende Woche?« Er blickte die Hurenkönigin erwartungsvoll an.

Ursel, die sich nicht sogleich festlegen wollte, erwiderte freundlich, aber unverbindlich: »Wir werden sehen!«

Der Küster musterte die Hurenkönigin eindringlich. »Wir bleiben in Verbindung«, sagte er mit rauer Stimme und entriegelte die Kirchentür, um Ursel hinauszulassen. Als er den Schlüssel in das Schloss steckte, fiel Ursel auf, wie seine Hand zitterte.

Während sie den menschenleeren Liebfrauenberg überquerte und ihr die heftigen Windböen das Trauergewand und den Umhang aufbauschten, musste sich auch die Hurenkönigin eingestehen, dass ihr die Knie schlotterten.

8

Montag, 22. Oktober 1522

Der Oberknecht des Rahmhofs, Gottfried Feustel, fluchte laut, als er die schweren Milchkannen auf den Pferdekarren lud und feststellen musste, dass sich auf der hinteren Ladefläche kein einziger Kartoffelsack mehr befand. »Da hat sich dieser Bärenhäuter die ganze Woche drum gedrückt, die schweren Säcke auf den Karren zu laden, und jetzt darf ich wieder dem seinen Knuddel machen!«, schimpfte der bullige Mann. Nicht alleine, dass er jetzt noch am frühen Morgen die Milch ausfahren musste, weil der Dämlack im Narrenturm saß, musste er jetzt auch noch den Lastesel spielen. »Es wird Zeit, dass der Hofverwalter einen Ersatz für den herbeischafft! Aber einen, der keinen Veitstanz hat«, fluchte Feustel vor sich hin und überquerte den weitläufigen Innenhof, um zum mittleren der drei großen Lagerschuppen an der Stirnseite zu gelangen, in dessen gewölbeartigem Untergeschoss der Kartoffelkeller lag. Einen der Hofknechte, der ihm verschlafen vom Gesindegebäude her entgegenkam, schnauzte er an, er solle seine Beine in die Hand nehmen und ihm folgen – denn Gottfried sah nicht ein, dass er die schweren Säcke alleine schleppen sollte.

Vor dem Vorratsspeicher angelangt, nahm Gottfried Feustel eine Fackel aus der Halterung neben dem Eingang, nestelte seinen Schlüsselbund vom Gürtel und brauchte geraume Zeit, bis er den passenden Schlüssel gefunden hatte. Zu seinem Unmut musste er dann auch noch feststellen, dass das Schloss klemmte und sich nur schwer entriegeln ließ. Wahrscheinlich war es rostig. »Muss mal wieder geölt werden«, brummte er. »Macht ja keiner außer mir. Die Faulenzer hier brechen doch lieber den Schlüssel ab, als mal Öl draufzutun, wenn's knirscht …«

Feustel ging mit der Fackel voran an hohen Getreidehaufen mit Hafer, Weizen, Gerste und Roggen vorbei, die sich in langen Reihen bis zu einer hölzernen Falltür nebeneinander türmten. Der breitschultrige Oberknecht bückte sich, packte den Handgriff und riss die Luke auf. Ein modriger, erdiger Geruch schlug ihm und seinem Begleiter von unten entgegen, der durchsetzt war von einem süßlichen Fäulnishauch. Angewidert rümpfte Gottfried die Nase. »Puh, faule Kartoffeln stinken wie Aas!« Er musterte kurz entschlossen den jungen Knecht, der ständig gähnte, und machte eine herrische Geste. »Hol mal die Leiter da vorn!«, befahl er. »Und dann kletterst du runter, füllst ein paar Säcke und reichst sie mir hoch!«

Dem schlaksigen Hofknecht schien Feustels Vorschlag wenig zu behagen. »Was denn für Säcke?«, grummelte er missmutig.

»Mensch, Kerl, warst du noch nie im Kartoffelkeller?«, zeterte der Oberknecht. »Dann wird's aber mal Zeit! – Ich leuchte dir von oben, und wenn du nicht blind bist, wirst du die Säcke schon sehen. An der rechten Wand ist ein riesiger Stapel, und da stehen auch Schaufeln, damit du sie ordentlich füllen kannst. Hast du kapiert? – So, und jetzt mach voran!« Der bullige Mann knuffte den Hofknecht derb in die Seite.

Nachdem der schlaksige junge Knecht die Holzleiter geholt hatte, die an der Wand stand, schob er sie durch die Luke nach unten und versuchte, sie aufzustellen. Doch die Leiter wackelte bedrohlich.

»Ich kann die Leiter nicht fixieren, da unten liegt etwas«, sagte der junge Knecht und blickte seinen Vorgesetzten unsicher an.

»Was soll da schon groß liegen? Normalerweise muss der Bereich unter der Luke immer frei sein, damit die Leiter stabil steht«, erwiderte Feustel unwirsch. »Sind vielleicht ein paar Kartoffeln hingekullert. Gib mal her, ich versuch, sie wegzuschieben. Da, hallt mal die Fackel.« Er übergab dem Knecht die Pechfackel, packte die oberen Haltegriffe der Leiter und mühte sich, die Hindernisse wegzuschieben, doch die Leiter stand immer noch schief.

»Sapperlot, was ist denn das für ein Murks!«, wetterte er gereizt, riss dem Knecht die Fackel aus der Hand, beugte sich über die Luke und leuchtete hinunter. »Was ist denn das?«, brabbelte er verwundert und starrte angespannt nach unten. Im Fackelschein gewahrte er ein seltsames dunkles Bündel. Er drehte die Fackel ein Stück zur Seite, um es besser erkennen zu können, und entdeckte seitlich des Bündels etwas Helles, das sich bei genauerem Hinschauen eindeutig als menschliche Hand entpuppte. Gottfried Feustels Oberkörper schnellte ruckartig nach oben, und vor Schreck hätte er fast die Fackel in den Schacht fallen lassen. »Heilige Muttergottes, ich glaube, da liegt jemand!«, stieß er hervor und spürte mit einem Mal, dass sein Magen rebellierte.

Der Stadtphysikus Doktor Schütz zog das Leinentuch von der aufgebahrten Leiche und erstattete dem Untersuchungsrichter und dem Bürgermeister mit ernster Miene Rapport: »Es handelt sich eindeutig um die vermisste Christiane Heinze. Der Ehemann hat sie vorhin identifiziert. Er erlitt anschließend einen schweren Zusammenbruch und musste ins Heiliggeistspital eingewiesen werden.« Der Arzt streifte die bleichen Gesichter der beiden Herren mit besorgter Miene. »Nicht doch etwas Kampfer?«, fragte er, ergriff eine Dose von einem kleinen Beistelltisch, schraubte sie auf und hielt sie dem Bürgermeister hin, der sich etwas von der scharf riechenden Salbe unter die Nase tupfte und den Tiegel an Fauerbach weiterreichte.

»Wie man anhand der ausgeprägten Leichenflecke sehen kann«, fuhr der Doktor anschließend fort und wies auf die großflächigen bläulichen Verfärbungen auf dem Körper und den Gliedmaßen, »ist die Frau schon seit mindestens vierundzwanzig Stunden tot. Wahrscheinlich sogar länger, denn obgleich der Corpus in einem dunklen, kühlen Keller lag, hat der Verwesungsprozess schon eingesetzt, wie man am Leichengeruch unschwer erkennen kann. Das heißt, sie wurde wahrscheinlich schon am Samstagnachmittag getötet. Nun, die Frau war zwar nicht ausstaffiert wie die anderen Toten und wurde ja auch nicht zur Schau gestellt wie diese, aber die Handschrift des sogenannten Marienmörders ist eindeutig zu erkennen.« Er wies mit einer langen Pinzette auf die blutigen Einstichmale im Brustbereich. »Sieben breite Stiche dicht nebeneinander, die allesamt das Herz durchbohrten und unter dem linken Schulterblatt als Austrittswunden sichtbar sind. Der Mörder hat also mit hoher Wahrscheinlichkeit wieder ein Schwert benutzt.«

»Kann es nicht auch ein langes Messer gewesen sein, in der Art eines Kurzschwerts?«, erkundigte sich Bürgermeister Reichmann mit belegter Stimme.

Der Arzt überlegte kurz. »Auch das ist möglich, wenn die Klinge breit genug ist«, erklärte er und musterte den Untersuchungsrichter nachdenklich. »Habt Ihr etwa ein solches bei dem Verdächtigen gefunden?«, fragte er Fauerbach.

»Bisher noch nicht«, erwiderte der Richter. »Unter seinen Habseligkeiten auf dem Heuschober haben wir es jedenfalls nicht entdeckt. Aber vielleicht hat er es auch versteckt. Ich werde ihn später noch genauer befragen. Seine Schuld ist ja nun endgültig erwiesen …«

»Nur weil die Leiche der Frau im Kartoffelkeller des Rahmhofs lag, wo Michel Schuch lebt und arbeitet, heißt das noch lange nicht, dass er sie auch ermordet und dort abgelegt hat. Das könnte auch jemand anderes getan haben«, wandte der Doktor ein, der Michel schon lange als Patienten betreute und ihn stets als gutmütigen, friedfertigen Zeitgenossen erlebt hatte.

»Ich möchte Euch nur darauf hinweisen, dass Michel Schuch gestern vor dem Straftribunal ein Geständnis abgegeben hat, dahingehend ...«, belehrte ihn der Richter in scharfem Tonfall und setzte den Arzt über Michels Wahnvorstellungen in Kenntnis.

Als Doktor Schütz dies vernahm, murmelte er verstört: »Das ist ja schrecklich!«

»Wie ich weiß, gehört er seit vielen Jahren zu Euren Patienten«, hakte Fauerbach nach. »Hatte er früher auch schon solche Visionen?«

Doktor Schütz schüttelte den Kopf. »Davon ist mir nichts bekannt. Eine derartige Geistesverwirrung ist mir bei Michel nicht aufgefallen. Er leidet unter schwerer Fallsucht und ist geistig ein wenig minderbemittelt, aber er war immer bei klarem Verstand – zumindest erschien mir das so ...«

»Der Wahnsinn hat viele Gesichter«, belehrte ihn der junge Jurist überheblich. »Das sollte Euch als Arzt eigentlich auch bekannt sein!«

»Das kann ich nur an Euch zurückgeben!«, erwiderte Doktor Schütz barsch. »Ich erinnere nur an den Fall Irene Deckinger, der jungen Hübscherin aus Ulm. Niemand, auch Ihr nicht, mein werter Herr Richter, hat damals vermutet, dass hinter ihrem hübschen Lärvchen solche Abgründe lauern. Nur die Zimmerin ist ihr schließlich auf die Schliche gekommen, und dadurch konnte sie schlussendlich überführt werden.« Der Doktor funkelte den Juristen triumphierend an.

»Ich habe aus meinen Fehlern gelernt und lasse mich nicht mehr so leicht blenden. Michel Schuch ist kein harmloser, gutartiger Spinner, wie viele glauben. Er ist ein gefährlicher Geistesirrer, der es geschickt versteht, den Anschein zu erwecken, er könne kein Wässerchen trüben. Aber dem ist nicht so, Herr Doktor Schütz!«, konterte der Richter mit beißendem Unterton.

»Da kann man nur hoffen, dass Ihr Euch nicht auf den Falschen einschießt«, bemerkte der Arzt spöttisch und zeigte auf die Schriftzüge unterhalb des Bauchnabels der Toten. Mit getrocknetem Blut stand das Wort »Metze« geschrieben. »Soweit mir bekannt ist, kann Michel weder lesen noch schreiben.«

»Eine gängige Beschimpfung für schandbare Frauen«, gab der Untersuchungsrichter unbeeindruckt zurück. »Ein solches Wort kann sich auch ein Analphabet irgendwo abgeschrieben haben, wenn er in Erfahrung gebracht hat, was es bedeutet.«

Als der Arzt daraufhin skeptisch die Stirn runzelte, schnaubte der Bürgermeister entrüstet. »Der Meinung bin ich auch«, pflichtete er dem Richter bei und befahl dem Medikus schroff, mit seinem Rapport fortzufahren und sich dabei auf das Wesentliche zu beschränken.

Daraufhin wies Doktor Schütz mit mürrischer Miene auf den Haaransatz der Toten, der an einer Stelle im Stirnbereich wie abrasiert wirkte. »Auch hier hat der Mörder wieder eine Haarsträhne als Trophäe zurückbehalten. Ansonsten ist alles gesagt.« Damit erklärte er die Leichenschau für beendet.

Kühl verabschiedeten sich der Bürgermeister und der Richter von dem Arzt und verließen die Leichenhalle des Peterskirchhofs mit erleichterten Mienen, froh, dem schauderhaften Anblick der Ermordeten und dem Leichengeruch entkommen zu sein. Selbst der raue Wind und der Regen, der ihnen ins Gesicht peitschte, waren angenehmer als die grauenerregende Gegenwart des Todes. Als die Herren wenig später die Zeil in Richtung Römerberg überquerten, schlug die Rathausuhr die neunte Morgenstunde an. Reichmann und Fauerbach einigten sich darauf, dass um elf Uhr vormittags das Strafgericht im Rathaussaal tagen sollte, um das Urteil über Michel Schuch zu fällen. Der Richter würde in der Zwischenzeit den Angeklagten zu dem neuerlichen Mordfall befragen, um anschließend die Anklageschrift zu verfassen.

Nachdem er den Gewaltdienern im Brückenturm den Auftrag erteilt hatte, den Gefangenen aus dem unterirdischen Verlies zu holen, setzte sich Martin Fauerbach hinter das wurmstichige Schreibpult in der Wachstube und breitete seine Schreibutensilien vor sich aus. Während er dasaß und wartete, wurde er immer ungeduldiger. Als die Wärter endlich zurückkehrten, hatte er das Gefühl, eine Ewigkeit sei verstrichen, und zu seinem Unmut musste er auch noch feststellen, dass sie Michel Schuch gar nicht bei sich führten. »Was hat denn das zu bedeuten?«, fragte er ärgerlich. »Wieso habt Ihr den Kerl denn nicht mitgebracht?«

Doch die erstarrten Gesichter der Wärter ließen ihn erkennen, dass etwas passiert sein musste. »Der Schuch hat den Geist aufgegeben«, stieß einer der Turmschergen atemlos aus und strich sich fahrig die schweißverklebten Haare aus der Stirn.

»Was?«, brachte der Richter entsetzt hervor. »Das kann doch wohl nicht wahr sein …!«

»Doch, doch, der ist mausetot«, murmelte der Wärter.

»Wenn Ihr es nicht glauben wollt, seht doch selbst nach. Wir können Euch die Leiter runterlassen und ein Licht mitgeben.« Er wechselte mit seinem Kollegen einen vielsagenden Blick. »Nur seid darauf gefasst, es ist kein schöner Anblick!«, setzte er hinzu und holte mit bebenden Händen eine kleine Korbflasche unter seinem grünen Wams hervor. »Ihr gestattet, dass ich einen Schluck nehme, Herr Richter, denn mir ist der Schreck ganz schön in die Glieder gefahren.« Der Wachmann blinzelte verlegen, ehe er die Flasche ansetzte und trank.

»Muss ich Euch daran erinnern, dass es den städtischen Turmwächtern streng verboten ist, im Dienst zu trinken«, zeterte Fauerbach vorwurfsvoll.

»Ich … ich hab's mit dem Magen, und da kann ein Kräuterschnaps Wunder bewirken …«, gab der Wärter betreten zurück.

»Also los, gehen wir!«, schnappte der Richter ungeduldig und eilte einen langen Gang entlang, an dessen Ende sich die Luke zum Brückenloch befand. Die beiden Gewaltdiener hasteten hinter ihm her.

Nachdem die Wärter die Falltür geöffnet und die Leiter heruntergelassen hatten, machte der Richter sich mit einer Öllampe in der Hand zaghaft an den Abstieg. Er war noch nie zuvor in dem berüchtigten Verlies gewesen, und ihm war ziemlich beklommen zumute. »Ihr klettert mir nach, damit Ihr mir zur Seite stehen könnt bei all den Tobsüchtigen da unten!«, befahl er und spürte, wie sich ihm bei dem infernalischen Gestank, der ihm aus dem Kerker entgegenschlug, förmlich der Magen umdrehte. Als er wenig später seine Füße auf das glitschige, verfaulte Stroh setzte, das den Lehmboden bedeckte, rutschte er aus und wäre um ein Haar hingefallen, auf den stinkenden Morast, was für den äußerst reinlichen jungen Juristen einer Katastrophe gleichgekommen wäre. Im Fackelschein nahm er direkt neben sich ein Huschen wahr und konnte es nicht verhindern, dass sich ihm beim Anblick der großen Ratte ein schriller Schreckensschrei entrang. Während er angespannt stehen blieb und auf die Wärter wartete, vernahm er aus der Tiefe des finsteren Kellergewölbes irrsinnige Schreie, durchsetzt von kläglichem Wimmern, die ihm fast den Verstand raubten.

»Hier hinten liegt er«, sagte einer der Wärter, als er unten angelangt war, und leuchtete mit der Fackel auf eine am Boden liegende Gestalt unweit der Leiter.

Der Richter ging mit weichen Knien auf sie zu und schreckte unwillkürlich zurück, als er sie deutlicher sehen konnte. Das bläulich verzerrte Gesicht und die vorgewölbten weißen Augäpfel waren an sich schon ein schauderhafter Anblick. Doch die starre, verkrampfte Haltung des Toten, mit den völlig verdrehten Gliedmaßen, mutete fast skurril an. Fauerbach stellten sich vor Entsetzen die Haare zu Berge, und mit einem Anflug von Panik bemerkte er, dass seine Beine nachgaben. Doch die Blöße, vor den Gefängniswärtern in Ohnmacht zu fallen, mochte er sich keinesfalls geben. »Er sieht aus, als hätte er einen Anfall gehabt«, mühte er sich stattdessen um Sachlichkeit.

»So verrenkt, wie dem seine Glieder sind, könnte man meinen, der hätte mit dem Gottseibeiuns gerungen«, murmelte einer der Wärter und bekreuzigte sich.

»Die blaue Verfärbung der Gesichtshaut lässt vermuten, dass er erstickt ist«, bemerkte der Richter mit brüchiger Stimme und ordnete an, umgehend den Stadtarzt zu benachrichtigen. Ohne ein weiteres Wort wandte er sich um, eilte fluchtartig auf die Leiter zu und schien es kaum abwarten zu können, wieder aus dem Brückenloch nach draußen zu gelangen.

Obwohl die Hurenkönigin die halbe Nacht wach gelegen und über alles nachgegrübelt hatte, was ihr momentan so schwer auf der Seele lastete, hielt es sie um die achte Morgenstunde nicht mehr länger im Bett. Als sie sich schwerfällig erhob und zum Fenster schlurfte, fühlte sie sich wie gerädert. Sie schob die Vorhänge beiseite und spähte aus müden Augenschlitzen auf den Platz mit dem Dempelbrunnen, der grau und verregnet unter ihrem Fenster lag. Mit Wehmut musste sie an Bernhard denken, der sich ihr immer mehr entzog, weil er über den Tod von Isolde nicht hinwegkam. Hatte sie gestern noch mit Erbitterung auf seine Abweisung reagiert, so schmerzte es sie heute grenzenlos, dass die tiefe Verbundenheit und Zuneigung, die all die Jahre zwischen ihnen gewesen war, sich plötzlich in Luft aufgelöst hatte. *Glaubst du, ich habe nicht gemerkt, wie du ihn ansiehst? Ich hätte es nie für möglich gehalten, dass du dich von so einem Duckmäuser blenden lässt, nur weil er ein schönes Lärvchen hat. Der Kerl ist doch die Scheinheiligkeit in Person*, gingen ihr wieder Bernhards höhnische Bemerkungen über den Küster durch den Sinn. Er war eindeutig eifersüchtig auf den Kirchendiener – und das kam nicht von ungefähr, wie sie sich zerknirscht eingestehen musste. Denn das, was sich zwischen ihr und Egidius Nussbaumer seit einigen Tagen abspielte, war nichts anderes als ein Spiel mit dem Feuer – das bereits voll am Lodern war, wie sie in Nussbaumers Blicken gelesen hatte. Und auch sie war von ihm angetan. Der Mann mit den feingeschnittenen Gesichtszügen hatte sie mit seiner geheimnisvollen Ausstrahlung und seinem virtuosen Orgelspiel regelrecht bezaubert. Es deutete alles darauf hin, dass Bernhard als sensibler Mensch, der er zweifellos war, gespürt hatte, was sich zwischen dem Küster und ihr entspann – und es hat unsere Kluft sicher noch verstärkt, dachte Ursel schuldbewusst und fing unwillkürlich an, Bernhards Vorwürfe, die sie gestern noch als böswillige Sprüche eines Betrunkenen abgetan hatte, genauer zu überdenken. Konnte es tatsächlich sein, dass sie dem Küster auf den Leim gegangen war? Plötzlich sah sie ihn vor sich, wie er am Tag zuvor bei der peinlichen Befragung von Michel Schuch versucht hatte, »im Guten« mit dem Beschuldigten zu reden. Seine samtige, wohltönende Stimme klang ihr noch im Ohr. In sanftem, begütigendem Tonfall hatte er ganz schreckliche Dinge zu dem armen Teufel gesagt – dass er vom bösen Feind besessen sei und dergleichen mehr. Michel war wie Wachs in seinen Händen gewesen und hatte alles getan, was Nussbaumer von ihm verlangt hatte. So hatte der Küster mit Güte und Engelszungen das Gleiche erreicht wie ein Züchtiger mit dem Rohrstock: Der Delinquent zeigte Einsicht und Reue. Ursel stockte vor Beklommenheit der Atem. Hatte Bernhard etwa recht, wenn er Egidius Nussbaumer als »Scheinheiligen« bezeichnete, der es hinter der Maske der Liebenswürdigkeit trefflich verstand, andere Menschen zu manipulieren? Die Hurenkönigin schüttelte entsetzt den Kopf. Alles in ihr sperrte sich, so etwas Ungutes von Egidius Nussbaumer zu glauben. Das wäre ja geradezu teuflisch! Der Mann ist die Sanftmut in Person und besitzt menschliche Größe. Wie aufrecht er sie in der Sakristei gegen die bösartige Matrone verteidigt hatte – und wie pietätvoll von ihm, für die ermordeten Frauen weiße Lilien auf den Marienaltar zu stellen. Sogar an den toten Säugling hatte er dabei gedacht. Ursels Blick fiel unversehens auf ihre Nähsachen, die auf dem kleinen Tisch neben dem Fenster standen – und auf das unfertige Kindermützchen, das sie angefangen hatte zu nähen. Obenauf lag noch die farbenfrohe Borte, mit der sie es hatte verbrämen wollen. Unversehens stiegen ihr Tränen in die Augen. Ursel sank auf den Stuhl neben dem Nähtischchen und ließ ihrer Trauer freie Bahn. Sie weinte wegen Isolde und dem Kind, dem unglücklichen Markus – und nicht zuletzt auch wegen ihrer Liebe zu Bernhard, dem wertvollsten Schatz ihres Lebens, der durch die Schicksalsschläge der letzten Zeit so stumpf und glanzlos geworden war.

Wir haben doch immer zusammengehalten, auch in schweren Zeiten. Warum nicht jetzt, grübelte Ursel schwermütig. In seiner Lethargie und selbstzerstörerischen Trunksucht erinnerte Bernhard sie an sich selbst, damals, in jener düsteren Zeit ihres Hurendaseins, als sie sich nur noch mit Theriak am Leben erhalten hatte. Einzig der Liebe war es gelungen, sie aus den Klauen des Opiats zu befreien – und ihrem eigenen unerschütterlichen Lebenswillen. Und deswegen werde ich mich auch niemals damit abfinden, dass du dich zugrunde richtest!

Entschlossen goss sich die Hurenkönigin Wasser in die Waschschüssel und wusch sich das verweinte Gesicht. Anschließend kleidete sie sich an und frisierte sorgfältig ihr Haar. Sie würde Bernhard einen Besuch abstatten – und wenn er nur dazu diente, ihm zu zeigen, dass sie für ihn da war!

Als Ursel wenig später die Treppe hinunterging, um vor dem Weggehen noch einen Schluck Milch in der Küche zu trinken, kam gerade die Köchin mit einer Milchkanne durch die Haustür.

»Die habe ich eben auf dem Weckmarkt geholt«, erklärte sie. »Der Milchwagen ist heute nicht gekommen.« Schwer atmend stellte sie die Kanne ab, stemmte die Arme in die ausladenden Hüften und blickte die Hurenkönigin aufgeregt an. »Und ich weiß auch jetzt, warum!«, sprudelte es aus ihr heraus, und ihre Wangen glühten vor Mitteilsamkeit. »Die haben heute Morgen eine Tote auf dem Rahmhof gefunden. Die entlaufene Nonne aus Sachsen, die, wo schon seit Tagen vermisst wird. Der Michel soll sie abgemurkst und im Kartoffelkeller versteckt haben … Stellt Euch das mal vor! Das hätt ich nie von dem gedacht, dass der so was macht! Aber da sieht man mal wieder, wie sehr man sich in einem Menschen täuschen kann …!«

Die Hurenkönigin war aschfahl geworden. »Und es ist erwiesen, dass Michel sie umgebracht hat?«, fragte sie entsetzt.

»Ich denke schon«, erwiderte Bertha. »Der soll ja auch die anderen beiden Frauen umgebracht haben. Na ja, dass der nicht alle Tassen im Schrank hat, wusste schließlich jeder … Aber so was!« Die Augen der Köchin funkelten sensationsgierig. »Der Leibhaftige soll ihm das befohlen haben! Da kann es einem ja angst und bange werden. Und ich hab dem auch noch manchmal in der Küche einen Teller Suppe zu essen gegeben, weil er mir leidgetan hat, der arme Teufel. Da kann ich noch von Glück sagen, dass der nicht auch über mich hergefallen ist …« Die Köchin schlug bestürzt die Hände zusammen und bekreuzigte sich, ehe sie sich der Hurenkönigin zuwandte. »Aber Meistersen, Ihr seid ja ganz blass, ist euch nicht gut?«, fragte sie besorgt.

»Doch, doch«, erwiderte die Hurenkönigin, der nicht der Sinn danach stand, die traurige Angelegenheit mit der Köchin noch weiter durchzuhecheln. Sie entschloss sich daher, besser auf die Milch zu verzichten und gleich zu Bernhard zu gehen. Zumal ihn die Neuigkeiten über den Leichenfund gewiss auch interessieren würden. Sie wünschte der alten Bertha einen guten Tag und ging zielstrebig auf die Haustür zu.

Während Ursel über den Römerberg lief und die Marktstände sah, entschied sie sich spontan, einen kleinen Schlenker über den Wochenmarkt zu machen, um für Bernhard etwas Obst und ein paar Krapfen zu kaufen. Es war ohnehin noch zu früh für einen Besuch, denn wie sie wusste, war Bernhard ein Langschläfer, der selten vor neun Uhr aus den Federn kam. Als sie an den Verkaufsständen vorbeilief und ihre Blicke über die Waren schweifen ließ, gewahrte sie unversehens das faltige Gesicht der alten Frau, die den Küster in der Sakristei mit »Eggi« angesprochen hatte. Nussbaumer hatte erwähnt, dass sie Martha heiße und als Aufwartefrau für ihn tätig sei. Sie stand hinter einem kleinen Obst- und Gemüsestand, wahrscheinlich Güter und Naturalien von Nussbaumers Hofgut, und grüßte die Hurenkönigin mit schiefem Lächeln. Ursel nickte ihr zu, wollte es eigentlich auch dabei belassen und weitergehen, weil ihr die hagere Betschwester alles andere als sympathisch war, doch einer plötzlichen Eingebung folgend, entschied sie sich anders und trat zu ihr an den Stand.

»Guten Morgen«, sagte Ursel und begutachtete die Waren.

»Grüß Gott«, erwiderte Martha säuerlich und taxierte die Hurenkönigin verstohlen.

»Schöne Äpfel habt Ihr da, könnt Ihr mir vielleicht ein Kilo davon abwiegen?«, fragte die Hurenkönigin höflich und wies auf eine Kiste mit rotwangigen Landäpfeln.

»Gerne«, entgegnete Martha geschäftstüchtig. »Bessere Goldparmänen als die vom Hofgut Böttcher habt Ihr noch nie gegessen«, verkündete sie anheischig.

Die Hurenkönigin zog irritiert die Brauen hoch. »Wieso Böttcher?«, murmelte sie. »Ich dachte, Ihr verkauft die Erträge vom Hofgut Nussbaumer?«

»Das ist doch ein und dasselbe«, belehrte die Obstverkäuferin sie. »Natürlich gehört der Gutshof dem Herrn Küster, oder besser gesagt das, was noch davon übriggeblieben ist. Aber früher hat er dem Vater von Egidius Nussbaumer gehört, und der hieß nun einmal Bartholomäus Böttcher. Nach seinem Tod ging der Besitz an seine Frau Marie Cäcilie und ihren einzigen Sohn Egidius. Und die haben auch seine ganzen Schulden geerbt, weil der Herr, Gott hab ihn selig, sein ganzes Geld ins Hurenhaus getragen hat!«, stieß Bertha mit unverhohlener

Häme hervor und beäugte die Hurenkönigin hinterhältig. Als sie bemerkte, wie betroffen Ursel dreinblickte, breitete sich ein schadenfrohes Grinsen über ihr Gesicht.

Die Hurenkönigin war in der Tat wie vom Donner gerührt. Weniger über Berthas plumpen Affront, den sie eher am Rande mitbekommen hatte, als über den Namen von Egidius Nussbaumers Vater. Denn Bartholomäus Böttcher war in jener längst vergangenen Zeit, als Ursel Zimmer noch eine der begehrtesten Huren der Stadt gewesen war, einer ihrer Stammfreier gewesen. Vor ihrem inneren Auge sah sie plötzlich das Gesicht von Bartholomäus Böttcher vor sich, der ein sehr gut aussehender Mann gewesen war, und siedend heiß wurde ihr bewusst, warum ihr der Küster am Anfang ihrer Begegnung so bekannt vorgekommen war: Er sah seinem Vater verblüffend ähnlich! *Wieso ist mir das nicht gleich aufgefallen?*

Während die Erkenntnis der Zimmerin noch immer die Sprache verschlug, schwadronierte die alte Magd unverfroren weiter: »Und als dem feinen Herrn das Wasser bis zum Hals stand, weil er die ganzen Ländereien verpfändet hatte, um sein Geld mit den Huren und beim Würfelspiel durchzubringen, hat er dann schließlich den Freitod gewählt.« Sie seufzte tief und warf Ursel einen ungnädigen Blick zu. »Die junge Herrin konnte dieses Unglück damals kaum verwinden und hat aus Gram ihr Kind verloren, denn sie war zu dieser Zeit guter Hoffnung. Und ich glaube, wenn sie ihren geliebten Knaben nicht gehabt hätte und nicht so eine gläubige, fromme Frau gewesen wäre, hätte sie sich auch etwas angetan. Jedenfalls hat sie nach dem Tod ihres Mannes wieder ihren

Mädchennamen angenommen und ihn auch auf ihren Sohn Egidius übertragen – obwohl so etwas offiziell gar nicht möglich ist. Die städtischen Behörden haben es jedenfalls nie richtig anerkannt, und das Hofgut trägt nach wie vor noch den Namen des Familienoberhaupts, und der lautet nun mal ›Böttcher‹. Es gehörte ja auch schon seit vielen Generationen der Familie Böttcher und war immer eines der prächtigsten Landgüter Frankfurts. Mit seinen riesigen Ländereien und den vielen Stallungen war es fast so groß wie der städtische Rahmhof, der ja direkt in der Nachbarschaft liegt. Die Stadt hat sich damals die ganzen Obstwiesen und Äcker einverleibt, die durch Bartholomäus' Verschuldung unter den Hammer kamen, und das hat auch nicht unbeträchtlich dazu beigetragen, dass der Rahmhof heute so mächtig ist.« Während die Hurenkönigin wie erstarrt vor dem Verkaufstisch stand und dem Redeschwall lauschte, der auf sie herniederging wie ein Hagelsturm, hatte Martha die Äpfel gewogen, in eine Papiertüte gesteckt und hielt sie Ursel mit den Worten hin: »Das macht drei Groschen, Zimmerin. Darf's sonst noch was sein?«

Mit bebenden Händen klaubte Ursel die Münzen aus ihrem Geldbeutel, vermied es jedoch, der Magd das abgezählte Geld in die hingestreckte Handfläche zu drücken, und legte es stattdessen auf den Tisch. Verstört murmelte sie einen knappen Gruß und hastete davon. Ihre Gedanken überschlugen sich nur so. Alarmiert stellte sie sich die Frage, ob der Küster etwa wusste, dass sie damals die Geliebte seines Vaters gewesen war. Aber das konnte nicht sein, so liebenswürdig, wie er sich ihr gegenüber immer verhielt. Wenn es ihm bekannt wäre, müsste er sie doch hassen, und davon war in seinem Verhalten nicht das Geringste zu spüren. Nein, so konnte sich kein Mensch verstellen! Sie musste unbedingt mit Bernhard darüber reden.

Bernhards alter Hausdiener musterte die Hurenkönigin bekümmert, als er ihr die Tür öffnete.

»Dem Herrn geht es gar nicht gut«, bemerkte er ernst. »Er hat mir ausdrücklich befohlen, dass er niemanden empfangen möchte.« Er warf der Hurenkönigin einen bedrückten Blick zu. »Auch Euch nicht«, murmelte er. »Er hat schon seit Tagen kaum etwas gegessen und liegt seit gestern Mittag nur noch im Bett und betrinkt sich«, klagte der alte Mann mit einer tiefen Sorgenfalte auf der Stirn. »Seit dem Unglück mit Isolde hat er schon fast den halben Weinkeller leer getrunken. Er säuft sich noch ins Grab!« Der Diener war den Tränen nahe. »Und weil ich mir das nicht mehr länger mit ansehen kann, habe ich heute Morgen den Doktor gerufen.« Er rang verzweifelt die Hände. »Doch der Herr hat ihn noch nicht einmal in sein Schlafzimmer gelassen! Er hat von innen die Tür verriegelt und laut gerufen, ihm ginge es gut, er benötige keinen Arzt, und der Doktor möge doch bitte wieder gehen. Was soll man da noch machen?« Er sah die Zimmerin, die ihm mit sorgenvoller Miene zuhörte, ratlos an. »Doktor Armbrüster hat mir dringend geraten, alle Weinbestände, die noch im Hause sind, wegzuschließen oder zu vernichten. In Fällen schwerer Trunksucht wäre dies unbedingt vonnöten, um den Trinker dadurch vor sich selbst zu schützen … Ich traue mich aber nicht. Ich kann doch meinem Herrn nicht den teuren Wein weggießen oder die Flaschen hinterrücks vor ihm verstecken. Da käme ich mir ja vor wie ein Dieb …«

Die Hurenkönigin musterte den Diener entschlossen. »Das musst du auch nicht, Albert«, sagte sie. »Ich werde es machen.«

»Wollt Ihr das wirklich tun? Das wird ein ganz schönes Donnerwetter geben«, erwiderte der Diener furchtsam.

»Keine Angst, Albert«, erklärte Ursel forsch. »Das nehme ich auf meine Kappe. Du brauchst mir nur den Weinkeller aufzuschließen und mir vielleicht beim Tragen zu helfen. Ich kippe den Wein dann in den Abtritt.«

Albert zögerte noch. »Gut«, willigte er schließlich ein. »Aber auf Eure Verantwortung. Da werden wir eine gute Stunde beschäftigt sein, so viele Flaschen, wie das sind. Und kleinere Fässer sind auch noch dabei.« Mit gesenkten Schultern ging er voran, um ein Talglicht zu holen.

Als Ursel wenig später dem Diener in den Weinkeller folgte und die Flaschenregale in Augenschein nahm, in denen Dutzende von Weinflaschen lagerten, fluchte sie innerlich darüber, sich so viel Arbeit aufgebürdet zu haben. Der alte Diener, der ihr Zaudern bemerkte, schien plötzlich eine Eingebung zu haben. »Mir kommt da eine Idee«, sagte er und musterte die Hurenkönigin listig. »Ich schließe den Weinkeller wieder ab und gebe Euch den Schlüssel mit. Wenn es Euch recht ist, kann ich dem gnädigen Herrn dann sagen, Ihr hättet mir befohlen, Euch den Schlüssel auszuhändigen.«

»Und wenn er das Schloss aufbricht?«, fragte die Hurenkönigin skeptisch.

Der alte Diener schüttelte den Kopf. »Das ist ein solides gusseisernes Vorhängeschloss«, wandte er ein. »Da müsste schon ein Schmied mit dem entsprechenden Werkzeug kommen, um es aufzubrechen. Dazu ist der Herr Doktor gar nicht in der Lage, mit seinen zarten Gelehrtenhänden …«

Ursel ging zur Tür und besah sich das Bügelschloss. Es wirkte tatsächlich massiv und solide. »In Ordnung«, stimmte sie zu und ließ sich gleich darauf vom Diener den Schlüssel aushändigen. Nachdem sie ihn sorgsam in ihrem Geldbeutel verwahrt hatte, erklärte sie mit niedergeschlagener Miene, dass sie nun zu Bernhard gehe, sie habe Wichtiges mit ihm zu besprechen.

»Hoffentlich lässt er Euch rein«, erwiderte Albert düster.

»Das hoffe ich auch«, sagte Ursel niedergeschlagen und spürte, wie ihr die Sorge um Bernhard den Hals zuschnürte. Sie sehnte sich unsagbar nach seiner Zuneigung und seinem Beistand, die sie all die Jahre durchs Leben begleitet hatten und die Ursel aufs höchste zu schätzen wusste. Schließlich war sie früher, während ihrer Zeit als Hure, stets auf sich alleine gestellt gewesen. Sie hätte lauthals weinen mögen, so sehr erfüllte es sie mit Trauer, dass Bernhard in einer derartig desolaten Verfassung war. Deutlich erinnerte sie sich noch daran, wie streng Bernhard damals gewesen war, als sie aus Verzweiflung über die Hurenmorde wieder rückfällig geworden war und sich den Verstand mit Theriak benebelt hatte. *Wenn du nicht die Finger von diesem Teufelszeug lässt, sind wir geschiedene Leute*, hatte er ihr gedroht und sich schließlich sogar von ihr abgewandt. Und nun war Bernhard in einer ähnlichen Lage wie Ursel in jener Zeit, und auch sie würde ihm mit Strenge begegnen müssen – aber nicht mit derselben Härte! Denn aus der bitteren Erfahrung hatte die Hurenkönigin gelernt, dass man einen geliebten Menschen niemals fallenlassen durfte. Sicher, es hatte sie wachgerüttelt, dass Bernhard ihr den Rücken kehrte, aber gleichzeitig hatte sie den Geliebten doch so schmerzlich vermisst, in all ihrem Elend. Außerdem war Bernhard lange nicht so robust wie sie. So sensibel und verletzlich, wie er war, durfte sie es bei aller Unerbittlichkeit, die durchaus angemessen war, doch nicht an der notwendigen Herzensgüte mangeln lassen.

Atemlos stand sie vor Bernhards Schlafzimmertür, klopfte an und mühte sich um einen milden Tonfall, als sie ihn bat, die Tür zu öffnen. Doch aus dem Zimmer war kein Laut zu vernehmen.

»Bernhard, mach bitte auf! Ich muss unbedingt mit dir reden!«, versuchte sie es erneut und nachdrücklicher. Aber er rührte sich auch jetzt nicht. Die Hurenkönigin war sogleich in heller Aufregung, ihr schlug das Herz bis zum Hals. Wenn ihm nur nichts passiert ist, dachte sie alarmiert und hämmerte panisch gegen die Tür. Im nächsten Moment kam der alte Diener die Treppe hoch und hastete auf sie zu. »Wir müssen die Tür aufbrechen, wahrscheinlich ist er ohnmächtig geworden!«, rief Ursel angsterfüllt.

»Ich hole ein Brecheisen!«, stieß der alte Mann hervor und hetzte davon.

Wenig später kehrte er mit einem langen Eisenhebel zurück, keilte ihn zwischen Türschloss und -rahmen und bog ihn heftig nach außen. Sogleich war ein lautes Knirschen zu hören, und der Holzrahmen gab berstend nach. Ursel und der alte Diener stürzten in den abgedunkelten Raum – und stolperten sogleich über mehrere Flaschen, die verstreut auf dem Boden lagen. Es roch säuerlich nach Wein und menschlichen Ausdünstungen. Während der Diener zum Fenster eilte, die Vorhänge aufzog und das Fenster aufriss, um Licht und Luft einzulassen, trat die Hurenkönigin ans Bett, um nach Bernhard zu sehen. Der Gelehrte hatte sich die mit Rotweinflecken besudelte Bettdecke bis übers Gesicht gezogen. Nur die Augen- und die Stirnpartie mit den verklebten, strähnigen Haaren waren zu sehen. Bernhard gab kehlige Schnarchgeräusche von sich und schlief offensichtlich so tief, dass er den Aufruhr um sich gar nicht bemerkt hatte. Ursel ließ sich an seiner Seite nieder, zog ihm die Decke vom Gesicht und schüttelte ihn sacht an den Schultern. »Bernhard, wach auf«, raunte sie ihm zu. Als sie sah, wie elend und mitgenommen der Geliebte aussah, versagte der Hurenkönigin die Stimme, und sie brach in haltloses Schluchzen aus.

Bernhard öffnete einen Spaltbreit die verquollenen Lider und blinzelte die Hurenkönigin aus glasigen Augen an. »Was heulst du denn? Lass mich schlafen«, brabbelte er unwirsch und drehte sich brüsk auf die andere Seite.

Bernhard stank bestialisch nach Alkohol, und Ursel hatte den Eindruck, dass er immer noch oder schon wieder betrunken war. Auf dem Nachttisch stand etwa ein halbes Dutzend Weinflaschen, größtenteils leer getrunken. Eine davon war angebrochen, eine andere noch voll. Mit einem Mal spürte die Hurenkönigin eine unglaubliche Wut in sich aufsteigen. »Ich lasse es nicht zu, dass du dich totsäufst!«, sagte sie mit tränenerstickter Stimme, ergriff die beiden Flaschen und eilte damit zum offenen Fenster. Hektisch riss sie die Korken heraus und goss den Wein auf die Pflastersteine des Innenhofs.

Plötzlich kehrte Leben in Bernhard, er richtete sich jäh aus dem Bett auf und rief entrüstet: »Was machst du denn da? Lass die Finger von meinem Wein, du blödes Weib!« Ehe Ursel sich's versah, sprang er auf, hetzte zu ihr hin und versuchte, sie daran zu hindern, den Wein nach draußen zu kippen, indem er sie grob an den Handgelenken packte.

Ursel entwand sich ihm mit einer ruckartigen Bewegung und schleuderte die Flaschen aus dem Fenster, wo sie unten auf dem Pflaster klirrend zerbarsten.

Wütend versetzte er ihr einen heftigen Stoß gegen die Schultern. »Was unterstehst du dich, du dumme Gans!«, brüllte er zornig.

Ursel geriet ins Straucheln und fiel zu Boden.

»Mit Verlaub, gnädiger Herr, aber das geht jetzt zu weit!«, meldete sich entrüstet der Diener zu Wort und half Ursel, wieder auf die Beine zu kommen.

»Misch dich nicht ein, Albert!«, herrschte Bernhard den Alten an. »Und hau gefälligst ab! – Und die hier«, er deutete auf Ursel, »kannst du auch gleich wieder mitnehmen.«

Ursel war wie von Sinnen vor Schmerz und Wut. Sie eilte auf Bernhard zu und baute sich vor ihm auf. Ihre dunklen Augen funkelten aufgebracht. »Ich werde hierbleiben und warten, bis du wieder zu dir gekommen bist!«, sagte sie mit wilder Entschlossenheit.

»Vor dir gibt es wohl kein Entrinnen!«, zischte der Gelehrte verächtlich. »Dann muss ich mich halt woanders verkriechen …« Er schien zu überlegen. »Albert, den Kellerschlüssel!«, fuhr er gleich darauf den Diener an. »Und den Schlüssel für den Weinkeller gibst du mir auch!«

Der alte Mann zuckte zusammen und blickte seinen Herrn betroffen an. »Ich kann Euch den Schlüssel für den Keller geben, aber den Weinkellerschlüssel habe ich nicht …«, stammelte er verlegen.

»Was soll denn das heißen?«, blaffte Bernhard verärgert.

»Das soll heißen, dass ich den Schlüssel habe«, sagte Ursel mit bebender Stimme, ging auf Bernhard zu und sah ihn eindringlich an. »Bernhard, es ist nur zu deinem eigenen Schutz. Du richtest dich zugrunde, und ich flehe dich an, hör bitte mit dem Trinken auf! Und wenn du es nicht dir zuliebe tun kannst, weil dir das Leben momentan nichts bedeutet, dann tu es wenigstens mir zuliebe. Ich liebe dich und lasse es nicht zu, dass du dich so zurichtest …« Die Hurenkönigin schluchzte auf und sank Bernhard weinend in die Arme.

Für einen Moment sah es so aus, als würde auch Bernhard von seinen Gefühlen übermannt werden. Er vergrub sein Gesicht in Ursels Haaren und wimmerte gequält. »Das Schlimme ist«, sagte er, »ich kann momentan gar nicht mehr aufhören … mit dem Trinken. Ich muss es tun, verstehst du?« Aus seinen trüben Trinkeraugen sprach abgrundtiefe Verzweiflung. Doch schon im nächsten Augenblick erlangte sein innerer Schweinehund wieder die Oberhand. Er löste sich aus der Umarmung, musterte die Geliebte mit kaltem Blick und erklärte mit Nachdruck: »Und ich will auch gar nicht aufhören! Im Gegenteil, ich fange wieder damit an. Und deswegen, Ursel Zimmer, gibst du mir jetzt auf der Stelle den Schlüssel!«

Bernhard verströmte in diesem Moment eine solche Aggressivität, dass Ursel unwillkürlich vor ihm zurückwich. Sie flüchtete zur Tür und wandte sich zu Bernhard um. »Ich gebe dir den Schlüssel ums Verrecken nicht! Und wenn du nicht aufhörst mit dem Saufen, sind wir geschiedene Leute!«, schrie sie gellend und rannte kopflos auf den Flur hinaus. Albert, der sich die ganze Zeit dort aufgehalten hatte, versuchte, sie zu beruhigen. Doch Ursel war viel zu verzweifelt, um sich besänftigen zu lassen. Sie hastete die Treppe hinunter und hatte das Gefühl, ins Bodenlose zu stürzen.

Nachdem Doktor Schütz im Römerrathaus den Tod des Delinquenten eindeutig bestätigt und als Todesursache angegeben hatte, Michel Schuch sei während eines Krampfanfalls an der eigenen Zunge erstickt, zog sich das Tribunal zu einer kurzen Beratung zurück. Ausnahmsweise herrschte zwischen den Senatoren, dem Bürgermeister und dem Untersuchungsrichter große Einigkeit darüber, die abscheulichen Bluttaten trotz Ablebens des Angeklagten nicht ungesühnt zu lassen, und die Herren kamen überein, den Leichnam von Michel Schuch einer posthumen Hinrichtung unterziehen zu lassen. Da die Art der Strafe die grausamen Vergehen des Unholds widerspiegeln sollte, entschied sich das Gericht für das Pfählen, welches der Scharfrichter auf der Richtstätte im Galgenfeld am darauffolgenden Mittwoch um die Mittagszeit an ihm vollstrecken sollte. Der Bürgermeister beauftragte gleich anschließend den städtischen

Herold, das Todesurteil und den Hinrichtungstermin auf dem Römerplatz öffentlich zu verkünden. Erleichtert, den Marienmörder nun endlich seiner gerechten Strafe überführt zu wissen, lud Bürgermeister Reichmann die Ratsherren und den Richter im Anschluss zu einem opulenten Mittagsmahl im Römerkeller ein.

Die Hurenkönigin lief über den Römerberg wie eine Schlafwandlerin. Die geschäftigen Menschen um sie herum nahm sie kaum wahr, selbst der raue Herbstwind und der Nieselregen drangen nicht durch den dichten Kokon, der ihre verletzte Seele umgab. Selten hatte sie sich so hoffnungslos verloren gefühlt, und zum ersten Mal seit langer Zeit gelüstete es sie wieder nach der Himmelsarznei, die das große Vergessen bescherte. Doch sie bezwang sich mit aller Strenge, nicht das Apothekerviertel aufzusuchen, um sich mit Theriak einzudecken, denn sie konnte ja nicht von Bernhard verlangen, mit dem Trinken aufzuhören, und sich selbst mit Opium betäuben. Wenigstens einer von uns muss doch bei Sinnen bleiben – damit er dem anderen helfen kann, aus dem Totenreich hinauszugelangen, dachte Ursel mit dem Rest an Vernunft, der ihr bei aller Schwermut noch geblieben war, und lenkte ihre Schritte zum Mainkai, um in die Mainzergasse abzubiegen. Als sie den Rathausplatz schon fast hinter sich gelassen hatte und die trüben Fluten des Flusses in ihrem Blickfeld auftauchten, vernahm sie plötzlich vom Römerberg her laute Trompetenklänge. Die Hurenkönigin drehte sich um und entdeckte den Stadtherold in den Stadtfarben Schwarz, Weiß und Rot, der unweit des springenden Brunnens Aufstellung genommen hatte und in seine Trompete blies, die mit dem Prunkwappen des Frankfurter Adlers versehen war. Um ihn herum bildete sich bereits eine immer dichter werdende Menschentraube. Von allen Seiten des Römerbergs strömten die Leute auf ihn zu, um die Neuigkeiten zu hören, die er bald verkünden würde. Auch Ursel machte kehrt und näherte sich dem Pulk. Sie hatte gerade den Rand der Menschenansammlung erreicht, als der Herold sein Trompetenspiel beendete, mit feierlicher Geste ein versiegeltes Schriftstück entrollte und anfing, es der Menge zu verlesen: »Es ist höchst zu beklagen, dass es inmitten der Christenheit Menschen gibt, die mehr als bestialisch sind und sich nicht scheuen, die unmenschlichsten Taten zu begehen!«, hob er an. »Daher gibt sich das Hohe Strafgericht der freien Reichsstadt zu Frankfurt am Main, unter Vorsitz des hochlöblichen Herrn Bürgermeisters Nikolaus Reichmann und des ehrenwerten Herrn Richters Martin Fauerbach, die Ehre, das folgende Gerichtsurteil kund- und zu wissen zu geben: Michel Schuch, als da war Fuhrknecht und Lieferant des städtischen Rahmhofs zu Frankfurt am Main, Sohn unbekannter Eltern und Fürsorgezögling der Milden Stiftung zu Sankt Michaelis, des Späteren unter Pflegschaft der wohlanständigen Eheleute Walter und Irmhild Schuch, die den Knaben an Sohnes statt angenommen, wird aufgrund des Tatbestandes von bestialischem Mord, verübt an den drei unbescholtenen Bürgerinnen Edelgard Fischer, Isolde von Basdorf und Christiane Heinze, derer wir in tiefer Trauer gedenken, zum Tod durch Pfählen verurteilt. Nachdem der Unmensch seine abscheulichen Taten vor dem Strafgericht bekannt hat, hat es unserem höchsten Richter im Himmel in seiner grenzenlosen Güte gefallen, die Bestie von der Erde zu tilgen – Michel Schuch verstarb am heutigen Morgen an den Folgen seiner Fallsucht. Da es sich indessen nach dem Dafürhalten des Hohen Gerichts um besonders grausame und menschenverachtende Taten handelt, die jeder fromme Christenmensch zutiefst verabscheuen muss, ist das Strafgericht zu der Entscheidung gelangt, die sterblichen Überreste des gottlosen Mörders einer posthumen Hinrichtung anheimzugeben, die der städtische Scharfrichter am Mittwoch, den 24. Oktober im Jahre des Herrn 1522 um zwölf Uhr mittags auf dem Richtplatz im Galgenfeld an ihm vollziehen wird. Beschlossen und besiegelt durch den Senat der Freien Reichsstadt zu Frankfurt am Main, am Montag, den 22. Oktober im Jahre des Herrn 1522.«

Schon während des Verlesens waren aus der Menge Beifallsrufe zu vernehmen, jetzt aber kam das Grölen von allen Seiten und war so hasserfüllt und unflätig, dass sich die Hurenkönigin unwillkürlich die Ohren zuhielt und wie gehetzt zum Flussufer flüchtete. Sie merkte, dass es ihr vor Entsetzen schwarz vor Augen wurde, und schleppte sich entkräftet zu einem umgedrehten Fischerkahn, auf dem sie sich trotz des Regens niederließ. Sie konnte es noch immer kaum fassen, was der Herold bekanntgegeben hatte. Michel Schuch war an den Folgen eines Anfalls gestorben – und welch grausiger und barbarischer Akt, einen toten, leblosen Körper auf einen Pfahl zu spießen! Allein beim Gedanken daran wurde es der Hurenkönigin speiübel. Gleichzeitig stiegen auch wieder Zweifel an Michels Schuld in ihr auf. War Michel Schuch tatsächlich die mörderische Bestie, wie es die Allgemeinheit und Obrigkeit von ihm zu glauben schien?

Ich kann mich nicht erinnern, so etwas Schreckliches getan zu haben! Und ich flehe zur Heiligen Jungfrau, dass mich auf der Stelle der Schlag treffen soll, wenn … wenn ich es doch war …, hallten ihr Michels Worte durch den Sinn, als Bernhard ihn um eine ehrliche Antwort gebeten hatte, ob er Isolde ermordet habe. Kann ein Mensch wirklich derart verwirrt sein, dass er sich an solch eine abscheuliche Bluttat nicht erinnern kann?, fragte sie sich fassungslos und stierte auf das bräunlich grüne Mainwasser, als könne ihr der Fluss die Antwort darauf geben.

Ursel hätte gar nicht genau sagen können, wie lange sie so dagesessen und Löcher in die Luft gestarrt hatte, als sie irgendwann feststellte, dass sie nass bis auf die Haut war und vor Kälte zitterte. Unversehens fühlte sie ein starkes Bedürfnis nach Wärme und dachte an den bollernden Kachelofen des Frauenhauses. Sie würde sich ein Weilchen auf die Ofenbank setzen, um sich aufzuwärmen, und einen heißen Würzwein trinken. Dann würde sie sich eine Wärmflasche bereiten, sich ins Bett legen und die warme Daunendecke bis über die Ohren ziehen.

Die Hurenkönigin erhob sich so rasch, dass es ihr schwindlig wurde, und eilte in Richtung Mainzergasse, wo sie nach wenigen Minuten schon die Umrisse des Frauenhauses ausmachen konnte. Als Ursel nur noch einen Steinwurf vom städtischen Bordell entfernt war, das seit über vier Jahrzehnten ihr Zuhause war, hörte sie plötzlich lautes Schellengeläut, und gleich darauf bog auch schon Kalli, der Schellenknecht des Gutleuthofs, mit der Schelle in der Hand und einem großen Sack über der Schulter um die Ecke, um für die Aussätzigen Almosen zu sammeln. Nach und nach öffneten sich die Türen der umliegenden Häuser, Hausfrauen und Mägde strömten auf die Gasse und überreichten dem Almosensammler Geldmünzen oder Lebensmittel, denn Mildtätigkeit war nicht nur gottgefällig, sondern sicherte den großherzigen Spendern auch einen Platz im Himmelreich. Beim Näherkommen sah die Hurenkönigin die Köchin Bertha aus der Tür des Frauenhauses treten. Sie übergab dem Klingelmann ein Stück Hartwurst und einen Kanten Brot, die Kalli in den Almosensack steckte und Bertha für die Gaben dankte. Redselig, wie die alte Köchin war, blieb sie bei dem stiernackigen Almosensammler stehen und unterhielt sich mit ihm. Auch die Hurenkönigin war unvermittelt stehen geblieben, denn ihr war plötzlich ein Gedanke gekommen, der sie nicht mehr losließ.

»Ist Euch nicht gut, Meistersen?«, riss sie im nächsten Moment die Stimme der Köchin aus ihren Überlegungen. »Ihr seht ja aus wie ein Gespenst, und nass geworden seid Ihr auch noch!« Bertha war besorgt auf die Gildemeisterin zugegangen und befühlte Ursels feuchten Umhang.

»Doch, doch ...«, murmelte die Hurenkönigin geistesabwesend und schien durch die Köchin hindurchzusehen. »Der Küster ist ja auch Almosensammler«, sprach sie wie zu sich selbst und wollte schon ins Frauenhaus gehen, als sie mit einem Mal herumwirbelte und Bertha durchdringend anblickte. »Wie ist das mit den Almosensammlern?«, fragte Ursel mit angespannter Miene. »Sie läuten mit der Schelle, die Frauen kommen zu ihnen herunter, geben ihnen ihre Spenden und sprechen zuweilen auch mit ihnen, so wie du es eben getan hast …«

Bertha zuckte verwundert mit den Achseln. »Warum auch nicht? Schließlich kennt man sie ja alle im Laufe der Jahre, und mit dem einen oder anderen von ihnen hält man auch mal einen Schwatz.«

»Dann kennst du doch bestimmt auch den Küster der Liebfrauenkirche, Egidius Nussbaumer?«, erkundigte sich die Hurenkönigin aufgeregt.

Das pausbackige Gesicht der Köchin verfinsterte sich augenblicklich. »Und ob ich den kenne, diesen Pharisäer!«, stieß sie aufgebracht hervor. »Der eingebildete Kerl glaubt wohl, er ist was Besseres, dass er unsere Gaben verschmäht!«

»Was sagst du da?«, fuhr die Hurenkönigin sie an. »Das hast du mir ja gar nicht erzählt. Das will ich jetzt aber genau wissen!«

»Natürlich habe ich Euch das erzählt!«, begehrte die Köchin auf. »Das wisst Ihr nur nicht mehr, weil es schon etliche Jahre her ist. Da bin ich rausgegangen, um ihm was zu bringen, und da hat doch der Lackel tatsächlich zu mir gesagt, dass er von den sündigen Metzen nichts haben will. Die unreinen Speisen aus dem Hurenhaus könnte er doch den Armen nicht anbieten, da müsste er sich ja in Grund und Boden schämen … So was in der Art hat der Mistkerl gesagt, und seit der Zeit kriegt der von mir auch nichts mehr. Und wenn ich dem irgendwo in der Stadt begegne, wechsle ich die Gassenseite!« Die Köchin schnaubte erbost.

Die Hurenkönigin schien aus allen Wolken zu fallen. »Das ist ja ein Ding!«, murmelte sie mit tonloser Stimme.

Die alte Bertha tätschelte Ursel beschwichtigend die wachsbleiche Wange. »Regt Euch doch nicht so auf, Meistersen! Das ist doch schon ewig her, und außerdem ist der Kerl das gar nicht wert. Das habt Ihr damals selbst zu mir gesagt, als ich über den so geflucht hab. ›Was für ein blöder Simpel‹, habt Ihr gemeint, und dass man sich über so einen verknöcherten Frömmler gar nicht aufregen soll.« Die Köchin sah die Hurenkönigin mit treuherzigem Lächeln an und hakte sich bei ihr unter. »So, und jetzt gehen wir rein, und Ihr zieht Euch erst mal trockene Sachen an und wärmt Euch auf!«, sagte sie mütterlich und schob Ursel durch die Tür. »Und ich hab auch eine Überraschung für Euch. Ihr habt nämlich Besuch!«

»Bernhard ...?«, entfuhr es Ursel hoffnungsvoll, gleichzeitig war ihr aber auch bewusst, dass dies mehr als unwahrscheinlich war. Das energische Kopfschütteln der Köchin beraubte sie vollends dieser Illusion. Mit geheimnisvoller Miene begleitete sie die Hurenkönigin zur Schankstube und öffnete schwungvoll den Türflügel.

Die Hübscherinnen, die sich um den großen Tisch versammelt hatten, um vor der Öffnung des Frauenhauses zur zwölften Stunde noch ein verspätetes Frühstück einzunehmen, wandten sich sogleich der Gildemeisterin zu und grüßten sie respektvoll.

Ursel, die sich in letzter Zeit im Frauenhaus etwas rargemacht hatte, wärmte es das Herz. »Morgen, Mädels!«, erwiderte sie trotz ihrer Niedergeschlagenheit freudig.

»Morgen, Meistersen!«, tönte plötzlich eine heisere Stimme vom Ende des Tisches her.

Erst jetzt entdeckte die Hurenkönigin ihre alte Freundin Irmelin in der Runde. »Irmelin!«, rief sie erfreut.

Die Frau mit dem faltigen, aber aparten Gesicht, die viele Jahre lang die dienstälteste Hure im Frauenhaus am Dempelbrunnen gewesen war, ehe sie vor nunmehr zehn Jahren in dem jungen Fuhrknecht Max Färber einen liebenden Gefährten gefunden hatte, eilte auf die Hurenkönigin zu.

Als sich die beiden Frauen innig umarmten, kamen Ursel unversehens die Tränen. »Dich schickt der Himmel!«, brach es aus ihr heraus. Sie konnte nicht mehr länger an sich halten und fing in Irmelins Armen haltlos an zu weinen.

Die lebenserfahrene Frau, die mit der Hurenkönigin eine enge Freundschaft verband, obgleich sie sich nur selten sahen, da Irmelin ihren Gefährten auf seinen Fahrten durchs ganze Land begleitete, war sichtlich betroffen, wie schlecht es der Freundin ging. »So schlimm, mein Mädchen?«, raunte sie ihr zu, während sie ihr liebevoll über den Kopf streichelte.

»Schlimmer kann's kaum noch werden«, stammelte Ursel unter Tränen und spürte, wie wohl ihr Irmelins Beistand tat.

Auch die Hübscherinnen bekümmerte es, ihre Gildemeisterin so niedergeschlagen zu erleben, und sie spendeten ihr von allen Seiten Trost und Aufmunterung.

»Danke, Mädels«, presste die Hurenkönigin hervor. »Aber momentan hat das Unglück seinen Sack über mir ausgeschüttet, doch das geht schon wieder vorüber, hoffe ich.« Sie mühte sich um ein tapferes Lächeln und wischte sich die Tränen ab. Es war ihr peinlich, sich vor ihren Schutzbefohlenen so gehen zu lassen. Inzwischen war die Köchin mit einem Krug Würzwein und einem

Stapel belegter Brote zurückgekehrt, die sie auf die Ofenbank stellte, und sie ermunterte Ursel, sich zu stärken. Dankbar ließ sie sich von Bertha aus dem feuchten Umhang helfen, setzte sich schlotternd auf die warme Ofenbank und forderte Irmelin auf, an ihrer Seite Platz zu nehmen.

Nachdem die Hurenkönigin einen Happen gegessen und von dem Würzwein getrunken hatte, fühlte sie sich um einiges gestärkter und erzählte der Freundin mit gesenkter Stimme, was sich in den vergangenen Tagen alles zugetragen hatte. Irmelin presste sich entsetzt die Hand vor den Mund, als sie hörte, dass Bernhards Nichte Isolde zu den Mordopfern gehörte. Die Kunde über die Schreckenstaten von Frankfurt war ihr zwar unterwegs schon zu Ohren gekommen, aber die Namen der Opfer kannte sie nicht. Sie wusste, wie nahe Isolde der Hurenkönigin stand und wie sehr sich Ursel auf das Kind gefreut hatte.

»Aber der Mörder ist doch Gott sei Dank tot, wie Bertha vorhin erzählt hat«, versuchte Irmelin, die Hurenkönigin zu trösten.

»Wenn er es denn überhaupt war«, entgegnete Ursel finster und schlug vor, nach oben auf ihr Zimmer zu gehen, als kurz nach der Mittagsstunde die ersten Freier in die Schankstube traten.

In Ursels Kammer angelangt, bestand Irmelin darauf, dass Ursel ein warmes Nachtgewand anzog und sich ins Bett legte. Sie setzte sich neben sie auf die Bettkante und breitete fürsorglich die Daunendecke über sie. »Warum stimmt es denn zwischen dir und Bernhard nicht mehr?«, fragte sie die Freundin besorgt. »An dem schrecklichen Unglück mit Isolde kann es ja nicht liegen, ihr habt doch sonst immer zusammengehalten wie Pech und Schwefel.«

Mit bebender Stimme berichtete ihr die Hurenkönigin von Bernhards Trunksucht, mit der Bernhard seit dem Tod seiner Nichte versucht hatte, seinen Schmerz zu betäuben, und die in jüngster Zeit immer selbstzerstörerische Züge angenommen hatte.

Irmelin hörte ihr angespannt zu, und ihre Miene verfinsterte sich zusehends. »Das kenne ich«, sagte sie ernst. »Wie du ja von früher her weißt, habe ich auch immer gerne einen über den Durst getrunken. Um die innere Leere, den Überdruss und die Einsamkeit meines Hurenlebens besser ertragen zu können – zumindest habe ich mir das eingebildet. Und als ich dann Max kennengelernt habe, war ich das erste Mal in meinem Leben richtig glücklich, und es gab eigentlich keinen Grund mehr zum Saufen. Und dem Max ging es genauso, der hat nämlich auch immer eine Schnapspulle unterm Kutschbock gehabt, um seine Rastlosigkeit zu ersäufen und das Gefühl, das viele Leute haben, die immer unterwegs sind: nirgendwo zu Hause zu sein. Jedenfalls haben wir beide munter weitergesoffen, obwohl wir so glücklich miteinander waren, haben dann halt die Flaschen gemeinsam geleert, anstatt wie früher jeder für sich alleine. Und irgendwann hat es uns gedämmert, wie überflüssig und unsinnig es ist, sich die Sinne und den Verstand zu vernebeln, wo das Leben doch so schön sein kann, wenn man einen Menschen gefunden hat, den man liebt …« Irmelin wischte sich eine Träne aus den Augenwinkeln. »Und dann haben wir die letzte Schnapspulle, die wir noch hatten, im hohen Bogen ins Meer geworfen«, erklärte sie mit grimmigem

Lächeln. »Wir waren nämlich gerade an der Ostsee. Und seitdem ist Schluss damit. Das ist jetzt gut sieben Jahre her. Die erste Zeit ist mir das verdammt schwergefallen, und es gab keinen Tag, an dem ich mich nicht nach einem Schoppen gesehnt hätte. Aber inzwischen fehlt es mir schon lange nicht mehr. Im Gegenteil, ich fühle mich so stark und frei wie ein Falke am Himmel, seitdem ich nicht mehr am Schlucken bin. Ab und zu genehmigen wir uns noch einen, wenn irgendwas Besonderes ist und wir was zu feiern haben, aber das ist höchstens drei- bis viermal im Jahr, ansonsten trinken wir Gänsewein.«

Die Hurenkönigin blickte die Freundin beeindruckt an. »Alle Achtung!«, erwiderte sie anerkennend. »Davon hast du mir ja nie etwas erzählt …«

»Weil es nichts zu erzählen gibt. Entweder man macht es, oder man macht es nicht. So etwas braucht man nicht an die große Glocke zu hängen, jeder muss es mit sich selbst ausmachen.« Irmelin schaute die Hurenkönigin eindringlich an und presste sich die Hand auf die Brust. »Das muss von da drinnen kommen, aus tiefster Seele, die dir vom Grunde deines Trinkbechers zuruft: Hör doch endlich damit auf! Wenn das nicht so ist, dann taugt es nichts. Und das ist auch bei Bernhard so. Der wird erst aufhören, wenn er es wirklich will – und nicht, weil du es willst. Verstehst du das, mein Mädchen?«

Ursel seufzte bekümmert. »Aber inzwischen ist es schon so weit bei ihm, dass er gar nicht mehr aufhören kann. Zumindest hat er das heute Morgen zu mir gesagt.«

»Unsinn, man kann jederzeit aufhören, man muss sich nur dazu überwinden. Und Bernhard ist ja auch dem Suff noch nicht so lange verfallen, er hat früher doch nie übermäßig viel getrunken. Da wird ihm das Aufhören lange nicht so schwerfallen wie jemandem, der schon sein Leben lang trinkt. Wenn es ihm schlecht genug geht, wird er damit aufhören, da bin ich mir sicher«, sagte Irmelin und lächelte zuversichtlich.

»Und wenn er sich zu Tode säuft?«, bemerkte die Hurenkönigin unglücklich.

»Das wird er schon nicht tun«, erwiderte Irmelin nun deutlich beklommener. »Du solltest aber regelmäßig nach ihm schauen und ihm zeigen, dass du für ihn da bist. Und manchmal kann ein Machtwort auch nicht verkehrt sein. Du wirst das schon einschätzen können. Es war jedenfalls richtig, dass du den Schlüssel für den Weinkeller mitgenommen hast. Er kann sich den Wein zwar außer Haus besorgen, wahrscheinlich wird er das sogar tun, aber man soll es ihm nicht so leichtmachen, und es wird ihm in seiner schlechten Verfassung einigermaßen schwerfallen, zum Weinhändler zu laufen.«

Ursel fing unversehens wieder an zu weinen. »Wieso muss er mir das nur antun?«, klagte sie. »Es ist doch sowieso schon alles schlimm genug – und jetzt sind auch noch neue Sorgen hinzugekommen …«

Irmelin blickte die Freundin erstaunt an. Ursel berichtete ihr vom Küster und den verstörenden Erkenntnissen, die ihr durch das Gespräch mit der Marktfrau und die Aussage der Köchin gekommen waren. »Und zu meiner Schande muss ich gestehen, dass ich mich in ihn fast ein bisschen verliebt habe«, gestand Ursel zerknirscht.

Irmelins Miene war während Ursels Bericht immer ernster geworden. »Das solltest du dir aber unbedingt verkneifen«, sagte sie mit unheilvollem Unterton und fixierte Ursel eindringlich. »Nicht nur wegen Bernhard, sondern auch um deinetwillen. Nach allem, was du mir von diesem Nussbaumer erzählt hast, drängt sich mir der Eindruck auf, dass der irgendetwas gegen dich im Schilde führt – und das ist bestimmt nichts Gutes.« Sie ergriff besorgt die Hand der Hurenkönigin und beschwor sie, vorsichtig zu sein.

»Meinst du denn, dass er mir etwas antun will?«, fragte Ursel mit bangem Blick.

»Ich kann mir zwar nicht vorstellen, dass so ein Frömmler gewalttätig werden kann, aber das alles riecht nach lange angelegter Rache – vorausgesetzt, er wusste davon, dass du die Favoritin seines Vaters warst. In jedem Fall solltest du um diesen Kerl einen großen Bogen machen. Denk daran, was er zu Bertha gesagt hat, als er die Almosen vom Frauenhaus zurückgewiesen hat.« Auf Irmelins Stirn waren tiefe Falten getreten. »Dass er als Kirchendiener und Moralapostel über Huren die Nase rümpft, ist nicht erstaunlich. Aber was mir die meisten Sorgen bereitet, ist, dass er dir gegenüber so schöntut. Und zwar so geschickt, dass du dich sogar noch in ihn verknallt hast«, sagte Irmelin. »Er scheint mir ein ganz durchtriebener Bursche zu sein, und ich kann dir nur raten: Sieh dich vor, Ursel!«

»Dass mit ihm irgendwas nicht stimmt, ist mir inzwischen auch klargeworden«, murmelte die Hurenkönigin bedrückt. »Die ermordete Frau aus Sachsen wurde vom Mörder zum Rahmhof bestellt – sie hat sich am Vormittag ihres Verschwindens noch bei einer Magd nach dem Weg dorthin erkundigt. Nicht nur Michel Schuch, der vermeintliche Mörder, sondern auch der Küster wohnt in dieser gottverlassenen Gegend, und als Almosensammler hatte er die Möglichkeit, mit den Mordopfern unauffällig ins Gespräch zu kommen und sie, aus welchen Gründen auch immer, dorthin zu bestellen ...«

Irmelin sah die Freundin erschrocken an. »Du meinst, er ist der Marienmörder, und dieser Schuch ist unschuldig?«

Die Hurenkönigin schwieg betreten. »Es ist nicht mehr als ein vager Verdacht«, presste sie schließlich hervor. »Aber er lässt mich nicht mehr los.« Sie maß die Freundin mit einem Blick, der Irmelin erschauern ließ, war er ihr doch aus früheren Mordfällen nur allzu gut bekannt, und er verhieß, dass Ursel Witterung aufgenommen hatte – was sie fast immer beinahe mit dem Leben gebüßt hatte.

»Bitte, Ursel, versteig dich nicht wieder in was!«, beschwor Irmelin die Hurenkönigin händeringend und wusste gleichzeitig auch, dass es weniger das »Versteigen« war, das sie ängstigte, als Ursels Alleingänge. Und plötzlich erinnerte sie sich wieder an jene entsetzliche Nacht im Herbst des Jahres 1512, als sie und ihr Gefährte Max die halbtote Hurenkönigin aus dem Main gefischt hatten, weil sie einer skrupellosen Mörderin auf die Schliche gekommen war. »Ich ... ich gehe jetzt zu Max und sag ihm, dass er morgen früh alleine nach Lüneburg fahren soll. Ich kann dich doch in so einer Situation nicht alleine lassen«, sagte Irmelin entschlossen und richtete sich auf.

Doch die Hurenkönigin hielt sie energisch zurück. »Das kommt gar nicht in Frage!«, erklärte sie aufgebracht.

»Du begleitest deinen Liebsten, wie du es immer tust! Ich bereue es zutiefst, dass ich dich überhaupt mit diesem ganzen Kram behelligt habe.«

»Es war gut, dass du mit mir darüber gesprochen hast!«, widersprach ihr die Freundin erregt. »Und ich möchte auf keinen Fall, dass du dich wieder in Gefahr begibst – deswegen bleibe ich auch hier!« Irmelin warf der Hurenkönigin einen trotzigen Blick zu.

Ursel seufzte und legte Irmelin versöhnlich den Arm um die Schultern. »Also gut«, murmelte sie. »Ich verspreche dir hoch und heilig, dass ich vorsichtig sein und nichts Unüberlegtes tun werde. »Ich werde heute noch zum Untersuchungsrichter gehen und ihn über alles in Kenntnis setzen, was mir in Bezug auf Egidius Nussbaumer so durch den Kopf schwirrt – und du versprichst mir, dass du dir wegen mir keine Ungelegenheiten machst!«, bat Ursel die Freundin inständig.

Nach einigem Hin und Her gab Irmelin schließlich klein bei und ließ sich von Ursel überzeugen. »Dann solltest du dich aber auch bald aufmachen«, sagte sie mit Blick zum Fenster, »denn es fängt schon an zu dämmern!«

»Tatsächlich«, sagte die Hurenkönigin und war erstaunt darüber, wie rasch die Zeit vergangen war.

»Wenn du willst, kann ich dich zur Polizeiwache begleiten«, schlug Irmelin vor.

»Nichts da!«, wehrte Ursel ab. »Du gehst jetzt heim zu deinem Schatz, der wartet schon auf dich und fragt sich bestimmt, wo du nur so lange steckst. Immerhin bist du schon seit heute Morgen hier.« Sie knuffte Irmelin scherzhaft in die Seite. »Und ich hätte keine Minute davon missen mögen«, setzte sie hinzu und umarmte ihre Freundin herzlich.

Nachdem sich die beiden gebührend voneinander verabschiedet hatten und Ursel noch einmal versicherte, umgehend den Untersuchungsrichter über ihren Verdacht zu informieren, verließ Irmelin das Zimmer der Hurenkönigin immer noch schweren Herzens darüber, die über alles geschätzte Freundin in dieser beschwerlichen Zeit alleine zurückzulassen.

Ursel indessen ließ sich erschöpft aufs Federkissen sinken, schloss die Augen, um noch einmal über alles nachzudenken, damit sie sich nachher bei Untersuchungsrichter Fauerbach auf das Wesentlichste besinnen konnte, und fiel unversehens in einen tiefen, traumlosen Schlaf.

9

Dienstag, 23. Oktober 1522

Noch etwas schläfrig, betrat Egidius Nussbaumer die weitläufige Wohnstube, die schon bessere Tage gesehen hatte, und band sich fröstelnd seinen abgetragenen Hausmantel aus speckiger schwarzer Seide zu, ehe er wie jeden Morgen an den Wandaltar trat, um die Kerzen anzuzünden.

Innerhalb des kargen Mobiliars, das lediglich aus einem wurmstichigen Esstisch, einer Holzbank und ein paar Stühlen bestand, mutete der Hausaltar an der Stirnseite des Raums in seinem Prunk geradezu bombastisch an. Ein lebensgroßes Gemälde in kostbarem Goldrahmen hing über einer halbmondförmigen Konsole aus milchblauem carrarischen Marmor, auf dem eine kunstvolle Statue der Mater dolorosa stand. Der Marmoraltar war übersät von Kerzen in silbernen Haltern, ausgesuchten Devotionalien und, der kalten Jahreszeit geschuldet, prachtvollen Wachsrosen in hohen Kristallvasen. Andächtig zündete Egidius die Kerzen an, um sich anschließend auf die mit Schnitzereien versehene Gebetsbank zu knien und über der samtgepolsterten Armstütze die Hände zu falten.

Er war heute, an seinem fünfzigsten Geburtstag, so aufgewühlt, dass ihm unversehens die Tränen über die hageren Wangen strömten und ihm den Blick verschleierten, der mit Hingabe auf das geliebte Bildnis gerichtet war. Die hohe vergeistigte Stirn und die reinen, erhabenen Gesichtszüge – ein Antlitz von überirdischer Schönheit. Der Körper unter den blauen Gewandfalten war so filigran, dass man ihn nur erahnen konnte. Verzückt verweilten seine Augen auf den zierlichen Händen, fromm zum Gebet gefaltet, die ihn an weiße Rosenblätter gemahnten, und für einen flüchtigen Moment kam es ihm tatsächlich so vor, als wehe ihm ein zarter Rosenduft entgegen.

Nach dem Tod seiner Mutter im Jahr zuvor hatte er das Gemälde über den Altar der Mater dolorosa gehängt, da ihm die geliebte Mutter nicht minder verehrungswürdig dünkte als die Himmelskönigin. Auf dieser Gebetsbank hatte er all die Jahre gemeinsam mit der Mutter, die eine glühende Marienverehrerin gewesen war, am Hausaltar der Schmerzensmutter gebetet, obgleich er nur allzu gut wusste, wer für ihn die wahre Mutter aller Schmerzen war.

Egidius Nussbaumer schloss die Augen und geriet ins Wanken. Die Sehnsucht in ihm loderte so heftig, dass er das Gefühl hatte zu zerbersten. Dieser verfluchte, unstillbare Hunger, der ihn schon sein ganzes Leben lang heimsuchte und ihm Stück für Stück die Seele auffraß.

»Warum hast du mich nie geliebt, Mutter?«, schrie er wieder und wieder in abgrundtiefer Verzweiflung, bis ihm die Stimme versagte, weil er die Antwort längst kannte. Der kalte Blick ihrer eisblauen Augen schien sie ihm entgegenzuschleudern, die feingeschwungenen Lippen verzerrten sich vor Häme und spien ihm ins Gesicht: »Du kommst ganz nach deinem Vater!«

Die Hurenkönigin fuhr erschrocken aus dem Bett hoch, als die Rathausuhr die elfte Vormittagsstunde anschlug. So lange hatte sie schon seit einiger Zeit nicht mehr geschlafen. Benommen rieb sie sich die Augen, um gleich darauf die Beine aus dem Bett zu schwingen. Mit schlechtem Gewissen erinnerte sie sich daran, dass sie Irmelin am Vorabend versprochen hatte, den Untersuchungsrichter aufzusuchen, doch so erschöpft, wie sie gewesen war, musste sie wohl eingenickt sein und hatte durchgeschlafen. Wie auch immer, der ausgiebige Schlaf hatte ihr gutgetan. Sie fühlte sich weitaus gefestigter und ausgeglichener als die Tage zuvor. Während sie sich mit dem kalten Wasser aus der Waschschüssel fröstelnd Gesicht und Körper wusch, nahm sie sich vor, anschließend gleich zum Leinwandhaus zu gehen, um mit dem Untersuchungsrichter zu sprechen. Die Vorstellung, ausgerechnet den Mann anzuschwärzen, mit dem sie sich die vergangenen Tage so fabelhaft verstanden hatte und der ihr stets mit uneingeschränktem Wohlwollen begegnet war, behagte ihr gar nicht. Und plötzlich war sich Ursel nicht mehr so sicher, ob Egidius Nussbaumer tatsächlich etwas gegen sie im Schilde führte. Mit hoher Wahrscheinlichkeit wusste er nicht einmal, dass sie früher die Favoritin seines Vaters gewesen war – es war immerhin gut vierzig Jahre her, und dass der Küster die Spenden des Frauenhauses so schmählich zurückgewiesen hatte, geschah vielleicht aus Unsicherheit. Sie wusste doch, wie schüchtern er diesbezüglich war. Traute sich ja noch nicht einmal, überhaupt nur einen Fuß ins Frauenhaus zu setzen! Je länger die Hurenkönigin darüber nachdachte, desto abwegiger erschien ihr auch der Verdacht, dass Egidius Nussbaumer in seiner Funktion als Almosensammler die Frauen unter einem Vorwand in die abgelegene Gegend am Rahmhof gelockt haben könnte, um sie dort bestialisch zu ermorden. Vor ihrem inneren Auge tauchte sein Gesicht auf, mit den sanften Zügen und dem klaren, offenen Blick. So gutartig und arglos konnte doch kein Mörder aussehen! Dennoch beschloss Ursel, ihr Vorhaben, mit dem Richter zu sprechen, nicht zu verwerfen. Vielleicht konnte sie ja erst einmal vorsichtig seine Meinung zu der Angelegenheit einholen, denn Fauerbach war schließlich kein Grünschnabel mehr und kannte den Küster auch.

Nachdem sie sich die rotgefärbten Haare hochgesteckt, die Lippen mit einem karmesinroten Balsam betupft und die Lider mit einem Hauch Kohlestaub bestrichen hatte, verließ Ursel ihr Zimmer und ging in den Aufenthaltsraum, um noch eine Kleinigkeit zu frühstücken. Außerdem wollte sie sich bei dieser Gelegenheit auch etwas Zeit für die Hübscherinnen nehmen, die sie in letzter Zeit ziemlich vernachlässigt hatte.

Als die Zimmerin den Schankraum betrat, saßen die Hübscherinnen des Frauenhauses noch nahezu vollzählig am Tisch und nahmen ihr Frühstück ein. Da die Huren häufig erst spät ins Bett gingen, schliefen sie entsprechend länger, um für ihr anstrengendes Gewerbe in

Form zu sein. Sie begrüßten die Gildemeisterin, die für viele der gestrauchelten, vom Schicksal gebeutelten Frauen wie eine Mutter war, mit großer Herzlichkeit.

Ursels Stellvertreterin, die Jennischen Marie, kam sogar zu ihr und umarmte sie. »Hoffentlich geht es Euch heute wieder etwas besser, Meistersen«, sagte die Frau mit den pechschwarzen Lockenhaaren und den fremdländischen Gesichtszügen, die eine halbe Zigeunerin war, fürsorglich und ließ sich an Ursels Seite nieder, die ihren festen Platz an der Stirnseite des Tischs einnahm.

Während die Gildemeisterin mit gutem Appetit ein Stück von dem Gugelhupf aß, der noch vom Sonntag übriggeblieben war, kam sie mit Marie ins Gespräch, die ihr berichtete, dass das Messegeschäft gut gelaufen sei. Trotzdem wären sie alle froh darüber, dass es wieder vorbei sei. Ursel wusste nur zu gut, wie anstrengend die Messen für die Huren waren, hatten die Frauen doch mindestens doppelt so viele Freier wie sonst, was überaus kräftezehrend war. Nach und nach meldeten sich auch die Hübscherinnen zu Wort und sprachen mit der Frauenhauswirtin über ihre Belange. Häufig ging es dabei um Klagen über Freier oder um Streitigkeiten unter den Huren. Ursel hörte den Frauen geduldig zu und hatte für jede ein gutes Wort. Nach wie vor nahm sie ihre Aufgabe als Gildemeisterin sehr ernst, und es tat ihr wohl, mit ihren Schützlingen zu sprechen, die ihr nahestanden wie Familienangehörige. Sie kannte die Lebensgeschichte jeder einzelnen Hübscherin und wusste, wie sie sie zu nehmen hatte. Mitunter erfüllte es sie mit Schmerz, wenn sie daran dachte, dass sie nächstes Jahr das Frauenhaus verlassen würde.

Nachdem so eine gute Stunde verstrichen war und die ersten Freier in die Schankstube strömten – zumeist unverheiratete Handwerksgesellen aus der Nachbarschaft, die ihre Mittagspause für einen Besuch im Frauenhaus nutzten –, machte sich die Hurenkönigin auf den Weg zur Polizeiwache.

Es war ein trüber, kalter Herbsttag mit heftigen Windböen, die Ursel die sorgfältig frisierten Haare zerzausten. Als sie über den zugigen Römerberg lief und auf die Neue Kräme blickte, wo sich Bernhards Wohnhaus befand, spürte sie eine tiefe Wehmut in sich, und die Vorstellung, dass er womöglich schon wieder volltrunken war, deprimierte sie unsagbar. Sie würde nachher bei ihm vorbeischauen, wenn sie mit dem Richter gesprochen hatte. Wenig später erreichte Ursel die Polizeiwache. Nach kurzem Anklopfen trat sie in die Wachstube und erkundigte sich bei den beiden Stangenknechten nach dem Untersuchungsrichter.

»Der Richter hat sich heute krankgemeldet, Zimmerin. Er liegt mit Fieber im Bett, will aber morgen unbedingt wieder zum Dienst kommen, weil ja auch am Mittag die Hinrichtung ist«, beschied sie einer der Büttel respektvoll. »Wenn es sich nicht aufschieben lässt, könnt Ihr Euch auch an uns wenden, Gildemeisterin«, fügte er dienstbeflissen hinzu und blickte die Hurenkönigin abwartend an. Den Stadtschergen war es hinlänglich bekannt, dass die Stadt Frankfurt der Hurenkönigin die Aufklärung mehrerer Mordfälle verdankte und sie dafür sogar mit dem Bürgerrecht belohnt worden war. Die meisten Büttel hatte es seinerzeit mit einer gewissen Häme erfüllt, dass Untersuchungsrichter Lederer, Fauerbachs Vorgänger, aufgrund seiner Versäumnisse den Dienst quittieren musste, war er doch bei seinen Untergebenen wenig beliebt.

Ursel überlegte kurz, ob sie das Anerbieten des Stangenknechts annehmen sollte. Doch sie wollte auch nicht zu viel Staub aufwirbeln, und das, was sie gegen den Küster vorzuweisen hatte, war ja auch nicht mehr als ein vager Verdacht – von dem sie inzwischen selbst nicht mehr so recht überzeugt war. Also schüttelte sie den Kopf, bedankte sich höflich bei den Schergen und verließ wieder die Amtsstube. Als sie auf die Gasse hinaustrat, war sie einerseits erleichtert, Fauerbach nicht angetroffen zu haben, aber es war es ihr auch nicht ganz wohl dabei, die Sache auf sich beruhen zu lassen. Es hatte ihr doch gestern alles sehr zu denken gegeben, und sie ärgerte sich gleichzeitig auch über ihre eigene Wankelmütigkeit.

Auf dem Weg zu Bernhard beschlichen sie düstere Ahnungen, die sich noch verstärkten, je näher sie seiner Behausung kam. Wenn ich ihm doch nur helfen könnte, dachte sie verzagt und konnte das entsetzliche Ohnmachtsgefühl, das sie Bernhard gegenüber empfand, kaum noch ertragen.

Bernhard von Wanebach erwachte mit bohrenden Kopfschmerzen. Schon seit Tagen konnte er kaum noch unterscheiden, welche Tageszeit war – und es interessierte ihn auch nicht weiter. Der schmale Lichtstreifen zwischen den zugezogenen Vorhängen schmerzte ihn in den Augen und verriet, dass es Tag sein musste. Mit einem

Mal fing sein Magen an zu rebellieren, und er erbrach einen Schub gelben galligen Schaum neben das Bett, was den Kopfschmerz nur noch verschlimmerte. Gleichzeitig brach ihm der kalte Schweiß aus, sein Herz raste wie wild, und er bekam unversehens panische Todesangst, die ihm den Atem lähmte. Als er die große schwarze Ratte über den Boden unweit des Bettes huschen sah, entrang sich ihm ein schriller Schrei, und er richtete sich ruckartig auf. Zu seinem Entsetzen musste er erkennen, dass sie nicht die Einzige war; an allen Ecken und Enden des Dielenbodens entdeckte er die Nager, und das kratzende Geräusch ihrer kleinen Krallen raubte ihm schier den Verstand. Voll Verzweiflung schrie er um sein Leben.

Als in der nächsten Minute die Tür geöffnet wurde und sein alter Diener hereingestürzt kam, klammerte sich Bernhard wie ein Ertrinkender an den alten Mann und flehte ihn an, die Ratten zu erschlagen. Dann zuckten grelle Blitze durch seinen Kopf, und er verlor das Bewusstsein.

Etwas Kaltes, Nasses auf der Stirn ließ Bernhard zu sich kommen. Er nahm einen scharfen Kampfergeruch wahr. Es kostete ihn unglaubliche Mühe, die Augen aufzuschlagen, seine Lider waren bleischwer und ließen sich kaum öffnen. Wie durch einen Schleier gewahrte er über sich das Gesicht von Doktor Armbrüster, der ihn besorgt anblickte.

»Wie geht es Euch, Herr von Wanebach?«, fragte ihn der Arzt mit ernster Miene.

Seine Stimme drang nur als leises Wispern zu Bernhard durch, und er brauchte einige Zeit, bis er den Sinn der Frage begriffen hatte. »Schlecht«, brachte er schließlich entkräftet hervor. Sein Mund war so trocken, dass er kaum sprechen konnte.

Der Arzt schien dies zu bemerken, denn er schenkte etwas Wasser in einen Becher und führte ihn sacht an Bernhards Mund, der in gierigen Zügen trank.

»Was … was ist passiert?«, stieß er hervor und bemerkte, dass er unter der dicken Daunendecke vor Kälte schlotterte.

»Ihr seid auf dem besten Wege, Euch um den Verstand zu trinken, Herr von Wanebach!«, sagte der Doktor eindringlich. »Als Euer Arzt muss ich Euch dringend dazu raten, unbedingt mit dem Trinken aufzuhören – sonst muss ich bald Euren Totenschein ausfüllen.«

Bernhards Zittern wurde immer schlimmer, seine irrwitzig zuckenden Glieder schienen ein Eigenleben zu führen. Hektisch irrte sein Blick zu dem Tischchen neben dem Bett, auf dem eine Waschschüssel und der Wasserkrug standen.

Der Arzt schien zu wissen, wonach er suchte. »Die halbleere Branntweinflasche habe ich Eurem Diener übergeben, damit er sie in den Ausguss schüttet«, erklärte er streng. »Wie ich sehe, seid Ihr inzwischen zu einem stärkeren Getränk übergegangen, was den Ruin, den der hochkonzentrierte Alkohol an Eurem Körper und Eurem Verstand anrichtet, nur noch beschleunigt.« Doktor Armbrüster nahm die kalte Kompresse von Bernhards Stirn, tauchte sie in die Waschschüssel, wrang sie aus und legte sie wieder über seine Schläfen. »Das hilft gegen die quälenden Kopfschmerzen, die Ihr sicherlich habt«, erläuterte er und entnahm dem Felleisen, das neben ihm auf dem Boden stand, eine kleine Glasphiole und träufelte vorsichtig ein paar Tropfen in den Trinkbecher. »Das ist ein Konzentrat aus Baldrianwurzel, Hopfenblüten und Mohnsamen. Es wird Euch etwas beruhigen und das Zittern ein wenig mindern.« Er hielt Bernhard den Becher an die Lippen und achtete darauf, dass er ihn austrank. »Ich lasse Euch die Medizin hier. Wenn es Euch schlechter geht und Ihr wieder Wahnvorstellungen habt, dann nehmt etwas davon. Mit dem Inhalt dürftet Ihr über den Tag kommen. Am Abend schaue ich wieder vorbei und gebe Euch etwas, damit Ihr gut durch die Nacht kommt. Das wird bestimmt nicht leicht für Euch, die ersten drei Tage ohne Alkohol sind für einen Trinker die Schlimmsten. Aber da müsst Ihr jetzt durch, und mit der Zeit wird es Euch schon bessergehen. Mehr kann ich im Augenblick nicht für Euch tun. Ihr solltet nachher versuchen, eine Kleinigkeit zu essen. Ich habe Euren Diener angewiesen, Euch eine Hühnerbrühe zu bereiten, das wird Euch kräftigen und Euren angegriffenen Magen beruhigen. Außerdem wäre es gut, wenn sich jemand um Euch kümmert und darauf achtet, dass Ihr keinen Unsinn macht«, sagte der Arzt mit tadelndem Unterton und musterte den Patienten argwöhnisch. »Ihr habt doch hoffentlich nicht noch irgendwo eine Flasche versteckt?«, erkundigte er sich nachdrücklich.

»Nicht dass ich wüsste«, erwiderte Bernhard mit belegter Stimme. »Nur das, was auf dem Tisch stand …«

»Ich habe alle Flaschen, die auf dem Tisch und dem Boden standen, entfernen lassen – und auch die eine, die in der Kleidertruhe zwischen Euren Anziehsachen lag«, erklärte der Doktor mit listigem Lächeln. »Wenn Ihr nicht irgendwo noch ein Geheimversteck habt, dürfte es das gewesen sein. Ich kann Euch nur wieder und wieder ermahnen: Finger weg vom Alkohol! Ich lasse es nicht zu, dass sich so ein vortrefflicher Mann und brillanter Gelehrter wie Ihr zu Tode säuft. Und Ihr, mein verehrter Herr von Wanebach, dürft das auch nicht zulassen! Das seid Ihr Euch und Eurer Gefährtin schuldig«, appellierte Doktor Armbrüster eindringlich. »Ein Hausknecht ist schon unterwegs, um der Zimmerin Bescheid zu sagen, sie wird sicher bald hier sein. Wie ich weiß, macht sich die Arme ohnehin die schlimmsten Sorgen um Euch.« Der Arzt klopfte Bernhard aufmunternd auf die Schulter. »Seid mir nur schön tapfer, mein Guter, das wird schon! Heute Abend sehen wir uns wieder, und wenn irgendetwas ist, bin ich natürlich jederzeit für Euch da.« Mit diesen Worten verabschiedete sich der Doktor von Bernhard, nahm sein Felleisen und ging.

Bernhard, der die ganze Zeit nur darauf gewartet hatte, sprang sogleich hektisch aus dem Bett – er musste sich auf die Nachtkonsole stützen, weil seine Beine ihn kaum tragen konnten und es ihm schwarz vor Augen wurde. Dennoch ermannte er sich mit letzter Kraft, die Rosshaarmatratze anzuheben. Und da lag sie, unversehrt und gut verkorkt, auf den Brettern des Sprungrahmens: seine eiserne Reserve, die er am Tag zuvor in kluger Voraussicht hier versteckt hatte.

Als Ursel in der Halle von Bernhards Haus auf Doktor Armbrüster traf, war sie hochgradig alarmiert. »Ist was mit Bernhard?«, fragte sie aufgeregt. Der Arzt bat sie, auf einem der Stühle Platz zu nehmen, und erläuterte ihr die Geschehnisse. Ursel stöhnte auf, als sie vernahm, wie schlecht es um den Gefährten stand, und versprach dem Doktor, nicht mehr von Bernhards Seite zu weichen. Nachdem sich dieser von ihr verabschiedet hatte, eilte sie auf wackligen Beinen die Treppe hinauf. Vor Kummer rannen ihr die Tränen über die Wangen. Hastig stieß sie die angelehnte Tür von Bernhards Schlafzimmer auf und stürmte hinein. »Mein Liebster, ich bin ja bei dir!«, stieß sie hervor – und erstarrte auf der Stelle, als sie die Branntweinflasche in Bernhards Händen sah. Im nächsten Moment aber fühlte sie eine ohnmächtige Wut in sich aufsteigen, und sie stürzte zu Bernhard hin, der sie aus blutunterlaufenen, glasigen Augen ansah. »Hör sofort mit dem Trinken auf!«, schrie sie außer sich und versuchte mit aller Gewalt, ihm den Branntwein zu entreißen.

Bernhard hielt die Flasche jedoch mit solcher Kraft umklammert, als hinge sein Leben davon ab. »Lass los, du Miststück!«, brüllte er und schlug der Hurenkönigin ins Gesicht.

Ursel spürte einen brennenden Schmerz auf der Wange und war im ersten Moment wie betäubt. Sie konnte es kaum fassen, dass Bernhard sie geschlagen hatte, und wich vor ihm zurück, als wäre er ein Unhold. »Du bist nicht mehr der Mann, den ich geliebt habe! Ich hasse dich!«, brach es mit eisiger Verachtung aus ihr heraus, und sie hastete davon.

Die Hurenkönigin stakste über den Römerberg wie eine hölzerne Gliederpuppe, deren Bewegungen von fremder Hand gelenkt wurden. Auch innerlich fühlte sie sich so stumpf und leblos, als habe man sie ihrer Seele beraubt.

Alles Leben in ihr war erstarrt, und selbst ihr Herz schien nicht mehr zu schlagen.

Als sie durch die Tür des Frauenhauses trat, hatte sie nur noch den Wunsch, sich in ihrem Zimmer zu vergraben und von niemandem auf der Welt mehr behelligt zu werden. Aus der Schankstube drangen Stimmen und Gelächter, die Hübscherinnen schienen zum Glück alle beschäftigt zu sein. Fluchtartig rannte Ursel die Treppe hinauf, um so schnell wie möglich in ihrem Zimmer zu verschwinden. Als sie die Galerie entlanglief, sah sie etwas Weißes vor ihrer Zimmertür, und kurz darauf sah sie, dass eine weiße Lilie auf ihrer Türschwelle lag. Sogleich musste sie an die Mönche aus dem Kloster Laach denken, denen die weiße Lilie den Tod ankündigte, und die Wachsblume erschien ihr mit einem Mal so unheimlich, dass es sie schauderte. Gleichzeitig ahnte sie, von wem die Blume stammte, und sie klaubte die Lilie vom Boden auf, als plötzlich ein gefaltetes Stück Papier aus dem Blütenkelch fiel. Ursel spürte, wie ihr Herz höherschlug, und entriegelte mit bebenden Händen das Türschloss. Nachdem sie hastig von innen abgeschlossen hatte, ließ sie sich auf die Bettdecke sinken, entfaltete den Bogen und fing atemlos an zu lesen.

Meine liebe, verehrte Zimmerin!

Ich hoffe, es ist nicht zu tollkühn von mir, derart mit der Tür ins Haus zu fallen und Euch diese Einladung zu überbringen! Möglicherweise übt Ihr ja ein wenig Nachsicht mit mir, wenn ich Euch anvertraue, dass ich am heutigen Tage meinen fünfzigsten Geburtstag begehe und mich außerordentlich glücklich

schätzen würde, wenn Ihr die Güte hättet, an diesem Abend mein Gast zu sein.
Darf ich hoffen, dass Ihr mich mit Eurem Besuch beehrt?

Euer stets ergebener
Egidius Nussbaumer

PS: Wenn es Euch recht ist, würde ich Euch um die sechste Abendstunde mit der Kutsche abholen und Euch selbstverständlich auch wieder nach Hause bringen. Sollte ich Euch jedoch mit meinem Ansinnen kompromittiert haben, so bitte ich Euch aufrichtig, mir zu verzeihen und meine Einladung als nichtig zu betrachten.

Ursel starrte nachdenklich auf die schwungvollen Buchstaben. Ihr erster Impuls war, Nussbaumers letzten Satz des Postskriptums zu beherzigen und die Einladung zu ignorieren. So schlecht, wie es ihr ging, war sie absolut nicht in der Stimmung, zu einer Feier zu gehen – geschweige denn, mit wem auch immer, Nettigkeiten auszutauschen. Im Gegenteil, sie hasste alles und jeden und hatte nicht übel Lust, etwaige Quälgeister, die ihr auf die Pelle rückten, wie lästige Fliegen zu erschlagen. Ursel ließ den Briefbogen achtlos auf den Boden fallen. Sie hatte weiß Gott andere Sorgen, als mit Egidius Nussbaumer Süßholz zu raspeln! Plötzlich zogen vor Ursels geistigem Auge düstere Bilder auf. Sie sah den Wandaltar aus der Liebfrauenkirche mit der Statue der Schmerzensmutter vor sich, auf dem drei wächserne Lilien standen, die Egidius Nussbaumer zum Gedenken an die ermordeten Frauen und Isoldes ungeborenes Kind unter das Standbild gestellt hatte. Diese schöne Geste hatte sie noch vor ein paar Tagen zu Tränen gerührt – andererseits aber auch mit Grauen erfüllt, wie sie sich noch gut erinnern konnte. Denn unwillkürlich hatte sie beim Anblick der weißen Lilien auch an die schauerliche Geschichte des Klosters Maria Laach denken müssen. Es befremdete die Hurenkönigin zutiefst, dass der Küster auch ihr, ebenso wie den toten Frauen, eine Lilie verehrt hatte. Sie musterte die Wachsblume, die sie auf den Tisch gelegt hatte, mit wachsender Beklommenheit, und je länger sie sie ansah, desto unheimlicher und morbider erschien sie ihr. »Das ist eine Totenblume!«, flüsterte sie entsetzt und empfand mit einem Mal eine regelrechte Aversion gegen das wächserne Gebilde. Konnte es etwa sein, dass Nussbaumer sie als solche auch verwendete? Als Marienverehrer kannte er die Geschichte vom Kloster Laach, und ihm war die unheilvolle Symbolik der weißen Lilie sehr wohl bewusst. Der Hurenkönigin sträubten sich die Nackenhaare. *Für jede tote Frau eine Lilie – und du, Ursel Zimmer, bist die Nächste!*

Die Gedanken der Hurenkönigin überschlugen sich, und sie bereute es mit einem Mal, dass sie die Polizeibüttel am Vormittag nicht über ihre Mutmaßungen in Kenntnis gesetzt hatte. Sicher, sie hatte gegen Nussbaumer keine konkreten Beweise, aber eine Durchsuchung seines Hauses würde möglicherweise etwas ergeben …

Just in diesem Moment wurde heftig an Ursels Tür geklopft, und die Hurenkönigin fuhr zusammen, als habe sie der Blitz getroffen.

»Ursel, ich bin’s, lass mich bitte rein!«, vernahm sie Bernhards Stimme.

Ursel erstarrte augenblicklich. Er hatte ihre Liebe mit

Füßen getreten, und jetzt war nichts mehr davon übrig. »Lass mich in Ruhe! Ich will nichts mehr mit dir zu tun haben!«, erwiderte sie kalt.

Von draußen war ein Aufschluchzen zu vernehmen. »Bitte verzeih mir!«, flehte Bernhard inständig, doch die Hurenkönigin blieb hart. Ihre Verletzung war zu tief, als dass sie ihm hätte verzeihen können. Der Schuft hat mir das Herz gebrochen, dachte sie voller Bitterkeit und hielt eisern an ihrem Vorsatz fest, Bernhard um nichts auf der Welt die Tür zu öffnen. Doch Bernhard war nicht weniger hartnäckig als seine Gefährtin und versuchte es auf alle erdenklichen Arten, die Hurenkönigin dazu zu bewegen, ihm endlich Gehör zu schenken. Aber alle seine Bemühungen waren vergebens, Ursel ließ sich nicht erweichen.

Nachdem solcherart mehr als eine Stunde vergangen war, trat plötzlich Stille ein. Die Hurenkönigin lag auf ihrem Bett und brütete düster vor sich hin, als sie plötzlich vom Flur her Stimmen vernahm. Ursel spitzte die Ohren und hörte, dass die Jennischen Marie mit Bernhard sprach. Gleich darauf nahm sie Schritte wahr, die sich entfernten. »Endlich ist er weg!«, seufzte Ursel, spürte jedoch in ihrem Innern, dass sie sich jegliche Erleichterung nur vorgaukelte. Im Grunde genommen hätte sie lauthals aufschreien mögen, so todunglücklich war sie. Doch sie war innerlich viel zu verhärtet, um Gefühle zu äußern. Unwillkürlich musste sie daran denken, wie stolz und glücklich sie noch vor kurzem gewesen war, als sie mit Bernhard in das Gasthaus »Zum goldenen Hirschen« gegangen war, um dort seinen Verleger zu treffen. Die Vorstellung, gemeinsam mit ihrem Geliebten Kriminalchroniken zu verfassen, hatte sie begeistert – und mindestens genauso hatte sie sich darauf gefreut, mit Bernhard gelegentlich Isoldes Kind zu hüten. Damals hatte sie noch mitten im Leben gestanden, das es unglaublich gut mit ihr zu meinen schien. Und jetzt war alles nur noch eine einzige Verwüstung. Isolde, die Strahlende, Lebensfrohe, war brutal ermordet worden. Und mit dieser schrecklichen Bluttat hat die mörderische Bestie unser aller Leben zerstört, dachte die Hurenkönigin bedrückt, als erneut an ihre Tür geklopft wurde.

»Meistersen, hier ist die Jennischen Marie, macht bitte die Tür auf!«, drang die vertraute Stimme ihrer Stellvertreterin von draußen herein.

»Bist du alleine?«, fragte Ursel argwöhnisch.

»Ja, das bin ich«, erklang es aufrichtig.

Unwillig erhob sich Ursel und öffnete die Tür, machte jedoch keinerlei Anstalten, Marie hereinzubitten.

»Ich … ich soll Euch etwas bestellen«, erklärte die dunkelhaarige Hübscherin mit betretener Miene.

»Ich höre …«, sagte Ursel missmutig.

»Herr von Wanebach sitzt unten in der Schankstube …«, erklärte Marie und sah die Gildemeisterin eindringlich an. »Ihm scheint es nicht gutzugehen, er zittert wie ein Entenarsch …«

»Vielleicht sollte er einen Schnaps trinken, dann wird es ihm schon bessergehen«, empfahl Ursel sarkastisch.

Marie schüttelte besorgt den Kopf. »Den habe ich ihm ja angeboten, aber er wollte keinen. Hat um einen Becher Milch gebeten, und als er davon trinken wollte, hat er so schlimm gezittert, dass er sich die Hälfte auf die Hose geschüttet hat. Meistersen, ich weiß ja nicht, was zwischen Euch vorgefallen ist, und es geht mich ja auch nichts an, aber seid doch bitte nicht so hart zu ihm. Er hat eben bei mir auf dem Flur geheult wie ein kleines Kind und gebeten, mich bei Euch für ihn zu verwenden. Ich soll Euch sagen, dass es ihm leidtut, was er gemacht hat, und dass er Euch das gerne selber sagen möchte. Ihr sollt es Euch bitte noch mal überlegen, ob Ihr nicht doch mit ihm reden wollt. Er wartet solange unten in der Schankstube – und er hat gemeint, er geht nicht eher weg, bis Ihr ihn angehört habt …«

»Da kann er warten, bis er schwarz wird!«, schnappte die Hurenkönigin erbost. »Ich will ihn nicht sehen und auch nicht mit ihm sprechen – heute nicht, morgen nicht und eigentlich überhaupt nicht mehr! Und das kannst du ihm auch gerne so bestellen!«

Die Jennischen Marie starrte die Hurenkönigin fassungslos an. »Aber Meistersen, so kenne ich Euch ja gar nicht … so hartherzig! Wollt Ihr Euch nicht doch vielleicht mit ihm aussöhnen? Der Arme leidet wie ein Tier …«

»Wie du eben schon richtig gesagt hast, Jennischen, das geht dich eigentlich gar nichts an!«, unterbrach Ursel sie barsch. »So, und jetzt möchte ich gerne wieder meine Ruhe haben, wenn's möglich ist.«

»Ich stör Euch heute bestimmt nicht mehr!«, sagte Marie mit beleidigter Miene und machte auf dem Absatz kehrt.

Bernhard von Wanebach saß zusammengesunken am Fenster des Frauenhauses und litt Höllenqualen. Den

Stuhl hatte er sich dorthin gerückt, um dem feuchtfröhlichen Treiben in der Schankstube den Rücken zu kehren und unbehelligt zu bleiben. Vor geraumer Zeit hatte es angefangen zu dämmern, und Ursel zeigte ihm nach wie vor die kalte Schulter – was er ihr nach seiner hässlichen Entgleisung vom Vormittag weiß Gott nicht übelnehmen konnte. Nachdem Ursel gegangen war, war er trotz des beträchtlichen Quantums Branntwein, das er gierig in sich hineingeschüttet hatte, schlagartig nüchtern geworden – und hatte in maßlosem Zorn über sich selbst die Branntweinflasche an die Wand geschleudert. Dem hektisch herbeieilenden Diener hatte er nur erklärt, er brauche sich keine Sorgen um ihn zu machen, er würde nicht mehr trinken. Diesen eisernen Vorsatz würde er auch einhalten, und wenn es ihm noch so elend ging. Und es ging ihm hundeelend! In seinem ganzen Leben hatte er sich noch nie so erschlagen gefühlt. Schlimmer aber als das entsetzliche Zittern, die Panikattacken, das Herzrasen und die Schweißausbrüche war die Angst, die Liebe der Hurenkönigin verloren zu haben – die er so schmählich schlecht behandelt hatte. Doch damit war jetzt Schluss, und er würde alles dafür tun, es wiedergutzumachen. Während der Gelehrte noch vor sich hin brütete, fuhr plötzlich eine Kutsche vor dem Frauenhaus vor, und zu seinem grenzenlosen Erstaunen entdeckte Bernhard den Küster auf dem Kutschbock. Gleich darauf stieg er herunter und eilte zielstrebig zur Eingangstür. Was will dieser Tugendwächter denn im Frauenhaus? Bernhard mochte seinen Augen nicht trauen, als Egidius Nussbaumer im nächsten Moment durch die Tür des Schankraums trat und zum Tresen lief, wo er kurz mit dem Frauenhausknecht sprach und dann wieder hinauseilte. Er vermied jeglichen Blickkontakt, so dass er Bernhard gar nicht bemerkte – und dieser war fern davon, ihn anzusprechen. Als Nussbaumer wieder draußen war, blieb er trotz des Regens vor der Kutsche stehen und schien auf irgendetwas zu warten. Bernhard sah, wie er sich mit der Hand immer wieder über das vom Wind zerzauste Haar strich. Er wirkte nervös und starrte angespannt auf das Frauenhaus. Bernhard, der ihn nicht aus den Augen ließ, rückte unwillkürlich ein Stück zur Seite, damit der Küster ihn nicht sah. Als die Rathausuhr die sechste Abendstunde anschlug, schreckte er zusammen und bemerkte, dass auch der Küster zusammenfuhr, dessen langes Haar bereits ziemlich durchnässt war, doch er blieb immer noch im Regen stehen und blickte erwartungsvoll zur Tür. Es mussten etwa zehn Minuten verstrichen sein, als plötzlich eine Frauengestalt aus der Tür eilte und auf Egidius Nussbaumer zuging. Fassungslos erkannte Bernhard, dass es die Hurenkönigin war. Der Kirchendiener verbeugte sich galant und küsste Ursel die Hand, um ihr anschließend die Kutschentür aufzuhalten. Nachdem Ursel eingestiegen war, erklomm er den Kutschbock, trieb die Pferde an, und das Gefährt setzte sich sogleich in Bewegung.

Bernhard stürzte ins Bodenlose und presste sich entsetzt die Hand vor den Mund, um nicht laut aufzuschreien. »Das kannst du mir doch nicht antun«, murmelte er außer sich. Seine Gedanken überschlugen sich, und schon im nächsten Augenblick übermannte ihn der Impuls, hinauszustürzen und der Kutsche hinterherzustürmen. Er war schon an der Tür der Gaststube, als plötzlich laut sein Name gerufen wurde. Bernhard drehte sich um und sah, wie der Frauenhausknecht mit einem Umschlag in der Hand auf ihn zukam.

»Die Gildemeisterin bat mich, Euch diesen Brief zu übergeben«, sagte der muskulöse junge Mann und reichte Bernhard ein weißes Kuvert.

Als Ursel in der dunklen Kutsche saß und durch die kleine Fensteröffnung an der Seite die kahlen Obstbäume wahrnahm, deren Kronen sich gespenstisch im Wind bewegten, war es ihr mehr als mulmig zumute. Das Gefährt ruckelte gewaltig, als es hinter dem städtischen Rahmhof auf einen holprigen Feldweg einbog, der nur noch von abgemähten Stoppelfeldern und Obstwiesen gesäumt wurde. In diese gottverlassene Gegend verirrt sich doch kein Mensch, dachte Ursel mit einem Anflug von Panik und fluchte innerlich, dass sie sich auf das tollkühne Unterfangen überhaupt eingelassen hatte. Hektisch tastete sie nach dem kleinen Lederbeutel am Gürtel, in dem sie neben Geldmünzen und Schlüsseln auch ein kleines Glasfläschchen verwahrte. Am liebsten hätte sie von dem Theriak, das sie sich vorhin unter dem Vorwand, sie wolle sich ein wenig hinlegen, von ihrer Zimmernachbarin ausgeborgt hatte, einen ordentlichen Schluck getrunken, so aufgeregt war sie. Doch sie unterließ es tunlichst, denn sie brauchte für ihr Vorhaben unbedingt einen klaren Kopf. Außerdem war es für andere Zwecke vorgesehen. Sie wollte Egidius Nussbaumer nachher in einem günstigen Moment etwas von dem opiumhaltigen Gebräu in den Wein träufeln, um sich anschließend in Ruhe im Haus nach etwaigen Beweisen umschauen zu können. Dann würde sie sich auf den Heimweg machen, was in dieser stockfinsteren, unwirtlichen Nacht sicher kein Vergnügen werden würde – und wenn alle Stricke reißen sollten, würde ihr Bernhard schon zu Hilfe kommen. Das hoffte sie zumindest und war froh, dass sie ihn über alles in Kenntnis gesetzt hatte. Plötzlich konnte Ursel ein Stück weit entfernt einen Lichtschein ausmachen, und beim Näherkommen zeichneten sich in der Dunkelheit schemenhaft die Umrisse eines großen Gebäudes ab, dessen untere Fensterfront erleuchtet war. Das muss es sein, dachte die Hurenkönigin beklommen und spürte, wie ihr das Herz bis zum Halse schlug. Nur ruhig Blut und freundlich lächeln, ermahnte sie sich, Nussbaumer konnte ja nicht ahnen, was sie vorhatte. Als die Kutsche schließlich hielt, stockte Ursel beim Gedanken daran, dass möglicherweise auch der Küster etwas gegen sie im Schilde führte, das Blut in den Adern.

Als Egidius Nussbaumer ihr gleich darauf aus der Kutsche half, war er wie immer die Liebenswürdigkeit in Person. Er bot ihr den Arm an und führte sie die imposante Freitreppe hinauf zur nicht minder feudalen Eingangstür. Zuvorkommend hielt er ihr den Türflügel auf und geleitete sie durch eine weitläufige, holzgetäfelte Halle in die hell erleuchtete Wohnstube. Dort rückte er der Hurenkönigin an dem festlich gedeckten Tisch einen Stuhl zurecht und bat sie, Platz zu nehmen. Nachdem Nussbaumer sich ihr gegenüber niedergelassen hatte, füllte er aus der Glaskaraffe mit rubinrotem Wein zwei gläserne Trinkpokale. »Ihr ahnt ja gar nicht, wie glücklich ich über Euren Besuch bin«, sagte er mit glänzenden Augen und prostete Ursel zu. »Ich glaube, das wird heute der schönste Geburtstag meines Lebens. Lasst uns auf den Abend anstoßen!«

»Auf Euer Wohl – viel Glück und viel Segen!«, brachte Ursel feierlich den Toast aus und stieß mit dem Küster an.

Egidius Nussbaumer blinzelte gerührt. In seinen blauen Augen schimmerten Tränen, als sein Blick zu dem goldgerahmten Gemälde schweifte, das über einem prunkvollen Wandaltar an der Stirnseite des Raums hing.

Ursel, die seinem Blick gefolgt war, lächelte verständig. »Ist das Eure Mutter?«, fragte sie.

»Ja«, bestätigte der Küster sichtlich bewegt. »Die Familie meiner Mutter hat es damals nach meiner Geburt von ihr anfertigen lassen. Sie war zu diesem Zeitpunkt gerade einmal siebzehn Jahre alt. Ich habe es letztes Jahr nach ihrem Tod dorthin gehängt, damit ich es immer vor Augen habe.«

Die Hurenkönigin betrachtete das lebensgroße Gemälde, das nahezu den ganzen Raum dominierte und ihr schon bei der Ankunft aufgefallen war. Es zeigte eine grazile junge Frau in einem hochgeschlossenen blauen Gewand, die in den zum Gebet gefalteten Händen einen Rosenkranz hielt. Die hellblonden Haare waren streng nach hinten frisiert und zu einem schlichten Knoten aufgesteckt. Als einzigen Schmuck trug sie ein feines Goldkettchen mit einem Kreuz um den Hals und, wie Ursel ebenfalls bemerkte, einen filigranen goldenen Ehering am Ringfinger der linken Hand. Auf den engelhaften Gesichtszügen mit dem makellosen Alabasterteint spiegelte sich fromme Andacht. Fast hätte man sie für eine Heilige halten können, wäre da nicht der unerbittliche, stechende Blick dieser eisblauen Augen gewesen und der herrische Zug um den Mund. Die war bestimmt ein ganz schönes Scheusal, ging es der Hurenkönigin durch den Sinn, als sie Nussbaumers Stimme jäh aus ihren Betrachtungen riss.

»Leider kann sie heute an meinem Ehrentag nicht mit uns an der Tafel sitzen, und mir bleibt nur, ihr in Gedanken nahe zu sein«, erklärte Egidius Nussbaumer weihevoll und richtete seinen Blick zur Stirnseite des Tischs, die mit Besteck, Teller und Trinkpokal komplett eingedeckt war. »Ich hoffe, Ihr haltet mich nicht für schrullig, dass ich ein Gedeck dorthin gelegt habe?«, fragte er mit verlegenem Lächeln. »Aber an diesem Platz hat Mutter früher immer gesessen – und im Geiste tut sie das noch heute. Zumindest erscheint mir das manchmal so, aber das liegt vielleicht daran, dass ich so häufig an sie denke und sie immer noch aufs schmerzlichste vermisse«, erläuterte der Küster mit belegter Stimme und brachte auf seine Mutter einen Trinkspruch aus, in den Ursel mit erhobenem Glas einstimmte – obgleich ihr vor Anspannung die Hand zitterte und sie inständig hoffte, dass Nussbaumer es nicht bemerkte. Doch dieser schien in Gedanken noch immer ganz bei seiner verstorbenen Mutter zu sein.

»Ihr müsst sie sehr geliebt haben«, sagte Ursel versonnen.

»Ich liebe sie noch immer«, erwiderte der Küster mit solcher Heftigkeit, dass ein Beben über seine Züge lief, die gerade eben noch so verklärt angemutet hatten.

»Verzeiht mir, das wollte ich keineswegs in Abrede stellen«, entschuldigte sich Ursel betreten.

Egidius Nussbaumer lächelte versöhnlich. »Das habt Ihr ja auch nicht getan«, lenkte er ein und nahm noch einen Schluck Wein. »Schmeckt er Euch?«, erkundigte er sich bei der Hurenkönigin.

»Ausgesprochen vollmundig und samtig – ein wahrer Genuss für den Gaumen«, lobte Ursel den Wein.

»Er stammt aus dem Burgund und lagert schon seit über zwanzig Jahren in unserem Keller. Ein Geschenk des Fürstbischofs von Würzburg, welches er mir seinerzeit für mein Orgelspiel hat zukommen lassen«, erläuterte der Küster nicht ohne Stolz. »Ich kann doch meinem verehrten Gast nicht dieses saure Essigwasser anbieten, das aus den kümmerlichen Frankfurter Reben gekeltert wird«, setzte er launig hinzu, leerte sein Glas und erhob sich. »Ich hoffe, Ihr habt ordentlich Appetit mitgebracht, meine liebe Zimmerin. Ich habe nämlich noch einen gebratenen Kapaun in der Röhre, den ich Euch gerne kredenzen möchte.«

Ursel, die vor Beklommenheit und Anspannung alles andere als hungrig war – hatte sie doch ohnehin das Gefühl, ein Kloß stecke ihr im Halse und hindere sie am Schlucken –, zwang sich zu einem verkrampften Lächeln. »Ihr hättet Euch doch nicht solche Umstände machen brauchen«, erwiderte sie mit brüchiger Stimme und erbot sich, dem Küster beim Auftragen der Speisen zu helfen.

»Das kommt gar nicht in Frage!«, protestierte Egidius Nussbaumer entrüstet. »Ihr seid mein Gast, und es ist mir eine Freude, Euch zu bedienen«, äußerte er charmant und eilte in die Küche.

Als die Wohnzimmertür hinter ihm ins Schloss gefallen war, stieß Ursel vernehmlich den Atem aus. Fieberhaft überlegte sie, was sie machen sollte. Er hatte sein Weinglas leer getrunken, und ihr Plan, ihm Theriak in den Wein zu gießen, war dadurch zunichtegeworden. Ihr Blick fiel auf die Weinkaraffe. Es da hineinzugeben war keine gute Idee. Denn es könnte ihm unter Umständen auffallen und ihn misstrauisch machen, wenn er ihr Glas auffüllen und sie nichts davon trinken würde. Die Hurenkönigin hielt es vor Unruhe nicht mehr auf ihrem Stuhl. Sie stand auf und ging zu dem Wandaltar mit dem Standbild der Mater dolorosa, über dem alles beherrschend das Gemälde von Nussbaumers Mutter hing. Ihre Blicke schweiften über das lebensgroße Konterfei der jungen Frau und verweilten schließlich auf der kunstvoll geschnitzten Madonnenstatue mit den sieben Schwertern in der Brust. Die Ähnlichkeit zwischen den Gesichtern war verblüffend, die Himmelskönigin und die junge Mutter glichen einander wie Schwestern – auf den ersten Blick zumindest. Beim genaueren Betrachten fiel der Hurenkönigin jedoch auf, was die Mutter von Egidius Nussbaumer von der Heiligen unterschied: Es war die grenzenlose Herzensgüte, die das Antlitz der Gottesmutter so erhaben machte und die der jungen Marie Cäcilie gänzlich zu fehlen schien. Bei aller zur Schau gestellten Frömmigkeit wirkte sie doch hartherzig und kalt. Ursel erinnerte sich plötzlich daran, dass sich Bartholomäus zuweilen bei ihr über seine gefühlskalte junge Gemahlin beklagt hatte – was ihn ja letztendlich auch in ihre Arme getrieben hatte.

Nachdenklich nahm die Hurenkönigin die verschiedenen Devotionalien in Augenschein, die auf der Marmorplatte lagen. Es waren mehrere Rosenkränze, geweihte Buchsbaumsträußchen, verschiedene kunstvoll gearbeitete Weihrauchschalen, eine Vielzahl kleiner, geschnitzter Marienfiguren und eine feinziselierte ovale Reliquienkapsel aus Silber. Was mag da nur drin sein, dachte Ursel neugierig und streckte schon die Hand aus, um sie aufzuschrauben, als sie plötzlich einen Windhauch hinter sich spürte und erschrocken zusammenfuhr. Reflexartig drehte sie sich um und gewahrte den Küster, der nur einen Schritt hinter ihr stand und sie beobachtete. Die Hurenkönigin fühlte sich ertappt. »Was ... was ist in dieser Reliquienkapsel?«, fragte sie verlegen.

Egidius Nussbaumer mühte sich um ein liebenswürdiges Lächeln, obgleich ihm eine gewisse Gereiztheit über Ursels Neugier durchaus anzumerken war. »Darin befinden sich persönliche Erinnerungen an meine Mutter«, erwiderte er ausweichend und bat Ursel, sich wieder an die Tafel zu begeben, es sei so weit alles angerichtet, er hole nur rasch noch das Gemüse. Widerstrebend kehrte die Hurenkönigin zum Tisch zurück und blickte dem Küster, der geschäftig davoneilte und die Tür offen stehen ließ, mit finsterer Miene hinterher. Es juckte sie regelrecht in den Fingern, die Reliquienkapsel zu öffnen und nachzuschauen, was darin war. Durch seine nebulöse Aussage hatte Nussbaumer die Wissbegier der Hurenkönigin erst richtig angestachelt. Ursel warf einen hektischen Blick zur Tür, ob der Küster bereits wieder zurückkam, und hastete an den Wandaltar. Ihre Handflächen waren vor Aufregung ganz feucht, und ihre Hände zitterten, als sie versuchte, die Silberdose aufzuschrauben. Doch sie war so fest verschlossen, dass es ihr nicht gelingen mochte. Gehetzt spähte Ursel zur Tür, wischte sich die Handflächen am Rock ihres schwarzen Trauergewands ab und versuchte es mit einigem Kraftaufwand erneut. Das Gewinde bewegte sich plötzlich, und die Kapsel sprang so ruckartig auf, dass der Inhalt auf den Boden fiel. Es musste etwas Leichtes sein, denn es war kein Geräusch zu hören gewesen. Ursel hob es auf und sah, dass es Haare waren. Wahrscheinlich Haarlocken von der lieben Frau Mutter, dachte sie spöttisch und wollte sie rasch wieder in die Reliquienkapsel stopfen, als sie im Kerzenlicht wahrnahm, dass es verschiedenfarbige Haarsträhnen waren – eine davon war von leuchtendem Kupferrot: der Haarfarbe von Isolde! Die schockierende Gewissheit, dass es sich um die Haarlocken der ermordeten Frauen handelte, traf die Hurenkönigin wie ein Peitschenhieb, und ihr entrang sich ein gellender Aufschrei. Im nächsten Moment spürte sie einen dumpfen Schlag auf dem Hinterkopf und verlor das Bewusstsein.

Nachdem Bernhard von Wanebach Ursels Brief gelesen hatte, zögerte er keine Minute und eilte zur Polizeiwache, um sich Unterstützung zu holen. Denn allein fühlte er sich momentan nicht in der Lage, Ursel aus den Klauen von Egidius Nussbaumer zu befreien, dazu war er in einer zu schlechten Verfassung. Und wenn der Küster tatsächlich der Marienmörder war, wie Ursel mutmaßte, dann war Polizeigewalt auch dringend vonnöten. Beim Gedanken daran, in welcher Gefahr die Hurenkönigin womöglich schwebte, stellten sich dem Gelehrten die Nackenhaare auf. Gleichzeitig ließ ihn die Angst aber auch über sich hinauswachsen, und die Qualen seines ausgewachsenen Katers erschienen ihm mit einem Mal nebensächlich.

Als Bernhard die Wachstube betrat und den beiden Stangenknechten den Grund seines Kommens nannte, war er darauf bedacht, Abstand zu halten, und er vermied es, zu nahe an den Wachtresen zu treten. Es wäre ihm unangenehm gewesen, wenn die Büttel seine Alkoholausdünstungen wahrgenommen hätten.

»Die Hurenkönigin war heute Vormittag hier, sie hat uns gegenüber aber mit keiner Silbe erwähnt, dass sie gegen den Küster derartige Bedenken hegt«, sagte einer der Polizeischergen mit skeptisch gerunzelter Stirn.

Bernhard schnaubte verärgert. »Wenn Ihr glaubt, ich habe mir das alles nur aus den Fingern gesogen, muss ich Euch eines Besseren belehren. Sie hat mir nämlich diesen Brief aushändigen lassen!« Mit bebenden Händen öffnete Bernhard das Kuvert und zog Ursels Nachricht hervor. Er fluchte innerlich, dass seine Hände so stark zitterten, und die hämischen Blicke der Stangenknechte beschämten ihn. Beim anschließenden Verlesen des Briefs mühte er sich verzweifelt um eine feste Stimme, doch auch das brachte er nicht zustande.

»Warum hat sie Euch denn einen Brief geschrieben und es Euch nicht selbst gesagt, was sie vorhat?«, fragte der andere Büttel argwöhnisch. »Soweit mir bekannt ist, seid Ihr doch schon seit Jahren fest liiert …«

»Nun ja …«, murmelte Bernhard unwirsch, »wir hatten halt gewisse Unstimmigkeiten.«

»Und die sollen wir jetzt schlichten«, gab der Büttel mürrisch zurück.

»Darum geht es doch gar nicht«, entgegnete der Gelehrte erbost. »Wenn die Mutmaßungen der Hurenkönigin zutreffen, dann ist sie in größter Gefahr.«

»Guter Mann, ich will Euch mal was sagen«, erklärte der Stangenknecht herablassend und stemmte gewichtig die Arme auf den Tresen. »Als langjähriges Gemeindemitglied ist mir der Herr Nussbaumer sehr wohl bekannt – und ich kann mir ehrlich gesagt nicht vorstellen, dass dieser unbescholtene, gottesfürchtige Mann etwas verbrochen haben soll. Erst recht nicht, dass er was mit den Frauenmorden zu tun hat, zumal der Mörder schon längst überführt wurde! Ich will die Verdienste der Zimmerin gar nicht in Abrede stellen, die sie in früheren Mordfällen erworben hat, aber in diesem Fall – nehmt es mir bitte nicht übel – scheint sie doch gewaltig über ihr Ziel hinauszuschießen. Außerdem haben wir in einer Stunde Feierabend, und da sollen wir jetzt noch bei so einem Sauwetter raus in die Gärten reiten und den armen Küster behelligen, der nach dem Tode seiner gestrengen Frau Mutter vielleicht einmal ganz froh ist, wenn er Damengesellschaft hat …« Der Scherge grinste anzüglich.

Bernhard kochte vor Zorn. »Das wird ein Nachspiel haben«, stieß er aufgebracht aus und wandte sich brüsk dem Ausgang zu.

»Ihr könnt ja schon mal alleine dorthin reiten, und wenn er ihr tatsächlich an die Wäsche geht, könnt Ihr uns immer noch Bescheid geben. Wir kommen dann nach und löschen das Feuer«, rief ihm der andere Büttel derb hinterher.

»Euer freches Mundwerk wird Euch noch leidtun, das verspreche ich Euch!«, herrschte Bernhard den Stangenknecht an und schlug wütend die Tür hinter sich zu.

»Der hat's ja schon ganz schön gespürt«, bemerkte einer der Büttel feixend.

»Wenn deine Alte dir Hörner aufsetzen würde, wärst du auch am Saufen«, erwiderte sein Kollege mit breitem Grinsen, und die beiden Männer begaben sich wieder an den Schreibtisch, um ihr Würfelspiel fortzusetzen.

Benommen schlug die Hurenkönigin die Augen auf. Sie hatte höllische Kopfschmerzen und war kaum in der Lage, einen klaren Gedanken zu fassen. Sie spürte unter sich eine Erschütterung, vernahm ein lautes Holpern und hatte das Gefühl, bewegt zu werden. Als sie im nächsten Moment feststellte, dass sie an Armen und Beinen gefesselt auf einem fahrenden Karren lag, überkam sie panische Angst, und schlagartig stellte sich die Erinnerung wieder ein. Der Küster musste sie niedergeschlagen haben, als sie die Haare der ermordeten Frauen in der Reliquienkapsel entdeckt hatte. Ursel versuchte, den Kopf anzuheben, um sich zu orientieren. Direkt vor ihr war ein Fackelschein. Ihr stockte der Atem, als sie im flackernden Licht die Konturen einer Gestalt wahrnahm, die den Karren zog. Es war der Küster! Wo um alles in der Welt war sie? Die vorbeiziehenden Wände und die Decke waren aus grobem Felsgestein. Es roch nach Feuchtigkeit und Moder. Es musste ein gewölbeartiger Gang sein, mit einer niedrigen Decke, denn es sah aus, als würde Nussbaumer den Kopf einziehen.

Ursel entrang sich ein lautes Stöhnen. »Wo bringt Ihr mich hin?«, stieß sie hervor.

Abrupt blieb der Karren stehen, und der Küster wandte sich zu ihr um. Sein markantes Gesicht war voller Häme. »Dahin, wo wir ungestört sind, du Hure!«, raunzte er.

Als Ursel sah, dass er ein Schwert am Gürtel trug, schrie sie panisch auf.

»Du kannst so laut schreien, wie du willst, hier hört dich sowieso keiner!«, sagte er mit gehässigem Grinsen, kehrte ihr den Rücken zu, packte den Handgriff des Leiterwagens und ging weiter.

Lucie Krämer hatte dem Dekan gerade das Abendbrot serviert, als die lauten Schläge des Türklopfers sie aufschrecken ließen. »Wer kommt denn da noch so spät?«, fragte sie ungehalten und blickte ihren Dienstherrn an.

»Ei, geh Sie halt nachschauen, die Krämerin«, sagte Dekan Cochläus mit vollem Mund. »Und sag Sie den Leuten, sie sollen morgen wiederkommen. Ich bin heute für niemanden mehr zu sprechen, hab bis halb sechs noch jede Menge Beichtkinder gehabt. Irgendwann muss auch mal Schluss sein«, murrte der beleibte Kleriker.

»Recht habt Ihr, Herr Dekan! Esst nur in Ruhe weiter, und lasst Euch nicht stören, ich mach das schon«, erklärte die Haushälterin resolut und eilte zur Tür.

Während Johannes Cochläus genüsslich den kalten Braten verspeiste, der vom Vortag übriggeblieben war, und sich noch ein Glas Gewürztraminer einschenkte, hörte er von der Halle her aufgeregte Stimmen. Der dröhnende Bass der Haushälterin, die offenbar mit einer anderen Frau debattierte, war deutlich auszumachen. Der Tonfall der Besucherin wurde immer weinerlicher und flehender.

Oha, dachte Cochläus, dem solcherart Lamentieren in seiner langen Priesterlaufbahn hinlänglich bekannt war. Wahrscheinlich lag eines seiner Schäfchen auf dem Sterbebett und verlangte nach der letzten Ölung. Auch wenn die Erteilung des Sterbesakraments eine heilige Pflicht seines Amtes war, konnte es sich der Dekan doch nicht verkneifen, ein ärgerliches »Sapperlot!« von sich zu geben. Er hatte sich eigentlich auf einen geruhsamen Abend gefreut.

Es dauerte auch nicht lange, und seine Haushälterin kam mit betretener Miene in Begleitung einer alten Frau in das Speisezimmer. »Entschuldigt bitte, Herr Dekan, dass ich Euch beim Essen störe, aber ich glaube, es ist wichtig«, erklärte Lucie gepresst und wies auf die alte Martha, die schon seit einer halben Ewigkeit der Liebfrauengemeinde angehörte und bei kaum einem Gottesdienst fehlte – auch nicht, wenn es hinterher noch was zu klatschen gab.

»Herr Dekan, ich weiß nicht mehr ein und aus!«, sagte die alte Magd händeringend. »Ich hoffe, ich habe mich vor dem Herrgott nicht versündigt … weil ich so lange gewartet hab …«

»Hei jei jei, Langsdorferin, das kann doch nicht so schlimm sein!«, mühte sich der Dekan um einen begütigenden Ton, obwohl ihm das Gejammer der Magd entsetzlich auf die Nerven ging. »Dann setz Sie sich halt hin, und sag Sie schon, was Sie auf dem Herzen hat – wenn Sie jetzt schon mal hier ist.« Er seufzte resigniert und bot Martha einen Stuhl an.

»Ach Gott, ach Gott, es ist so schrecklich! Ich traue mich gar nicht, es zu sagen …«

»Jetzt zeig es doch schon dem Herrn Dekan, und sag ihm, wo du es gefunden hast!«, drängte sie die Haushälterin ungeduldig.

Martha nestelte mit bebenden Händen ein Stück Stoff hervor, in das etwas eingewickelt war, faltete es auseinander und reichte dem Dekan ein Goldkettchen mit einem herzförmigen Medaillon. Johannes Cochläus musterte den Anhänger mit düsterem Blick, drehte ihn um und hielt ihn ein Stück von sich weg, um die eingravierte Inschrift besser entziffern zu können. »Heilige Muttergottes!«, murmelte er entsetzt, »da steht ja ›Für Edelgard in Liebe – Dein Christoph‹! – Wo in Gottes Namen hat Sie das her?«

»Ich hab heute früh beim Eggi saubergemacht, wo der doch heute Geburtstag hat und Besuch erwartet … Und als ich am Kamin die Asche zusammengefegt habe, ist mir das Kettchen auf die Schippe gefallen …« Die alte Frau stockte und rang nach Atem. »Und da hab ich mir die Asche genauer angeguckt und hab ein paar angesengte Stofffetzen gefunden und drei Hirschhornknöpfe – die hab ich auch dabei, wenn Ihr sie sehen wollt …?« Sie hielt kurz inne, und als der Dekan nichts darauf erwiderte, fuhr sie fort: »Als ich das Kettchen gesehen habe, ging es mir genauso wie Euch. Ich habe mich so aufgeregt, dass es mir ganz schlecht geworden ist, denn ich wusste ja sofort, dass das Kettchen der Edelgard Fischer gehört hat. Sie hat es immer umgehabt, als sie noch den Gottesdienst besuchte. Ich erinnere mich deswegen so genau daran, weil ich sie einmal darauf angesprochen habe, von wem sie es hat und ob ich es mir einmal angucken darf – und da hat sie nur ganz schnippisch gemeint, das ginge niemanden etwas an, und mich einfach stehen lassen. Inzwischen weiß ich ja, warum sie sich damals so geziert hat, weil das Kettchen ein Geschenk von dem Kaplan war, mit dem sie ein Techtelmechtel hatte, und das sollte ja nicht ruchbar werden. Jedenfalls habe ich mich gefragt, warum das Kettchen von der Edelgard in dem Eggi seiner Kaminasche liegt, wo die doch schon gute acht Tage tot ist und … so ein schlimmes Ende gefunden hat …« Vor Bedrängnis rannen der alten Frau die Tränen über die faltigen Wangen. »Zuerst wollte ich es gar nicht wahrhaben, dass der Eggi was damit zu tun hat«, sagte sie, »doch dann ist mir in den Sinn gekommen, dass die verkohlten Stoffstücke womöglich von den Kleidern der ermordeten Frauen stammen, und das Kettchen ist wahrscheinlich dazwischengeraten …«

Der Dekan war wie vom Schlag getroffen. »Herr im Himmel, steh uns bei!«, stieß er hervor. »Das kann doch nicht die Wahrheit sein.« Er schüttelte fassungslos sein kahles Haupt. »Habt Ihr Egidius darauf angesprochen?«, fragte er kurzatmig.

»Nein, er hat noch im Bett gelegen und geschlafen – und ich hab mich dann auch beeilt, damit ich recht bald wieder gehen konnte«, erklärte Martha mit angstvollem Blick. »Ich bin ja anschließend noch auf den Wochenmarkt gegangen und hab meinen Stand aufgeschlagen …

Obwohl ich mit den Gedanken ganz woanders war, das könnt Ihr mir glauben. Am Nachmittag bin ich dann heim und hab mir eine Suppe gemacht, damit ich was in den Bauch bekomme, aber ich habe kaum was runtergekriegt, so hat mir das alles zugesetzt. Und dann hab ich es daheim nicht mehr ausgehalten und bin zu Euch gegangen, um Euch zu fragen, was ich jetzt machen soll.« Sie warf dem Dekan einen bangen Blick zu. »Soweit ich weiß, kriegt der Eggi ja heute Abend Besuch. Er hat ein ziemliches Gewese darum gemacht und mich beauftragt, einen Masthahn und andere Spezereien vom Markt mitzubringen. Die Sachen habe ich ihm auch heute Morgen alle in die Küche gestellt … Er hat zwar nicht gesagt, wen er eingeladen hat, aber mittlerweile ahne ich, wer das ist … Und mir schwant, dass er Übles mit ihr vorhat …«

Die Haushälterin des Pfarrers platzte fast vor Anspannung. »Jetzt sag doch endlich, wen du meinst!«, fuhr sie Martha an und schlug die Hände zusammen.

»Ihr werdet es nicht glauben, aber ich vermute, dass es die Hurenkönigin Ursel Zimmer ist«, murmelte die Magd mit brüchiger Stimme und senkte schamhaft die Lider.

Der Dekan schien aus allen Wolken zu fallen. »Also das geht jetzt aber wirklich zu weit, Langsdorferin!«, rief er empört. »Ich kann mir beim besten Willen nicht vorstellen, dass der Küster sich mit so einem Weibsstück abgibt.«

»Ich fürchte, doch, Herr Dekan«, presste Martha hervor. »An dem Abend, als der Fischer den Anschlag auf Euch verübt hat, war dieses liederliche Frauenzimmer doch auch bei der Marienandacht – was uns alle ziemlich gewundert hat. Und als die Kleinschmidt Lisbeth sie dann deswegen zur Rede gestellt hat, hat der Eggi sich auch noch für sie eingesetzt und gemeint, dass unserer Lieben Frau auch eine Frauenhauswirtin willkommen wäre. Auch wenn ich damals mein Maul gehalten und nichts gesagt habe, so habe ich mich doch ganz schön darüber gewundert, dass der Küster mit dem Weibsstück plötzlich so schöntut, wo er doch schon früher als Bub nie ein gutes Haar an der Erzhure gelassen hat, die seine ganze Familie ruiniert hat. Er wusste nämlich ganz genau, wie das Weibsstück aus dem Frauenhaus hieß, mit dem sein Vater Haus und Hof verhurt hat – weil seine Mutter, Gott hab sie selig, das alles in Erfahrung gebracht hat. Der Eggi war ja damals noch ein kleiner Bub und hat miterleben müssen, wie die arme Marie Cäcilie darunter gelitten hat. Der arme Kerl hat ja seine Mutter immer getröstet, wenn sie vor Kummer gegreint hat. Einmal habe ich gehört, wie der Bub zu ihr gesagt hat, dass er ihre Ehre wiederherstellen wird, wenn er groß ist. Das hat er ihr sogar geschworen … Mir sind damals die Tränen gekommen, so rührend war das …« Die alte Magd schluchzte ergriffen. »Ihr wisst ja selbst, Herr Dekan, wie der Junge immer um die Liebe seiner Mutter gerungen hat«, stieß sie hervor.

Auch in die alterstrüben Augen des Dekans waren Tränen getreten. »Das war schon die reinste Tragödie, der arme Knabe tat mir von Herzen leid!«, entrang es sich dem Geistlichen.

Selbst die resolute Haushälterin wischte sich über die Augenwinkel.

»Ich habe mich ja das eine oder andere Mal bei Marie

Cäcilie für ihn verwendet, wenn sie wieder einmal gar zu streng mit ihm war und ihn wegen irgendeiner Nichtigkeit gezüchtigt hat, aber sie konnte halt nicht aus ihrer Haut. Sie hat immer beteuert, dass sie es nur gut mit ihm meint, damit der Knabe nicht so wird wie sein Vater«, murmelte der Dekan gedankenversunken und zuckte ratlos mit den Schultern.

»Das war ja auch immer dem Eggi sein Fluch, den er ein Leben lang mit sich herumgetragen hat«, sagte die alte Magd. »Dabei hat er alles getan, um das genaue Gegenteil von seinem Vater zu sein – und das lässt ihn noch nicht einmal jetzt los, wo seine Mutter tot ist …«

Johannes Cochläus musterte Martha alarmiert. »Was meint Sie denn damit?«, brach es aus ihm heraus.

Martha seufzte tief auf. »Na, der ist ja richtig durchgedreht, der arme Eggi, seit die Marie Cäcilie die Augen zugemacht hat. Hat ihr Bild über den Hausaltar mit der Schmerzensmutter gehängt und betet sie regelrecht an …«

»Das ist eine schwere Sünde!«, empörte sich Johannes Cochläus. »Warum hat Sie mir das nicht schon längst gesagt, die Langsdorferin?«, fragte er vorwurfsvoll.

»Weil er mir leidgetan hat und ich nicht wollte, dass Ihr ihn deswegen scheltet. Wo er doch eh schon genug mitgemacht hat«, murmelte die alte Magd schuldbewusst und traute sich offensichtlich gar nicht, den Dekan anzuschauen. »Erst vor ein paar Tagen habe ich mitgekriegt, wie er wieder vor dem Altar gekniet und gebetet hat – und das war eindeutig an seine Mutter gerichtet und nicht an die Heilige Jungfrau. Jedenfalls habe ich deutlich gehört, wie er gesagt hat: ›In deinem Namen werde ich Rache an ihr üben, Mutter! Vielleicht wirst du mich ja dann endlich lieben.‹«

Der Dekan sprang entsetzt vom Tisch auf. »Langsdorferin, Ihr geht jetzt sofort zur Polizeiwache und erstattet Meldung, bevor noch ein weiteres Unglück geschieht! Die Krämerin mag Euch begleiten, und Ihr könnt ruhig sagen, dass ich Euch das befohlen habe.« Der Geistliche ließ sich gleich darauf wieder entkräftet auf den Stuhl sinken. Sein Gesicht war aschfahl, und er schnappte nach Luft wie ein Fisch auf dem Trockenen.

Der lange, gewölbeartige Gang schien kein Ende zu nehmen, und Ursel, die mit gefesselten Armen und Beinen auf dem Leiterwagen lag, fühlte sich unsagbar hilflos und ausgeliefert. Obgleich sie in letzter Zeit geahnt hatte, dass sich hinter Egidius Nussbaumers liebenswürdiger Fassade ein Unhold verbarg, war es für sie doch hochgradig schockierend, dass er nun die Maske fallenließ und sie in ein Gesicht blickte, auf dem sich irrsinniger Hass und abgrundtiefe Menschenverachtung spiegelten.

Als der Karren plötzlich stockte und der Küster mit einer ruckartigen Bewegung eine Holzluke in der Gewölbedecke öffnete und eine hölzerne Trittstiege herunterließ, sträubten sich Ursel vor Entsetzen die Nackenhaare. »Wo sind wir?«, stammelte sie panisch.

»Dort, wo wir beide ungestört sind, du Miststück!«, spie er ihr ins Gesicht. »Im Falle, dass du irgendjemandem von meiner Einladung erzählt hast. Und wie ich dich kenne, hast du das doch bestimmt gemacht …« Er lachte höhnisch auf.

»Da kannst du Gift drauf nehmen, du Drecksack!«, sagte Ursel mit dem Mut der Verzweiflung. »Der Untersuchungsrichter und die Polizeiwache sind längst informiert. Ich habe denen nämlich erzählt, dass ich dich verdächtige, der Marienmörder zu sein. Du brauchst dir gar nicht einzubilden, dass ich dich nicht durchschaut habe, du scheinheiliger Mistkerl! Die Büttel sind bestimmt schon unterwegs und müssen jeden Augenblick hier eintreffen.« Doch als der Küster zu ihr hinsprang, zuckte sie voll Angst zurück.

Er packte sie grob an den Haaren und riss sie hoch, bis ihr Gesicht dicht an seinem war. »Tisch mir jetzt bloß keine Märchen auf, du miese Hure! Keiner wird dich hier finden. Du gehörst mir alleine, und ich kann es gar nicht abwarten, bis ich endlich mit dir fertig bin!«, schrie er. Dann ergriff er Ursel an den Handfesseln und schleifte sie wie eine Puppe hinter sich her. Mit nur einer Hand, da er in der anderen die Fackel hielt, zerrte er die Hurenkönigin die Trittleiter hinauf. Er schien über enorme Körperkräfte zu verfügen – was man dem schlanken Mann gar nicht ansah. Mit einem festen Ruck wuchtete er Ursel durch die Luke nach oben, wo er sie unsanft zu Boden fallen ließ. Es roch nach fauligem Stroh und morschem Holz. Im flackernden Licht der Fackel erkannte Ursel, dass sie in einer Scheune waren.

Egidius Nussbaumer, der ihren Blicken gefolgt war, verzog den Mund zu einem spöttischen Grinsen. »Das ist die alte Zehntscheune«, erklärte er. »Sie stammt noch aus Zeiten, als das Landgut so gut florierte, dass die Böttchers mit dem Privileg ausgestattet waren, von den Pächtern ihrer Ländereien den Zehnten einzustreichen. Die Güter und Feldfrüchte wurden hier gelagert.« Er musterte die Hurenkönigin verächtlich. »Doch dank meines Vaters, der den stolzen Besitz in wenigen Jahren im Hurenhaus durchgebracht hat, steht sie nun leer – und dient inzwischen anderen Zwecken.« Er kicherte bösartig und leckte sich lasziv die Lippen, während er die Hurenkönigin mit einem Blick fixierte, der ihr das Blut in den Adern stocken ließ. Aus seinen feucht glänzenden Augen sprach die reine Mordlust. Mit Entsetzen erinnerte sich die Hurenkönigin daran, dass sie diesen Ausdruck auch früher schon in seinem Blick wahrgenommen hatte. Sie hatte ihn fälschlicherweise für Begehren gehalten. *So taxiert ein Wolf sein Beutetier – bevor er zuschlägt und es tötet!*

»Was … was habt Ihr mit mir vor?«, stieß die Hurenkönigin panisch aus – obgleich sie die Antwort bereits ahnte.

Über die Miene von Egidius Nussbaumer glitt wieder das unwiderstehliche Lächeln, das ihm eigen war und mit dem er seine Umwelt – und nicht zuletzt auch die Hurenkönigin – so geschickt getäuscht hatte. Umso zynischer mutete es Ursel nun an, und sie spürte eine unbändige Wut in sich aufsteigen.

»Zuerst werden wir ein wenig plaudern, wie wir das immer so schön miteinander gehalten haben – und dann werde ich mein Meisterstück vollenden«, erklärte er versonnen. »Ihr müsst wissen, dass Ihr die Einzige seid, der ich mich anvertrauen werde … und auch die Letzte!« Er keckerte bösartig und ging bedrohlich auf die Hurenkönigin zu, die in angespannter Haltung auf dem Stroh kauerte. »Hat er es dir gut besorgt, du geiles Miststück?«, stieß er hervor und schlug der Hurenkönigin mit dem Handrücken ins Gesicht.

Ursel spürte einen brennenden Schmerz auf den Lippen und schmeckte ihr eigenes Blut auf der Zungenspitze. Sie war vor Angst wie gelähmt.

»Was habe ich ihn gehasst, diesen verdammten Hurenbock!«, schrie der Küster außer sich. Unversehens traten ihm Tränen in die Augen. »Schon als kleiner Junge habe ich meinen Vater verflucht – weil ich ihm so ähnlich sah!« Ein heftiges Schluchzen erschütterte ihn, und er war außerstande weiterzusprechen. »Dieser Schurke ist mein Untergang, meine Nemesis!«, brüllte er, und seine Stimme überschlug sich. »Er hat mich um die Liebe meiner Mutter gebracht …« Egidius Nussbaumer wimmerte kläglich.

Wenn er nicht eine so aberwitzige Boshaftigkeit verströmt hätte, hätte die Hurenkönigin Mitleid mit ihm empfinden können. Aber die entsetzliche Gewissheit, dass der Mann mit dem schönen Gesicht eine eiskalte Bestie war, ließ die Hurenkönigin keine Sekunde mehr los – egal, welchen Gefühlsäußerungen er sich auch ergab.

»Seit frühster Kindheit war es mir nur allzu bewusst, worauf sich die Ablehnung meiner Mutter gründete: Ich war das lebende Abbild meines Vaters!« Aus Nussbaumers Miene sprach tiefes Leid.

Unglücklicher kann ein Mensch nicht sein, ging es der Hurenkönigin durch den Sinn, und sie spürte, dass sein Schmerz echt war. Doch beim Gedanken an das Unglück, das dieser Satan über so viele Menschen gebracht hatte, erstarrte ihr Herz augenblicklich wie zu Eis.

»Bartholomäus Böttcher!«, zischte der Küster verächtlich. »So lautet der Name meines unglückseligen Erzeugers, der meiner Mutter unendlich viel Leid und Demütigung zugefügt hat und den sie aus tiefstem Herzen gehasst hat. Und mich hasste sie genauso, wegen dieser gottverdammten Ähnlichkeit«, stieß er mit tränenerstickter Stimme hervor und mutete in diesem Moment wie ein Mensch an, der unter einem unglücklichen Stern geboren war.

Unversehens sah Ursel den bedauernswerten Knaben vor ihrem geistigen Auge, dessen unbändige Sehnsucht einzig danach trachtete, die Liebe seiner Mutter zu erringen, und ihr stockte vor Erschütterung der Atem.

Dem in sich gefangenen Kirchendiener schien es gutzutun, jemandem sein Herz auszuschütten. Wie Ursel mutmaßte, geschah dies überhaupt zum ersten Mal.

»Mutter mühte sich zwar redlich, mir eine gute Erziehung zukommen zu lassen, und es mangelte mir auch an nichts, was Leib und Leben anbetraf«, fuhr Egidius Nussbaumer fort und schüttelte verzagt den Kopf. »Aber sie war außerstande, mir mit Zuneigung und Wärme zu begegnen. Sie war mir immer eine gestrenge, kalte Mutter, der jegliche Zärtlichkeit zutiefst widerstrebte. Sie vermied es sogar peinlich, mich anzufassen, ganz so, als erfülle es sie mit blankem Abscheu, mich zu berühren.« Der Küster lächelte bitter. »Es war sehr schmerzhaft, sie zu lieben«, sagte er wie zu sich selbst. »Im wahrsten Sinne des Wortes, denn für jedes kleinste Vergehen, jede geringste Entgleisung züchtigte sie mich aufs härteste. Doch ich verdanke ihr auch unendlich viel«, fügte er andächtig hinzu. »Durch sie habe ich zur Himmelskönigin gefunden. Es waren die schönsten Momente meiner Kindheit, wenn wir gemeinsam am Altar der Schmerzensmutter beteten. Und sie hat mir auch beigebracht, dass die wohlfeilen Metzen der Inbegriff der Schändlichkeit sind.« Er kniff die Augen zusammen, in denen die Hurenkönigin einen überbordenden Hass aufflackern sah. »Schon als Kind hat mich der Anblick der Schmerzensmutter eigentümlich erregt, und ich hatte meine ersten Tötungsphantasien. Ich stellte mir immer vor, den schandbaren Frauen das Gleiche zuzufügen, und es bereitete mir eine irrsinnige Lust.« Der Küster gab ein lustvolles Stöhnen von sich. Mit maßlosem Schrecken gewahrte Ursel, dass sein Glied erigierte. »Doch bald genügten mir diese Phantasien nicht mehr, und dann mussten halt ein paar Katzen dran glauben«, sagte er kaltblütig. »Ansonsten habe ich mich stets darum bemüht, den Deckel darauf zu halten. Was mir weiß Gott nicht leichtgefallen ist – aber dafür darf ich mich ja jetzt endlich austoben …« Er streifte Ursel mit einem lüsternen Blick, der ihr fast den Verstand raubte. »Erst seit dem Tod meiner Mutter erlaube ich mir, diesbezüglich ein wenig über die Stränge zu schlagen«, erläuterte er in einem fast heiteren Plauderton. Im nächsten Moment jedoch wurde sein Mienenspiel wieder ernst. »Sie war wie eine Heilige für mich, in deren Gegenwart es sich nicht ziemte zu sündigen!« Seine Worte klangen wie eine Beschwörung. »Und dann wollten diese verdammten Lutheraner mich auch noch der letzten Göttin berauben, die mir geblieben ist!«, sagte er mit kalter Wut. »Da gab es für mich kein Halten mehr, und ich habe Edelgard Fischer getötet. Diese verfluchte Pfaffenhure, die unseren armen Kaplan so lange umgarnt hat, bis er schließlich schwach geworden ist und sich der Sünde ergeben hat. Schade um den Jungen, ich habe ihn irgendwie gemocht und habe es dieser Metze ziemlich übelgenommen, dass sie ihn mir abspenstig gemacht hat!« Egidius Nussbaumer zuckte bedauernd mit den Achseln. »Ja, und dann kam es wenig später zu dem unerfreulichen Zwischenfall in der Junkerschule. Da bin ich auf die Idee gekommen, die Frau dieses Flegels zu ermorden, der den Herrn Dekan während des Vortrags geohrfeigt hat.« Ein maliziöses Lächeln spielte um seine Mundwinkel. »Außerdem hatte ich gehofft, Euch damit einen Schlag zu versetzen, wo Ihr der Guten ja so zugetan wart. Und dass Ihr endlich die Ermittlungen aufnehmt, um dem Mörder auf die Schliche zu kommen. Dabei durfte ich Euch sogar noch behilflich sein ... Ich kann gar nicht sagen, welch diebisches Vergnügen mir das bereitet hat ...« Egidius Nussbaumer lachte hämisch auf.

»Für deine Greueltaten wirst du in der Hölle schmoren, du kranke Bestie!«, stieß die Hurenkönigin hervor und bedauerte es zutiefst, dass sie so wehrlos war, denn ihre Wut loderte so heftig, dass sie den Küster mit Klauen und Zähnen attackiert hätte, wenn sie dazu in der Lage gewesen wäre.

»Das mag ja sein, du Miststück, aber sei dir gewiss: Dich nehme ich mit!«, erwiderte Egidius Nussbaumer und grinste gehässig. »Denn eines will ich dir bei dieser Gelegenheit einmal sagen, *Hurenkönigin*: Obgleich ich die Morde durchaus genossen habe, sind die Frauen für mich doch nur Bauernopfer gewesen. Erst jetzt habe ich endlich das Vergnügen, die Königin zu schlagen.

Ich habe mit dir nämlich noch eine alte Rechnung zu begleichen!« Er leckte sich lüstern über die Lippen und legte die Hand um den Griff seines Schwerts. Mit provozierender Langsamkeit zog er es aus der kunstvoll beschlagenen Scheide und ließ Ursel keinen Moment aus den Augen. Sein Blick bekam unversehens etwas Lauerndes und verströmte eine solche Bedrohlichkeit, dass die Hurenkönigin ihr Wasser nicht mehr halten konnte …

Bernhard gab seinem Pferd die Sporen und ritt in wildem Galopp über die Wiesen und Stoppelfelder der abgelegenen Gegend nahe der nördlichen Stadtmauer, wo sich nach Ursels Beschreibung Nussbaumers Haus befinden musste. Die spärlichen Lichter des Rahmhofs hatte er bereits hinter sich gelassen, und um ihn herum war nur noch finstere Nacht. Der Wind und der Regen peitschten ihm ins Gesicht und trugen dazu bei, dass sein dröhnender Schädel ein wenig klarer wurde. Am Gürtel trug er ein Schwert und ein langes, zweischneidiges Messer, denn er spürte es in der Magengrube, dass die Frau, die er liebte, in großer Gefahr schwebte. Immer wieder kniff er die Augen zusammen und spähte in die Dunkelheit, ob er nicht irgendwo da draußen einen Lichtstrahl ausmachen konnte, der ihm verriet, wo Nussbaumers Landgut war, doch es herrschte nur undurchdringliche Finsternis. Er musste sich vertan haben mit der Richtung … Oder hatte er vielleicht etwas übersehen? Bernhard zügelte sein Pferd und schaute sich um. *Hinter dem Rahmhof ein Stück geradeaus und dann rechts halten*, hatte Ursel geschrieben.

Genau so hatte er es doch gemacht, aber in dieser Ödnis hier draußen kündete nicht das kleinste Licht von einer menschlichen Behausung. Verzweifelt irrten Bernhards Blicke im Kreis herum, und er verlor gänzlich die Orientierung. Panik drohte ihn zu überwältigen, doch er bezwang sich, einen kühlen Kopf zu bewahren. Er musste Ursel finden – koste es, was es wolle! Und plötzlich war es ihm, als habe er von irgendwoher Stimmen gehört. Er hielt den Atem an und lauschte in die Nacht. Aber er hörte nur das Pfeifen des Windes und das Knarzen der kahlen Äste. Hatte er sich das nur eingebildet, fragte er sich verzagt, hatten ihm seine überreizten Sinne etwa wieder einen Streich gespielt? Doch schon im nächsten Moment vernahm er es wieder, sogar laut und deutlich. Es war eindeutig eine Männerstimme! Bernhard trieb sein Pferd an und ritt in die Richtung, aus der sie zu kommen schien.

»Auch durch deine Seele wird ein Schwert dringen!«, schrie Egidius Nussbaumer gellend und zielte mit dem gezückten Schwert auf Ursels Brust, als plötzlich ein lautes Poltern zu vernehmen war. Durch das geborstene Scheunentor stürmte ein verwegener Reiter, der anmutete wie ein Reiter der Apokalypse.

»Bernhard!«, schrie Ursel. »Die Bestie will mich töten, genauso, wie sie es mit Isolde und den anderen Frauen auch getan hat! Sei auf der Hut vor ihm, er ist ein gefährlicher Irrer!« Vor Bedrängnis zappelte sie wild hin und her und verfluchte ihre Hilflosigkeit.

Aus Bernhards Blick sprach eine wilde Entschlossenheit. »Dafür werde ich ihn töten, den elenden Wicht!«, zischte er wutentbrannt, sprang vom Pferd und stürmte mit gezücktem Schwert auf Egidius Nussbaumer zu. Dieser ging sogleich in Angriffsstellung, holte aus und versuchte, Bernhard mit einem wuchtigen Hieb das Schwert aus der Hand zu schlagen, doch Bernhard parierte den Schlag und attackierte den Küster mit solcher Heftigkeit, dass er in die Defensive geriet. Zwischen den beiden Männern entbrannte ein erbitterter Kampf. Egidius Nussbaumer musste bald feststellen, dass er seinen Kontrahenten unterschätzt hatte. Bernhard von Wanebach war ein harter Gegner und kämpfte wie ein Berserker. Eine unbändige Wut gegen Nussbaumer erfüllte Bernhard bis in die Haarspitzen und ließ ihn trotz seiner schlechten Verfassung zu Höchstleistungen auflaufen, wobei ihm seine Ausbildung im Schwertkampf, die er in jungen Jahren erhalten hatte, durchaus zupasskam.

Ursel verfolgte das Duell mit angehaltenem Atem und sandte Stoßgebete zum Himmel, dass Bernhard obsiegen möge und unversehrt bliebe.

Als sich auch nach mehrfachem lauten Rufen und Klopfen nichts im Wohnhaus von Egidius Nussbaumer regte, brachen die Stangenknechte die Tür auf und stürmten hinein. Atemlos gefolgt von der alten Martha, die die Schergen begleitet hatte, um ihnen den Weg zu zeigen.

Nachdem die beiden Männer mit Hilfe ihrer Teerfackeln sämtliche Räume erfolglos nach Ursel Zimmer und dem Küster durchsucht hatten, standen sie sich in der Eingangshalle unschlüssig gegenüber.

»Gehen wir wieder!«, sagte einer der Schergen missmutig und machte schon einen Schritt zur Haustür, als sein Kollege ihn zurückhielt. »Vielleicht sind sie ja im Keller«, warf er ein und erkundigte sich bei der Aufwartefrau nach dem Weg dorthin.

Doch außer altem Gerümpel, ein paar Kraut- und Gurkenfässern und einem morschen Holzregal mit einem kümmerlichen Vorrat an verstaubten Weinflaschen fand sich keinerlei Hinweis auf den Verbleib der beiden. Die Büttel und die alte Frau wandten sich bereits der steilen Kellertreppe zu, um wieder nach oben zu gehen, als einer der Stangenknechte im festgestampften Lehmboden hinter der Treppe eine Falltür entdeckte.

»Wo führt die hin?«, fragte er angespannt und leuchtete mit der Fackel auf den hölzernen Lukendeckel.

»Dort ist ein unterirdischer Gang, der zur alten Zehntscheune führt«, erwiderte die alte Martha beklommen. »Der muss schon über hundert Jahre alt sein. Die Vorväter der Gutsherren haben ihn in Kriegszeiten als Fluchtweg anlegen lassen. Ich war nur ganz selten da unten, es ist modrig und feucht und so stockfinster, dass einem angst und bange werden kann …«

»Ihr könnt ja solange hierbleiben und auf uns warten«, sagte der ältere Stangenknecht, grinste spöttisch und öffnete entschlossen die Holzluke, die sich quietschend in den rostigen Angeln drehte.

»Nein danke, da komme ich lieber mit!«, erklärte Martha hektisch und folgte den Stadtbütteln auf staksigen Beinen die wacklige Stufenleiter hinunter.

Mit einem Mal drangen aufgeregte Stimmen aus der Luke, und schon im nächsten Augenblick schob sich ein Stangenknecht durch die Falltür. »Lasst sofort Euer Schwert fallen!«, rief er dem Küster zu und eilte, gefolgt von seinem Kollegen, mit erhobenem Schlagstock auf Nussbaumer zu.

Durch das plötzliche Auftauchen der Stangenknechte war Egidius Nussbaumer für einen flüchtigen Moment abgelenkt. Bernhard nutzte diese Unachtsamkeit und stieß seinem Widersacher mit einem wilden Aufschrei das Schwert in die Brust.

Egidius Nussbaumer schwankte und sank zu Boden. In seinem Blick spiegelte sich große Fassungslosigkeit. Ein dichter roter Blutschwall drang aus seinem Mund. »Mutter …!« Er seufzte ein letztes Mal auf und verschied.

Bernhard ließ sein Schwert sinken und konnte sich kaum noch auf den Beinen halten. Erst jetzt spürte er, wie erschöpft er von dem anstrengenden Kampf war, der ihm alles abverlangt hatte. Mit letzter Kraft wankte er zur Hurenkönigin, die gefesselt auf dem Stroh kauerte und noch ganz unter dem Schock der Ereignisse stand. Als sie jedoch in Bernhards vertrautes Gesicht blickte, der ihr behutsam die Fesseln aufschnitt, leuchteten ihre Augen auf.

»Ich danke dir, mein Liebster, du hast mir das Leben gerettet!«, stieß sie mit tiefer Ergriffenheit hervor und sank dem Geliebten in die Arme.

Epilog

Das Hohe Strafgericht der Stadt Frankfurt am Main ließ es sich nicht nehmen, an den sterblichen Überresten des Küsters posthume Vergeltung zu üben. Der verstorbene Michel Schuch wurde von der Obrigkeit offiziell rehabilitiert und erhielt ein angemessenes kirchliches Begräbnis auf dem Peterskirchhof. An seiner statt wurde der Leichnam des dreifachen Frauenmörders Egidius Nussbaumer auf dem Hochgericht im Galgenfeld auf einen Pfahl gepflockt und den Raben anheimgegeben. Wochenlang gab es in der freien Reichsstadt keinen anderen Gesprächsstoff mehr, und die Gemüter erhitzten sich darüber, mit welch atemberaubender Raffinesse es dem Kirchendiener gelungen war, die Menschen seiner Umgebung zu täuschen. Gleichzeitig wurden es die Stadtbürger auch nicht müde, der Hurenkönigin Ursel Zimmer und ihrem Gefährten Bernhard von Wanebach begeisterte Anerkennung zu zollen. Flugblatthändler verkündeten die Nachricht von der unerschrockenen Frauenhauswirtin aus Frankfurt im ganzen Land, die, obgleich sie dem Tode nur knapp entronnen, dem bestialischen Mörder doch einen Zug voraus war. Hervorgehoben wurde in diesem Zusammenhang auch der mutige Einsatz des Gelehrten Bernhard von Wanebach, der den Unhold zur Strecke gebracht hatte und von der Bevölkerung wie ein Held verehrt wurde.

Die Hurenkönigin hatte ihrem Gefährten, der sein Leben für sie gegeben hätte, die Entgleisungen seiner Alkoholexzesse längst verziehen. Auch die Sache mit der Ohrfeige war für sie kein Thema mehr. Bernhard und Ursel fanden wieder vollkommen zueinander, und ihre Liebe erfuhr durch die schweren Erschütterungen eine eigene Intensität und Verbundenheit. Bernhard von Wanebach rührte zeitlebens keinen Tropfen Alkohol mehr an, schrieb noch viele gelehrte Bücher und eine Reihe äußerst erfolgreicher Kriminalchroniken, die er mit Ursel Zimmer gemeinsam verfasste.

Im Januar 1523 wurde die Hurenkönigin vom Bürgermeister und dem Magistrat der Stadt Frankfurt im Rathaussaal in ihrer Funktion als Gildemeisterin feierlich verabschiedet. Bis an ihr Lebensende blieb Ursel Zimmer dem Frauenhaus verbunden. Am Gedenktag von Maria Magdalena, der Schutzheiligen der Huren, richtete sie jedes Jahr eine große Feier für die städtischen Hübscherinnen aus und hatte auch sonst stets ein offenes Ohr für ihre Sorgen und Nöte.

Als das Frauenhaus am Dempelbrunnen anno 1560 wegen der Ausbreitung der Syphilis geschlossen wurde, war Ursel Zimmer schon längst nicht mehr am Leben.

Danksagung

Mein besonderer Dank gilt meinem Lebensgefährten Markus Wild, der an der Ideenentwicklung zu *Die Rache der Hurenkönigin* maßgeblich beteiligt war und mir auch in Bezug auf das Schreiben stets den Rücken stärkt.

Herzlichen Dank auch an meine Lektorin Wiebke Bolliger, die das Projekt wunderbar betreut hat, und an Gerhard Seidl für den letzten Schliff am Manuskript.

Meiner Agentin Bettina Querfurth, die mir von Anfang an das Gefühl vermittelte, dass mein Werk bei ihr in besten Händen ist, danke ich herzlich.

Danken möchte ich ebenfalls Jürgen Blümel, Gerold Hens, Dorothea Griebel, Silke Schimmelschmidt, René Maier, Ingrid Schneider und Bernhard Wicke, die die Entwicklung des Romans mit regem Interesse verfolgt haben.

Vor allem aber danke ich meinen Lesern, für die ich dieses Buch geschrieben habe, und all denen, die meine Bücher mögen.

Ursula Neeb im Oktober 2013